MICHAEL CONNELLY | Hielo negro

byblos

MICHAEL CONNELLY | Hielo negro

Título original: *Black Ice*

Traducción: Helena Martín

1.ª edición: septiembre 2004

© 1993 by Michael Connelly
© Ediciones B, S.A., 2004
   Bailén, 84 - 08009 Barcelona (España)
   www.edicionesb.com

Fotografía de cubierta: © Pablo Sotelino
Diseño de colección: Ignacio Ballesteros

Printed in Spain
ISBN: 84-666-1878-3
Depósito legal: B. 30.327-2004

Impreso por LITOGRAFÍA ROSÉS

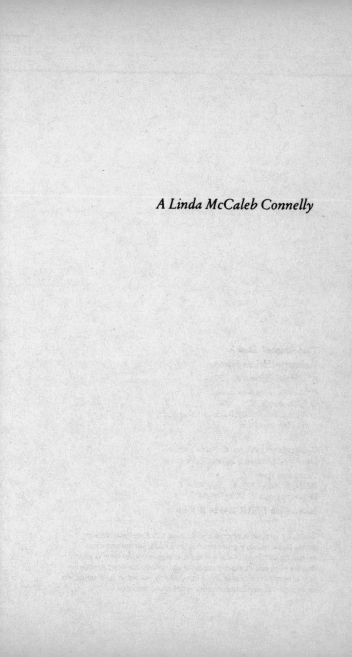

A Linda McCaleb Connelly

1

El humo se alzaba por el paso de Cahuenga y, al topar con una capa de aire frío, se dispersaba por todo el valle. Desde donde estaba Harry Bosch, la humareda asemejaba un yunque de color gris al que el sol del atardecer daba un tinte rosado en la parte superior. El rosa se iba oscureciendo hasta llegar a un negro profundo en la base, donde se hallaba el origen del humo: un incendio forestal que avanzaba colina arriba por la ladera este del cañón. Tras conectar su radio a la frecuencia del Servicio de Socorro del condado de Los Ángeles, Bosch oyó a los jefes de los equipos de bomberos dar el parte a su cuartel. Por lo visto, el fuego ya había arrasado nueve casas y estaba a punto de asolar las viviendas de la calle siguiente. Si no lo apagaban pronto, llegaría a las montañas de Griffith Park, donde podría propagarse descontrolado durante horas. Se percibía un claro tono de desesperación en las voces de aquellos hombres.

Bosch contempló la escuadrilla de helicópteros a los que la distancia otorgaba el aspecto de libélulas; entraban y salían de la cortina de humo con la misión de arrojar agua y espuma extintora sobre las casas y árboles en llamas. Aquel ruido de hélices y el bamboleo característico de los aparatos sobrecargados le recordó por un instante los ataques aéreos de Vietnam. No obstante, su atención volvió enseguida al agua que se precipitaba sobre los tejados encendidos, levantando enormes nubes de vapor.

A continuación Bosch apartó la vista del fuego y la dirigió hacia la vegetación seca que cubría la ladera oeste del cañón hasta los mismos pilares que soportaban su propia casa. Desde su balcón, vio margaritas y flores silvestres, pero no logró divisar el coyote que desde hacía semanas merodeaba por el barranco al que se asomaba su edificio. De vez en cuando, Bosch le había lanzado trozos de pollo, pero el animal nunca aceptaba la comida mientras él estuviera presente. Solamente aparecía para llevarse su cena cuando el detective se retiraba, por lo que Harry lo había bautizado con el nombre de Tímido. Algunas noches, Bosch oía sus aullidos desgarrados por todo el valle.

Al volver la vista al incendio, Bosch fue testigo de una explosión, cuyo resultado fue una bola de denso humo negro que se elevó sobre el yunque gris. Por la radio, las voces se tornaron histéricas hasta que finalmente el jefe de la brigada explicó que había estallado el tanque de propano de una barbacoa.

Harry siguió contemplando cómo el humo negro se disolvía en la nube grisácea, al tiempo que pasaba a la frecuencia del Departamento de Policía de Los Ángeles. Ese día estaba de servicio: turno de Navidad. Bosch escuchó durante medio minuto, pero no oyó nada aparte de los habituales partes de tráfico. Parecían unas Navidades tranquilas en Hollywood.

Tras consultar su reloj, Bosch se llevó la radio de la policía dentro de casa. Luego sacó una bandeja del horno y se sirvió en un plato su cena de Navidad: una pechuga de pollo acompañada de una abundante ración de arroz hervido con guisantes. En la mesa del comedor le esperaban una copa de vino y tres tarjetas navideñas que aún no había abierto a pesar de que habían llegado la semana anterior. En el tocadiscos sonaba *Song of the underground railroad*, en la versión de John Coltrane.

Mientras comía y bebía, Bosch leyó las tarjetas y pensó en la gente que se las había enviado. Aquél era un ritual propio de una persona solitaria, pero no le importaba. No eran las primeras Navidades que pasaba sin compañía.

La primera felicitación era de un antiguo compañero de trabajo que se había retirado a Ensenada gracias al dinero que cobró por un libro y una película. En sus cartas siempre decía lo mismo: «Harry, ¿cuándo vendrás a verme?» La otra también venía de México, concretamente del guía con quien Bosch había pasado seis semanas viviendo, pescando y practicando español el verano anterior. Harry había ido a recuperarse de un balazo en el hombro a Bahía San Felipe, donde el sol y el mar habían hecho milagros. En su mensaje navideño —escrito en español—, Jorge Barrera también lo invitaba a que le hiciera una visita.

Bosch abrió la última tarjeta lenta y cuidadosamente. Al igual que las anteriores, sabía perfectamente quién se la enviaba; en este caso el sobre llevaba el matasellos de Tehachapi, lo cual no dejaba lugar a dudas. Al sacar la felicitación, Bosch vio un dibujo algo borroso de un belén, impreso manualmente en papel reciclado de la misma prisión. Su remitente era una mujer con quién el detective había pasado una sola noche pero en quién pensaba casi todas las noches. Ella también le pedía que la viniera a ver, aunque los dos eran conscientes de que él no lo haría.

Al son de *Spiritual* de Coltrane —grabada en directo en el Village Vanguard de Nueva York, cuando Harry era todavía un niño—, Bosch tomó un sorbito de vino y comenzó a fumarse un cigarrillo. Y justo en ese momento oyó algo raro por la radio de la policía, que seguía encendida en una mesa junto al televisor. Hacía tanto tiempo que aquélla se había convertido en su música de fondo que era capaz de olvidar las voces, concentrarse en el sonido del saxofón, y al mismo tiempo captar palabras y códigos poco frecuentes. En esa ocasión la voz dijo:

—Uno ka doce, Número dos necesita vuestra veinte.

Bosch se levantó y se dirigió al aparato, como si con mirarlo pudiera comprender el significado del mensaje. Esperó diez segundos a que alguien respondiera a la petición de ayuda. Veinte segundos.

—Número dos, estamos en el Hideaway, Western, al sur de Franklin. Habitación siete. Ah, tráigase una máscara.

Bosch esperó un poco más, pero eso fue todo. Las coordenadas que habían dado, Western y Franklin, correspondían a la jurisdicción de la División de Hollywood. «Uno ka doce» era un código en clave para un detective de la División de Robos y Homicidios fuera del Parker Center, el cuartel general del Departamento de Policía de Los Ángeles. «Número dos» era el código de los subdirectores del departamento. Había tres, por lo que Bosch no supo a quién se referían. Pero eso era lo de menos. La cuestión era: ¿por qué iba a salir de casa uno de los jefazos el día de Navidad?

Había una segunda pregunta que a Harry le preocupaba todavía más. Si el Departamento de Robos y Homicidios ya estaba en camino, ¿por qué no lo habían avisado antes a él, que era el detective de servicio de la División de Hollywood?

Después de dejar el plato en el fregadero de la cocina, Bosch llamó a la comisaría de Wilcox y pidió que le pusieran con el encargado del turno de guardia. Finalmente le pasaron a un teniente llamado Kleinman, a quien Bosch no conocía porque era nuevo. Acababa de llegar a Hollywood procedente de la División de Foothill.

—¿Qué está pasando? —preguntó Bosch—. He oído por la radio algo sobre un cadáver en Western y Franklin, pero nadie me ha dicho nada. Es curioso, considerando que estoy de guardia.

—No te preocupes —le respondió Kleinman—. Los «sombreros» lo tienen controlado.

Bosch dedujo que Kleinman debía de ser de la vieja escuela, porque hacía años que no oía esa expresión. En los años cuarenta, los miembros del Departamento de Robos y Homicidios habían lucido unos sombreros de paja que en los cincuenta pasaron a ser de fieltro gris. Al cabo de un tiempo, los sombreros pasaron de moda, pero los detectives especializados en homicidios siguieron existiendo, aunque los policías de uniforme ya no los llamaban «sombreros», sino «trajes». Todavía se creían los mejores y se daban muchos aires, cosa que Bosch había odiado incluso en los tiempos en que fue uno de ellos. Para él, una de las ventajas de trabajar en Hollywood, «la cloaca de la ciudad», era que a nadie se le subían los humos. La gente hacía su trabajo y punto.

—¿De qué iba la llamada? —insistió Bosch.

Kleinman vaciló unos segundos, pero finalmente respondió:

—Han encontrado un cadáver en un motel de Franklin. Parece suicidio, pero el caso lo van a llevar los de Robos y Homicidios, bueno, de hecho ya lo están llevando. Nosotros no entramos. Órdenes de arriba.

Bosch permaneció en silencio. Robos y Homicidios saliendo el día de Navidad para encargarse de un caso de suicidio... No tenía sentido.

De repente lo comprendió: Calexico Moore.

—¿Cuántos días tiene el fiambre? —preguntó Bosch—. He oído que pedían a Número dos que trajera una máscara.

—Está bastante pasado. Por el olor ya se imaginaban que sería difícil de identificar, pero lo peor ha sido que no queda mucha cara. Se tragó una escopeta de cañón doble, o al menos eso han dicho por radio.

El receptor de Bosch no captaba la frecuencia de Robos y Homicidios; por eso no había oído ningún comentario sobre el caso. Por lo visto ellos sólo habían cambiado de frecuencia para notificar la dirección al chófer del Número dos. De no haber sido por aquello, Bosch no se habría enterado de nada hasta la mañana siguiente, al llegar a la comisaría. Aunque le enfurecía aquella omisión, se esforzó por mantener un tono tranquilo, ya que quería sacarle todo lo posible a Kleinman.

—Es Moore, ¿no?

—Eso parece —contestó Kleinman—. Su placa está en la cómoda de la habitación del motel, junto con la cartera. Pero ya te he dicho que no se puede hacer una identificación visual del cadáver, así que no hay nada seguro.

—¿Cómo fue la cosa?

—Oye, Bosch, yo tengo mucho trabajo, ¿vale? Esto lo lleva Robos y Homicidios, así que ya no va contigo.

—Te equivocas, tío. Sí que va conmigo. Tendríais que haberme avisado a mí primero. Quiero que me expliques qué pasó, a ver si lo entiendo.

—Bueno. Pues fue así: recibimos una llamada de

ese antro diciendo que tenían un fiambre en el baño de la habitación número siete. Enviamos una patrulla que nos confirmó que sí, que había un cadáver. Pero nos llamaron por teléfono, no por radio, porque en cuanto vieron la placa y la cartera en la cómoda, supieron que se trataba de Moore. O al menos eso pensaron. Total, que yo telefoneé al capitán Grupa a su casa, quien a su vez informó al subdirector. Ellos decidieron avisar a la central, en lugar de a ti. Así están las cosas, o sea que si tienes un problema, díselo a Grupa o al subdirector, no a mí. Yo no tengo la culpa.

Bosch no dijo nada. Sabía que a veces, cuando necesitaba información, la persona con quien estaba hablando acababa por llenar el silencio.

—Ahora ya no está en nuestras manos —continuó Kleinman—. ¡Incluso se han enterado los de la tele y el *Times*! Ah, y el *Daily News*. Lógicamente ellos también creen que es Moore. Se ha montado un cacao que no veas. Y eso que con el incendio de la montaña podrían tener bastante, pero no. Ahí están: apostados como buitres en Western Avenue. Ahora mismo tengo que enviar otro coche para controlarlos. Así que deberías estar contento de que no te hayan llamado. Que es Navidad, joder.

Aquello no era suficiente para Bosch. No sólo deberían haberle avisado, sino que él tendría que haber tomado la decisión de llamar a Robos y Homicidios. Le fastidiaba que alguien lo hubiera eliminado de modo tan descarado. Después de despedirse de Kleinman, Bosch encendió otro cigarrillo, sacó su pistola del armario de la cocina, se la colgó del cinturón de los tejanos y se puso una cazadora de color beige sobre su jersey caqui.

Fuera ya había anochecido. A través de la puerta acristalada de la terraza, Bosch divisó la línea del incendio al otro lado del cañón. El fuego resplandecía sobre la silueta negra de la montaña, como la sonrisa falsa de un diablo en su avance hacia la cima. Debajo de su casa, Bosch oyó el lamento del coyote, que aullaba a la luna o al incendio. O tal vez a sí mismo, por encontrarse solo en la oscuridad.

2

Bosch condujo desde su casa a Hollywood, bajando por calles en su mayoría desiertas hasta llegar al Boulevard. Allí se reunían los vagabundos y jóvenes fugados de casa y unas cuantas prostitutas hacían la calle (una de ellas incluso llevaba un gorro de Papá Noel). «El negocio es el negocio —pensó Bosch—. Incluso el día de Navidad.» En las paradas del autobús había unas mujeres elegantemente maquilladas que en realidad no eran ni mujeres ni esperaban el autobús. El espumillón y las luces navideñas que decoraban Hollywood Boulevard le daban un toque surrealista a aquella calle tan sucia y sórdida. «Es como una puta con demasiado maquillaje», decidió. Si es que aquello era posible.

Pero no era el panorama lo que deprimía a Bosch, sino Cal Moore. Bosch llevaba esperando este desenlace más de una semana, desde el momento en que se enteró de que Moore no se había presentado en la comisaría. Para la mayoría de policías de la División de Hollywood, la duda no era si Moore había muerto, sino cuántos días tardaría en aparecer el cadáver.

Moore había sido un sargento al mando de la unidad de narcóticos de la División de Hollywood. Trabajaba de noche, con una brigada dedicada exclusivamente a la zona del Boulevard. En la comisaría era bien sabido que Moore estaba separado de su mujer, a quien había sustituido por el whisky. Bosch pudo comprobar esto último durante el único encuentro que había tenido con el sargento. En aquella ocasión Harry también descubrió que lo atormentaban algo más que sus problemas matrimoniales y el estrés derivado de su trabajo. Moore había insinuado algo sobre una investigación de Asuntos Internos.

Todos aquellos factores se habían sumado, dando como resultado una fuerte depresión navideña. En cuanto Bosch oyó que se había iniciado la búsqueda de Cal Moore, lo vio muy claro: el sargento había muerto.

Eso mismo pensó todo el mundo en el departamento, aunque nadie lo dijo en voz alta, ni siquiera los medios de comunicación. En un principio, la policía había intentado llevar el asunto en secreto: fueron a su piso en Los Feliz e hicieron discretas averiguaciones, dieron un par de vueltas en helicóptero sobre las montañas de Griffith Park... Pero entonces la noticia se filtró a un reportero de televisión y a partir de ese momento todos los canales y periódicos comenzaron a informar puntualmente de la búsqueda del sargento desaparecido. Después de colgar la fotografía de Moore en el tablón de anuncios de la sala de prensa del Parker Center, los mandamases del departamento realizaron los habituales llamamientos al público para encontrar al agente. Todo muy dramático —o cinematográfico—: se vieron imágenes de búsquedas a caballo y en helicóptero, así como del jefe de policía sosteniendo una foto de un hombre apuesto y moreno con semblante serio. Curiosamente, nadie mencionó que estaban buscando un cadáver.

Bosch se detuvo en un semáforo de Vine Street y observó a un hombre-anuncio que cruzaba la calle a grandes zancadas, dándose con las rodillas contra los tablones. El cartel era una fotografía de Marte en la que alguien había marcado una gran sección y bajo la que se leía, en letras grandes: ¡ARREPENTÍOS! EL ROSTRO DEL SEÑOR NOS CONTEMPLA. Bosch recordó que había visto la misma foto en la portada de un periódico sensacionalista mientras esperaba en la cola de una tienda de comestibles. Sólo que esa vez el periódico atribuía la cara a Elvis Presley.

Cuando el semáforo se puso verde, Bosch continuó hacia Western Avenue y volvió a pensar en Moore. Salvo una noche en la que los dos se tomaron unas copas en un bar musical cerca del Boulevard, apenas habían tenido relación. Cuando Bosch había llegado a la División de Hollywood el año anterior, al principio la gente le había dado la bienvenida —aunque algunos incluso habían vacilado al darle la mano—, pero después la mayoría habían mantenido las distancias. A Bosch no le importaba aquella reacción, e incluso la comprendía, ya que lo único que sabían de él era que lo habían echado de la División de Robos y Homicidios por culpa de un problema con Asuntos Internos. Moore era uno de los que no iban mucho más allá de un saludo con la cabeza cuando se cruzaban en el pasillo o se veían en las reuniones de trabajadores. Aquello también era comprensible, ya que la mesa de Homicidios donde Bosch trabajaba estaba en la oficina de detectives del primer piso, mientras que la brigada de Moore, BANG —el Grupo Anti Narcóticos del Boulevard— estaba en el segundo piso de la comisaría. De todos modos, se habían encontrado en una ocasión. Para Bosch había sido una reunión con el fin de obtener información sobre un caso en el que estaba trabajando. Para Moore había sido otra oportunidad de tomarse unas cuantas cervezas y whiskys.

Aunque la brigada BANG tenía un nombre contundente y llamativo muy del gusto del departamento, en realidad sólo eran cinco polis que trabajaban en un almacén reconvertido y patrullaban de noche por Hollywood Boulevard, arrestando a cualquiera que llevase un porro en el bolsillo. BANG era una brigada de números, es decir, un equipo creado para realizar el mayor número posible de detenciones a fin de justificar la solicitud de más personal, equipamiento y, sobre todo, dinero para pagar horas extra en el presupuesto del año siguiente. Había brigadas de números en todas las divisiones; no importaba que la oficina del fiscal del distrito concediera libertad bajo fianza a la mayoría de casos y soltara al resto. Lo que contaban eran esas estadísticas de arrestos. Y si el Canal 2, el Canal 4 o un periodista del *Times* de la sección del Westside venía una noche a escribir un artículo sobre el BANG, mejor que mejor.

Al llegar a Western y enfilar hacia el norte, Bosch divisó las sirenas azules y amarillas de los coches patrulla y la luz estroboscópica de los focos de televisión. En Hollywood aquel espectáculo solía señalar el final violento de una vida o el estreno de una película. Bosch sabía que en aquel barrio ya sólo se estrenaban prostitutas de trece años.

Después de aparcar a media manzana del Hideaway, Harry encendió un cigarrillo. Algunas cosas de Hollywood nunca cambiaban; sólo pasaban a llamarse de otra manera. Aquel sitio había sido un hotelucho de mala muerte treinta años antes, bajo el nombre de El Río. Y seguía siendo un hotelucho de mala muerte. Bosch nunca había estado allí, pero había crecido en Hollywood y se acordaba. Se había alojado en muchos lugares parecidos con su madre. Antes de que muriera. El Hideaway tenía un patio central construido en los años cuarenta y durante el día gozaba de la sombra de una gran higuera de Bengala que crecía en el centro. Por la noche las catorce habitaciones del motel quedaban sumidas en una oscuridad que sólo rompía el neón rojo de la entrada. Harry se fijó en que las letras BA del rótulo que anunciaba HABITACIONES BARATAS estaban apagadas.

Cuando Bosch era niño y el Hideaway se llamaba El Río, la zona ya iba de capa caída. Pero no había tantas luces de neón y al menos los edificios, aunque no la gente, ofrecían un aspecto menos ruinoso. Al lado del motel, por ejemplo, había habido un bloque de oficinas de la compañía Streamline Moderne con aspecto de transatlántico. Obviamente el edificio había levado anclas hacía mucho tiempo y el solar había sido ocupado por unas pequeñas galerías comerciales.

Mirando el Hideaway desde el coche, Harry supo que era un sitio deprimente para pasar la noche. Y aún más triste para morir.

Bosch salió del vehículo y caminó hacia el motel. La entrada al patio estaba acordonada por agentes de uniforme y la cinta amarilla que se usa para demarcar la escena de un crimen. Junto a ella, los potentes focos de las cámaras de televisión iluminaban a un grupo de hombres trajeados. El que hablaba más tenía la cabeza afeitada y reluciente. Cuando Harry se aproximó se dio cuenta de que las luces los cegaban y les impedían ver más allá de los entrevistadores. Bosch aprovechó la circunstancia para mostrar su placa rápidamente a uno de los policías de uniforme, firmar en la lista de asistencia y colarse por debajo de la cinta amarilla.

La puerta de la habitación siete estaba abierta y un cono de luz iluminaba la moqueta del pasillo. De ella salía también el sonido de un arpa electrónica, lo cual quería decir que Art Donovan estaba trabajando en el caso. El experto en huellas siempre llevaba consigo un transistor para escuchar The Wave, la emisora de música *new-age*. Según decía, la música traía paz a un lugar donde se había cometido un asesinato.

Bosch franqueó la puerta, tapándose la nariz y la boca con un pañuelo. Todo fue inútil; el olor inconfundible de la muerte le asaltó en cuanto traspasó el umbral. En ese mismo instante, vio a Donovan de rodillas, empolvando los mandos del aparato de aire acondicionado situado en la pared bajo la única ventana de la habitación.

—Hola —le saludó Donovan. Llevaba una máscara de pintor para protegerse del olor y del polvo negro que empleaba para detectar las huellas dactilares—. Está en el cuarto de baño.

Bosch dio un vistazo rápido a su alrededor, consciente de que los de la central lo echarían en cuanto descubrieran su presencia. En la habitación había una cama de matrimonio con una colcha rosa desteñida y una sola silla con un diario: el *Times* de hacía seis días. Junto a la cama había un mueble tocador en el que descansaba un cenicero con la colilla de un cigarrillo a medio fumar y a su lado una Special de treinta y ocho milímetros en una pistolera de nailon, así como una cartera y un estuche para la placa, todos ellos cubiertos del polvo negro de Donovan. Sin embargo, Harry no vio lo que esperaba encontrar en el tocador: una nota de suicidio.

—No hay nota —dijo más para sí mismo que para Donovan.

—No, ni aquí ni en el baño. Puedes echar un vistazo... Bueno, si no te importa vomitar tu cena de Navidad.

Harry se dirigió hacia el corto pasillo que arrancaba del lado izquierdo de la cama. A medida que se acercaba a la puerta del lavabo, sentía que su aprensión aumentaba. Creía firmemente que todo policía había considerado en un momento u otro poner fin a su propia vida.

Bosch se detuvo en el umbral. El cuerpo yacía sobre el suelo de baldosas blancas, con la espalda apoyada contra la bañera. Lo primero en lo que reparó fue en las botas: vaqueras, de cocodrilo gris. Moore las llevaba el día que quedaron en el bar. Una de ellas seguía en el pie derecho. Bosch tomó nota mental de la marca del fabricante: una S como una serpiente grabada en la suela gastada del tacón. La otra bota se hallaba junto a la pared, y el pie con el calcetín puesto estaba envuelto con una bolsa de la policía. Bosch supuso que el calcetín habría sido blanco, pero ahora era de un color grisáceo. El pie parecía ligeramente hinchado.

En el suelo, junto a la jamba de la puerta, había una escopeta de dos cañones de calibre veinte. La parte inferior de la culata estaba rota; a su lado había una astilla de unos diez centímetros de longitud, que Donovan o uno de los directores había marcado con un círculo azul.

Bosch no disponía de tiempo para considerar todos esos hechos, así que se concentró en ver lo máximo posible. Cuando levantó la cabeza para mirar el cadáver, descubrió que Moore llevaba tejanos y un suéter de algodón. Sus manos yacían inertes a ambos lados del cuerpo y su piel era de un gris cerúleo. Tenía los dedos hinchados por la putrefacción y los antebrazos más inflados que Popeye. En el brazo derecho, llevaba un tatuaje desdibujado que mostraba la cara sonriente de un demonio bajo la aureola de un ángel.

El cuerpo estaba recostado contra la bañera como si Moore hubiese echado la cabeza hacia atrás para lavarse el pelo. Pero Bosch se dio cuenta de que sólo daba esa impresión porque la cabeza simplemente no estaba allí, ya que había sido destruida por el impacto de la escopeta de dos cañones. El alicatado azul celeste que rodeaba la bañera estaba cubierto de sangre seca. Y en el interior de ésta aún quedaba el rastro marrón de las gotas de sangre. Bosch se fijó en que algunos azulejos estaban agrietados allí donde habían impactado las balas de la escopeta.

De pronto sintió una presencia detrás de él y, al volverse, topó con la mirada del subdirector Irvin Irving. Irving no llevaba máscara ni se estaba tapando la boca o la nariz.

—Buenas noches, jefe.

Irving lo saludó con la cabeza y preguntó:

—¿Qué hace usted por aquí, detective?

Bosch había visto lo suficiente como para poder deducir lo que había ocurrido, así que sorteó a Irving y se dirigió hacia la salida. El subdirector del departamento lo siguió y ambos pasaron por delante de dos hombres de la oficina del forense, vestidos con monos azules idénticos. Una vez fuera, Harry tiró su pañuelo en una papelera de la policía. Mientras encendía otro cigarrillo, reparó en que Irving llevaba un sobre de color marrón en la mano.

—Me enteré por la radio —le contó Bosch—. Como estaba de servicio, me he pasado por aquí. Ésta es mi división; tendrían que haberme llamado.

—Sí, bueno, cuando se descubrió la posible identidad del cadáver, decidí traspasar el caso inmediatamente a la División de Robos y Homicidios. El capitán Grupa me avisó y yo tomé la decisión.

—¿Y ya es seguro que se trata de Moore?

—No del todo. —Irving le mostró el sobre—. Acabo de pasarme por Archivos para sacar sus huellas dactilares. Ése será el factor decisivo, claro está. También está el análisis dental, si es que queda algo que analizar. Pero todos los indicios parecen apuntar a eso. Quienquiera que sea el de ahí dentro se registró con el nombre de Rodrigo Moya, que era el apodo que Moore usaba en el BANG. Y había un Mustang aparcado detrás del motel que también había sido alquilado usando ese nombre. De momento, el equipo investigador lo tiene bastante claro.

Bosch asintió. Había tratado con Irving anteriormente cuando estaba al cargo de la División de Asuntos Internos. Ahora era subdirector, es decir, uno de los tres hombres más importantes del departamento y su ámbito había sido ampliado para incluir Asuntos Internos, Inteligencia e Investigación de Narcóticos y todos los Servicios de Detectives. Harry consideró momentáneamente la conveniencia de insistir sobre el hecho de no haber sido avisado.

—Deberían haberme llamado —repitió finalmente—. Éste es mi caso. Me lo han quitado antes de dármelo.

—Bueno, eso lo decido yo, ¿no cree? Además, no hay necesidad de molestarse. Llámelo «racionalización». Ya sabe que Robos y Homicidios lleva todas las muertes de nuestros agentes. Al final usted tendría que habérselo pasado a ellos de todos modos; así ahorramos tiempo. Le aseguro que no hay ningún otro motivo aparte del deseo de acelerar los trámites. Le recuerdo que ahí yace el cuerpo de un policía. Eso nos obliga a actuar con rapidez y profesionalidad, sin importar las circunstancias de su muerte. Se lo debemos a él y a su familia.

Bosch asintió de nuevo y, al mirar a su alrededor,

vio a un detective llamado Sheehan junto a una puerta bajo el rótulo de «HABITACIONES RATAS». Estaba entrevistando a un hombre de unos sesenta años que desafiaba al frío de la noche con su camiseta de tirantes y mascaba un cigarro moribundo. Era el encargado del motel.

—¿Lo conocía? —preguntó Irving.

—¿A Moore? No, no mucho. Bueno, estábamos en la misma división, así que nos conocíamos de vista. Él trabajaba sobre todo en el turno de noche, en la calle. No tuvimos mucha relación...

Bosch no sabía por qué en ese momento había decidido mentir. Se preguntó si Irving lo habría notado en su voz y rápidamente cambió de tema.

—Así que es suicidio... ¿es eso lo que le ha dicho a los periodistas?

—Yo no les he dicho nada. He hablado con ellos, sí, pero no he mencionado la identidad de la víctima. Y no pienso hacerlo hasta que se confirme oficialmente. Aunque usted y yo estemos bastante seguros de que se trata de Calexico Moore, el público no lo sabrá hasta que hayamos hecho todos los análisis y las pruebas necesarias.

Irving se golpeó con el sobre en el muslo.

—Por eso he sacado el expediente de Moore; para acelerar los trámites. Las huellas irán al forense junto con el cuerpo. —Irving se volvió para mirar la habitación del motel—. Pero usted ha estado dentro, detective Bosch. Dígamelo usted.

Bosch lo pensó un momento. ¿Estaba Irving realmente interesado o estaba tomándole el pelo? Era la primera vez que lo trataba fuera de la situación de confrontamiento personal que acompaña cualquier investigación de Asuntos Internos. Al final Bosch se decidió a contestar.

—Parece que se sentó en el suelo junto a la bañera, se sacó la bota, y apretó ambos gatillos con el dedo del pie. Bueno, supongo que fueron los dos por el destrozo causado. El retroceso impulsó la escopeta hacia la jamba de la puerta, astillando la culata. La cabeza salió disparada hacia el otro lado, chocó contra la pared y cayó dentro de la bañera.

—Exactamente —dijo Irving—. Ahora puedo decirle al detective Sheehan que está usted de acuerdo. Como si hubiera sido llamado. No hay razón para que nadie se sienta marginado.

—Ésa no es la cuestión.

—¿Y cuál es la cuestión, detective? ¿Que nunca quiere dar el brazo a torcer? ¿Que no acepta las decisiones de sus superiores? Estoy empezando a perder la paciencia con usted, detective. Y esperaba que no me volviese a ocurrir.

Irving se había acercado demasiado a Bosch, quien notó su aliento a hierbas medicinales en plena cara. Se sentía acorralado y se preguntó si el subdirector lo haría expresamente.

—Pero no hay nota —comentó Bosch, dando un paso atrás.

—No, de momento no. Aunque todavía nos quedan cosas por registrar.

Bosch no sabía a qué se refería. El piso de Moore fue registrado cuando éste desapareció, al igual que la casa de su mujer. ¿Qué más quedaba? ¿Habría enviado Moore una nota por correo? No era probable porque, de ser así, ya habría llegado.

—¿Cuándo ocurrió?

—Con un poco de suerte empezaremos a tener una idea después de la autopsia de mañana por la mañana. De todas formas, yo creo que lo hizo poco después de que se registrara, es decir, hace seis días. El encargado del motel ha declarado que Moore entró en la habitación hace seis días y que no lo volvió a ver, lo cual concuerda con el aspecto de la habitación, el estado del cuerpo y la fecha del periódico.

Cuando Bosch oyó que la autopsia era al día siguiente, enseguida comprendió que Irving había movido hilos. Normalmente se tardaban tres días en conseguir una autopsia y en Navidad todo tardaba un poco más.

Irving pareció adivinar lo que estaba pensando.

—La forense jefe en funciones ha accedido a hacer la autopsia mañana por la mañana. Yo le he explicado que habría mucha especulación en la prensa y que eso no sería justo para la mujer de Moore ni para el departamento, y ella se ha brindado a cooperar. Después de todo, la jefa en funciones quiere convertirse en jefa permanente. Por eso aprecia el valor de la cooperación.

Bosch no hizo ningún comentario.

—O sea, que mañana lo sabremos seguro —insistió Irving—. Aunque de momento todo apunta a que Moore se suicidó al poco tiempo de llegar al motel, ya que nadie, ni siquiera el encargado, lo vio después de su llegada. El mismo Moore dejó instrucciones precisas para que no lo molestasen.

—¿Y por qué no lo encontraron antes?

—Porque pagó todo un mes por adelantado y pidió que le dejaran tranquilo. En un lugar como éste tampoco vienen a hacer la habitación cada día. El encargado supuso que sería un borracho que querría coger una buena trompa o dejar de beber. Hay que tener en cuenta que en sitios así no se puede seleccionar a la clientela. Y un mes son seiscientos dólares... —Irving hizo una pausa—. Así que el encargado cogió el dinero y respetó su promesa de no molestar a su cliente, al menos hasta hoy. Esta mañana su mujer descubrió que alguien había forzado el Mustang del señor Moya durante la noche y los dos decidieron entrar. También lo hicieron por curiosidad, claro está. Llamaron a la puerta y, como no contestó nadie, emplearon la llave maestra. En cuanto abrieron comprendieron lo que había ocurrido. Por el olor.

Irving le contó a Bosch que Moore/Moya había subido el aire acondicionado al máximo para frenar la descomposición del cuerpo y mantener el hedor dentro de la habitación. Asimismo, la habitación había sido sellada con toallas mojadas colocadas debajo de la puerta de entrada.

—¿Nadie oyó el disparo? —inquirió Bosch.

—Que sepamos, no. El encargado dice que no oyó nada y su mujer está medio sorda. De todos modos, viven al otro extremo del motel. Aquí tenemos tiendas a un lado y un bloque de oficinas al otro; dos sitios que cierran de noche. Y en la parte de atrás hay un callejón. Estamos consultando el registro del motel para intentar localizar a las otras personas que se alojaron aquí durante los primeros días de la estancia de Moore. De cualquier forma, el encargado dice que no alquiló las habitaciones contiguas porque pensó que podría ponerse un poco pesado si estaba con el mono. Además, ésta es una calle concurrida, con una parada de autobús justo enfrente. Puede ser que nadie oyera nada. O que lo oyeran, pero no supiesen qué era.

Bosch se quedó un instante pensativo y luego preguntó:

—No entiendo lo de alquilar la habitación un mes entero. ¿Para qué? Si el tío iba a suicidarse, ¿por qué intentar esconderlo tanto tiempo? ¿Por qué no hacerlo, dejar que te encuentren y se acabó?

—Buena pregunta —dijo Irving—. Lo único que se me ocurre es que tal vez lo hizo por su mujer.

Bosch arqueó las cejas.

—Estaban separados —explicó Irving—. A lo mejor no quiso que se enterara durante las fiestas navideñas e intentó retrasar la noticia un par de semanas o un mes.

A Bosch le pareció una explicación bastante floja, aunque de momento no tenía ninguna mejor. Intentó pensar en otra pregunta, pero no se le ocurrió nada. En ese preciso instante Irving cambió de tema, dándole a entender que su visita a la escena del crimen había concluido.

—¿Qué tal el hombro?

—Bien.

—Me dijeron que se había ido a México para mejorar su español.

Bosch no respondió, ya que le aburría esa clase de charlas. Quería decirle a Irving que no le convencían sus deducciones, a pesar de todas las pruebas y explicaciones que le había ofrecido. No obstante, no habría sabido decir por qué, y hasta que lo averiguara, era mejor quedarse callado.

—Siempre he pensado que no hay suficientes agentes (entre los no hispanos, claro está) que se esfuercen en aprender el segundo idioma de esta ciudad —comentó Irving—. Me gustaría que todo el departamento...

—¡La nota! —le gritó Donovan desde la habitación.

Irving se separó de Bosch sin decir ni una sola palabra y se dirigió hacia la puerta. Sheehan lo siguió junto con otro hombre trajeado que Bosch identificó como un detective de Asuntos Internos llamado John Chastain. Harry dudó un momento, pero los siguió.

Dentro, todo el mundo se había congregado frente a la puerta del cuarto de baño, alrededor del perito forense. Bosch mantuvo el cigarrillo en la boca e inhaló el humo.

—En el bolsillo trasero derecho —informó el perito—. Hay manchas de putrefacción, pero aún se lee. Por suerte el papel estaba doblado en cuatro y el interior se ha salvado bastante.

Irving se alejó del lavabo con la bolsa de plástico que contenía la nota y los demás lo siguieron. Todos, menos Bosch. El papel era gris como la piel de Moore y tenía una línea escrita en tinta azul. Irving posó sus ojos sobre Bosch y fue como si lo viera por primera vez.

—Bosch, usted tendrá que irse.

Harry quería preguntar sobre el contenido de la nota, pero sabía que se negarían a decírselo. Antes de salir, creyó atisbar una sonrisita de satisfacción en la cara de Chastain.

Cuando llegó a la cinta amarilla, Bosch se detuvo a encender otro cigarrillo. Entonces oyó un ruido de tacones a su espalda y se volvió; era una periodista rubia del Canal 2 que venía hacia él con un micrófono inalámbrico y una sonrisa falsa, de modelo publicitaria. La rubia se le acercó mediante una maniobra bien estudiada, pero Harry la atajó antes de que pudiera hablar:

—Sin comentarios. No trabajo en el caso.

—¿Pero no podría...?

—Sin comentarios.

La periodista lo miró sorprendida y la sonrisa desapareció de su rostro. Dio media vuelta, enfadada, pero al cabo de unos instantes ya caminaba alegremente —seguida del cámara— hacia la posición elegida para comenzar su reportaje. Justo en ese momento sacaban el cadáver. Los focos se encendieron y las seis cámaras formaron un pasillo por el que los dos hombres del forense empujaron la camilla con el cuerpo tapado. Mientras se dirigían hacia la furgoneta azul de la policía, Harry reparó en el semblante serio de Irving, que caminaba erguido unos pasos más atrás pero lo suficientemente cerca para entrar en el encuadre de la cámara. Al fin y al cabo, cualquier aparición en las noticias de la noche era mejor que nada, especialmente para un hombre con el ojo puesto en el cargo de director.

Después de aquello, el lugar comenzó a despejarse. Todo el mundo se fue: la prensa, la policía, los curiosos... Bosch pasó de nuevo por debajo de la cinta amarilla y se dispuso a buscar a Donovan o Sheehan. En ese momento Irving vino hacia él.

—Detective, ahora que lo pienso, sí que hay algo que puede hacer para acelerar los trámites. El detective Sheehan tiene que quedarse aquí a recoger, pero yo preferiría adelantarme a la prensa con la mujer de Moore. ¿Podría usted encargarse del trámite de notificación al familiar más cercano? Por supuesto, aún no hay nada seguro, pero quiero que su mujer esté al corriente de lo que está pasando.

Bosch se había indignado tanto antes que no podía negarse. ¿Acaso no había querido parte del caso? Pues la tenía.

—Déme la dirección —contestó.

Unos minutos más tarde, Irving se había marchado y los agentes de uniforme estaban retirando la cinta amarilla. Finalmente Bosch localizó a Donovan, que se dirigía a su furgón con la escopeta en un envoltorio de plástico y varias bolsitas llenas de pruebas. Harry se apoyó en el parachoques del furgón para atarse el zapato, mientras Donovan guardaba las bolsas de pruebas en una caja de vino del valle de Napa.

—¿Qué quieres, Harry? Me han dicho que no estabas autorizado a entrar.

—Eso era antes. Ahora acaban de ponerme en el caso. Tengo que notificar al familiar más cercano.

—Felicidades.

—Bueno, algo es algo —contestó Bosch—. Oye, ¿qué decía?

—¿El qué?

—La nota.

—Mira, Harry, ya sabes que...

—Mira, Donnie, Irving me ha encargado que notificara al familiar más cercano. Yo creo que eso significa que estoy en el caso. Sólo quiero saber qué escribió Moore. —Bosch cambió de táctica—. Era amigo mío, ¿de acuerdo? No se lo voy a decir a nadie.

Soltando un gran suspiro, Donovan metió la mano en la caja y comenzó a rebuscar por entre las bolsas de pruebas.

—La verdad es que la nota no decía mucho. Bueno, nada muy profundo.

Donovan encendió la linterna y la enfocó hacia la bolsa que contenía el papel con una sola línea escrita:

He descubierto quién era yo

3

La dirección que Irving le había dado estaba en Canyon Country, casi una hora en coche. Bosch cogió la autopista de Hollywood hacia el norte, luego tomó la Golden State y atravesó el oscuro desfiladero de las montañas de Santa Susanna. Había poco tráfico, ya que a esa hora la mayoría de gente estaría en su casa cenando pavo al horno. Bosch pensó en Cal Moore: en lo que había hecho y en lo que había dejado atrás.

«He descubierto quién era yo.»

No tenía ni la más remota idea de lo que había querido decir el policía muerto con aquella frase garabateada en un pedazo de papel metido en el bolsillo de atrás de su pantalón. Únicamente tenía su encuentro con Moore. ¿Y qué había sido eso? Un par de horas bebiendo con un policía cínico y amargado. No había forma de saber lo que había ocurrido desde entonces; de averiguar cómo se había corroído la coraza que lo protegía.

Bosch rememoró aquel encuentro con Moore. Había sido tan sólo unas semanas antes y, aunque el motivo era hablar de trabajo, los problemas personales de Moore habían aflorado a la superficie. Bosch y Moore quedaron el martes por la noche en el Catalina Bar & Grill. Esa noche Moore estaba de servicio, pero el Catalina se hallaba a sólo media manzana del Boulevard. Cuando entró en el bar, Harry lo esperaba sentado en la barra del fondo. A los policías nunca les obligaban a tomar una consumición.

Moore se sentó en el taburete de al lado y pidió un chupito de whisky y una Henry's, la misma cerveza que estaba bebiendo Bosch. Llevaba tejanos y una sudadera que le quedaba holgada y le tapaba el cinturón, la vestimenta típica de un policía antidroga. De hecho, parecía sentirse muy cómodo con aquella ropa. Los tejanos estaban gastadísimos y las mangas del chándal cortadas. Debajo del borde deshilachado del brazo derecho, se apreciaba la cara de un demonio tatuado con tinta azul. A su manera un poco ruda, Moore era un hombre atractivo, pero en aquella ocasión tenía un aspecto extraño: no se había afeitado en varios días y parecía un rehén tras un largo período de tormento y cautiverio. Entre la fauna del Catalina, cantaba como un basurero en una boda. Al apoyar los pies en el taburete, Harry reparó en el calzado del policía: unas botas grises de piel de serpiente. Eran del modelo preferido por los vaqueros de rodeos porque los tacones se inclinaban hacia delante, permitiendo una mejor sujeción cuando se echaba el lazo a una ternera. Harry sabía que los policías de narcóticos las llamaban «trincaángeles» porque les daban mejor sujeción cuando trincaban a un sospechoso que iba colocado con polvo de ángel.

Al principio Bosch y Moore fumaron, bebieron y charlaron, intentando establecer diferencias y puntos en común. Bosch descubrió que el nombre Calexico Moore reflejaba perfectamente la mezcla de orígenes del sargento. El policía tenía la piel oscura, el pelo negro como el azabache, las caderas estrechas y los hombros anchos. Esa imagen exótica contrastaba con sus ojos, que eran los de un surfista californiano, verdes como el anticongelante, y con su voz, en la que no había ni rastro de acento mexicano.

—Calexico es un pueblo de la frontera, al otro lado de Mexicali. ¿Lo conoces?

—Nací allí. Por eso me pusieron ese nombre.

—Yo no he estado nunca.

—No te preocupes, no te pierdes nada. Es un pueblo fronterizo como cualquier otro. Todavía vuelvo de vez en cuando.

—¿Tienes familia allí?

—No..., ya no.

Tras indicarle al camarero que trajera otra ronda, Moore encendió un cigarrillo con el anterior, que había apurado hasta el filtro.

—Pensaba que querías preguntarme algo —dijo Moore.

—Sí. Es para un caso.

Cuando llegaron las bebidas, Moore vació su chupito de un solo trago. Y antes de que el camarero hubiese terminado de tomar nota del primero, ya había pedido otro.

Bosch comenzó a recontar los detalles de un caso que le preocupaba, ya que a pesar de llevarlo desde hacía unas semanas, aún no había conseguido descubrir nada. El cadáver de un varón de treinta años, más tarde identificado como James Kappalanni, de Oahu, Hawai, había sido hallado cerca de la autopista de Hollywood, a la altura de Gower Street. A la víctima la habían estrangulado con un alambre de medio metro al que habían colocado unas asas de madera para poder tirar mejor de él, una vez apretado alrededor del cuello. Fue un trabajo limpio y eficiente: la cara de Kappalanni quedó del color azul grisáceo de una ostra. El hawaiano azul, lo había llamado la forense que le hizo la autopsia. Para entonces Bosch ya había averiguado a través del Ordenador Nacional de Inteligencia Criminal y el ordenador del Departamento de Justicia que al muerto se le conocía como Jimmy Kapps, y que tenía una hoja de antecedentes penales por delitos relacionados con drogas casi tan larga como el alambre con que le habían quitado la vida.

—Así que no fue una gran sorpresa cuando, al abrirlo, la forense encontró cuarenta y dos condones en el estómago —dijo Bosch.

—¿Y qué había dentro?

—Una mierda hawaiana llamada «cristal» que, según tengo entendido, es un derivado del hielo, esa droga que estaba tan de moda hace unos años —respondió Bosch—. Bueno, pues el tal Jimmy Kapps era un correo que llevaba todo ese cristal en la barriga, lo cual quiere decir que seguramente acababa de llegar de Honolulú cuando se topó con el estrangulador. Me han dicho que el cristal es caro y hay mucha demanda. En estos momentos busco todo tipo de información, una pista o cualquier cosa, porque estoy perdido. No tengo ni idea de quién se cargó a Jimmy Kapps.

—¿Quién te contó lo del cristal?

—Alguien de narcóticos en el Parker Center, pero no supo decirme mucho.

—Nadie tiene ni zorra; ése es el problema. ¿Te hablaron del hielo negro?

—Un poco. Me dijeron que era la competencia del cristal y que venía de México.

Moore miró a su alrededor en busca del camarero. Sin embargo, éste se había colocado al otro extremo de la barra y parecía no hacerles caso a propósito.

—Las dos drogas son relativamente nuevas. En resumidas cuentas el hielo negro y el cristal son la misma cosa. Producen los mismos efectos, pero el cristal viene de Hawai, y el hielo negro de México —explicó Moore—. Podría decirse que es la droga del siglo XXI. Si yo fuera un camello, la definiría como la droga más completa. Básicamente, alguien cogió coca, heroína y PCP y los mezcló para crear un pedrusco muy potente que lo hace todo; sube como el *crack*, pero dura como la heroína. Te estoy hablando de horas, no de minutos. Y luego lleva un pellizco de polvo, el PCP, que da un empujón al final del viaje. En cuanto empiecen a distribuirlo en grandes cantidades, las calles se llenarán de zombis.

Bosch no dijo nada. Muchas de aquellas cosas ya las sabía, pero Moore iba bien encaminado y no quería distraerlo con una pregunta. Así que encendió un cigarrillo y esperó.

—Todo empezó en Hawai, concretamente en Oahu —continuó Moore—. Allí fabricaban una sustancia que llamaban «hielo», sin más. Y lo hacían combinando PCP y cocaína. Era muy lucrativo, pero poco a poco fue evolucionando. En un momento dado, añadieron heroína de la buena, blanca y asiática, y lo bautizaron «cristal». Supongo que su lema sería «fino como el cristal» o algo por el estilo. Pero en este negocio no hay monopolios ni derechos de autor; sólo precios y ganancias.

Moore alzó las dos manos para destacar la importancia de estos dos factores.

—Los hawaianos habían creado un buen producto, pero tenían la dificultad de transportarlo a tierra firme. Los aviones y barcos de mercancías que realizan el trayecto desde las islas siempre están controlados. O al menos siempre se corre el riesgo de que comprueben los cargamentos. Por eso acabaron usando correos como este tal Kapps, que se tragan la mierda y la pasan en avión. Pero incluso ese sistema es más complicado de lo que parece. En primer lugar, sólo puedes mover una cantidad limitada. ¿Qué llevaba este tío: cuarenta y dos globos? Eso, ¿qué son? ¿Unos cien gramos? No compensa demasiado. Y en segundo lugar están los federales de la DEA; los antidrogas siempre tienen a su gente apostada en los aviones y aeropuertos a la espera de tipos como Kapps, a los que llaman «contrabandistas del condón». Y saben perfectamente el tipo de persona que buscan: gente que suda mucho, pero que se va humedeciendo unos labios totalmente secos... Es el efecto de los astringentes, la mierda esa del Kaopectate. Los contrabandistas se lo toman como si fuera Pepsi, y eso los delata.

»Bueno, lo que te quiero decir es que los mexicanos lo tienen mucho más fácil. La geografía está de su parte; tienen barcos y aviones, pero también una frontera de tres mil kilómetros que es prácticamente inexistente a efectos de control y contención. Al parecer, por cada kilo de coca que requisan los federales, nueve se les escapan de las manos. Y que yo sepa, hasta ahora no han confiscado ni un solo gramo de hielo negro en la frontera.

Cuando Moore hizo una pausa para encender un cigarrillo, Bosch observó que le temblaba la mano.

—Los mexicanos robaron la receta. Empezaron a copiar el cristal, pero usando heroína de la suya, de baja calidad. Es esa mierda que va con alquitrán incluido; la pasta asquerosa que se queda al fondo del cazo. La versión mexicana tiene tantas impurezas que se vuelve negra; por eso lo llaman «hielo negro». El hielo negro es más barato de fabricar, mover y vender; los mexicanos han ganado a los hawaianos con su propio producto.

Moore parecía haber terminado.

—¿Sabes si los mexicanos han comenzado a cargarse a los correos hawaianos para monopolizar el mercado?

—Al menos por aquí, no. Acuérdate de que los mexicanos fabrican la droga, pero no son necesariamente los que la venden. De ahí a la calle hay varios escalones.

—Pero tienen que seguir controlando el cotarro.

—Sí, eso es verdad.

—¿Quién crees que mató a Jimmy Kapps?

—Ni idea, Bosch. Es la primera noticia que tengo.

—¿Tu equipo ha arrestado a algún camello de hielo negro? ¿Habéis interrogado a alguien?

—A unos cuantos, pero son los últimos peldaños de la escalera: chicos blancos. Los camellos que venden piedras en el Boulevard suelen ser chavales de raza blanca, porque es más fácil para ellos hacer negocios. Pero eso no quiere decir que los proveedores no sean mexicanos, aunque también podrían ser pandillas del barrio de South-Central. La verdad es que no creo que las detenciones que hemos hecho te sirvan de mucho.

Moore golpeó la barra con la jarra de cerveza vacía hasta que el camarero alzó la vista y el policía le indicó que quería otra ronda. Moore comenzaba a ponerse de mal humor y Bosch aún no le había sacado gran cosa.

—Necesito llegar más arriba, a los mayoristas. ¿Puedes buscarme algo? Llevo tres semanas con esto y aún no he averiguado nada, así que tengo que encontrar algo o pasar página.

Moore tenía la vista fija en la hilera de botellas de detrás de la barra.

—Lo intentaré —prometió—. Pero tienes que recordar que nosotros no nos dedicamos al hielo negro. Nuestro trabajo diario es la coca, el polvo, un poco de marihuana; nada de sustancias exóticas. Somos una brigada de números, tío. Pero tengo un contacto en la DEA. Hablaré con él.

Bosch consultó su reloj. Eran casi las doce y quería irse. Moore encendió otro cigarrillo, pese a que todavía tenía uno ardiendo en el cenicero repleto de colillas. A Harry todavía le quedaban una cerveza y un chupito, pero se levantó y comenzó a rebuscar en sus bolsillos.

—Gracias, tío. Ya me dirás algo.

—Claro —contestó Moore. Al cabo de un segundo añadió—: Eh, Bosch.

—¿Qué?

—En la comisaría me hablaron de ti. Bueno, lo de que estuviste supendido. Me estaba preguntando si conocerías a un tal Chastain de Asuntos Internos.

Bosch pensó un momento. John Chastain era uno de los mejores. En Asuntos Internos, las querellas se clasificaban como justificadas, injustificadas o infundadas. John era conocido como Chastain *el Justificador*.

—He oído hablar de él —contestó Bosch—. Es un pez gordo, tiene un grupo a su cargo.

—Sí, ya sé qué rango tiene. Eso lo sabe todo el mundo, joder. Lo que quiero decir es... ¿es uno de los que te investigaron a ti?

—No, fueron otros.

Moore asintió. Entonces alargó el brazo, cogió el chupito de Bosch y se lo bebió de un trago

—Oye, ¿tú crees que Chastain es bueno? ¿O es de esos a los que el traje les hace brillos en el culo?

—Supongo que eso depende de lo que quieras decir con bueno. Personalmente no creo que ninguno de ellos sea bueno. Con un trabajo como ése es imposible. Pero te aseguro que si les das la más mínima oportunidad, cualquiera de ellos te quemará vivo y tirará las cenizas al mar.

Bosch se debatió entre preguntarle lo que pasaba y dejarle en paz. Moore no dijo nada; estaba dándole a Bosch la posibilidad de elegir, pero éste decidió no entrometerse.

—Si la tienen tomada contigo, no hay mucho que hacer. Llama al sindicato y consíguete un abogado. Haz lo que él diga y no des a esos buitres más de lo estrictamente necesario.

Moore asintió una vez más sin decir palabra. Harry puso dos billetes de veinte dólares para cubrir la cuenta y la propina y se marchó. Ésa fue la última vez que vio a Moore.

Al llegar a la autopista de Antelope, Bosch puso rumbo al noreste. En el paso elevado de Sand Canyon echó un vistazo al carril contrario y vio una furgoneta blanca con un nueve muy grande en el lateral, lo cual significaba que la esposa de Moore ya lo sabría cuando él llegara hasta allí. Harry se sintió culpable, pero también aliviado de no ser el portador de la mala noticia.

Aquello le hizo pensar que ignoraba el nombre de la viuda. Irving sólo le había dado una dirección, asumiendo que Bosch lo sabría. Al salir de la autopista y coger la carretera de la sierra, intentó recordar los artículos de periódico que había leído durante la semana. Todos mencionaban a la mujer de Moore.

Pero no le vino a la cabeza. Se acordaba de que era maestra; profesora de lengua en un instituto del valle de San Fernando. Recordaba que ella y su marido no tenían hijos y que llevaban separados unos cuantos meses. No obstante, el nombre se le resistía.

Cuando finalmente Bosch llegó a Del Prado, se fijó en los números pintados en los bordillos y aparcó delante del que había sido el hogar de Cal Moore. Era una casa típica, estilo rancho, prácticamente idéntica a todas las viviendas que constituían las urbanizaciones satélite de Los Ángeles y cuyos habitantes congestionaban las autopistas de la ciudad. La casa de los Moore parecía grande, de unas cuatro habitaciones, algo que a Bosch se le antojó un poco extraño para una pareja sin niños. Tal vez habían tenido planes en algún momento.

La luz del porche no estaba encendida. No esperaban ni querían ver a nadie. A pesar de la oscuridad, Bosch comprobó que el césped del jardín de la entrada estaba descuidado. La hierba alta rodeaba un cartel blanco de la inmobiliaria Ritenbaugh plantado cerca de la acera.

Fuera no había ningún coche aparcado y la puerta del garaje estaba cerrada. Las dos ventanas de la vivienda eran como agujeros negros. Una sola luz brillaba débilmente tras la cortina del ventanal junto a la puerta de entrada. Bosch se preguntó cómo sería la mujer de Moore y si en esos instantes sentiría culpa o rabia. O tal vez ambas cosas.

Bosch arrojó al suelo su cigarrillo y salió del coche. Al dirigirse hacia la puerta, pasó por delante del triste cartel de «Se vende».

4

El felpudo de la entrada decía BIENVENIDOS, pero estaba muy gastado y hacía tiempo que nadie se había preocupado de limpiarlo. Bosch se fijó en todo esto porque mantuvo la cabeza baja después de llamar a la puerta. Hubiera hecho cualquier cosa para evitar enfrentarse a los ojos de aquella mujer.

Tras la segunda llamada, se oyó su voz.

—Váyanse. Sin comentarios.

Bosch sonrió, pensando en que él había empleado la misma expresión aquella noche.

—¿Señora Moore? No soy periodista. Soy de la policía de Los Ángeles.

La puerta se abrió unos cuantos centímetros y apareció la cara de ella, apenas visible en el contraluz. Bosch advirtió que había una cadena y le mostró su placa.

—¿Sí?

—¿Señora Moore?

—¿Sí?

—Soy Harry Bosch... detective del Departamento de Policía de los Ángeles. Me han enviado para... ¿puedo pasar? Tengo que... hacerle unas preguntas e informarle de unos... acontecimientos...

—Llega tarde. Ya han venido el Canal 4, el 5 y el 9. Cuando usted llamó, pensaba que sería otro canal. El 2 o el 7.

—¿Le importa que entre, señora Moore?

Bosch se guardó la placa. Ella cerró de nuevo y él oyó que corría la cadena. Cuando la puerta se abrió ella le hizo un gesto para que pasara. Al entrar, observó que el recibidor estaba decorado con azulejos mexicanos de color teja. En la pared había un espejo redondo, en el que Bosch vio reflejada a la mujer de Moore, cerrando la puerta con un pañuelo en una mano.

—¿Va a tardar mucho? —preguntó ella.

Bosch dijo que no y ella lo condujo hacia la sala de estar, donde se sentó en una butaca de cuero marrón que, además de parecer muy cómoda, estaba estratégicamente situada junto a la chimenea. Frente a ésta, había un sofá al parecer reservado a los invitados y que la mujer de Moore ofreció a Bosch. En la chimenea aún ardían los últimos rescoldos de un fuego y en la mesita junto a la butaca había una caja de pañuelos de papel y una pila de hojas. Tenían aspecto de informes o manuscritos; algunos de ellos estaban enfundados en carpetas de plástico.

—Son reseñas de libros —explicó ella al detectar su mirada—. Les pedí a mis alumnos que escribieran una antes de Navidad. Iban a ser mis primeras Navidades sola y quería tener algo que hacer.

Bosch asintió con la cabeza y echó un vistazo a su alrededor. En su trabajo obtenía mucha información sobre la gente a partir de sus casas y su manera de vivir. A menudo las personas ya no estaban ahí para contarle nada, así que se veía obligado a deducir a partir de sus observaciones, una habilidad de la que se sentía bastante orgulloso.

La sala de estar era austera; apenas había muebles. Daba la impresión de que no recibía visitas de muchos amigos o familiares.

En un extremo de la habitación vio una gran estantería llena de novelas de tapa dura y catálogos de arte, pero no había televisor ni rastro de niños. Era un lugar destinado a trabajar tranquilamente o charlar junto al fuego. Pero nada más.

En el rincón opuesto a la chimenea se alzaba un árbol de Navidad de metro y medio decorado con lucecitas blancas, bolas rojas y unos cuantos adornos navideños hechos a mano que parecían haber pasado de generación en generación. A Bosch le gustó que ella hubiese puesto el árbol, porque demostraba que había continuado con su vida y sus costumbres tras la ruptura matrimonial. Lo había hecho por ella, lo cual le demostró su fortaleza. Aquella mujer poseía una coraza causada por el dolor y quizá la soledad, pero en su interior se ocultaba una gran fuerza. El árbol le dijo a Bosch que era el tipo de persona que sobreviviría a todo aquello. Sola.

—Antes de empezar, ¿puedo preguntarle algo? —dijo ella.

Aunque la luz de la lámpara de lectura que había junto a su butaca era de bajo voltaje, Bosch percibió la intensidad de sus ojos castaños y, una vez más, deseó poder recordar su nombre.

—Pues claro.

—¿Lo ha hecho usted a propósito? ¿Lo de dejar que llegaran antes los periodistas para no tener que hacer el trabajo sucio? Así es cómo mi marido se refería a la notificación de las familias. Lo llamaba «trabajo sucio», y decía que los detectives siempre intentaban evitarlo.

Bosch notó que se sonrojaba. En el silencio embarazoso que siguió, el tictac del reloj de la chimenea se hizo fortísimo.

—Me dieron la orden hace muy poco. He tardado un rato en encontrar el sitio y...

Bosch se calló. Ella tenía razón.

—Lo siento. Supongo que es cierto. Me lo he tomado con calma.

—No importa. No debería criticarle. Debe de ser un trabajo horrible.

En ese instante Bosch ansió tener un sombrero de fieltro como los que llevaban los detectives de las películas antiguas; de ese modo podría haber jugueteado con él, repasado el ala con los dedos y, en definitiva, habría sabido qué hacer con las manos. En su defecto, Bosch miró a la mujer de Moore con detenimiento y descubrió una belleza estropeada. Debía de rondar los treinta y cinco años y parecía ágil, como una corredora. Tenía el pelo castaño con mechas rubias y la mandíbula bien definida sobre los tensos músculos del cuello. No usaba maquillaje para ocultar los ligeros surcos que rodeaban sus ojos. Llevaba tejanos azules y un suéter de algodón blanco que podría haber pertenecido a su marido. Bosch se preguntó cuánto Calexico Moore quedaba en su corazón.

En realidad, Harry la admiraba por haberle dicho lo del trabajo sucio. Se lo merecía. Al cabo de tres minutos de conocerla, pensó que le recordaba a alguien, pero no sabía a quién. A alguien de su pasado, tal vez. Junto a aquella fortaleza había una ternura silenciosa. Bosch no podía dejar de mirarla a los ojos; eran como imanes.

—Bueno, soy Harry Bosch —repitió de nuevo, con la esperanza de que ella también se presentara.

—Sí, he oído hablar de usted. Leí algunos artículos en el periódico. Y recuerdo que mi marido le mencionó, creo que cuando le enviaron a la División de Hollywood, hace un par de años. Cal me dijo que una productora le había pagado un montón de dinero por usar su nombre y hacer un largometraje para televisión sobre un caso. También me contó que se había comprado una de esas casas de las colinas.

Bosch asintió y cambió de tema rápidamente.

—No sé lo que le han dicho los periodistas, señora Moore, pero me han enviado para comunicarle que creemos haber encontrado a su marido, muerto. Siento tener que decírselo pero...

—Yo ya lo sabía, usted lo sabía y todos los policías de la ciudad lo sabían. No he hablado con los periodistas, pero no hacía falta. Sólo les he dicho que no quería hacer declaraciones. Cuando tanta gente se presenta un día de Navidad, está claro que vienen a traer malas noticias.

Bosch asintió y miró al sombrero imaginario que tenía en las manos.

—Bueno, ¿me lo va a decir o no? ¿Fue un suicidio? ¿Usó un arma?

Bosch asintió de nuevo y dijo:

—Eso parece, pero no hay nada seguro has...

—Hasta la autopsia, ya lo sé. Soy la mujer de un policía. Bueno, lo era. Sé lo que puede decir y lo que no. Es penoso; ustedes no van a ser claros ni siquiera conmigo. ¡Siempre se guardan algo!

Bosch notó que la mirada de ella se tornaba dura, llena de rabia.

—Eso no es cierto, señora Moore. Estoy intentando suavizar el gol...

—Detective Bosch, si quiere decirme algo, dígamelo.

—Pues sí, fue con un arma. Si quiere los detalles, puedo dárselos. Su marido, si es que era él, se disparó en plena cara con una escopeta. Su rostro ha quedado totalmente destrozado, por lo que primero tenemos que asegurarnos de que era él y después de que se suicidó. No estamos intentando ocultar nada; simplemente aún no tenemos todas las respuestas.

Ella se apoyó en la butaca y quedó fuera de la luz. Entre las sombras, Bosch distinguió la expresión de su rostro. La dureza y la rabia se habían diluido. Sus hombros comenzaron a relajarse. Bosch se sintió avergonzado.

—Lo siento —se disculpó—. No sé por qué le he contado todo eso. Tendría que haberle...

—No importa. Supongo que me lo merecía... Yo también lo siento.

Ella lo miró sin rabia en los ojos. Ahora que había roto la coraza que la protegía, Bosch comprendió que necesitaba compañía. Por muchos árboles de Navidad y reseñas de libros que tuviera, la casa era demasiado grande y oscura para ella sola en ese momento. Sin embargo, había algo más que lo empujaba a quedarse: el hecho de que se sintiera instintivamente atraído por ella. Bosch nunca se había ajustado a la teoría de la atracción de polos opuestos, sino todo lo contrario; siempre había visto algo de él en las mujeres que le habían interesado. No comprendía por qué, pero así era. Y en aquel preciso momento lo atraía una mujer de la cual desconocía hasta el nombre. Quizá fuera una proyección de sus propias necesidades, pero en cualquier caso aquella mujer le había interesado; Bosch quiso averiguar la causa de los surcos alrededor de aquellos ojos afilados. Como las de Bosch, las cicatrices de ella parecían estar dentro, enterradas en lo más hondo de su ser. En cierto modo eran iguales y Bosch lo sabía.

—Lo siento, pero no recuerdo su nombre. El

subdirector sólo me dio su domicilio y me dijo que viniese.

Ella sonrió al comprender su problema.

—Sylvia.

Él asintió con la cabeza.

—Sylvia. Oiga, ¿eso que huele tan bien no será café?

—Sí. ¿Quiere una taza?

—Me encantaría, si no es mucha molestia.

—En absoluto.

Cuando ella se levantó a buscarlo, Bosch se arrepintió de habérselo pedido.

—Aunque... quizá debería irme. Usted tiene mucho en qué pensar y yo la estoy molestando. He...

—Por favor, quédese. Me vendrá bien un poco de compañía.

Ella no esperó a que él respondiera. El fuego crepitó cuando las llamas encontraron la última bolsa de aire. Bosch observó a Sylvia mientras se alejaba. Esperó un segundo, echó otro vistazo a la habitación y la siguió hasta la cocina.

—El café solo, por favor.

—Como todos los policías.

—No le caemos muy bien, ¿verdad?

—Bueno, digamos que no he tenido mucha suerte con ellos.

Ella le dio la espalda mientras ponía dos tazas en la encimera y servía el café. Bosch se apoyó contra la puerta de la nevera. No sabía qué decir ni si debía hacer preguntas sobre el caso o no.

—Tiene un casa muy bonita.

—¿Usted cree? Yo no, le falta vida. La vamos a vender. Bueno, supongo que debería decir que la voy a vender.

Ella seguía de espaldas.

—No debe usted culparse por lo que hizo él.

Bosch se dio cuenta de que aquello no la consolaría.

—Es fácil decirlo.

—Ya.

Hubo un largo silencio antes de que Bosch decidiera ir directo al grano.

—Había una nota.

Ella abandonó lo que estaba haciendo, pero siguió sin volverse.

—«He descubierto quién era yo.» Eso es todo lo que ponía.

Ella no dijo nada. Una de las tazas todavía estaba vacía.

—¿Significa algo para usted?

Finalmente ella se volvió. Bajo la luz blanca de la cocina, Bosch vio los surcos salados que las lágrimas habían dejado en su mejilla. Le hicieron sentirse impotente, incapaz de hacer nada para ayudarla.

—No lo sé. Mi marido... estaba atrapado en el pasado.

—¿Qué quiere decir?

—Pues que... siempre estaba intentando ir hacia atrás. El pasado le interesaba más que el presente o la ilusión por el futuro. Le gustaba volver a la época en que creció... No podía olvidar.

Bosch vio que las lágrimas se deslizaban hasta los surcos bajo los ojos. Ella se giró y terminó de servir el café.

—¿Qué le pasó? —preguntó Bosch.

—A mí no me lo pregunte. —Después de permanecer un buen rato en silencio, añadió—: No sé. Quería volver al pasado. Lo necesitaba.

«Todo el mundo necesita su pasado —pensó él—. A veces te tira aún más fuerte que el futuro.»

Ella se secó los ojos con un pañuelo de papel, se

volvió y le dio una taza. Antes de decir nada, Bosch se tomó un sorbo de café.

—Una vez me dijo que había vivido en un castillo —comentó ella—. Al menos así es cómo lo llamó.

—¿En Calexico? —preguntó él.

—Sí, pero fue por poco tiempo. No sé qué pasó. Nunca me contó mucho sobre esa parte de su vida. La culpa la tuvo su padre, que en un momento dado no quiso saber nada más de él. Cal y su madre tuvieron que irse de Calexico (del castillo, o de donde fuera) y ella se lo llevó al otro lado de la frontera. A él le gustaba decir que era de Calexico, aunque en realidad creció en Mexicali. ¿Ha estado usted allí?

—De paso. Nunca me he quedado.

—Todo el mundo lo considera un lugar de paso, pero allí es donde creció Cal.

Sylvia se calló y Bosch esperó a que continuara. Ella mantenía la vista fija en su café; era una mujer atractiva que parecía cansada de todo aquello. Todavía no se había dado cuenta de que aquello, además de un final, era un principio en su vida.

—El abandono fue algo que nunca superó. Volvía a Calexico muy a menudo. Yo no iba, pero sé que él sí. Solo. Creo que espiaba a su padre; tal vez para ver lo que podría haber sido. No lo sé. Cal conservaba las fotos de cuando era pequeño. A veces, por la noche, cuando pensaba que yo dormía, las sacaba y las miraba.

—¿Todavía vive su padre?

—No lo sé. Cal apenas lo mencionaba y cuando lo hacía, decía que estaba muerto. Pero no sé si hablaba de manera figurada o era cierto. Para Cal su padre estaba muerto desde que él se marchó, eso era lo que importaba. Era algo muy personal. Todavía se sentía rechazado, incluso después de tantos años. Yo no conseguí que hablara del tema. Y las pocas veces que lo hacía, mentía; decía que su padre no significaba nada para él. Pero sí que le importaba, se lo aseguro. Al cabo de un tiempo, de los años, tengo que admitir que dejé de sacar el tema. Y él nunca lo mencionaba, sólo se iba hacia allá..., a veces un fin de semana, a veces un día... Jamás decía nada cuando regresaba.

—¿Tiene usted las fotos?

—No, se las llevó él. Nunca salía sin ellas.

Bosch tomó un sorbo de café para ganar tiempo.

—Parece... No sé... ¿Cree usted que este asunto podría tener algo que ver con...?

—No lo sé. Sólo puedo decirle que este asunto tenía mucho que ver con nosotros. Para Cal era como una obsesión; más importante que yo. Eso es lo que terminó con nuestra relación.

—¿Qué estaba intentando averiguar?

—No lo sé. En los últimos años él no me mostraba sus sentimientos. Al cabo de un tiempo yo también hice lo mismo y por eso terminamos.

Bosch asintió y desvió la mirada. ¿Qué otra cosa podía hacer? A veces su trabajo lo empujaba tan cerca de la vida de las personas que sólo podía asentir. Se sentía culpable de hacer aquellas preguntas, puesto que no tenía derecho a las respuestas. De todas formas, él sólo era el mensajero. No era misión suya averiguar la razón por la que una persona se había puesto una escopeta de dos cañones en la cara y había apretado el gatillo.

Sin embargo, el misterio de Cal Moore y el sufrimiento de aquel rostro le impedían marcharse. Ella lo cautivaba por una razón que iba más allá de su belleza física. Era atractiva, sí, pero lo que le atraía con más fuerza era su expresión de dolor, sus lágrimas y la intensidad de su mirada. En ese momento Bosch pensó que ella no se merecía todo aquello. ¿Cómo podía Cal Moore haber arruinado su vida de esa manera?

Bosch volvió a mirarla a los ojos.

—Una vez su marido me dijo una cosa. Verá... Yo tuve un problema con el Departamento de Asuntos Internos, el departamento que se encarga...

—Ya sé lo que es.

—Sí, bueno, pues su marido me pidió consejo. Me preguntó si conocía a una persona que estaba haciendo preguntas sobre él: un tal Chastain. ¿Le habló Cal de él? ¿Sabe qué pasaba?

—No, no me habló de él.

La actitud de ella estaba cambiando. Bosch notó que la rabia volvía a acumularse en su interior por la forma en que lo miraba. Al parecer había puesto el dedo en la llaga.

—Pero usted lo sabía, ¿no?

—Chastain vino aquí un día. Pensó que yo cooperaría. Me dijo que yo me había quejado de mi marido, lo cual era mentira. Como quería registrar la casa, le pedí que se fuera. —Sylvia hizo una pausa—. Prefiero no hablar del tema.

—¿Cuándo vino Chastain?

—No lo sé. Hará un par de meses.

—¿Avisó usted a Cal?

Ella dudó y luego asintió.

«Entonces Cal vino al Catalina y me pidió consejo», se dijo Bosch.

—¿Está segura de que no sabe el motivo de la visita?

—En ese momento ya estábamos separados. No nos hablábamos. Lo único que hice fue contarle a Cal que Chastain había venido y que había mentido sobre quién había presentado la queja. Cal me respondió que siempre mentían y me dijo que no me preocupara.

Harry se había terminado el café, pero se quedó de pie con la taza en la mano. Aunque Sylvia Moore sabía que su marido había caído en desgracia de alguna forma, que había traicionado su futuro juntos por culpa de su pasado, le había sido leal. Le había avisado sobre Chastain. Bosch no se lo reprochaba, sino todo lo contrario: aún la admiraba más.

—¿Qué hace usted aquí? —preguntó ella de repente.

—¿Qué?

—Si está usted investigando la muerte de mi marido, ya debería saber lo de Asuntos Internos. O me está mintiendo o no lo sabía. En cualquier caso, ¿qué hace usted aquí?

Bosch depositó la taza en la encimera, lo cual le dio unos segundos para pensar.

—Me ha enviado el subdirector para decirle que... se interrumpió.

—El trabajo sucio.

—Eso es. Me han dado el trabajo sucio, pero, como le he dicho, yo conocí un poco a su marido y...

—Dudo que mi marido sea un misterio que usted pueda resolver, detective Bosch.

Él asintió con la cabeza; el viejo truco para ganar tiempo.

—Yo doy clases de lengua y literatura en el instituto Grant en el valle de San Fernando —le contó ella—. Les pido a mis alumnos que lean un montón de libros sobre Los Ángeles para que se hagan un poco a la idea de la historia y el carácter de nuestra ciudad. Como sabe, muy pocos de ellos nacieron aquí... Bueno, uno de los libros que les doy es *El largo adiós*. Es sobre un detective.

—Sí, lo he leído.

—Bueno, pues hay una frase que me sé de memoria. «No hay trampa más mortífera que la que uno se tiende a sí mismo.» Cuando la leo, siempre pienso en mi marido. Y en mí.

Ella volvió a echarse a llorar, aunque lo hizo silenciosamente, sin apartar la vista de Bosch. Esa vez él no asintió, sino que, detectando la necesidad en sus ojos, atravesó la habitación y le puso la mano sobre el hombro. Bosch se sintió un poco incómodo, pero entonces ella se acercó a él y apoyó la cabeza contra su pecho. Harry la dejó llorar hasta que ella se retiró.

Una hora más tarde Bosch estaba en su casa. Tras recoger la copa de vino y la botella de la mesa del comedor, salió a la terraza y se quedó pensando hasta altas horas de la madrugada. El brillo del incendio en el paso había desaparecido, pero en su lugar algo ardía dentro de él.

Calexico Moore había hallado la respuesta a una pregunta que todo el mundo lleva dentro de sí; una pregunta que Harry Bosch también había deseado responder. «He descubierto quién era yo.»

Y eso lo había matado. Aquel pensamiento fue para Bosch como un puñetazo en las entrañas, en los confines más secretos de su corazón.

5

El jueves, es decir, el día después de Navidad, fue uno de esos días de postal. No había ni rastro de contaminación en el aire. El incendio de las colinas se había apagado y la brisa del Pacífico había dispersado el humo hacía horas. La cuenca de Los Ángeles yacía bajo un nítido cielo azul salpicado de nubes algodonosas.

Bosch eligió el camino más largo para llegar al centro; descendió por Woodrow Wilson hasta cruzar Mulholland y después tomó la ruta sinuosa que atraviesa Nichols Canyon. A Harry le encantaba ver las montañas alfombradas de glicinias azules y escarchadas lilas, y aquellas antiguas mansiones de un millón de dólares que daban a la ciudad su aura de gloria decadente. Mientras conducía, recordó la noche anterior y lo que había sentido al consolar a Sylvia Moore. Como si fuera uno de esos policías serviciales que aparecen en las ilustraciones de Norman Rockwell; como si realmente hubiera servido de ayuda a alguien.

Tras descender de las colinas, Bosch cogió Genesee y luego Sunset Boulevard hasta llegar a Wilcox. Después de aparcar detrás de la comisaría, pasó por delante de la celda de borrachos y entró en la oficina de detectives, donde el ambiente estaba más cargado que un cine porno. Los detectives trabajaban en sus mesas, cabizbajos; la mayoría hablaban por teléfono a media voz o tenían las caras sepultadas bajo una montaña de papeles que los tiranizaba diariamente.

Al sentarse en la mesa de Homicidios, Harry miró a Jerry Edgar, su compañero ocasional. Desde hacía un tiempo los detectives apenas investigaban en parejas. La oficina andaba escasa de personal, ya que no habían contratado ni ascendido a nadie por recortes en el presupuesto. Aquél era el motivo de que sólo hubiera cinco detectives en la mesa de Homicidios. El jefe de la brigada, el teniente Harvey Pounds, más conocido como *Noventa y ocho*, lograba que funcionase haciendo que sus hombres trabajaran en solitario excepto en casos clave, en misiones peligrosas o cuando tenían que arrestar a alguien. A Bosch no le importaba porque le gustaba trabajar solo, pero los demás detectives se quejaban.

—¿Qué pasa? —le preguntó Bosch a Edgar—. ¿Moore?

Edgar asintió. Estaban solos en la mesa. Shelby Dunne y Karen Moshito solían entrar a las nueve y Lucius Porter llegaba a las diez, si es que estaba suficientemente sobrio.

—Hace un momento Noventa y ocho ha anunciado que las huellas dactilares del cadáver coinciden con las de Moore. Ya no hay duda de que el tío se voló la tapa de los sesos.

Permanecieron en silencio unos minutos. Harry comenzó a hojear los papeles esparcidos sobre su mesa, pero no consiguió sacarse a Moore de la cabeza. Se imaginó a Irving, Sheehan o quizá Chastain, llamando a Sylvia Moore para comunicarle que la identificación había sido confirmada. Harry sintió que se evaporaba ante sus ojos la débil conexión que tenía con el caso. En ese momento notó que había alguien detrás de él. Y efectivamente, allí estaba Pounds.

—Harry, ven.

Una invitación a la «pecera». Bosch miró a Edgar, que hizo un gesto de «ni idea», y siguió al teniente hasta el fondo de la oficina. El despacho de Pounds era un pequeña habitación con ventanas en tres de las paredes, lo cual le permitía controlar a sus subordinados, al tiempo que le servía para limitar su contacto con ellos; gracias a él no tenía que oírlos, olerlos o conocerlos. Esa mañana, las persianas con las que se protegía de ellos, estaban subidas.

—Siéntate, Harry. Ya sabes que no se puede fumar. ¿Has pasado unas buenas Navidades?

Bosch lo miró sin decir nada. Le incomodaba que aquel hombre le llamara Harry y le preguntara sobre la Navidad. Dudó unos momentos antes de sentarse.

—¿Qué pasa? —preguntó.

—No te pongas agresivo, Harry. Soy yo el que debería estar enfadado. Acabo de enterarme de que pasaste casi toda la noche de Navidad en ese motel, el Hideaway. No me parece normal que te presentaras allí, especialmente cuando te dijeron que no te necesitaban y que Robos y Homicidios estaba llevando la investigación.

—Estaba de servicio —le replicó Bosch—. Tendrían que haberme avisado. Fui a ver qué pasaba y al final resultó que Irving me necesitó.

—Está bien, pero ya vale. Me han pedido que te diga que te olvides del caso Moore.

—¿Qué quieres decir?

—Lo que he dicho.

—Mira, si...

—Dejémoslo, ¿vale? —Pounds levantó las manos en un gesto conciliador. A continuación se pellizcó la nariz al notar los primeros síntomas de un dolor de cabeza; abrió el cajón central de su mesa y sacó un pequeño frasco de aspirinas.

»Ya basta —insistió Pounds. Hizo una pausa para tragarse dos aspirinas sin agua—. No me parece... no creo que haga falta...

Pounds tosió y se levantó de la mesa de un salto. Tras sortear a Bosch y salir de la «pecera», se dirigió hacia el surtidor de agua situado junto a la puerta de la oficina. Bosch ni siquiera lo miró. Al cabo de unos instantes Pounds regresó y continuó con su discurso.

—Perdona. Bueno, lo que iba diciéndote es que no quiero discutir cada vez que te llamo a mi despacho. Creo que tienes que resolver este problema tuyo con la estructura jerárquica del departamento. Porque te pasas de la raya.

Bosch se fijó en el polvo de aspirina que se acumulaba en la comisura de los labios de Pounds. El teniente volvió a aclararse la garganta.

—Sólo quería hacerte un comentario por tu propio bi...

—¿Por qué no se lo haces a Irving?

—Yo no he dicho... Mira, Bosch, olvídalo. Te he avisado y basta. Si tienes alguna teoría sobre el caso Moore, olvídala. Ya está controlado.

—Seguro.

Dándose por avisado, Bosch se levantó. Aunque sentía ganas de arrojar a ese tío por la ventana de su propio despacho, decidió que se conformaría con fumarse un pitillo junto a la celda de borrachos.

—Siéntate —le ordenó Pounds—. No te he llamado por eso.

Bosch volvió a sentarse y esperó en silencio, al tiempo que Pounds intentaba recobrar la compostura. El teniente sacó una regla de madera de su cajón y comenzó a juguetear con ella mientras hablaba.

—Harry, ¿sabes cuántos casos de homicidio ha llevado nuestra división este año?

La pregunta no venía a cuento. Harry se preguntó qué se traía entre manos el teniente Pounds. Bosch sabía que él había llevado once casos, pero había estado fuera de servicio durante seis semanas en verano mientras se recuperaba en México de una herida de bala. En todo el año, calculó que la unidad de homicidios habría llevado unos setenta casos.

—No tengo ni idea —contestó.

—Pues voy a decírtelo —replicó Pounds—. Hemos investigado sesenta y seis homicidios. Y, por supuesto, todavía nos quedan cinco días hasta el final del año. Probablemente caerá alguno más, uno como mínimo. En Nochevieja siempre hay problemas. Probablem...

—¿Y qué? El año pasado tuvimos cincuenta y nueve. Eso sólo significa que está subiendo el número de asesinatos.

—Sí, pero el número de casos que hemos resuelto está bajando. No llega al cincuenta por ciento; sólo treinta y dos de sesenta y seis. La verdad es que muchos los has resuelto tú; te has ocupado de once, has resuelto siete mediante arresto u otro método, y hay pendientes dos órdenes de detención. Y de los dos que tienes abiertos, en uno estás a la espera de información. El otro es el asunto James Kappalanni, que sigues investigando, ¿correcto?

Bosch asintió. Aunque no sabía muy bien por qué, no le gustaba el cariz que estaba tomando la conversación.

—El problema es la estadística final —concluyó Pounds—. El total..., bueno, es un porcentaje de éxitos bastante lamentable.

El teniente se golpeó la palma de la mano con la regla y sacudió la cabeza. Harry empezaba a comprender por dónde iba, pero aún le faltaba información. Todavía no estaba seguro de lo que estaba planeando Pounds.

—Piénsalo bien; todas esas víctimas y sus familias se quedan sin justicia... —continuó Pounds—. E imagínate cómo bajará la confianza del público cuando el *Times* proclame a los cuatro vientos que más de la mitad de los asesinos de la División de Hollywood escapan impunes.

—No te preocupes —contestó Bosch—. La confianza del público no puede bajar mucho más.

Pounds se frotó de nuevo el puente de la nariz.

—Ahórrate los comentarios cínicos, Bosch —dijo con voz tranquila—. Esa chulería tuya me sobra. Ya sabes que si me da la gana puedo echarte de Homicidios y mandarte a Automóviles o Menores. ¿Me entiendes? Por mí, ya puedes ir a llorarle al sindicato.

—¿Y qué le pasará a tu porcentaje de casos resueltos? ¿Qué dirán los del *Times*? ¿Que salen impunes dos tercios de los asesinos de Hollywood?

Pounds metió la regla en el cajón y lo cerró. A Bosch le pareció atisbar una leve sonrisa en sus labios y se dio cuenta de que acababa de caer en una trampa. Pounds abrió otro cajón y sacó una carpeta azul que puso sobre la mesa. Era la clase de carpeta que se usaba para las investigaciones de asesinato, aunque dentro había muy pocos papeles.

—Tienes razón —concedió Pounds—. Eso nos trae al motivo de esta reunión. Verás, estamos hablando de estadísticas, Harry. Si resolvemos un caso más, llegamos a la mitad justa. En vez de decir que más de la mitad salen impunes, podremos decir que hemos cogido a la mitad de los asesinos. Y si solucionamos dos más, podremos decir que hemos resuelto más de la mitad. ¿Me entiendes?

Como Bosch no dijo nada, Pounds asintió con la cabeza. Y después del ritual de colocar la carpeta perfectamente recta, miró a Bosch a los ojos.

—Lucius Porter no va a volver —le informó—. Esta mañana me ha llamado para anunciar que va a pedir la baja por estrés. Me ha dicho que ya ha hablado con el médico.

Pounds metió la mano en el cajón y sacó otra carpeta azul. Y luego otra. Finalmente Bosch comprendió lo que estaba ocurriendo.

—Espero que tenga un buen médico —comentó Pounds mientras añadía la quinta y sexta carpeta a la pila—, porque, que yo sepa, este departamento no considera que la cirrosis de hígado sea estrés. Porter es un borracho, así de claro. Y no es justo que coja la jubilación anticipada porque no pueda controlar su afición a la bebida. Nos lo vamos a cargar en la vista preliminar. Me importa un bledo quién sea su abogado como si es la madre Teresa de Calcuta; nos lo vamos a cargar.

Pounds repicó con el dedo sobre la pila de carpetas azules.

—He estado repasando estos casos (tiene ocho abiertos) y es penoso. He copiado las cronologías para verificarlas, pero estoy seguro de que están repletas de entradas falsas. Cuando dice que estaba entrevistando a testigos o pateándose la ciudad, me apuesto el sueldo a que estaba sentado en un taburete con la cabeza sobre la barra.

Pounds sacudió la cabeza con tristeza.

—Ya sabes que hemos perdido mucho control al dejar el sistema de parejas de detectives. Como no había nadie vigilando a este inútil, ahora me encuentro con ocho investigaciones abiertas. Y por lo que veo, todas podrían haber sido resueltas.

«¿Y de quién fue la idea de hacer que los detectives trabajasen solos?», quiso preguntarle Bosch, aunque al final se limitó a decir:

—¿Sabes la historia de cuando Porter iba de uniforme hace diez años? Él y su compañero se detuvieron para ponerle una multa a un hijo de puta que estaba sentado en un bordillo, bebiendo. Era pura rutina (sólo era una falta menor), así que Porter no salió del coche. De pronto, el hijo de puta se levantó y le disparó a su compañero en la cara, entre las cejas. Lo cogió desprevenido, con las dos manos en la libreta de multas, y Porter no pudo hacer otra cosa que mirar.

Pounds hizo un gesto de exasperación.

—Sí, conozco la historia. Se la cuentan a todos los reclutas que pasan por la academia de policía como ejemplo de lo que no se debe hacer —le respondió Pounds—. Pero eso fue hace siglos. Si Porter quería una baja por estrés, tendría que haberla pedido entonces.

—A eso me refiero. No la cogió cuando podía; intentó seguir trabajando. A lo mejor lo intentó durante diez años, pero al final se ha ahogado en la mierda que hay en el mundo. ¿Qué querías que hiciese? ¿Seguir el mismo camino que Cal Moore? ¿Acaso te ponen una estrella en el expediente por ahorrarle una pensión al ayuntamiento?

Pounds permaneció en silencio unos segundos antes de decir:

—Muy elocuente, Bosch, pero lo que le pase a Porter no te concierne. No debería haber sacado el tema, pero lo he hecho para que comprendieras lo que te voy a decir ahora.

Pounds volvió a hacer su truquito de poner rectas todas las carpetas y luego le pasó la pila a Bosch.

—Vas a encargarte de los casos de Porter. Puedes aparcar el asunto Kappalanni unos días. Ahora mismo no estabas avanzando mucho, así que déjalo hasta el día uno y métete en esto. Quiero que eches un vistazo a los ocho casos de Porter y escojas el que creas que puedes resolver más rápidamente. Dedícate de lleno a él en los próximos cinco días... hasta el día de Año Nuevo. Puedes trabajar el fin de semana; yo ya daré el visto bueno para las horas extra. Si necesitas que te ayude alguien de la mesa, adelante. Pero mete a alguien en la cárcel, Harry. Arresta a alguien. Yo..., bueno, todos necesitamos resolver un caso más para alcanzar nuestro objetivo. Tienes tiempo hasta medianoche. Hasta Nochevieja.

Bosch se lo quedó mirando por encima de la pila de carpetas. Por fin comprendía a aquel hombre. Pounds ya no era un policía, sino un burócrata. Es decir, nada. Para él, un crimen, el derramamiento de sangre y el sufrimiento de la gente eran meras estadísticas en un informe. Al final de año, eran las cifras las que le decían lo bien que le había ido. No las personas. Ni la voz de su conciencia. Ésa era la clase de arrogancia impersonal que corrompía el departamento y lo aislaba de la ciudad, de la gente. No le extrañaba nada que Porter quisiera marcharse. Ni que Cal Moore se hubiera mandado a sí mismo al otro barrio. Por eso, Harry se levantó, recogió la pila de carpetas y le lanzó a Pounds una mirada que significaba: «Te he calado.» Pounds desvió la mirada.

Antes de salir, Bosch dijo:

—Si te cargas a Porter, lo mandarán de nuevo a la mesa de Homicidios. ¿Qué ganaremos con eso? ¿Cuántos casos quedarán abiertos el año que viene?

Pounds arqueó las cejas mientras consideraba aquella posibilidad.

—Si le dejas marchar, nos enviarán un sustituto.

Hay mucha gente buena en las otras mesas. Meehan, de Menores, es muy listo. Si lo pones en nuestra mesa ya verás cómo suben nuestras estadísticas. Pero si impides que Porter se jubile, el año que viene estaremos en las mismas.

Pounds esperó un rato para asegurarse de que Bosch había terminado.

—No lo entiendo, Bosch —comentó finalmente—. Como investigador, Porter no te llega ni a la suela de los zapatos. Y sin embargo estás intentando salvarle el pellejo. ¿Por qué?

—Por nada. Por eso lo hago. ¿Me entiendes?

Bosch se llevó las carpetas a la mesa y las dejó caer en el suelo junto a su silla. Edgar lo miró. Dunne y Moshito, que acababan de llegar, hicieron lo propio.

—Sin comentarios —dijo Harry.

Bosch se sentó, miró la pila de carpetas que yacía a sus pies y deseó no tener nada que ver con ellas. Lo único que ansiaba era un cigarrillo, pero en la oficina estaba prohibido fumar, al menos mientras Pounds rondaba por allí. Bosch buscó un número en su agenda rotatoria y lo marcó. Después de sonar siete veces, alguien cogió el teléfono.

—¿Qué pasa?

—¿Lou?

—¿Quién es?

—Bosch.

—Ah, sí, Harry. Perdona, no sabía quién llamaba. ¿Qué pasa? ¿Te has enterado de que voy a pedir la baja por estrés?

—Sí, por eso te llamo. Tengo tus casos... Me los ha dado Pounds... y, bueno, voy a intentar resolver uno rápidamente, antes del final de la semana. Quería saber si tenías alguna idea... ¿Por cuál me recomiendas que empiece? Estoy perdido.

Hubo un largo silencio.

—Mierda, Harry —exclamó Porter, y en ese momento a Bosch se le ocurrió que quizá ya estuviera borracho—. Joder. No pensaba que ese mamón te lo cargaría todo a ti... Yo..., bueno, yo no he avanzado mucho...

—Eh, Lou, que no pasa nada. Yo no tenía trabajo; sólo necesito un sitio por donde empezar. Si no puedes orientarme, ya me lo miraré yo.

—Joder —repitió Porter—. Yo..., bueno... no sé, Harry. No me he dedicado mucho, ya lo sabes. Estoy bastante hecho polvo... ¿Te has enterado de lo de Moore? Mierda, ayer vi las noticias y...

—Sí, es una lástima. Oye, Lou, no te preocupes, ¿de acuerdo? Ya me encargo yo. Tengo aquí las carpetas y ya les echaré un vistazo.

Nada.

—¿Lou?

—Sí. Llámame más tarde; a ver si se me ocurre algo. Ahora mismo no estoy demasiado fino.

Bosch pensó un momento antes de decir nada más. Se imaginó a Porter al otro lado del teléfono, de pie, a oscuras. Totalmente solo.

—Oye —le susurró Bosch—. Ten cuidado con Pounds cuando pidas la baja. Puede que mande a un par de buitres para controlarte, ya me entiendes, para seguirte. Es posible que intente cargarse tu solicitud, así que aléjate de los bares. ¿De acuerdo?

Al cabo de unos segundos Porter respondió que sí. Bosch colgó y miró a sus colegas de la mesa de Homicidios. En la oficina de detectives siempre había ruido, excepto cuando hacía una llamada que no quería que oyera nadie.

—¿Noventa y ocho te ha endosado todos los casos de Porter? —preguntó Edgar.

—Efectivamente. Ése soy yo: el barrendero de la oficina.

—¿Y entonces los demás qué somos? ¿La basura?

Bosch sonrió. Mientras encendía un cigarrillo, comprendió que Edgar no sabía si alegrarse por haberse librado del encargo o enfadarse porque Pounds no lo hubiera considerado a él.

—Si quieres, puedo volver a la «pecera» y decirle a Noventa y ocho que te has presentado voluntario para repartirte esto conmigo. Me juego algo a que el muy burócrata...

Bosch se calló cuando Edgar le propinó una patada por debajo de la mesa. Al darse la vuelta, vio a Pounds con la cara muy roja. Probablemente había oído su último comentario.

—Bosch, no irás a fumar esa mierda aquí dentro, ¿verdad?

—No, teniente. Estaba a punto de salir.

Bosch se levantó y se fue a fumar al aparcamiento. La puerta trasera de la celda de borrachos estaba abierta y Harry comprobó que a los de Navidad ya se los habían llevado en el furgón celular al juzgado de guardia. En ese momento un preso ataviado con un mono gris limpiaba la celda con una manguera, una tarea diaria que facilitaba el suelo ligeramente inclinado. Bosch contempló el río de agua sucia que salía por la puerta y recorría el aparcamiento hasta desaparecer por una alcantarilla. El agua contenía restos de vómito y sangre, y el olor de la celda era insoportable, pero aún así Harry no se movió. Aquél era su sitio.

Cuando hubo terminado, Bosch arrojó la colilla al agua y vio cómo la corriente la arrastraba hasta la cloaca.

6

Bosch se había sentido como si la oficina de detectives fuera una jaula y él, el único animal encerrado. Para alejarse de los ojos curiosos que lo acechaban, había recogido la pila de carpetas azules y salido al aparcamiento por la puerta trasera. Cuando volvió a entrar en la comisaría, lo hizo por la puerta de la oficina de guardia. Caminó por un pasillo corto hasta las otras celdas y subió hasta el almacén del segundo piso, al que llamaban la «suite nupcial» por los dos catres que había en un rincón. El trastero era un lugar de descanso para los agentes; había una vieja mesa de cafetería y un teléfono, y se estaba tranquilo. Era todo lo que Bosch necesitaba.

Ese día el cuarto estaba vacío. Bosch depositó las carpetas azules en la mesa, tras apartar un parachoques abollado que alguien guardaba como prueba. Lo apoyó contra una pila de cajas, junto a una tabla de surf que también llevaba la etiqueta de prueba, y se puso manos a la obra.

Harry contempló el montón de carpetas, que tendría un palmo de alto. Según Pounds, la división había investigado sesenta y seis homicidios ese año. Teniendo en cuenta la rotación y la convalecencia de dos me-

71

ses de Harry, a Porter debieron de tocarle catorce de aquellos casos. Si le quedaban ocho sin resolver, quería decir que había solucionado los otros seis. No era un mal resultado, especialmente dado el carácter pasajero de los homicidas de Hollywood. En el resto del país, la gran mayoría de víctimas de asesinato conocían a su asesino. Eran gente con la que comían, bebían, dormían o incluso vivían. Pero en Hollywood era diferente. No había normas; sólo desviaciones, aberraciones. Desconocidos que mataban a desconocidos. El móvil no era un requisito imprescindible. Las víctimas aparecían en callejones, en los arcenes de las autopistas, entre la vegetación de las colinas de Griffith Park, en bolsas de basura en los contenedores de restaurantes... Uno de los casos que Harry aún no había logrado resolver era el de una persona cuyo cadáver había aparecido en seis pedazos: uno en cada descanso de la escalera de incendios de un hotel de Gower Street. Aquel crimen atroz no había escandalizado a nadie en la oficina. Incluso corría el chiste de que por suerte la víctima no se había alojado en el Holiday Inn, que tenía quince plantas.

En Hollywood, los monstruos podían moverse con impunidad entre la marea de gente; sólo eran un coche más en el tráfico demencial de la ciudad. A unos los cogían y a otros no los encontraban jamás; tan sólo quedaba el reguero de sangre que dejaban a su paso.

Antes de rendirse, Porter perdía seis a ocho sin solucionar. Aunque aquella cifra no le serviría para ascender, significaba que había seis monstruos menos en Hollywood. Entonces Bosch se dio cuenta de que podía equilibrar la estadística de Porter si resolvía uno de los ocho casos abiertos. Así, al menos, su colega se jubilaría con un aprobado.

A Bosch no le importaban ni Pounds, ni su deseo

de cerrar un caso más antes de Nochevieja. No sentía ninguna lealtad hacia su jefe y, en su opinión, ese análisis, recuento y clasificación de vidas sacrificadas no significaba nada. Decidió que si iba a hacer ese trabajo sería por Porter. Y Pounds que se jodiese.

Harry empujó las carpetas hasta el fondo de la mesa para tener espacio para trabajar. Primero decidió hojearlas y separarlas en dos pilas: una para casos con posible solución rápida y otra para casos que necesitaran más tiempo.

Bosch repasó los crímenes por orden cronológico, empezando por el estrangulamiento de un sacerdote en unos baños públicos de Santa Mónica, ocurrido el día de San Valentín. Cuando terminó, dos horas más tarde, había solamente dos carpetas en la pila de posibilidades. Uno de los casos tenía un mes. Se trataba de la violación y apuñalamiento de una mujer que estaba esperando el autobús en Las Palmas y a la que se llevaron al umbral oscuro de una tienda de recuerdos. El otro era el descubrimiento hacía ocho días del cuerpo de un hombre en un restaurante de Sunset Boulevard. El local estaba abierto las veinticuatro horas y se hallaba situado al lado del edificio del Gremio de Directores. La víctima había muerto apaleada.

Bosch se concentró en esos dos asesinatos porque eran los más recientes. La experiencia le había enseñado que la posibilidad de resolver un caso disminuye en proporción geométrica cada día que pasa. Quienquiera que hubiese estrangulado al sacerdote tenía todos los puntos para escapar. De hecho, las estadísticas demostraban que ya lo había conseguido.

Según Bosch, los dos casos más recientes podían ser resueltos rápidamente si encontraba alguna pista. Si lograba identificar el cadáver hallado detrás del restaurante, aquella información podría conducirle al miembro de su familia, amigo o compañero de trabajo con más posibilidades de tener un móvil o ser un asesino. Por otro lado, si conseguía reconstruir los pasos de la mujer antes de llegar a la parada de autobús, tal vez descubriría dónde y cómo la vio el asesino.

Bosch dudaba cuál escoger, así que decidió estudiar cada carpeta detenidamente antes de realizar su elección. Siguiendo su teoría de las probabilidades, primero se decantó por el caso más reciente: el del cuerpo encontrado detrás del restaurante.

A primera vista la información brillaba por su ausencia. Como Porter no había recogido una copia mecanografiada del informe de la autopsia, Bosch tuvo que leer los resúmenes y apuntes tomados por el propio Porter. En dichos apuntes simplemente se decía que la víctima había recibido una paliza mortal con un «objeto sin afilar», una expresión policial que podía significar cualquier cosa.

Porter se refería al hombre, de unos cincuenta y cinco años, como Juan 67, porque se creía que era hispano y era el sexagésimo séptimo cadáver sin identificar aparecido en el condado de Los Ángeles ese año. En el cuerpo no hallaron dinero, ni cartera ni otras posesiones aparte de la ropa, toda ella fabricada en México. La única identificación era un tatuaje en la parte superior izquierda del pecho: un dibujo a una tinta de una especie de fantasma cuya foto se incluía en la carpeta. Tras examinarla detenidamente, Bosch concluyó que el fantasmita —que parecía Casper— era bastante viejo, ya que la tinta estaba muy borrada. Juan 67 se había hecho el tatuaje cuando era joven.

El informe de la escena del crimen redactado por Porter decía que el cuerpo había sido hallado a la 01.44 del 18 de diciembre por un policía fuera de servicio del cual sólo se especificaba su número de placa. El agente se disponía a desayunar pronto o cenar muy tarde cuando encontró el cuerpo junto al contenedor de basura, al lado de la entrada a la cocina del restaurante Egg and I.

El agente 1101 estaba en código siete y aparcó detrás del edificio citado con la intención de entrar a comer. La víctima fue localizada en la parte occidental del callejón. El cuerpo se hallaba en posición supina, con la cabeza apuntando al norte y los pies al sur. Al ser visibles heridas por todo el cuerpo, el agente notificó al oficial de guardia que avisara a Homicidios. El agente no vio a ningún otro individuo en los alrededores antes ni después de localizar el cadáver.

Bosch hojeó la carpeta en busca de un resumen escrito por el agente en cuestión, pero no lo encontró. Después estudió las otras fotos de la carpeta. Eran imágenes del cuerpo tal como lo encontraron, antes de que lo trasladaran al depósito de cadáveres.

Bosch observó que la cabeza de la víctima presentaba una enorme brecha, producto de un golpe brutal. También había heridas en la cara y rastros de sangre seca, negra, en el cuello y la camiseta blanca del hombre. Sus manos descansaban, abiertas, a ambos costados y, en unas fotos tomadas más de cerca, Bosch vio que los dos dedos de la mano derecha estaban doblados hacia atrás y presentaban múltiples fracturas. Eran las típicas heridas que evidenciaban los intentos de defenderse de la víctima. Asimismo, Bosch se fijó en la rudeza y las cicatrices de las manos y los fuertes músculos de los brazos. El hombre parecía un obrero de algún tipo. ¿Qué haría en un callejón detrás de un restaurante a la una de la mañana?

El siguiente papel en la carpeta contenía las declaraciones de los testigos, es decir, los empleados del Egg and I. Todos eran hombres, cosa que a Bosch le extrañó, porque había desayunado varias mañanas en el establecimiento y recordaba que había camareras. Porter parecía haber decidido que no eran importantes y se había concentrado en los empleados de la cocina. Cada uno de los entrevistados había declarado que no recordaba haber visto al hombre asesinado, ni vivo ni muerto.

Porter había marcado con un asterisco al margen de una de las declaraciones, la de un cocinero encargado de la freidora. Éste le había contado que, cuando entró a trabajar a la una de la madrugada por la puerta de atrás de la cocina, había pasado por la parte occidental del callejón y no había visto ningún cadáver. El hombre estaba seguro de que se habría fijado si hubiese estado allí.

Aquella declaración había ayudado a Porter a establecer que el asesinato tuvo lugar durante el espacio de cuarenta y cuatro minutos entre las llegadas del cocinero y el agente de policía que encontró el cuerpo.

Los siguientes documentos de la carpeta eran los resultados de los exámenes de las huellas dactilares de la víctima que llevaron a cabo el Departamento de Policía de Los Ángeles, el Índice Nacional de Delitos, el Departamento de Justicia de California y el Servicio de Naturalización e Inmigración. Los cuatro eran negativos. No coincidían con ninguna de sus fichas, por lo que Juan 67 seguía sin identificar.

Por último, Bosch halló los apuntes que Porter tomó durante la autopsia. Ésta no había tenido lugar hasta el martes, día de Nochebuena, debido a la habitual acumulación de casos en la oficina del forense.

Bosch se percató de que asistir a la autopsia fue tal vez la última tarea oficial de Porter ya que después de las fiestas no había vuelto a trabajar.

Quizá Porter era consciente de ello, porque sus apuntes eran muy escasos; sólo una página con unos cuantos garabatos sueltos. Algunos eran ilegibles; otros se podían descifrar, pero no parecían importantes. Sin embargo, casi al final de la página, Porter había trazado un círculo alrededor de una anotación que decía: «HD-12.00 a 18.00.»

Bosch sabía que aquello significaba que, tras analizar el descenso de la temperatura del hígado y otros datos del cadáver, se había fijado la hora de defunción entre las doce del mediodía y las seis de la tarde.

Al principio, Bosch pensó que aquello no tenía sentido, ya que significaba que la defunción ocurrió como mínimo siete horas y media antes del descubrimiento del cadáver. Tampoco coincidía con el testimonio del cocinero, que afirmaba no haber visto nada en el callejón a la una de la madrugada.

Esas contradicciones eran la razón por la cual Porter había trazado un círculo alrededor de la hora de la muerte. Aquello quería decir que Juan 67 no había sido asesinado detrás del restaurante, sino que lo mataron en otro sitio, casi un día antes, y que después lo llevaron al callejón.

Bosch se sacó una libreta del bolsillo y comenzó a elaborar una lista de personas con las que quería hablar. El primero de la lista era el forense; Harry necesitaba obtener el informe completo de la autopsia. Después anotó a Porter para que le diera más detalles. A continuación escribió el nombre del cocinero porque, en sus apuntes, Porter sólo decía que no había visto el cadáver cuando entró a trabajar. No especificaba si vio algo o a alguien extraño en el callejón. Finalmente tomó nota para acordarse de averiguar el nombre de las camareras que trabajaron esa mañana. Para completar la lista, Bosch telefoneó a la comisaría.

—Quería hablar con el mil ciento uno —dijo Bosch—. ¿Puedes buscármelo en la tabla y decirme quién es?

—Muy gracioso —contestó una voz. Era Kleinman de nuevo.

—¿Qué? —exclamó Bosch. En ese momento se le ocurrió—: ¿Es Cal Moore?

—Querrás decir que era Cal Moore.

Cuando Harry colgó el teléfono, su cabeza era un hervidero de ideas. Juan 67 había aparecido el día antes de que Moore se registrara en el Hideaway. Bosch intentó reconstruir la historia: una mañana temprano, Moore se topa con un cadáver en un callejón. Al día siguiente, se inscribe en un motel, sube el aire acondicionado y se pega un tiro en plena cara. El mensaje que deja es tan simple como misterioso:

He descubierto quién era yo

Bosch encendió un cigarrillo y tachó al agente 1101 de la lista, pero continuó centrando sus pensamientos en esta última revelación. Se sentía impaciente, incómodo. Cambió de postura varias veces, se levantó y comenzó a dar vueltas alrededor de la mesa. Con este nuevo panorama, Bosch volvió a pensar en Porter e intentó deducir qué había pasado. Cada vez llegaba a la misma conclusión: Porter recibe la llamada del caso Juan 67 y habla con Moore ese día. Al día siguiente Moore desaparece. Una semana más tarde Moore aparece muerto e inmediatamente Porter anuncia que va a pedir la baja. Eran demasiadas casualidades.

Bosch cogió el teléfono y llamó a la mesa de Homicidios. Contestó Edgar, a quien Harry le pidió el número particular de Porter. Edgar se lo dio.

—Bosch, ¿dónde estás? —preguntó.

—¿Por qué lo dices? ¿Me busca Noventa y ocho?

—No, pero ha llamado uno de los chicos de la unidad de Moore diciendo que quería hablar contigo.

—¿Ah, sí? ¿De qué?

—Yo qué sé. Yo sólo te paso el recado. No querrás que haga tu trabajo...

—Vale, vale. ¿Quién era?

—Un tal Rickard. Sólo me ha dicho que tiene algo para ti. Le he dado tu número del buscapersonas porque no sabía si ibas a volver pronto. ¿Dónde estás?

—En ningún sitio.

A continuación Bosch llamó a casa de Porter. El teléfono sonó diez veces. Bosch colgó y encendió otro cigarrillo. No sabía qué pensar de todo aquello. ¿Se habría topado Moore con el cadáver por casualidad tal como decía el informe? ¿O lo habría dejado él allí? Bosch no podía saberlo.

—En ningún sitio —repitió en voz alta, con un montón de cajas por único interlocutor.

Bosch volvió a coger el teléfono y llamó la oficina del forense. Tras dar su nombre, pidió que le pusieran con la doctora Corazón, la forense jefe en funciones. Harry se negó a revelar a la telefonista el motivo de la llamada. Tuvo que esperar casi un minuto antes de que contestara Corazón.

—Estoy ocupada.

—Feliz Navidad —respondió Bosch.

—Perdona.

—¿Es la autopsia de Moore?

—Sí, pero no puedo hablar. ¿Qué quieres, Harry? —preguntó.

—Acabo de heredar un caso y no encuentro el informe de la autopsia en el archivo. Estoy intentando averiguar quién la hizo para conseguir una copia.

—¿Y para eso me llamas? Ya sabes que puedes pedírselo a cualquiera de los peritos que están por aquí haciendo el vago.

—Ya, pero ellos no son tan encantadores conmigo.

—Bueno, pero date prisa. ¿Cómo se llamaba?

—Juan 67. Fecha de defunción, el dieciocho, y de la autopsia, el veinticuatro.

Ella no dijo nada, por lo que Bosch dedujo que estaría comprobándolo.

—Sí —le confirmó al cabo de un minuto—. El veinticuatro. La hizo Salazar, pero se ha ido a Australia de vacaciones. Ésa fue su última autopsia hasta el mes que viene. ¿Sabías que en Australia ahora es verano?

—Mierda.

—No te preocupes, Harry. Tengo el paquete aquí mismo. Sally esperaba que Lou Porter viniera a recogerlo hoy, pero no ha aparecido. ¿Cómo lo has heredado?

—Lou se jubila.

—Un poco pronto, ¿no? ¿Cuál es su...? Espera un momento.

La forense desapareció durante más de un minuto. Cuando volvió, su voz tenía un tono más agudo.

—Harry, tengo que irme. Hagamos una cosa. ¿Quieres quedar después del trabajo? Para entonces habré tenido tiempo de leerme esto y podré decirte lo que encontramos. Acabo de recordar que hay algo interesante en este caso. Salazar vino a verme para que lo enviara a un asesor.

—¿Un asesor de qué?

—A un entomólogo, es decir, a un experto en insectos, de la Universidad de California —respondió ella—. Sally encontró bichos.

Bosch era consciente de que no solía haber gusanos en un hombre que llevaba menos de doce horas muerto. Además, Salazar no habría necesitado un entomólogo para identificarlos.

—¿Bichos? —repitió Bosch.

—Sí, en el análisis del contenido del estómago y de las fosas nasales. Pero no puedo contártelo ahora mismo. Tengo a cuatro hombres impacientes esperándome en la sala de autopsias. Y sólo uno de ellos está muerto.

—Supongo que los vivos serán Irving, Sheehan y Chastain: los tres mosqueteros.

Ella soltó una carcajada.

—Exacto.

—Vale. ¿Cómo quedamos? —preguntó Bosch, mientras consultaba su reloj. Eran casi las tres.

—¿A las seis? —tanteó ella—. Eso me da tiempo de acabar aquí y echarle un vistazo al informe de tu Juan 67.

—¿Quieres que pase a recogerte?

En ese momento el busca de Bosch comenzó a pitar y él lo apagó con un movimiento reflejo.

—No, déjame pensar —contestó ella—. ¿Por qué no me esperas en el Red Wind? Nos podemos quedar hasta que pase la hora punta.

—Muy bien —repuso Harry.

Después de colgar, Bosch comprobó el número que aparecía en el busca. Correspondía a una cabina de teléfonos.

—¿Bosch? —contestó una voz.

—Sí.

—Soy Rickard, de la unidad BANG. Antes trabajaba con Cal Moore.

—Vale.

—Tengo algo para ti.

Bosch no dijo nada, pero notó que el vello de las manos y los antebrazos se le erizaba. Aunque intentó imaginarse la cara de Rickard, no lo consiguió. Bosch no lo conocía, lo cual era bastante lógico. Los de narcóticos hacían un horario raro; eran como una raza aparte.

—Bueno, debería decir que Cal dejó algo para ti —se corrigió Rickard—. ¿Por qué no quedamos? Prefiero no llevártelo a la comisaría.

—¿Por qué?

—Tengo mis razones. Te las diré cuando nos veamos.

—¿Dónde?

—¿Conoces un sitio en Sunset, el Egg and I? Es un restaurante abierto las veinticuatro horas. La comida está buena y no está lleno de yonquis.

—Sí, sé dónde es.

—Muy bien. Nosotros estaremos al fondo, al lado de la puerta de la cocina. Busca la mesa donde esté el único negro del restaurante; ése soy yo. Puedes aparcar detrás, en el callejón.

—Ya lo sé. ¿Quiénes son «nosotros»?

—Toda la brigada de Cal.

—¿Ésa es vuestra base?

—Sí, siempre quedamos allí antes de salir a la calle. Hasta ahora.

7

El rótulo del restaurante había cambiado desde la última vez que Bosch estuvo allí. Ahora se llamaba American Egg and I, lo cual debía de significar que lo había comprado un extranjero. Después de aparcar el Caprice en el callejón, Bosch caminó hacia el lugar donde habían encontrado a Juan 67: precisamente detrás del restaurante frecuentado por la brigada de narcóticos. Bosch comenzó a pensar en las implicaciones de todo aquello, pero lo interrumpieron los vagabundos del callejón, que se acercaron a él para pedirle limosna. Aunque Bosch no les hizo caso, su presencia sirvió para recordarle otro fallo en la ineficaz investigación de Porter. En el informe no se mencionaba la posibilidad de entrevistar a los mendigos del callejón como posibles testigos.

Ya dentro del restaurante, Bosch enseguida descubrió a cuatro hombres jóvenes, uno de ellos negro, en la mesa del fondo. Estaban sentados en silencio, con la mirada fija en sus tazas vacías de café. Harry robó una silla y se sentó a la cabeza de la mesa, donde yacía una carpeta de color marrón.

—Soy Bosch.

—Tom Rickard —contestó el negro. Rickard le

tendió la mano y luego le presentó a los otros tres: Finks, Montirez y Fedaredo.

—Nos cansamos de reunirnos en la oficina —explicó Rickard—. A Cal le gustaba este sitio.

Bosch simplemente asintió y miró la carpeta. El nombre escrito en la etiqueta era Humberto Zorrillo, lo cual no le dijo nada. Rickard le pasó la carpeta a Bosch.

—¿Qué es? —preguntó Bosch sin tocarlo.

—Probablemente su último caso —le respondió Rickard—. Se lo íbamos a dar a Robos y Homicidios pero pensamos que, a la mierda, que lo estaba preparando para ti. Y eso tíos del Parker Center están intentando cubrirlo de mierda, así que no les vamos a ayudar.

—¿Qué quieres decir?

—Quiero decir que no pueden dejar que el hombre se suicidase y basta. Los muy cabrones tienen que diseccionar su vida y averiguar exactamente por qué hizo esto y por qué hizo lo otro. El tío se pegó un tiro, joder. ¿Qué más se puede decir?

—¿No queréis saber por qué?

—Ya lo sabemos, tío. Por el curro. Es algo que nos pasa a todos. Quiero decir, que lo comprendo.

Bosch se limitó a asentir de nuevo. Los otros tres no habían dicho nada.

—Exagero, pero es qué he tenido un mal día —explicó Rickard—. El día más largo de toda mi puta vida.

—¿Dónde estaba esto? —preguntó Bosch, señalando la carpeta—. ¿No registraron su mesa los de Robos y Homicidios?

—Sí, pero esto no estaba allí. Cal la dejó en uno de los coches del BANG, uno de esos cacharros que usamos para ir de incógnito; en el bolsillo que hay detrás del asiento delantero. No lo vimos durante la semana que Cal desapareció, porque hasta hoy nadie se había sentado detrás. Normalmente llevamos dos coches en todas las operaciones, pero hoy nos metimos todos en uno para hacer un reconocimiento del Boulevard después de enterarnos de la noticia. Lo encontré yo. Dentro hay una nota que dice que te lo demos a ti. Sabíamos que estaba trabajando en algo después de aquella noche en que se reunió contigo en el Catalina.

Bosch aún no había abierto la carpeta. Sólo mirarla le producía una sensación de angustia.

—Esa noche, en el Catalina, Moore me dijo que los buitres le estaban pisando los talones. ¿Sabéis vosotros por qué?

—Ni zorra, tío. Sólo sabemos que pululaban por aquí, como moscas en un cagarro. Asuntos Internos registró su mesa antes que Robos y Homicidios; los muy cerdos se llevaron sus archivos, su agenda de teléfonos, incluso la puta máquina de escribir. ¡Y era la única que teníamos! Pero seguimos sin entender de qué iba el asunto. Yo sólo sé que el tío llevaba muchos años currando y me jode que fueran a por él. Por eso digo que el curro fue la razón de su muerte. Al final nos pasará a todos.

—¿Y fuera del trabajo? Su pasado. Su mujer dice que...

—No me hables de esa fulana. Ella fue la que envió a los de Internos; les contó no sé qué trola sobre Cal cuando él la dejó. Yo creo que sólo quería vengarse.

—¿Cómo sabes que fue ella?

—Porque nos lo dijo Cal, tío. Nos avisó de que los buitres tal vez pasarían a hacer preguntas y que todo lo había instigado ella.

Bosch se preguntó quién habría mentido: Moore a sus compañeros o Sylvia a él. Cuando pensó en ella, no se la pudo imaginar acusando a su marido, pero resultaba inútil insistir ante los cuatro de narcóticos. Finalmente Bosch cogió la carpeta y se fue.

Harry sentía demasiada curiosidad para esperar. Y eso que era consciente de que ni siquiera debería tener la carpeta; que lo correcto sería llamar a Frank Sheehan del Departamento de Robos y Homicidios. No obstante, echó una ojeada alrededor del coche para asegurarse de que estaba solo y comenzó a leer. En la primera página encontró una notita adhesiva que decía:

Para Harry Bosch

No llevaba firma ni fecha; iba pegada a una hoja de papel y a cinco fichas de color verde. Harry sacó las fichas de interrogatorio y las hojeó. Cinco nombres diferentes, todos hombres. Cada uno de ellos había sido retenido, cuestionado y finalmente puesto en libertad por miembros de la unidad BANG en octubre o noviembre. Las fichas contenían poco más que una descripción, dirección, matrícula del vehículo, fecha y lugar de la detención. Los nombres no significaban nada para Bosch.

Bosch examinó la hoja a la que iban unidas las tarjetas. Bajo el título «Memorándum interno», leyó: «Informe de Inteligencia BANG, número 144.» La hoja llevaba fecha del 1 de noviembre, y el sello con la palabra ARCHIVADO con fecha de dos días más tarde.

Durante el transcurso de la investigación sobre actividades de narcotráfico en el Distrito 12, los agentes Moore, Rickard, Finks, Fedaredo y

Montirez entrevistaron a numerosos sospechosos presuntamente implicados en la venta de drogas en la zona de Hollywood Boulevard. En las últimas semanas, estos agentes advirtieron el hecho de que varios individuos están involucrados en la venta de una droga llamada «hielo negro», un narcótico que combina heroína, cocaína y PCP en forma de piedra. La demanda de esta droga en la calle sigue siendo baja en estos momentos, pero se espera que su popularidad aumente considerablemente. Los agentes asignados a esta unidad creen que varias personas sin residencia fija están involucradas en la venta de hielo negro a nivel callejero. Gracias a su investigación, se han identificado cinco sospechosos, pero no se ha efectuado ninguna detención. La red de distribución callejera parece estar dirigida por un individuo cuya identidad todavía se desconoce.

Nuestras conversaciones con confidentes y consumidores de hielo negro nos han permitido descubrir que la forma predominante de esta droga en el distrito citado procede de México, y no de Hawai, donde se originó la sustancia —véase Documento 502 de la DEA— y desde donde se sigue exportando al resto del país en grandes cantidades.

Los citados agentes se pondrán en contacto con la DEA para consultar el origen de este narcótico y continuarán controlando las actividades de venta en el Distrito 12.

Firmado: C. V. Moore, agente 1101

Bosch releyó el informe. Era el típico documento para cubrirse las espaldas; no decía nada, ni significaba nada. Carecía de cualquier valor, excepto el de demostrar a un superior que se era consciente del problema y se habían tomado medidas para atacarlo. Moore debió de darse cuenta de que el hielo negro comenzaba a ser algo más que una anécdota y redactó un informe por lo que pudiera pasar.

El siguiente documento era el informe de la detención de un hombre llamado Marvin Dance por posesión de drogas. El escrito llevaba fecha del 9 de noviembre y decía que Dance fue arrestado por agentes del BANG en Ivar, al norte del Boulevard.

Según aquel documento, el sospechoso estaba sentado en un coche aparcado y los de narcóticos vieron a otro hombre entrar en el vehículo. A continuación, Dance se sacó algo de la boca y se lo pasó al otro individuo, que entonces salió del coche y se alejó andando. Los dos agentes se separaron y Finks siguió al que caminaba hasta que estuvieron fuera del campo de visión de Dance. Entonces Finks lo paró y le confiscó un *eightball*, ocho gramos de hielo negro envueltos por separado y metidos en un preservativo. Rickard siguió vigilando a Dance, que se quedó en el coche esperando a que llegara el siguiente camello. Cuando Finks avisó a Rickard de que había realizado la detención, éste se dirigió al coche para arrestar a Dance.

Inmediatamente, Dance se tragó lo que tenía en la boca. Mientras permanecía esposado en la acera, Rickard registró el coche, pero no encontró drogas. Sin embargo, en un vaso arrugado de MacDonald's tirado en la calzada junto a la puerta del coche, el policía encontró seis preservativos más, todos ellos con un *eightball* dentro.

Dance fue arrestado por venta y posesión con intención de venta. El informe decía que el sospechoso se negó a hablar con la policía antidroga, excepto para decir que el vaso de MacDonald's no era suyo. Aunque no llamó a un abogado, en menos de una hora se presentó uno en la comisaría e informó a los agentes que sería anticonstitucional llevar a su cliente a un hospital para hacerle un lavado de estómago o examinar sus heces cuando tuviera que ir al lavabo. Moore, que procesó el arresto en la comisaría, consultó al fiscal del distrito y comprobó que el abogado tenía razón.

Dance fue puesto en libertad tras depositar una fianza de 125.000 dólares dos horas después de la detención, cosa que a Bosch le extrañó. Según el informe, la detención ocurrió a las 23.42, es decir, que en dos horas, en plena noche, Dance había conseguido un abogado, el aval, y el diez por ciento en metálico del importe fijado por el juez, es decir, 12.500 dólares.

Finalmente no se presentaron cargos contra Dance. La siguiente página en la carpeta era una hoja de la oficina del fiscal del distrito que desestimaba presentar cargos dado que no había pruebas suficientes para relacionar a Dance con el vaso de MacDonald's encontrado en la calzada a un metro de su coche.

Por eso Dance no fue acusado de posesión. Inmediatamente se desestimó el cargo de venta, ya que los policías de narcóticos no vieron que hubiera dinero cambiando de manos cuando Dance le dio el *eightball* al chico que había entrado en el coche. El muchacho se llamaba Glenn Druzon, tenía diecisiete años y se negó a testificar que Dance le había dado el globo. Lo que es más, en el informe de la oficina del fiscal, se afirmaba que estaba dispuesto a declarar que ya tenía la droga antes de entrar en el coche. Si lo llamaban a testificar, diría que había intentado vendérsela a Dance pero que a éste no le había interesado.

Al final, el caso contra Dance se derrumbó. Druzon fue acusado de posesión y puesto en libertad condicional por ser menor de edad.

Bosch levantó la vista de los informes y la dirigió al fondo del callejón, por donde asomaba el edificio de cobre y cristal del Gremio de Directores y la parte superior de la valla de Marlboro que dominaba Sunset Boulevard desde tiempos inmemoriales.

Bosch encendió un cigarrillo y reanudó su lectura del informe del fiscal del distrito. Prendida al mismo había una foto policial de Dance, un hombre rubio que sonreía a la cámara. A Bosch no le sorprendió lo que había ocurrido, por ser habitual en muchos casos callejeros. Los peces pequeños, los más bajos en el escalafón delictivo, mordían el anzuelo. Los peces más gordos, en cambio, rompían el sedal y se escapaban. La policía comprendía que sólo podía interrumpir, pero no poner fin a la delincuencia callejera. Si detenían a un camello, otro ocupaba su lugar. O bien un abogado lo sacaba bajo fianza y luego un fiscal del distrito con cuatro cajones llenos de casos lo soltaba. Aquélla era una de las razones por las que Bosch prefería trabajar en Homicidios. A veces pensaba que era el único crimen que contaba.

Pero incluso eso estaba cambiando.

Harry cogió la foto de Dance, se la metió en el bolsillo y cerró la carpeta. Aquello le preocupaba. Se preguntó qué relación había visto Calexico Moore entre Dance y Jimmy Kapps para guardarle el informe de su detención.

Bosch sacó una libretita del bolsillo interior de su chaqueta y comenzó a escribir una cronología.

9 de noviembre.   Detención de Dance.
13 de noviembre.   Jimmy Kapps muerto.
4 de diciembre.   Reunión de Moore y Bosch.

Bosch cerró la libreta. Tenía que volver al restaurante para hacerle una pregunta a Rickard. Pero antes volvió a abrir la carpeta. Sólo le quedaba una hoja por leer: otro informe de la unidad BANG. En este caso se trataba del resumen de una entrevista que Moore había mantenido con un agente de la DEA asignado a Los Ángeles. Llevaba fecha del 11 de diciembre, es decir, una semana después de que Moore y Bosch se reunieran en el Catalina.

Harry intentó descifrar la importancia de aquel último documento. Cuando se reunieron, Moore no le había dicho a Bosch todo lo que sabía, pero después había acudido a la DEA para solicitar información sobre el tema. Parecía como si estuviera haciendo un doble juego. O tal vez Moore estaba intentando robarle el caso a Bosch, resolverlo por su cuenta.

Bosch leyó el informe lentamente, mientras doblaba de forma inconsciente las esquinas de la carpeta de cartón.

La información proporcionada por el agente especial de la DEA, Rene Corvo, de la oficina de operaciones en Los Ángeles, indica que el principal lugar de origen del hielo negro es Baja California. El sujeto 44Q3 Humberto Zorrillo (11/11/54) opera presuntamente desde un laboratorio clandestino en la zona de Mexicali que produce hielo mexicano para su distribución en Estados Unidos. El sujeto reside en una finca ganadera de dos hectáreas y media en el suroeste de Mexicali. La Policía Judicial del Estado no ha tomado medidas contra él por motivos políticos. Se desconoce el modo de transporte de la droga. La vigilancia aérea no muestra rastro alguno de pista de aterrizaje en las tierras del rancho. La DEA supone que emplean rutas terrestres a través de Calexico o San Isidro, aunque de momento no se han interceptado cargamentos en estos puntos. Se cree que el sujeto goza del apoyo y la colaboración de agentes de la Policía Judicial del Estado. En los barrios del suroeste de Mexicali, Zorrillo es muy conocido, prácticamente un héroe, gracias a sus generosas donaciones de empleos, medicamentos, viviendas y comedores en los barrios pobres donde creció. Algunos de los habitantes de los barrios del suroeste se refieren a Zorrillo como el Papa de Mexicali. Además, la finca de Zorrillo está vigilada las veinticuatro horas. El Papa casi nunca sale de la finca, a excepción de su excursión semanal a los ruedos de Baja California para ver corridas en las que se lidian sus toros. Las autoridades de la Policía Judicial del Estado han afirmado que, de momento, su colaboración en cualquier acción de la DEA contra Zorrillo sería imposible.

Firmado: Sargento C. V. Moore, agente 1101

Después de cerrar la carpeta, Bosch se quedó ensimismado. Su cabeza era un torbellino de ideas contradictorias. Alguien como él, que no creía en las casualidades, no podía dejar de preguntarse por qué la sombra de Cal Moore se proyectaba por todas partes. Entonces consultó su reloj y se dio cuenta de que pronto sería la hora de reunirse con Teresa Corazón. Pero nada podía apartar una idea de su mente: Frankie Sheehan del Departamento de Robos y Homicidios debía tener acceso a la información del archivo Zorrillo. Bosch había trabajado con Sheehan en el Departamento de Robos y Homicidios; era un buen hombre y un buen investigador. Si estaba llevando una investigación legítima, debía tener la carpeta. Y si no, no importaba que la tuviera o no.

Bosch salió del coche y regresó al restaurante. Esa vez entró por la puerta de la cocina, en el callejón. El equipo del BANG no se había movido: los cuatro hombres seguían allí sentados en completo silencio, como si estuvieran en un funeral. Bosch volvió a ocupar la misma silla que había usado antes.

—¿Qué pasa? —preguntó Rickard.

—Lo habéis leído, ¿no? Contadme lo de Dance.

—¿Qué quieres que te digamos? —dijo Rickard—. Nosotros lo trincamos y el fiscal del distrito lo soltó. Lo de siempre. La droga es diferente, pero el rollo es el mismo.

—¿Quién os dio la pista de Dance? ¿Cómo supisteis que estaba traficando?

—Lo oímos por ahí.

—Es muy importante. Tiene que ver con Moore.

—¿Cómo?

—No os lo puedo decir ahora mismo. Tenéis que confiar en mí hasta que resuelva unas cuantas cosas. Sólo decidme quién recibió el soplo. Porque fue un chivatazo, ¿no?

Rickard pareció sopesar las respuestas a elegir.

—Sí. Fue uno de mis soplones.

—¿Quién fue?

—Joder, tío, no puedo...

—Jimmy Kapps. Fue Jimmy Kapps, ¿no?

Rickard dudó un instante, lo cual confirmó las sospechas de Bosch. Le enfurecía estar descubriendo aquello casi por casualidad y sólo después de la muerte de un policía. Pero el panorama se estaba aclarando. Kapps delató a Dance con el objeto de quitarse de en medio parte de la competencia. Acto seguido volvió a Hawai, recogió un cargamento de globos y se los trajo en el estómago. Pero a su regreso, Dance ya no estaba en la cárcel y a Jimmy Kapps lo mataron antes de que pudiera vender su mercancía.

—¿Por qué coño no vinisteis a hablar conmigo cuando os enterasteis de que se habían cargado a Kapps? Yo llevaba días intentando encontrar una pista sobre este caso y vosotros...

—¿Pero qué dices, tío? Moore fue a decírtelo esa noche...

En ese momento todos los que estaban sentados en aquella mesa comprendieron que Moore no le había contado a Bosch lo que sabía. Se hizo un silencio sepulcral. Si no lo sabían antes, ahora era evidente; Moore estaba metido en algún asunto sucio. Finalmente Bosch rompió el silencio.

—¿Sabía Moore que Kapps te había dado el chivatazo?

Rickard vaciló de nuevo, pero finalmente asintió con la cabeza. Entonces Bosch se levantó y le devolvió la carpeta.

—Yo no la quiero. Llamad a Frank Sheehan del Departamento de Robos y Homicidios y decidle que acabáis de encontrarla. Podéis hacer lo que queráis, pero yo no mencionaría que me la disteis a mí primero. Yo tampoco diré nada.

Harry se encaminó hacia la puerta, pero de pronto se detuvo.

—Ah, otra cosa. ¿Habéis visto últimamente a ese tío, a Dance?

—Desde el arresto no —contestó Fedaredo.

Los otros tres negaron con la cabeza.

—Si lo encontráis, avisadme, ¿de acuerdo? Ya sabéis mi número.

Una vez en el callejón, Bosch volvió a examinar el lugar exacto donde Moore había encontrado a

Juan 67. Supuestamente, claro está. Bosch ya no sabía qué creer con respecto a Moore; no podía evitar preguntarse cuál era la relación entre Juan 67, Dance y Kapps, si es que había alguna. Finalmente Bosch concluyó que la clave residía en averiguar la identidad del hombre con las manos y los músculos de obrero. Cuando lo hiciera, encontraría al asesino.

8

Después de pasar por delante del pequeño monumento a los caídos, Harry entró en el vestíbulo del Parker Center, donde tuvo que mostrar su placa a un agente. Los policías de recepción no reconocían a nadie por debajo del rango de comandante, lo que para Bosch era un signo inequívoco de que el departamento se había tornado demasiado grande e impersonal.

El vestíbulo estaba lleno de gente que iba y venía. Algunos llevaban uniforme y otros traje, mientras otros lucían el adhesivo de VISITANTE en la camisa y la mirada aturdida de los ciudadanos que se aventuraban por primera vez en aquel enorme laberinto. Harry consideraba el Parker Center una maraña burocrática que, más que ayudar, obstaculizaba el trabajo del policía de la calle. El edificio tenía ocho plantas con sus pasillos y feudos correspondientes. Cada uno de ellos estaba celosamente guardado por sus subdirectores y directores, y todos desconfiaban unos de otros; eran pequeños organismos dentro de una enorme organización.

Bosch se había convertido en un experto en el laberinto durante los ocho años que trabajó en Robos y Homicidios. Eso fue antes de ser expulsado, cuando

Asuntos Internos lo investigó por haber matado a un presunto asesino en serie. Bosch había disparado al ver que el hombre metía la mano debajo de la almohada para coger algo, suponiendo que sería una pistola. Luego resultó ser un peluquín. La cosa habría tenido gracia, de no ser porque el sujeto murió en el acto. Más tarde, los investigadores del Departamento de Homicidios confirmaron que el sospechoso había cometido once asesinatos. A él lo trasladaron a un crematorio en una caja de cartón, mientras que a Bosch lo trasladaron a la División de Hollywood.

El ascensor estaba repleto y olía a aliento rancio. Bosch bajó en la cuarta planta y se dirigió a las oficinas de la División de Investigaciones Científicas. Como la secretaria ya se había marchado, Harry alargó la mano por encima del mostrador y pulsó el botón que abría la portezuela de entrada. Después de atravesar el laboratorio de balística, entró en la oficina de la división. Donovan seguía allí, sentado a su mesa.

—Harry... ¿Cómo has entrado?

—He abierto yo.

—No hagas eso. No puedes ir por ahí saltándote las normas de seguridad.

Bosch asintió y puso cara de contrición.

—¿Qué quieres? —preguntó Donovan—. No tengo ninguno de tus casos.

—Te equivocas.

—¿Cuál?

—Cal Moore.

—Y una mierda.

—Que sí. Me ha tocado una parte, ¿de acuerdo? Sólo tengo un par de preguntas. Si quieres, contéstamelas. Si no, no pasa nada.

—¿Qué te ha tocado?

—Estoy siguiendo un par de pistas de unos casos míos y resulta que se cruzan con Cal Moore. Así que... Bueno, sólo quería estar seguro de lo de Moore. Ya me entiendes, ¿no?

—No, no te entiendo.

Bosch cogió una silla de otra mesa y se sentó. A pesar de estar solos en la oficina, Bosch habló bajo y despacio con la esperanza de interesar al perito de la División de Investigaciones Científicas.

—Es sólo para mí, pero necesito estar seguro. Lo que quiero saber es si todo se ha confirmado.

—¿Si qué se ha confirmado?

—Venga, hombre. Si realmente era Moore y si había alguien más en la habitación del motel.

Tras un largo silencio, Donovan se aclaró la garganta y preguntó:

—¿Qué quieres decir con que estás trabajando en casos que se cruzan con el de Moore?

«Vamos bien», pensó Bosch, entreviendo una pequeña posibilidad de comunicación.

—Yo estaba investigando la muerte de un camello y le pedí ayuda a Moore. Después me dieron un cadáver, sin identificar, en un callejón de Sunset y resulta que Moore fue el que encontró el cuerpo. Al día siguiente, Moore se registró en ese motel de mala muerte y se voló la tapa de los sesos. O eso parece. Sólo quiero ratificar que era él. He oído que los forenses ya lo han identificado.

—¿Y qué te hace pensar que esos dos casos están relacionados con el asunto de Moore?

—De momento no pienso nada. Sólo estoy intentando eliminar posibilidades. Tal vez todo sean coincidencias; no lo sé.

—Bueno —cedió Donovan—. No sé que han encontrado en la autopsia, pero yo he sacado huellas que le pertenecían. Te puedo asegurar que Moore estuvo en esa habitación. Acabo de terminar; me ha llevado todo el día.

—¿Por qué?

—Porque esta mañana el ordenador del Departamento de Justicia no funcionaba y cuando fui a Personal a pedir las huellas dactilares de Moore, me dijeron que Irving ya las había sacado para llevárselas al forense. Se supone que eso no debe hacerse, pero ¿quién va a ser el valiente que se lo diga? El tío te pondría en su lista negra. Total, que tuve que esperar a que funcionara el ordenador del Departamento de Justicia. Al final me llegaron las huellas después de comer y acabo de terminar hace un rato. El de la habitación era Moore.

—¿Dónde encontraste las huellas?

—Un momento.

Sin levantarse de la silla, Donovan rodó hasta unos archivadores y abrió un cajón con una llave que se sacó del bolsillo. Mientras el perito hojeaba los archivos, Bosch encendió un cigarrillo. Finalmente, Donovan sacó uno y volvió rodando hasta su mesa.

—Apaga eso, Harry. Ya sabes que no lo soporto.

Bosch dejó caer el cigarrillo en el suelo de linóleo, lo pisó y lo empujó con el pie debajo de la mesa de Donovan. Éste comenzó a repasar unas hojas que había sacado de una carpeta. Bosch se fijó en que cada hoja contenía un plano de la habitación del motel donde encontraron el cuerpo de Moore.

—Veamos —dijo Donovan—. Las huellas de la habitación eran de Moore. Todas. Yo mismo las he compro...

—Eso ya me lo has dicho.

—Vale, vale. Vamos a ver, hay un pulgar de catorce puntos en la culata del arma. Ése fue el dato definitivo: el catorce.

Harry sabía que sólo se necesitaban cinco puntos iguales en una comparación de huellas dactilares para que se aceptara como identificación en un juicio. Obtener catorce puntos iguales en una huella que se encontró en la escopeta era casi mejor que una foto de la persona con el arma en la mano.

—Entonces... vamos a ver... encontramos cuatro huellas de tres puntos en los cañones del arma. Supongo que debieron difuminarse un poco cuando la escopeta le saltó de las manos, así que ésas no cuentan.

—¿Y en los gatillos?

—No, nada. Apretó los gatillos con el dedo del pie enfundado en el calcetín, ¿no te acuerdas?

—¿Y el resto de la habitación? Te vi empolvar el aparato de aire acondicionado.

—Sí, pero no saqué nada. Pensamos que Moore habría subido el aire para retrasar la descomposición del cuerpo, pero el mando del aparato estaba limpio. Claro que, como era de plástico rugoso, tampoco era ideal para encontrar huellas.

—¿Qué más?

Donovan consultó sus tablas de datos.

—En la placa de Moore encontré el índice y el pulgar. Cinco y siete puntos respectivamente. La placa estaba en la cómoda con la cartera, pero allí no había nada; sólo manchas borrosas. En la pistola me pasó otro tanto; manchas borrosas excepto en el cartucho, donde había un pulgar. —Donovan hizo una pausa—. Vamos a ver... sí, aquí tengo casi toda la mano: una palma, un pulgar y tres dedos en la puerta del armarito de debajo del lavabo. Supongo que debió de apoyarse ahí cuando se sentó en el suelo. Qué forma de morir, tío.

—Sí —convino Bosch—. ¿Ya está?

—Bueno, no. En el periódico... Había un periódico en la silla; ahí encontré una huella perfecta. Otra vez el pulgar y tres dedos.

—¿Y en los casquillos de bala?

—Sólo manchas borrosas. Nada claro.

—¿Y en la nota?

—Nada.

—¿Alguien ha comprobado la letra?

—Bueno, estaba mecanografiada, pero Sheehan se la ha pasado a alguien de Documentos Sospechosos, que ha confirmado que estaba escrita en la máquina de Moore. Hace unos meses, Moore se separó de su mujer y se fue a un sitio en Los Feliz llamado The Fountains.

Moore rellenó un impreso de cambio de domicilio, que estaba en el dossier de personal que se llevó Irving. Total, que la tarjeta de cambio de dirección también estaba escrita a máquina. Muchas de las letras coincidían exactamente con las de la nota.

—¿Y la escopeta? ¿Algún rastro del número de serie?

—No, lo habían limado y quemado con ácido. Oye, Harry, no creo que deba decirte tantas cosas. Es mejor...

En lugar de terminar la frase, Donovan dio media vuelta y comenzó a guardar los documentos en el archivador.

—Ya casi estoy. ¿Y el rastro del proyectil? ¿Lo habéis analizado?

Donovan cerró el cajón con llave y se volvió hacia Harry.

—Hemos empezado, pero no hemos terminado. De todos modos, se trata de dos cañones paralelos y balas de escopeta, por lo que el impacto es inevitablemente enorme. Yo diría que podría haber disparado desde unos quince centímetros de distancia y los resultados habrían sido igualmente devastadores. No hay misterio.

Después de asentir, Bosch consultó su reloj y se levantó.

—Una última cosa.

—Bueno, venga. Total, con lo que te he contado ya me juego el pellejo —respondió Donovan—. Oye, serás discreto, ¿no?

—Pues claro. Esto es lo último. Otras huellas. ¿Cuántas has encontrado que no pertenezcan a Moore?

—Ni una, y es curioso; nadie le ha dado importancia.

Bosch se sentó de nuevo; aquello no tenía sentido. Las habitaciones de los moteles eran como las prostitutas. Todos los clientes dejan algún rastro, alguna marca. Por mucho que las limpien, siempre queda algo: una señal delatadora. Harry no podía creer que todas las superficies que Donovan había comprobado estuvieran impolutas, descontando las huellas de Moore.

—¿Qué quieres decir con lo de que nadie le ha dado importancia?

—Pues que nadie lo ha mencionado. Yo se lo dije a Sheehan y a ese pijo de Asuntos Internos que lo acompaña, pero a ellos no pareció sorprenderles. Me soltaron algo así como: «Pues si no hay más huellas, no hay más huellas.» ¡Se nota que nunca han tenido que registrar una habitación de motel! Yo que pensaba que me iba pasar la noche trabajando... y al final sólo había las que te he dicho. Joder, si es que estaba más limpia que mi propia casa. Incluso encendí el láser, pero no encontré nada: sólo las huellas de haber pasado un trapo. Y no es precisamente un sitio famoso por su limpieza...

—Se lo contaste a Sheehan, ¿no?

—Sí, cuando terminé. Como era el día de Navidad, pensé que me dirían que no podía estar tan limpio; que quería escaquearme para volver con mi familia. Pero ellos me contestaron que vale, que adiós y feliz Navidad. Así que me fui. A la mierda.

Bosch pensó en Sheehan, Chastain e Irving. Sheehan era un investigador competente, pero con esos dos vigilándolo, podría haber cometido un error. Además, habían entrado en el motel completamente seguros de que se trataba de un suicidio. Bosch habría hecho lo mismo. Y para colmo habían encontrado una nota; tendrían que haber encontrado un cuchillo clavado en la espalda de Moore para cambiar de opinión. De todos modos, la ausencia de otras huellas en la habitación y del número de serie de la escopeta eran detalles que deberían haber reducido su certeza, pero que obviamente no les hicieron dudar demasiado. Harry comenzó a preguntarse si la autopsia confirmaría la teoría de que se trataba de un suicidio.

Bosch se levantó una vez más, le agradeció a Donovan la información y se marchó. Bajó por las escaleras hasta el tercer piso y se dirigió a la oficina del Departamento de Robos y Homicidios, donde la mayoría de las tres hileras de mesas estaban vacías, ya que eran más de las cinco. La de Sheehan era una de ellas, en la zona especialmente demarcada para Homicidios Especiales. Algunos de los detectives que no se habían ido a casa levantaron la vista, pero enseguida la desviaron. Bosch no les interesaba porque era un símbolo de lo que podía ocurrir; de lo dura que podía ser la caída.

—¿Está Sheehan? —le preguntó a la detective sentada detrás del mostrador. Estaba de guardia y la habían dejado a cargo del teléfono, las denuncias y el resto de trabajos tediosos.

—No, se ha marchado —contestó ella sin levantar la vista de una solicitud de vacaciones que estaba rellenando—. Ha llamado desde la oficina del forense hace unos minutos para decir que estaba en código siete hasta mañana por la mañana.

—¿Puedo usar una mesa unos minutos? Tengo que hacer unas llamadas.

Bosch odiaba tener que pedir permiso después de haber trabajado en aquella oficina durante ocho años.

—Coge la que quieras —contestó ella, todavía sin levantar la vista.

Bosch eligió una mesa que no estaba demasiado repleta de papeles y llamó a Homicidios de Hollywood con la esperanza de que todavía quedara alguien. Cuando Karen Moshito cogió el teléfono, Bosch le preguntó si había mensajes para él.

—Sólo uno, de una tal Sylvia. No me ha dado el apellido.

Al apuntar el número, Bosch notó que el pulso se le aceleraba.

—¿Te has enterado de lo de Moore? —le preguntó Moshito.

—¿Lo de la identificación? Sí.

—No, lo de la autopsia. En las noticias de la radio han dicho que no es concluyente. Es la primera vez que un tiro de escopeta en la cara no es concluyente.

—¿Cuándo lo han dicho?

—Acabo de oírlo en la KFWB, en las noticias de las cinco.

Cuando hubo colgado, Bosch intentó marcar otra vez el número de Porter. Y de nuevo no obtuvo respuesta. Harry se preguntó si el policía estaría en casa, pero no quería ponerse al teléfono. Se imaginó a Porter sentado con una botella, a oscuras, incapaz de abrir la puerta o levantar el teléfono.

Bosch miró el número de Sylvia Moore y se preguntó si se habría enterado de lo de la autopsia. Eso debía de ser. Tras sonar tres veces, Sylvia cogió el teléfono.

—¿Señora Moore?

—Soy Sylvia.

—Soy Harry Bosch.

—Ya lo sé.

Ella no dijo nada más.

—¿Cómo está?

—Creo que bien. Le-le he llamado para darle las gracias. Por su amabilidad ayer por la noche.

—Bueno, no hace falta que...

—¿Recuerda el libro que le mencioné?

—¿*El largo adiós?*

—Sí. Hay otra frase que me gusta: «Para mí, un hombre caballeroso es menos común que un cartero gordo.» Aunque la verdad es que ahora hay muchos carteros gordos. —Su risa era dulce, casi como su llanto—. Pero no hay demasiados hombres caballerosos. Y usted lo fue anoche.

Bosch no sabía qué responder. Intentó imaginársela al otro lado del silencio.

—Gracias, es muy amable, pero no sé si me lo merezco. A veces la profesión me obliga a actuar de forma muy poco caballerosa.

A continuación hablaron de asuntos más triviales y al cabo de unos minutos se despidieron. Cuando colgó, Bosch se quedó un momento pensativo, con la vista fija en el teléfono y la mente concentrada en lo que habían dicho y lo que se habían callado. Era evidente que entre ellos había algo más que la muerte de Cal Moore; algo más que un caso. Había compenetración.

Luego, Bosch pasó la hojas de la libreta hasta llegar a la cronología que había comenzado a redactar esa tarde.

9 de noviembre.   Detención de Dance.
13 de noviembre. Jimmy Kapps muerto.
4 de diciembre.   Reunión de Moore y Bosch.

Bosch empezó a añadir las otras fechas y hechos, a pesar de que algunos de ellos todavía no parecían encajar. Sin embargo, intuía que todos los casos estaban conectados y que el punto de unión era Calexico Moore. No quiso detenerse a considerar la lista hasta que hubo terminado. Cuando lo hizo, descubrió que le ayudaba a poner en orden todas las ideas que le habían bailado por la cabeza en los últimos dos días.

1 de noviembre.   Memorándum BANG sobre el hielo negro.
9 de noviembre.   Rickard recibe soplo de Jimmy Kapps.
9 de noviembre.   Detención y puesta en libertad de Dance.
13 de noviembre. Jimmy Kapps muerto.
4 de diciembre.   Reunión Moore y Bosch. Moore miente.
11 de diciembre.   Moore habla con la DEA.
18 de diciembre.   Moore encuentra cuerpo de Juan 67.
18 de diciembre.   A Porter se le asigna el caso Juan 67.
19 de diciembre.   Moore se registra en el Hideaway.
                   ¿Suicidio?
24 de diciembre.   Autopsia de Juan 67. ¿Insectos?
25 de diciembre.   Aparece el cuerpo de Moore.
26 de diciembre.   Porter se retira.
26 de diciembre.   Autopsia de Moore. ¿No concluyente?

De todos modos, Bosch no siguió estudiando la lista mucho tiempo, ya que no podía sacarse a Sylvia Moore de la cabeza.

9

Bosch cogió Los Angeles Street hasta llegar a Second Street, y puso rumbo al bar Red Wind. Cuando pasó por delante de la iglesia de Santa Vibiana, se fijó en un grupo de vagabundos harapientos que salían de su interior; seguramente habían pasado el día durmiendo en los bancos y en ese momento se disponían a cenar en la misión de Union Street. Al llegar al edificio del *Times*, Bosch levantó la vista hacia el reloj y vio que eran las seis en punto, así que encendió la radio para escuchar el boletín informativo de la emisora KFWB. La autopsia de Moore fue la segunda noticia, después de la del alcalde. Por lo visto, el hombre había sido la última víctima de una ola de ataques kamikazes para protestar contra el sida. Le habían lanzado un globo lleno de sangre de cerdo en la escalinata blanca del ayuntamiento de la ciudad. Un grupo denominado «SuiSida» había reivindicado el atentado.

«En otro orden de cosas, la autopsia del sargento de policía Calexico Moore no permite concluir que el agente de narcóticos se quitara la vida, según informó la oficina del forense del condado de Los Ángeles. El cadáver del agente, de treinta y ocho años, fue hallado el día de Navidad en un motel de Hollywood. Según fuentes policiales, el sargento Moore llevaba muerto una semana a causa de un disparo de escopeta. Estas mismas fuentes han confirmado que se encontró una nota de suicidio, pero no han divulgado su contenido. El sargento Moore será enterrado el lunes.»

Bosch apagó la radio. Era obvio que la información estaba sacada de un comunicado de prensa. Se preguntó qué querría decir lo de que la autopsia no fuera concluyente, el único dato nuevo de toda la noticia.

Finalmente Bosch llegó al Red Wind, aparcó y entró en el bar. Como no vio a Teresa Corazón, aprovechó para ir al baño y lavarse la cara. Después se secó con una toalla de papel e intentó peinarse con la mano el bigote y el cabello rizado. Tras aflojarse la corbata, se quedó un rato mirándose al espejo. Necesitaba afeitarse. Con aquel aspecto la mayoría de gente evitaría acercarse a él.

Al salir del lavabo, Bosch compró una cajetilla de tabaco en la máquina y echó otro vistazo al bar. Ella todavía no había llegado. Entonces se dirigió a la barra y pidió una Anchor, que se llevó a una mesa vacía cerca de la puerta. A esa hora, el Wind comenzaba a llenarse de gente que salía del trabajo: hombres trajeados o mujeres arregladas. Abundaban las combinaciones de hombres mayores con mujeres jóvenes. Harry reconoció a varios periodistas del *Times*, lo cual le hizo pensar que Teresa había elegido un mal sitio para quedar, si es que ella hacía acto de presencia. Tras la noticia de la autopsia, los periodistas podrían reconocerla. Bosch se acabó su cerveza y salió del bar.

Estaba en la acera, soportando el frío del anochecer y mirando el túnel de Second Street cuando oyó una bocina. Un coche se detuvo frente a él y alguien bajó la ventanilla eléctrica. Era Teresa.

—Perdona, llego tarde. Ahora entro; voy a buscar un sitio para aparcar.

Bosch metió la cabeza por la ventanilla.

—No sé si es buena idea. Hay muchos periodistas. Por la radio han dado la noticia de la autopsia de Moore; te arriesgas a que te hagan preguntas.

Bosch veía ventajas e inconvenientes. Que el nombre de Teresa saliera en los periódicos mejoraba sus oportunidades de pasar de jefa en funciones a jefa permanente. Pero si decía algo inapropiado también podía acabar bajando a interina o, aún peor, a desempleada.

—¿Dónde podemos ir? —preguntó ella.

Harry abrió la puerta y se metió en el coche.

—¿Tienes hambre? ¿Y si vamos a Gorky's o al Pantry?

—Muy bien. ¿Está abierto Gorky's? Me apetece una sopa.

Como era hora punta, tardaron quince minutos en recorrer ocho manzanas y encontrar sitio para aparcar. Cuando finalmente llegaron a Gorky's, pidieron dos jarras de cerveza rusa de la casa y Teresa se tomó un caldo de pollo con arroz.

—Menudo día, ¿eh? —comentó Bosch.

—Y que lo digas. No he tenido tiempo ni para comer. Me he pasado cinco horas en la *suite*.

Bosch quería que le hablara de la autopsia de Moore, pero sabía que no podía pedírselo. Tenía que conseguir que ella quisiera contárselo.

—¿Qué tal las Navidades? ¿Las pasaste con tu marido?

—Qué va. Lo intentamos, pero no funcionó. Nunca ha podido aceptar lo que hago y ahora que tengo la oportunidad de ser forense jefe, todavía menos. Se fue en Nochebuena y pasé sola el día de Navidad. Hoy iba a llamar a mi abogada para que continuara con los trámites de divorcio, pero no he tenido tiempo.

—Tendrías que haberme llamado. Yo pasé el día de Navidad con un coyote.

—¿Con Tímido?

—Sí, todavía viene a verme de vez en cuando. Había un incendio al otro lado del paso y creo que se asustó.

—Sí, lo leí en el periódico. Tuviste suerte.

Bosch asintió. Teresa Corazón y él se habían acostado unas cuantas veces durante los últimos cuatro meses, y cada encuentro se iniciaba con este tipo de conversación superficial. Era una relación de conveniencia, basada en la atracción física y no sentimental, que nunca se había convertido en una pasión profunda para ninguno de los dos. Ese año Teresa se había separado de su marido, un catedrático de la facultad de medicina de la Universidad de California en Los Ángeles, y había escogido a Harry como amante. Sin embargo, Harry sabía que aquello no significaba nada; él era una mera diversión. Sus encuentros eran esporádicos, normalmente con varias semanas de diferencia, y Harry se contentaba con dejar que Teresa los instigara.

Bosch la observó mientras ella bajaba la cabeza para soplar sobre la cuchara llena de sopa. Después de apartarse un mechón de su pelo rizado y largo, volvió a soplar y sorbió un poco de aquel caldo de arroz con rodajas de zanahoria. Teresa era morena de piel y su rostro era exótico y ovalado, con los pómulos muy marcados. Tenía los labios gruesos y pintados de rojo y un ligero tono amelocotonado en las mejillas. Él sabía que tenía unos treinta y tantos años pero nunca le había preguntado su edad exacta. Por último, se fijó en sus uñas, que llevaba cortas y sin esmalte para no rasgar los guantes de goma que constituían la herramienta básica de su trabajo.

Mientras bebía una cerveza pesada de una jarra pesada, Bosch se preguntó si aquello era el principio de otro encuentro o si ella había venido a contarle algo verdaderamente importante sobre los resultados de la autopsia de Juan 67.

—Así que ahora necesito a alguien para Nochevieja —concluyó ella, levantando la vista del plato de sopa—. ¿Qué miras?

—Nada, a ti. Si necesitas a alguien, ya lo tienes. Creo que Frank Morgan va a tocar en el Catalina.

—¿Quién es ése y qué toca?

—Ya lo verás. Te gustará.

—Qué pregunta tan tonta. Si te gusta a ti, seguro que toca el saxofón.

Harry sonrió, más por él que por ella. Se alegraba de tener una cita. Estar solo en Nochevieja le deprimía más que en el día de Navidad, de Acción de Gracias o en cualquier otra fiesta. Nochevieja era una noche para escuchar jazz y el saxofón podía hundirte si estabas solo.

—Harry, las mujeres solitarias te pueden —comentó Teresa sonriendo.

Aquello le recordó la sonrisa triste de Sylvia Moore.

—Bueno —dijo Teresa, como si hubiera percibido que él se distraía—. Supongo que quieres saber lo de los insectos de Juan 67.

—Cuando te termines la sopa.

—No, no pasa nada. A mí no me molesta. Yo siempre tengo hambre, sobre todo cuando me he pasado todo el día cortando fiambres.

Teresa sonrió. Hacía comentarios así muy a menudo, como retando a Bosch a que expresara su disgusto por su trabajo. Él sabía que en el fondo ella seguía colgada de su marido. No importaba lo que dijera al respecto; estaba clarísimo.

—Bueno, espero que no eches de menos los bisturís cuando te nombren jefa. Entonces tendrás que contentarte con «cortar» presupuestos.

—Ni hablar. Yo no sería una jefa de despacho; me encargaría personalmente de los casos especiales. Pero después de lo de hoy, no sé si me harán jefa.

Harry sintió que en esa ocasión había sido él quien había despertado un recuerdo y que ella se quedaba pensativa. Ése podría ser el momento de decir algo.

—¿Quieres hablar del tema?

—No. Bueno, sí, pero no puedo —le contestó ella—. Harry, ya sabes que confío en ti, pero creo que de momento es mejor que no diga nada.

Bosch no insistió, sino que decidió volver al tema más adelante; quería averiguar lo que había ido mal en la autopsia de Moore.

—Bueno, pues, cuéntame lo de Juan —dijo, al tiempo que se sacaba la libreta del bolsillo de la chaqueta.

Ella apartó el plato de sopa y depositó su maletín de piel sobre el regazo. De él extrajo una carpeta de color marrón.

—De acuerdo. Esto es una copia para ti; puedes quedártela cuando haya terminado. He repasado las notas y todo el material que Salazar tenía sobre el caso. Supongo que ya sabes que la causa de la muerte fue un traumatismo craneal causado por múltiples golpes fuertes. Al frontal, el parietal, el esfenoides y el supraorbital.

Mientras describía las lesiones, Teresa se iba señalando la parte superior de la frente, la coronilla, la sien y la ceja izquierda, todo ello sin apartar la vista de los documentos que tenía ante sí.

—Cualquiera de ellas habría sido mortal. Había otras heridas que se produjeron al tratar de defenderse la víctima que puedes mirarte luego. Salazar extrajo astillas de madera de dos de las fracturas craneales. Por lo tanto, el arma podría ser algo como un bate de béisbol, aunque no tan ancho. Los golpes son tan tremendos y profundos que tuvo que tratarse de algo potente. No un palo, sino algo más grande: un pico, una pala, algo como... no sé, un taco de billar. Aunque seguramente era algo sin pulir, porque ya te he dicho que Salazar sacó astillas de las heridas. Dudo que un taco de billar, lijado y barnizado, pudiera dejar astillas.

Teresa estudió las notas un momento.

—Otra cosa. No sé si Porter te lo dijo, pero lo más seguro es que depositaran el cadáver en ese sitio. La muerte se produjo como mínimo seis horas antes de que fuera descubierto el cuerpo. En vista de la cantidad de gente que pasa por ese callejón para entrar en el restaurante, el cadáver no podría haber pasado inadvertido durante seis horas. Alguien tuvo que llevarlo hasta allí.

—Sí, estaba en sus apuntes.

—Bien.

Ella comenzó a pasar páginas, echó un vistazo rápido a las fotos de la autopsia y las fue apartando.

—Ah, aquí está. Aún no tenemos los resultados del análisis de sustancias tóxicas, pero el color de la sangre y el hígado apuntan a que no encontraremos nada. Es una suposición nuestra, bueno, de Sally, así que no es seguro.

Harry asintió. Todavía no había tomado ninguna nota. Aprovechó la ocasión para encender un cigarrillo, lo cual no pareció molestar a Teresa. Ella nunca había protestado antes, aunque una vez, cuando Bosch asistía a una autopsia, vino expresamente de la sala contigua para mostrarle el pulmón de un hombre de cuarenta años que fumaba tres paquetes al día. El pobre parecía un mocasín negro al que le hubiese pasado por encima un camión.

—Como ya sabes, solemos tomar muestras y analizar el contenido del estómago —prosiguió ella—. Primero, en la cera de la oreja, encontramos una especie de polvillo marrón. También había un poco en el pelo y en las uñas de la mano.

Bosch pensó en la heroína mexicana, uno de los ingredientes del hielo negro.

—¿Heroína?

—Buena idea, pero no.

—Sólo polvo marrón.

Bosch comenzó a tomar notas.

—Eso es. Cuando lo examinamos por el microscopio, nos pareció trigo. Creemos que es trigo pulverizado.

—¿Trigo? ¿Tenía cereales en el pelo y las orejas?

Un camarero bigotudo con cara de cosaco, camisa blanca y pajarita negra, se acercó a la mesa para preguntarles si querían algo más. Inevitablemente vio la pila de fotos de Teresa. Encima había una de Juan 67, desnudo sobre la mesa de operaciones de acero inoxidable. Teresa las tapó rápidamente con la carpeta y Harry pidió dos cervezas más. El hombre se alejó lentamente de la mesa.

—¿Te refieres a trigo? —preguntó Harry de nuevo—. ¿Como el polvo que queda al fondo del paquete de cereales?

—No exactamente. Pero apúntatelo y déjame seguir. Al final tiene sentido.

116

Él le hizo un gesto para que continuara.

—En los análisis del contenido de las fosas nasales y el estómago, salieron dos cosas muy interesantes. Por eso me gusta lo que hago, aunque otra gente preferiría que no lo hiciese. —Ella levantó la vista de la carpeta y le sonrió—. Bueno, en el interior del estómago, Salazar identificó café, restos masticados de arroz, pollo, pimentón, varias especias e intestino de cerdo. En otras palabras, había comido chorizo mexicano. El hecho de que usaran intestino para la piel del chorizo me sugiere que no se trata de un embutido de fábrica, sino casero. Lo había ingerido poco antes de morir, porque todavía no había comenzado a ser procesado por el estómago. Puede incluso que estuviera comiéndoselo cuando lo asaltaron; aunque no había restos en la garganta ni en la boca, sí quedaban trocitos en los dientes. Por cierto, la dentadura era toda suya y está claro que nunca había ido al dentista. ¿Qué opinas? No parece de por aquí, ¿verdad?

Bosch asintió al recordar que los apuntes de Porter decían que la ropa de Juan 67 era de fabricación mexicana.

—También había esto en el estómago —anunció ella, mientras le pasaba una fotografía. Era una instantánea de un insecto rosáceo que había perdido un ala y tenía la otra rota. Parecía mojado, lo cual era lógico teniendo en cuenta dónde lo habían encontrado. El bicho estaba en un recipiente de cultivos junto a una moneda de diez centavos diez veces más grande que él.

En ese momento Harry se dio cuenta de que el camarero esperaba a unos tres metros de ellos con dos jarras de cerveza. Cuando levantó las jarras y arqueó las cejas con impaciencia, Bosch le dio permiso para acercarse. El camarero depositó las cervezas en la mesa, echó un vistazo furtivo a la fotografía del insecto y se alejó con paso ligero. Harry le devolvió la foto a Teresa.

—¿Entonces qué es?

—*Ceratitis capitata* —le respondió ella con una sonrisa.

—¡No me digas! Justo lo que estaba pensando.

Aunque era una broma malísima, Teresa se rió.

—Es una mosca de la fruta, Harry. ¿No has oído hablar de ese insecto tan devastador para la industria cítrica de California? Salazar vino a verme para pedirme que alguien la clasificara porque no tenía ni idea de lo que era. Yo se la mandé a un entomólogo de la Universidad de California que me recomendó Gary y él lo identificó.

Bosch sabía que Gary era el marido —muy pronto ex marido— de Teresa. Aunque asintió, no podía comprender qué importancia tenía aquel dato.

—Pasemos a las fosas nasales —prosiguió ella—. Pues bien; aquí encontramos más polvo de trigo y... esto.

Ella le pasó otra fotografía en la que también aparecía un recipiente para cultivos con una moneda de diez centavos. Pero esta vez había una línea pequeñita de color marrón rosado junto a la moneda. A pesar de ser muchísimo más pequeña que la mosca de la primera foto, Bosch apreció que se trataba de otro insecto.

—¿Qué es? —preguntó.

—Lo mismo, según el entomólogo. Sólo que esto es un bebé: una larva.

Teresa enlazó los dedos y se apoyó sobre los codos. Sonrió a Bosch mientras esperaba en silencio.

—Esto te encanta, ¿no? —preguntó Harry. Después de beberse una cuarta parte de su jarra de cerveza, admitió—: De acuerdo, no tengo ni idea. ¿Qué significa todo esto?

—Bueno, sabes más o menos lo que hace la mosca de la fruta, ¿no? Se come las cosechas de cítricos y puede arruinar toda una industria: tropocientos millones de dólares en pérdidas, nada de zumo de naranja por la mañana, etcétera, etcétera. En pocas palabras, el fin del mundo civilizado.

Bosch asintió y ella continuó hablando muy deprisa.

—Bueno, parece que cada año hay una plaga de moscas de éstas. Seguro que te has fijado en esos avisos de cuarentena en las autopistas y has oído los helicópteros que fumigan durante la noche.

—Sí, me recuerdan a Vietnam en mis pesadillas —respondió Harry.

—Y también debes de haber visto o leído algo sobre las campañas contra el insecticida. Hay gente que opina que es tan perjudicial para las personas como para los insectos y quieren que lo prohíban. ¿Qué puede hacer el Departamento de Agricultura? Bueno, una de las cosas es invertir más en el otro sistema que existe para eliminar los bichos. El Departamento de Agricultura y el Proyecto de Erradicación de las Moscas de la Fruta sueltan miles de millones de moscas estériles por todo el sur de California; millones cada semana.

»Su intención es que cuando las que están allí comiencen a aparearse lo hagan con compañeras estériles, y así vayan desapareciendo al reproducirse cada vez menos. Es matemático, Harry. Pueden erradicar el problema, pero sólo si saturan la región con suficientes moscas estériles.

Al llegar a este punto, Teresa hizo una pausa, pero Bosch seguía sin comprender.

—¡Qué interesante! ¿Pero tiene algo que ver con el caso o con...?

—Ahora, ahora. Escucha y verás. Eres detective, ¿no? Se supone que los detectives estáis acostumbrados a escuchar. Una vez me dijiste que resolver asesinatos era sólo una cuestión de conseguir que la gente hablara y saber escuchar. Bueno, pues ahora te lo estoy contando.

Bosch alzó las manos, como diciendo «vale, vale» y ella retomó el hilo de la explicación.

—Las moscas que suelta el Departamento de Agricultura se tiñen de rosa cuando están en la etapa larvaria a fin de poder distinguir con facilidad las estériles de las no estériles a la hora de controlar las pequeñas trampas que se ponen en los naranjos. Después de teñirlas, las someten a unas radiaciones para esterilizarlas y luego las sueltan.

Harry asintió. La cosa comenzaba a ponerse interesante.

—El entomólogo que consultamos examinó las dos muestras tomadas del cadáver de Juan 67 y encontró lo siguiente. —Teresa consultó los datos en la carpeta—. La mosca adulta obtenida del estomágo del difunto había sido tanto teñida como esterilizada y era hembra. Hasta aquí no hay nada raro. Como decía, sueltan unos trescientos millones de insectos a la semana (al año son miles de millones), así que tu hombre podría haberse tragado una sin querer si había estado en cualquier sitio del sur de California.

—Vale, ya vamos concretando —dijo Bosch—. ¿Y la otra muestra?

—La larva era diferente —le informó Teresa, sonriendo de nuevo—. El doctor Braxton, el entomólogo, afirmó que el especimen había sido teñido con la misma sustancia empleada por el Departamento de Agricultura pero que, cuando se le metió a Juan por la nariz, todavía no había sido esterilizada.

Teresa desenlazó las manos y las dejó caer a los costados. Su informe de los hechos había terminado. Había llegado el momento de especular y ella le estaba dando la oportunidad a Bosch de empezar.

—O sea, que dentro del cuerpo encontraron dos moscas teñidas, una esterilizada y la otra no —resumió Bosch—. Eso parece indicar que poco antes de su muerte, nuestro hombre estuvo en el lugar donde se esterilizan esas moscas.

»Allí habría millones, por lo que resultaría fácil que una o dos se le hubieran colado en la comida o en la nariz, ¿no?

Ella asintió.

—¿Y el polvo de trigo? ¿Por qué tenía eso en las orejas y en el pelo?

—El polvo de trigo es la comida, Harry. Braxton nos contó que con eso alimentan a las moscas durante el período de cría.

—Si averiguo dónde crían esas moscas estériles, puedo encontrar una pista sobre Juan 67. Quizá sea un criador o algo por el estilo.

—¿Por qué no me preguntas a mí dónde las crían?

—¿Dónde las crían, Teresa?

—Bueno, el truco es criarlas en su propio hábitat, donde ya forman parte de la población natural de insectos, para que no haya problemas si se escapa alguna antes de recibir su dosis de radiación —explicó ella—. En definitiva, el Departamento de Agricultura estadounidense trata con criaderos de sólo dos sitios: Hawai y México. En Hawai tienen contratos con tres de ellos en Oahu. En México hay uno cerca de Zihuatenejo, y el más grande de los cinco está cerca de...

—Mexicali.

—¿Cómo lo sabes? Harry, no me digas que ya sabías todo esto y me has dejado...

—No, mujer. Ha sido una deducción a partir de otras investigaciones en las que estoy trabajando.

Teresa le lanzó una mirada extraña y, por un instante, él se arrepintió de haberle estropeado la sorpresa. Finalmente Bosch se acabó la cerveza y miró a su alrededor en busca del camarero tiquismiquis.

10

Teresa llevó a Bosch a su coche, que estaba aparcado cerca del Red Wind, y lo siguió en el suyo hasta su casa en la montaña. Aunque su apartamento estaba más cerca —en Hancock Park—, la forense le dijo a Harry que en la última temporada había pasado demasiado tiempo encerrada en casa y que le apetecía ver al coyote. Sin embargo, Bosch sabía que su verdadero motivo era que resultaba más fácil para ella irse de casa de él que pedirle a él que se marchara de su apartamento.

De todos modos, a Bosch no le importaba, ya que se sentía incómodo en el apartamento de ella; le hacía pensar en lo que se estaba convirtiendo Los Ángeles. El sitio en cuestión era un *loft* con vistas al centro de la ciudad, en el quinto piso de un edificio antiguo llamado The Warfield. El exterior del edificio se veía tan bonito como el día en que fue completado por George Allan Hancock en 1911; de estilo decimonónico, con una fachada de terracota gris azulada. George no había escatimado el dinero que ganó con el petróleo y, The Warfield, con sus flores de lis y sus demás ornamentos, era buena prueba de ello. Sin embargo, lo que a Bosch le molestaba era el interior. Una compañía japonesa había comprado el edificio hacía un par de años y lo había restaurado, renovado y redecorado completamente. Habían derribado las paredes de los apartamentos y los habían convertido en poco más que habitaciones, alargadas y feas, con suelos de madera falsa, encimeras de acero inoxidable y focos que se deslizaban por rieles. «Ahora es sólo un caparazón bonito», pensó Bosch. Y tenía la impresión de que George hubiese estado de acuerdo.

En casa de Harry, los dos charlaron mientras él encendía la barbacoa japonesa de la terraza y ponía a freír un filete de perca anaranjado. Lo había comprado en Nochebuena, todavía estaba fresco y era lo bastante grande para partirlo en dos. Teresa le contó a Bosch que la Comisión del Condado seguramente decidiría de manera oficiosa antes de fin de año quién iba a ser el nuevo forense jefe. Él le deseó buena suerte, aunque no estaba muy seguro de ser sincero. Se trataba de un puesto político, por lo que ella se vería obligada a obedecer y callar. Bosch cambió de tema.

—Si este tal Juan estuvo en Mexicali, ¿cómo crees que llegó hasta aquí?

—Ni idea. No soy detective.

Teresa contemplaba el paisaje apoyada en la barandilla. Ante ella se extendía el valle de San Fernando, iluminado por un millón de lucecitas y bañado por un aire fresco y limpio. Ella llevaba la chaqueta de Harry sobre los hombros. Mientras tanto, Bosch untó el pescado con una salsa de piña y le dio la vuelta.

—Aquí se está más caliente —le informó Bosch. Pinchó el pescado con el tenedor para que embebiera la salsa y añadió—: Yo creo que los asesinos no querían que nadie metiera las narices en la empresa contratada por el Departamento de Agricultura. No les interesaba que se relacionase el cuerpo con ese lugar, así que por eso se llevaron al tío.

—Sí, pero ¿por qué hasta Los Ángeles?

—Quizá porque... bueno, no lo sé. Tienes razón; es bastante lejos.

Los dos permanecieron pensativos unos instantes. Bosch olía la salsa de piña y la oía crepitar al gotear sobre las brasas.

—¿Cómo se puede pasar un cadáver por la frontera?

—Yo creo que la gente pasa cosas más gordas, ¿verdad?

Bosch asintió.

—¿Has estado alguna vez en Mexicali? —preguntó ella.

—Sólo de camino a Bahía San Felipe, donde fui a pescar el verano pasado, pero no me paré. ¿Y tú?

—Nunca.

—¿Sabes el nombre de la población justo al otro lado de la frontera? A nuestro lado.

—No —contestó ella.

—Calexico.

—¿Qué dices? ¿Es ahí dónde...?

—Sí.

El pescado estaba listo. Bosch lo sirvió en un plato, tapó la barbacoa y entraron en la casa. Lo acompañó con un arroz a la mexicana y, como no tenía vino blanco, abrió una botella de tinto —néctar de los dioses— que sirvió en sendas copas. Mientras lo ponía todo en la mesa, advirtió que una sonrisa asomaba al rostro de Teresa.

—Pensabas que no sabía cocinar, ¿verdad?

—Pues sí, pero esto está muy bien.

Harry y Teresa brindaron y empezaron a comer en silencio. Ella lo felicitó por la cena, aunque él pensó que el pescado le había quedado un poco seco. Después volvieron a charlar de cosas sin importancia. Durante todo ese tiempo, él estuvo esperando la oportunidad de preguntarle sobre la autopsia de Moore. La ocasión no se presentó hasta que hubieron terminado.

—¿Y qué harás ahora? —le preguntó ella mientras dejaba su servilleta en la mesa.

—Pues recoger los platos y ver si...

—Ya sabes a que me refiero: al caso Juan 67.

—No lo sé. Quiero volver a hablar con Porter. Y seguramente iré al Departamento de Agricultura para intentar averiguar algo más sobre cómo llegan las moscas de México hasta aquí.

Ella asintió.

—Avísame si quieres ver al entomólogo. Puedo organizarlo.

Bosch la observó mientras ella se quedaba absorta en sus pensamientos, algo que había ocurrido varias veces esa noche.

—¿Y tú? —quiso saber Bosch—. ¿Qué harás ahora?

—¿Sobre qué?

—Sobre los problemas de la autopsia de Moore.

—¿Tanto se me nota?

Bosch se levantó y recogió los platos, pero ella no se movió. Cuando se volvió a sentar, repartió el vino que quedaba en las dos copas y decidió que tendría que darle algo a Teresa para que ella se sincerara con él.

—¿Sabes qué? Me parece que tú y yo deberíamos hablar. Creo que tenemos dos investigaciones, o tal vez tres, que pueden ser parte del mismo caso. Como radios distintos de la misma rueda.

Ella lo miró, confundida.

—¿Qué investigaciones? ¿De qué hablas?

—Ya sé que lo que voy a contarte no entra dentro de tu trabajo, pero creo que necesitas saberlo para poder tomar tu decisión. Te he estado observando toda la noche y me parece que tienes un problema y no sabes qué hacer.

Bosch se calló, dándole la oportunidad de que ella lo detuviera, cosa que no hizo. Entonces Bosch le contó la detención de Marvin Dance y su relación con el asesinato de Jimmy Kapps.

—Cuando descubrí que Kapps había estado pasando hielo desde Hawai, fui a ver a Cal Moore para preguntarle qué sabía del hielo negro. Ya sabes, la competencia. Quería saber de dónde venía, dónde se podía conseguir, quién lo estaba vendiendo o cualquier cosa que me ayudara a descubrir quién podía haberse cargado a Jimmy Kapps. Bueno, la cuestión es que Moore me dijo que no sabía nada, pero hoy me he enterado de que estaba preparando un informe sobre el hielo negro. Estaba recogiendo información sobre mi caso. Por un lado me ocultó datos esenciales, pero por otro estaba investigando el tema cuando desapareció. Hoy he recibido su informe en una carpeta con una nota que decía: «Para Harry Bosch.»

—¿Y qué había en la carpeta?

—Un montón de papeles, entre ellos un informe que afirma que el principal proveedor de hielo negro seguramente vive en un rancho de Mexicali.

Ella lo miró, pero no dijo nada.

—Lo cual nos lleva a nuestro querido Juan 67. Como Porter se ha rajado, hoy me ha caído el caso. Mientras hojeaba el expediente, he leído quién encontró el cadáver. ¿Adivina quién fue? Te daré una pista: al día siguiente desapareció del mapa.

—Mierda —soltó ella.

—Exactamente. Cal Moore. No sé lo que significa, pero lo cierto es que él encontró el cadáver. Al día siguiente se esfumó y a la semana siguiente lo encontraron en la habitación de un motel. Dicen que fue suicidio. Y en cuanto se descubre el cadáver, e informan la tele y los periódicos, Porter nos llama para decir: «¿Sabéis qué? Me largo.» ¿A ti no te escama?

De repente, Teresa se levantó. Se dirigió a la puerta corredera de la terraza y se quedó allí mirando el valle.

—Qué cabrones —dijo finalmente—. Quieren cerrar el caso porque la investigación podría avergonzar a más de uno.

Bosch se levantó y se acercó a ella.

—Tienes que decírselo a alguien. Cuéntamelo a mí.

—No, no puedo. Cuéntame tú.

—Ya te lo dicho casi todo. En la carpeta había unos cuantos documentos, pero estaban bastante liados y tampoco tenían mucho interés, aparte de lo que dijo el tío de la DEA; es decir, que el hielo negro venía de Mexicali. Por eso he adivinado lo de las moscas. Y también está Moore, que creció en Calexico y Mexicali. ¿Lo ves? Son demasiadas casualidades.

Teresa seguía mirando el paisaje, de espaldas a Bosch, pero él podía oler su perfume y ver su cara de preocupación reflejada en el cristal de la puerta.

—Lo más importante de la carpeta es que Moore no la guardó en su oficina o en su apartamento, sino en un lugar donde no podrían encontrarlo los de Asuntos Internos o Robos y Homicidios. Y cuando lo encontraron los chicos de su equipo, había una nota que decía que me lo diesen a mí. ¿No lo ves?

La expresión de perplejidad de Teresa fue respuesta suficiente. Ella se volvió, se sentó en la butaca de la sala de estar y se pasó los dedos por el pelo. Harry se quedó de pie, paseando de arriba abajo.

—¿Por qué iba Moore a escribir una nota diciendo que me pasaran el expediente a mí? Está claro que no lo hizo para sí mismo, porque él ya sabía que estaba recopilando la información para mí. Es decir, que la nota era para otra persona. ¿Y eso qué significa? Que cuando la escribió ya sabía que iba a matarse o que...

—Lo iban a matar —terminó ella.

Bosch asintió.

—Al menos era consciente de que había ido demasido lejos. Que se había metido en un lío, en peligro.

—Dios mío —dijo ella.

Harry se inclinó para pasarle la copa de vino y se acercó a su cara.

—Tienes que contarme lo de la autopsia. Sé que pasa algo; he oído esa mierda de comunicado de prensa que han hecho. ¿Qué coño significa eso de «no concluyente»? ¿Desde cuándo no se puede determinar si un disparo de escopeta mata o no a alguien? Venga, cuéntamelo. Así podremos decidir qué hacer.

Ella se encogió de hombros y negó con la cabeza, pero Bosch supo que iba a hablar.

—Me lo dijeron porque yo no estaba segura..., Harry, no puedes revelar de dónde sacaste esta información. Prométemelo.

—Te lo prometo. Si tengo que usarla lo haré, pero te juro que nadie sabrá de dónde ha salido.

—Me ordenaron que no lo hablara con nadie porque no estaba completamente segura. El subdirector, Irving, ese chulo imbécil, sabía exactamente dónde me dolería. Me mencionó que la Comisión del Condado decidiría pronto sobre mi puesto. Y que buscarían a un forense jefe que supiera ser discreto. También dejó caer que tenía amigos en la comisión. Me hubiese gustado coger el bisturí y...

—Eso no me interesa ¿Qué es eso de que no estabas completamente segura?

Ella apuró su vaso de vino y entonces salió la historia. Teresa le contó que la autopsia había empezado de forma rutinaria, excepto por el hecho de que además de los dos detectives asignados al caso, Sheehan y Chastain de Asuntos Internos, se hallaba presente Irving, subdirector del Departamento de Policía. Asimismo, les asistía un técnico de laboratorio para cotejar las huellas dactilares.

—La descomposición se había extendido por todo el cuerpo —le explicó Teresa—. Tuve que cortar las puntas de los dedos y cubrirlas con una sustancia endurecedora. De otro modo, Collins, mi técnico de laboratorio, no habría podido sacar las huellas dactilares. Collins comparó las huellas allí mismo porque Irving había traído copias de las de Moore. Coincidían perfectamente. Era Moore.

—¿Y los dientes?

—La identificación dental fue difícil. Quedaba poco que no estuviera fragmentado. Al final comparamos un incisivo incompleto que encontramos en la bañera con algunos informes dentales que trajo Irving. Moore tenía una muela empastada y allí estaba. Eso también coincidía.

Teresa dijo que empezó la autopsia después de confirmar la identidad e inmediatamente llegó a la conclusión más obvia; que la herida de escopeta fue mortífera. Moore murió al instante. Pero durante el examen de la materia que se había separado del cuerpo, la forense comenzó a cuestionarse si podía certificar que la muerte de Moore había sido el resultado de un suicidio.

—La fuerza del impacto provocó un desplazamiento craneal absoluto —explicó Teresa—. Y, por supuesto, la legislación sobre autopsias exige un examen de todos los órganos vitales, incluido el cerebro. El problema era que la masa encefálica estaba casi toda deshecha debido al enorme impacto del proyectil. Me dijeron que los casquillos provenían de una escopeta de dos cañones. Sin embargo, una porción relativamente grande del lóbulo frontal y el fragmento de cráneo correspondiente quedaron prácticamente intactos pese a haberse separado. ¿Me entiendes? El diagrama decía que lo habían encontrado en la bañera. Oye... ¿me estoy pasando de detalles? Sé que lo conocías.

—No mucho. Sigue.

—Bueno, me puse a examinar ese trozo sin esperar nada especial, pero me equivoqué. Había una marca hemorrágica en el lóbulo frontal.

Teresa le dio un golpecito a la copa de Bosch y respiró hondo, como si estuviera ahuyentando un demonio.

—Y ése fue el problema, Harry.

—¿Por qué?

—Pareces Irving: «¿Por qué?, ¿Por qué?» Pues debería resultar evidente. Por dos razones. Primero, en muertes instantáneas como ésta, no suele haber mucha hemorragia. Cuando el cerebro literalmente se desconecta del cuerpo en una fracción de segundo la corteza cerebral apenas sangra. Pero aunque sea improbable, es posible. Sin embargo, la segunda razón es indiscutible. La hemorragia indicaba claramente una herida a contragolpe. No me cabe ninguna duda.

Harry repasó mentalmente lo que había aprendido durante los diez años que había pasado observando autopsias. Una herida a contragolpe es una lesión que se produce en el lado del cerebro opuesto al golpe. Un impacto violento en el lado izquierdo a menudo causa más daño al hemisferio derecho, ya que la fuerza del golpe empuja la masa encefálica contra la parte derecha del cráneo. O sea, para que Moore tuviera la hemorragia que ella había descrito en la zona frontal del cerebro, debió ser golpeado por detrás. Un disparo de escopeta en la cara no habría provocado ese efecto.

—Hay alguna posibilidad... —Bosch se calló, ya que no estaba seguro de qué quería preguntar. De repente se dio cuenta de que el cuerpo le pedía a gritos un cigarrillo y cogió un paquete.

»¿Qué pasó? —le preguntó a Teresa mientras rasgaba el celofán.

—Bueno, cuando empecé a explicarlo, Irving se puso tenso y empezó a preguntarme: «¿Está usted segura? ¿Totalmente segura? ¿No nos estaremos precipitando?» y dale que te pego. Estaba bastante claro; no quería que esto fuera otra cosa que un maldito suicidio. En cuanto introduje un elemento de duda, comenzó a hablar de no precipitarnos y de que necesitábamos ir más despacio. En su opinión, las conclusiones a las que llegaríamos podían ser una vergüenza para el departamento si no actuábamos con cautela y corrección. Ésas fueron sus palabras. ¡Será cabrón!

—No despiertes al león dormido —le aconsejó Bosch.

—No, pero les dije directamente que no iba a certificarlo como suicidio. Entonces... entonces me convencieron de que no lo declarara homicidio. De ahí lo de no concluyente. De momento he tenido que ceder y eso me hace sentir culpable. Los muy cabrones.

—Van a cerrar el caso —concluyó Bosch.

No podía comprenderlo. La reticencia de Irving debía de estar relacionada con la investigación de Asuntos Internos. Fuera cual fuese el asunto en el que andaba metido Moore, Irving creía que aquello lo llevó a matarse o a que lo mataran. De cualquier forma, no quería abrir esa caja de Pandora sin saber lo que contenía. O tal vez no le interesaba. Bosch comprendió que una cosa había quedado muy clara; que estaba solo. No importaba lo que averiguase; si se lo daba a Irving o al Departamento de Robos y Homicidios, éstos lo enterrarían. Si Bosch seguía con la investigación, lo estaría haciendo por su cuenta y riesgo.

—¿Sabían ellos que Moore estaba trabajando para ti? —preguntó Teresa.

—Ahora ya lo sabrán, pero seguramente no estaban al corriente durante la autopsia. De todos modos, no creo que les haga cambiar de opinión.

—¿Y qué pasa con el caso de Juan 67? ¿Saben que Moore encontró el cuerpo?

—No tengo ni idea.

—¿Y qué vas a hacer ahora?

—No lo sé. Ya no sé nada. ¿Qué vas a hacer tú?

Teresa se quedó en silencio un buen rato y después se levantó y caminó hacia Bosch. Se inclinó sobre él y lo besó en los labios.

—Olvidémonos un rato de todo esto —le susurró ella.

Harry cedió ante ella al hacer el amor, dejándola tomar la iniciativa y dirigirlo, usar su cuerpo a su antojo. Habían estado juntos las veces suficientes como para sentirse cómodos y conocer las costumbres del otro. Ya habían superado la fase de sentir curiosidad o vergüenza. Teresa acabó montándose sobre él, mientras él se dejaba caer sobre las almohadas del cabezal de la cama. Ella echó la cabeza hacia atrás y le clavó sus uñas recortadas en el pecho, sin causarle dolor ni hacer el más mínimo ruido.

En la oscuridad, Bosch vislumbró un brillo plateado que colgaba de las orejas de Teresa. Entonces le tocó los pendientes, y luego le pasó las manos por el cuello, los hombros y los pechos. Teresa tenía la piel cálida y húmeda. Sus movimientos lentos y metódicos lo arrastraron hasta un mundo aislado y vacío.

Mientras los dos descansaban —con Teresa todavía acurrucada encima de él—, a Bosch le invadió un repentino sentimiento de culpabilidad y pensó en Sylvia Moore. Acababa de conocerla la noche anterior. ¿Cómo podía colarse en sus pensamientos de esa manera? Pero lo había hecho. Bosch se preguntó por el motivo del sentimiento de culpa. Quizá se refería a algo que aún no había ocurrido.

De repente a Bosch le pareció oír el ladrido corto y agudo del coyote en la lejanía, detrás de la casa. Teresa despegó la cabeza del pecho de él y ambos escucharon los aullidos solitarios del animal.

—Tímido —la oyó decir en voz baja.

Harry volvió a sentirse culpable. Pensó en Teresa. ¿La había engañado para que ella le contara lo que sabía? Creía que no. Una vez más, la culpabilidad podía referirse a algo que todavía no había sucedido. Como, por ejemplo, lo que haría con la información que ella le había proporcionado.

Teresa pareció adivinar que sus pensamientos se alejaban de ella. Quizá lo delató un cambio en el latido de su corazón o la tensión de un músculo.

—Nada —dijo ella.

—¿Qué?

—Me preguntaste qué iba a hacer. Nada. No voy a meterme más en esa mierda. Si ellos quieren enterrar el caso, que lo entierren.

En ese momento Harry supo que sería una buena forense jefe del condado de Los Ángeles.

Bosch sintió que se distanciaba de ella en la oscuridad.

Teresa se incorporó y se sentó al borde de la cama mientras miraba por la ventana la luna creciente. El coyote volvió a aullar. A Bosch le pareció oír que un perro le contestaba en la distancia.

—¿Te identificas con él? —preguntó Teresa.

—¿Con quién?

—Con Tímido. Solo ante el peligro.

—A veces. Todos estamos solos a veces.

—Sí, pero a ti te gusta, ¿no?

—No siempre.

—No siempre...

Bosch se paró a pensar en lo que iba a decir. Si se equivocaba, la perdería por completo.

—Perdona si estoy un poco distante —se disculpó—. Tengo muchas cosas...

No terminó la frase. No tenía excusa.

—Te gusta vivir aquí en esta casita solitaria con el coyote como tu único amigo, ¿no?

Harry no respondió. Inexplicablemente, le vino a la mente la cara de Sylvia Moore. Sin embargo, esa vez no se sintió culpable; le gustaba verla allí.

—Tengo que irme —anunció Teresa—. Mañana me espera un día muy largo.

Harry la observó mientras recogía su bolso de la mesilla de noche y caminaba desnuda hacia el lavabo. Al oír el ruido de la ducha, se la imaginó lavándose cualquier rastro que él hubiese dejado sobre ella o dentro de ella y rociándose con la colonia multiuso que siempre llevaba en el bolso para tapar los olores de su trabajo.

Bosch alargó el brazo hasta la pila de ropa en el suelo y sacó su libreta de teléfonos. Aprovechando el ruido del agua marcó un número. Le respondió una voz adormilada; eran casi las doce de la noche.

—No sabes quién soy y no te he llamado.

Hubo un silencio mientras la otra persona identificaba la voz de Harry.

—Vale, vale.

—Hay un problema con la autopsia de Cal Moore.

—¡Eso ya lo sé! No es concluyente. ¿Para eso me despiertas?

—No, no lo entiendes. Estás confundiendo la autopsia con el comunicado de prensa de la autopsia. Son dos cosas distintas. ¿Me sigues?

—Sí... creo que sí. ¿Cuál es el problema?

—El subdirector de la policía y la forense jefe en funciones no están de acuerdo. Uno dice suicidio y la otra homicidio. No pueden ser las dos cosas, así que por eso han dicho que no es concluyente.

Se oyó un silbido por el teléfono.

—Menudo notición. Pero ¿por qué iban a querer ocultar los polis un homicidio? Especialmente uno de los suyos. En principio el suicidio deja peor al departamento. ¿Por qué echar tierra sobre el asunto? A no ser que...

—Eso es —contestó Bosch y colgó el teléfono.

Un minuto más tarde el grifo se cerró y Teresa salió secándose con una toalla. Estar desnuda no le producía la más mínima vergüenza, algo que Harry echaba un poco de menos. Aquella timidez había desaparecido de todas las mujeres con las que había tenido alguna relación antes de que ellas acabaran abandonándolo.

Bosch se puso sus tejanos azules y una camiseta mientras ella se vestía. Ninguno de los dos dijo una palabra. Teresa le dedicó una débil sonrisa y después él la acompañó al coche.

—¿Qué? ¿Seguimos teniendo una cita para Nochevieja? —le preguntó Teresa después de que él le abriera la puerta del coche.

—Pues claro —respondió Bosch, aunque sabía que ella llamaría para cancelar la salida con alguna excusa.

Ella se acercó, lo besó en los labios y después se deslizó en el asiento del conductor.

—Adiós, Teresa —se despidió Bosch, pero ella ya había cerrado la puerta.

Eran pasadas las doce cuando Bosch volvió adentro. La casa olía al perfume de Teresa y a su propia culpabilidad. Bosch puso el compact de Frank Morgan, *Mood Indigo*, y se quedó de pie en la sala de estar. Mientras escuchaba sin moverse la melodía del primer solo —una canción llamada «Lullaby»—, Bosch pensó que no había nada más honesto que el sonido de un saxofón.

11

Dormir iba a resultarle imposible, y Bosch lo sabía. Salió a la terraza y contempló la alfombra de luces a sus pies. El aire invernal le cortaba la cara y lo animaba a seguir investigando. Por primera vez en muchos meses se sentía rebosante de energía, listo para la caza. Bosch repasó mentalmente todos los casos y después hizo una lista mental de la gente a quien tenía que ver y de lo que tenía que hacer. El primero de la lista era Lucius Porter, el detective borracho cuya retirada había coincidido con tal precisión con la muerte de Moore que no podía ser casualidad. Harry notó que se enfadaba al pensar en Porter. Se avergonzaba de haber dado la cara por él ante Pounds.

Bosch buscó el teléfono en su libreta y volvió a llamar a Porter una vez más. No esperaba respuesta y no la hubo. Al menos en ese aspecto, Porter cumplía. Harry leyó la dirección que había anotado y se marchó.

En su trayecto montaña abajo, Bosch no se cruzó con ningún vehículo hasta llegar al paso de Cahuenga. Una vez allí enfiló al norte y entró por Barham en la autopista de Hollywood. El tráfico de la autopista era bastante denso, aunque no lento. Los coches se deslizaban de manera fluida, como cintas de luces. A lo lejos, Bosch vislumbró un helicóptero de la policía que trazaba círculos sobre la zona de Studio City e iluminaba con sus potentes focos la escena de algún crimen. El haz de luz parecía una soga que amarrase el helicóptero para impedir que se alejara volando.

Bosch prefería Los Ángeles de noche, ya que la oscuridad ocultaba muchas de sus miserias. La noche silenciaba la ciudad, pero también hacía aflorar una cara oculta. Sin embargo, era en esa zona oscura, entre las sombras, donde Bosch se movía con más libertad. Se sentía como un pasajero en una limusina; él podía mirar fuera, pero nadie lo podía ver a él. La oscuridad tenía algo de azaroso, de capricho del destino. En aquellas noches a la luz del neón azul había múltiples formas de vivir y de morir. Uno podía pasear en una limusina negra o en la furgoneta azul del forense. El sonido de los aplausos se confundía con el silbido de una bala que te pasaba rozando la oreja en la oscuridad. Eso era el azar. Eso era Los Ángeles.

En Los Ángeles había incendios e inundaciones, temblores y desprendimientos de tierra. Había locos que disparaban a los viandantes y ladrones colocados de *crack*. Conductores borrachos y carreteras llenas de curvas. Policías asesinos y asesinos de policías. Estaba la mujer con la que te acostabas. Y su marido. En cualquier momento de cada noche había personas que estaban siendo violadas, agredidas o mutiladas. Asesinadas y amadas. Siempre había un bebé en el pecho de su madre. Y, algunas veces, un bebé solo en un contenedor. En algún lugar de la ciudad.

Harry salió de la autopista por Vanowen, en North Hollywood, y se dirigió al este hacia Burbank. Después volvió a girar al norte y entró en una zona de pisos destartalados. Bosch dedujo por las pintadas de las pandillas que se trataba de un vecindario en su mayor parte hispano. Sabía que Porter había vivido allí durante años. Era todo lo que podía permitirse con el dinero que le quedaba después de pasarle la pensión a su ex mujer y comprar alcohol.

Bosch entró en el parque de caravanas Happy Valley y encontró la caravana de Porter al final de Greenbriar Lane. Estaba oscura; ni siquiera había una luz sobre la puerta o un coche bajo el voladizo de aluminio que hacía las veces de garaje. Bosch se quedó un buen rato en el coche, fumando y observando. El viento traía música de mariachis procedente de uno de los clubes mexicanos de Lankershim Boulevard que fue ahogada por el estruendo de un avión en vuelo bajo a punto de aterrizar en el aeropuerto de Burbank. Bosch metió la mano en la guantera, sacó una bolsita de cuero que contenía su linterna y su ganzúa y salió del coche. Como nadie contestaba a la puerta, Harry abrió la bolsa de cuero. No se lo pensó dos veces antes de entrar en casa de Porter. Porter era parte del juego, no un pobre inocente. Para Bosch, el policía había perdido su derecho a la intimidad cuando omitió expresamente que Moore había hallado el cuerpo de Juan 67. Ahora Harry estaba decidido a encontrar a Porter para preguntarle por qué lo había hecho.

Bosch sacó una linterna minúscula, la encendió y la sostuvo con los dientes mientras se inclinaba para meter una ganzúa en la cerradura. Tardó sólo unos minutos en abrir la puerta. En cuanto traspasó el umbral, le asaltó un inconfundible olor agrio que enseguida identificó como el del sudor de un borracho.

Bosch gritó varias veces el nombre de Porter, pero nadie contestó. A medida que avanzaba de habitación en habitación, Harry iba encendiendo las luces. Había vasos vacíos en casi todas las superficies horizontales. La cama estaba sin hacer y las sábanas tenían un color amarillento. Entre los vasos de la mesilla de noche había un cenicero rebosante de colillas y la figurita de un santo que Bosch no supo identificar. En el lavabo, la bañera estaba mugrienta, el cepillo de dientes yacía en el suelo y en la papelera había una botella vacía de whisky. Harry no conocía la marca; sería demasiado cara o demasiado barata (aunque esto último era lo más probable).

En la cocina había otra botella vacía en la basura. En el fregadero y las encimeras se apilaban los platos sucios y, al abrir la nevera, Bosch sólo vio un bote de mostaza y un envase de huevos. La casa de Porter se parecía a su dueño, era fiel reflejo de una vida marginal, si es que a aquello se le podía llamar vida.

De vuelta en la sala de estar, Bosch cogió una fotografía enmarcada que descansaba en una mesita junto a un sofá amarillo. Era de una mujer de escaso atractivo, excepto quizá para Porter. Debía de tratarse de su ex. Tal vez Porter no había superado la separación. Harry devolvió la foto a su sitio y entonces sonó el teléfono. Bosch siguió el sonido del aparato hasta el dormitorio. El teléfono estaba en el suelo, junto a la cama. Harry esperó a que sonara varias veces más antes de cogerlo.

—¿Sí? —dijo poniendo voz de dormido.

—¿Porter?

—Sí.

Colgaron. No coló, pero ¿había reconocido la voz? ¿Era Pounds? No, no lo era. Aunque sólo había pronunciado una palabra, Bosch creía haber notado un ligero acento español. Tras memorizar el dato se levantó de la cama. Otro avión voló por encima de su cabeza y sacudió la caravana mientras regresaba a la sala de estar. Allí, Bosch registró una mesa de despacho sin mucho entusiasmo, porque no le interesaba demasiado lo que pudiera encontrar. La verdadera cuestión era: ¿dónde estaba Porter? Bosch apagó todas las luces y cerró la puerta al salir. Decidió empezar por North Hollywood e ir peinando la zona hasta el centro. En cada división policial había un puñado de bares con una nutrida clientela de policías. A partir de las dos, la hora de cierre, los más contumaces se desplazaban a los clubes donde se podía beber toda la noche. La mayoría eran antros oscuros donde los hombres iban a emborracharse en silencio, como si sus vidas dependieran de ello. Eran oasis en el desierto de la calle, sitios para olvidar y perdonarse a uno mismo. Bosch esperaba encontrar a Porter en uno de ellos.

Harry empezó con un lugar en Kirtridge llamado The Parrot donde el camarero de detrás de la barra, un ex policía, le dijo que no había visto a Porter desde Nochebuena. Después, pasó por el 502, en Lankershim y luego por el Saint de Cahuenga. Aunque en todos ellos conocían a Porter, esa noche nadie lo había visto. La cosa continuó así hasta las dos. Para entonces, Bosch se había pateado toda la zona hasta Hollywood. Estaba sentado en su coche delante del Bullet, intentando pensar en clubes nocturnos de los alrededores cuando sonó su buscapersonas. Al mirar el número, Bosch no lo reconoció. Cuando volvió al Bullet para usar el teléfono, las luces del bar se encendieron. Estaban a punto de cerrar.

—¿Bosch?

—¿Sí?

—Soy Rickard. ¿Es muy tarde?

—No, estoy en el Bullet.

—De puta madre; estás cerca.

—¿De qué? ¿Has cogido a Dance?

—No, no del todo. Estoy en una *rave-party* detrás de Cahuenga al sur del Boulevard. No podía dormir así que salí a cazar un poco. A Dance no lo he visto, pero sí a uno de sus antiguos camellos. Uno de los que estaban en las fichas de la carpeta. Se llama Kerwin Tyge. —Bosch se paró a pensar. Se acordaba del nombre. Tyge era uno de los menores que el equipo BANG había registrado con la intención de espantarlos de las calles. Su nombre aparecía en una de las fichas del archivo que Moore le había dejado.

—¿Qué es una *rave-party*?

—Una fiesta clandestina. Un montaje provisional en un almacén de este callejón con música tecno. Durará toda la noche, hasta las seis, y la semana que viene será en otro sitio.

—¿Cómo la encontraste?

—Son fáciles de localizar. En las tiendas de discos de Melrose ponen anuncios con los números de teléfono. Si llamas, te apuntan en la lista. Eso cuesta veinte dólares; luego te colocas y bailas hasta el amanecer.

—¿Está Tyge vendiendo hielo negro?

—No, está vendiendo *sherms* con toda tranquilidad. —Un *sherm* era un cigarrillo empapado de PCP líquido. Mojarlo costaba veinte pavos y dejaba al fumador colocado para toda la noche. Al parecer Tyge ya no trabajaba para Dance.

—Primero lo trincamos y después lo exprimimos para sacarle dónde está el cabrón de Dance —sugirió Rickard—. Yo creo que el tío se las ha pirado, pero quizás el chaval sepa adónde. Tú decides; yo no sé lo importante que es Dance para ti.

—¿Dónde tengo que ir? —preguntó Bosch.

—Coge Hollywood Boulevard hacia el oeste y cuando pases Cahuenga métete en el primer callejón hacia el sur, el de detrás de los *sex-shops*. Está oscuro, pero verás una flecha de neón azul; es ahí. Yo estaré esperándote a media manzana en mi buga, un Camaro rojo con matrícula de Nevada. Tenemos que pensar un plan para cogerlo con las manos en la masa.

—¿Sabes dónde está el PCP?

—Sí, lo tiene en una botella de cerveza al lado de la acera y va saliendo y entrando. Se trae a los clientes de dentro —explicó Rickard—. Cuando llegues ya se me habrá ocurrido algo.

Bosch colgó y volvió al Caprice. Tardó quince minutos en llegar por culpa de los coches que recorrían el Boulevard a paso de tortuga en busca de prostitutas. En el callejón aparcó detrás del Camaro rojo, a pesar de estar prohibido. Rickard estaba sentado medio oculto tras el volante.

—Buenísimos días tenga usted —le saludó el policía cuando Bosch se deslizó en el asiento de atrás del Camaro.

—Igualmente. ¿Aún sigue ahí nuestro hombre?

—Desde luego; el chaval está haciendo su agosto. Los *sherms* se venden como rosquillas. Lástima que vayamos a chafarle la guitarra.

Bosch miró hacia el fondo del lóbrego callejón. En los intervalos de luz azulada que proyectaba el neón, vislumbró un grupo de gente vestida con ropa oscura ante la puerta del edificio. De vez en cuando, la puerta se abría y alguien salía o entraba. Entonces se oía la música; tecno-rock a todo volumen con un bajo que parecía sacudir toda la calle. Cuando sus ojos se adaptaron a la oscuridad, vio que el grupito de gente estaba bebiendo y fumando, tomándose un respiro después de bailar. Algunos sostenían globos hinchados. Se apoyaban en los capós de los coches, chupaban el globo y se lo pasaban como si fuera un porro.

—Los globos están llenos de óxido nitroso —dijo Rickard.

—¿Gas hilarante?

—Eso es. Lo venden en las *rave-parties* a cinco pavos por globo. Si se agencian una bombona de un hospital o un dentista pueden sacarse fácilmente un par de los grandes.

De pronto una chica se cayó del capó del coche y su globo de gas salió volando por los aires. Los otros la ayudaron a levantarse.

—¿Es legal?

—La posesión sí; hay un montón de usos legales, pero consumirlo de forma recreativa es una falta menor. Nosotros ni siquiera nos preocupamos de él. Si alguien quiere colocarse, caerse al suelo y abrirse la cabeza, adelante. No seré yo quien... Aquí está.

La figura delgada de un adolescente emergió de la puerta del almacén y se dirigió hacia los coches aparcados en el callejón.

—Ahora se agachará —pronosticó Rickard. Efectivamente, la figura desapareció detrás de un coche.

—¿Lo ves? Ahora está mojando los cigarrillos. Después esperará unos minutos, a que se sequen un poco y salga su cliente. Y entonces hará la venta.

—¿Vamos a arrestarlo?

—No. Si lo cogemos con un solo *sherm*, no sirve de nada; se considera una cantidad para consumo propio. Ni siquiera lo retendrían una noche en la celda de borrachos. Necesitamos trincarlo con el PCP si queremos que cante.

—¿Y cómo lo hacemos?

—Tú vuelve a tu coche, das la vuelta por Cahuenga y entras en el callejón por el otro lado. Así te podrás acercar más que por aquí. Aparcas e intentas acercarte al máximo para cubrirme las espaldas. Yo entraré por este extremo. Tengo ropa vieja en el maletín, para camuflarme. Ya verás.

Bosch volvió al Caprice, giró y salió del callejón.

Dio la vuelta a la manzana y volvió a meterse por el otro lado. Finalmente halló un sitio delante de un contenedor y aparcó. En cuanto distinguió la silueta encogida de Rickard avanzando por el callejón, Bosch comenzó a moverse. Los dos policías se acercaban a la entrada del almacén por ambos extremos, pero mientras Bosch permanecía oculto, Rickard —que se había puesto un suéter de algodón manchado de grasa y llevaba una bolsa de ropa sucia en la mano— caminaba por en medio de la calzada, cantando. Aunque no estaba seguro, a Bosch le pareció que se trataba del tema de Percy Sledge *When a man loves a woman* interpretada con voz de borracho.

Rickard había captado la atención de la gente que estaba fuera de la puerta del almacén. Un par de chicas que iban colocadas aplaudieron su forma de cantar. La distracción le permitió a Bosch situarse a cuatro coches de la puerta y a unos tres coches del lugar donde Tyge tenía el PCP.

Al pasar por allí, Rickard dejó de cantar en pleno estribillo y se puso a hacer aspavientos como si acabase de encontrar un gran tesoro. Entonces se agachó entre los dos coches aparcados y salió con la botella de cerveza en la mano. Estaba a punto de guardársela en la bolsa cuando Tyge salió de entre los coches y la agarró. Rickard se negaba a soltarla y, en la lucha, el chico se quedó de espaldas a Bosch. Harry se dispuso a actuar.

—¡Que es mía, tío! —gritó Rickard.

—Yo la he puesto ahí, colega. ¡Suéltala o se caerá todo!

—Cógete otra, tío. Ésta es mía.

—¡Suéltala ya!

—¿Estás seguro de que es tuya?

—¡Claro que es mía!

Bosch golpeó al chico con fuerza por detrás; éste soltó la botella y se derrumbó sobre el maletero del coche. Bosch lo mantuvo ahí inmovilizado, empujando con su antebrazo el cuello del chico. La botella continuaba en la mano de Rickard; no se había derramado ni una gota.

—Bueno, si tú lo dices supongo que es tuya —contestó el policía—. Y eso significa que estás detenido.

Bosch sacó las esposas del cinturón, se las puso al chico y lo separó del coche. En ese momento empezó a formarse un corrillo de gente a su alrededor.

—¡Venga, aire! —los ahuyentó Rickard—. Volved adentro a esnifar vuestro gas hilarante. Quedaos sordos. ¡Fuera de aquí o vais a acompañar a este chaval a la trena!

Rickard se agachó y le susurró a Tyge al oído:

—¿De acuerdo, «colega»?

Al ver que nadie se movía, Rickard dio un amenazador paso adelante y el grupo se dispersó. Un par de chicas salieron corriendo hacia el almacén. La música ahogó la carcajada de Rickard, que acto seguido se volvió y agarró a Tyge por el brazo.

—Venga, Harry. Vamos en tu buga.

En el trayecto hasta Wilcox nadie dijo ni una sola palabra. Aunque no lo habían comentado antes, Harry pensaba dejar que Rickard, que iba detrás con el chico, llevara la voz cantante. Por el retrovisor, Harry observó que Tyge llevaba un pendiente y el pelo largo hasta los hombros, grasiento y descuidado. Alguien tendría que haberle puesto aparatos en la boca cinco años atrás, pero con sólo echarle un vistazo resultaba evidente que venía de un hogar donde ese tipo de cosas ni se consideraban. La expresión de su cara era de desinterés total, pero la dentadura fue lo que más le impactó a Bosch. Aquellos dientes torcidos y salidos, más que ninguna otra cosa, simbolizaban la desesperación de su vida.

—¿Cuántos años tienes, Kerwin? —preguntó Rickard—. Y no te molestes en mentirnos. Tenemos tu ficha en la comisaría; puedo comprobarlo.

—Dieciocho. Puedes meterte la ficha en el culo.

—¡Vaya, vaya! —se burló Rickard—. Dieciocho. Me parece que tenemos a un adulto, Harry. Nada de llevarlo de la manita hasta la sala de menores. Vamos a meterlo en el «siete mil»; a ver cuánto tarda en «adoptarte» uno de los presos.

El «siete mil» era cómo la mayoría de policías y delincuentes se refería al centro de detención para adultos del condado. El nombre venía del teléfono de información sobre los presos: el 555-7000. La cárcel estaba en pleno centro de la ciudad: cuatro pisos de ruido, odio y violencia sobre las dependencias del sheriff del condado. Cada día apuñalaban a alguien, cada hora violaban a alguien más y nadie hacía nada por evitarlo, porque a nadie —excepto a la víctima— le importaba. Los ayudantes del sheriff encargados de la seguridad lo llamaban un SHI, es decir, un incidente Sin Humanos Implicados. Bosch sabía que si lo que quería era asustar al chico para que hablara, Rickard había elegido bien.

—Te tenemos cogido por las pelotas, Kerwin —le dijo Rickard—. Aquí al menos hay cincuenta gramos. Posesión con intención de venta, macho. La has cagado.

—Vete a la mierda.

El chico pronunció aquellas palabras con un completo desprecio. Iba a pelear hasta el final. Bosch se fijó en que Rickard sacaba la botella de cerveza por la ventanilla para evitar que el gas invadiera el coche y les provocara dolores de cabeza.

—Eso no está muy bien, Kerwin. Especialmente cuando el hombre que está conduciendo está dispuesto a hacer un trato contigo... Yo, en cambio, dejaría que te las apañaras con los colegas del «siete mil». Ya verás, al cabo de un par de días allí, te afeitarás las piernas y te pasearás en ropa interior rosa.

—Vete a la mierda, cerdo. Déjame telefonear.

Estaban en Sunset Boulevard, a poca distancia de Wilcox. A pesar de que casi habían llegado a la comisaría, Rickard todavía no le había dicho al chico lo que quería. Aunque por lo visto, el chico no quería hacer ningún trato, fuera cual fuese.

—Te dejaremos telefonear cuando nos pase por los cojones. Ahora te pones chulo, pero no te durará. Todo el mundo lo pasa mal ahí dentro; ya verás. A no ser que nos ayudes. Nosotros sólo queremos hablar con tu amigo Dance.

Bosch entró en Wilcox. La comisaría estaba a dos manzanas. El chico no dijo nada y Rickard dejó que el silencio continuara durante una manzana más antes de hacer un último intento.

—¿Qué me dices, tío? Si me das una dirección, tiro esta mierda ahora mismo. ¿No serás uno de esos idiotas que creen que el «siete mil» los convierte en hombres? Como si fuera una especie de ritual de iniciación. De iniciación nada; es todo lo contrario. Es el final. ¿Es eso lo que quieres?

—Muérete.

Bosch entró en el aparcamiento trasero de la comisaría. Antes de llevar al chico a la cárcel del centro, tendrían que tramitar el arresto y entregar las pruebas. Harry sabía que ya no les quedaba más remedio que cumplir sus amenazas. El chico no estaba cooperando y ellos tenían que demostrarle que no se estaban marcando un farol.

12

Bosch no reanudó la búsqueda de Porter hasta las cuatro de la madrugada. Para entonces ya se había tomado dos tazas de café en la comisaría e iba a por la tercera. Otra vez estaba en el Caprice, solo y recorriendo la ciudad.

Rickard se había ofrecido a llevar a Kerwin Tyge al centro, ya que el chico se había negado a hablar. Su dura fachada de rechazo, odio a la policía y orgullo mal entendido no se había resquebrajado. En la comisaría, Rickard se obsesionó con que el chico les proporcionara la información que necesitaban. Repitió las amenazas y las preguntas con un fanatismo que a Bosch le pareció exagerado. Finalmente tuvo que pedirle que parara, que arrestara al chico y que lo intentarían de nuevo más adelante. Después de salir de la sala de interrogatorios, los dos acordaron reunirse en el «siete mil» a las dos de la tarde. Eso le daría a Tyge la oportunidad de sufrir la cárcel del condado durante diez horas; lo suficiente para tomar una decisión.

Bosch estaba recorriendo los clubes nocturnos, locales abiertos de madrugada donde los miembros se llevaban sus propias botellas de licor y pagaban por las bebidas sin alcohol. El precio de dichos refrescos era evidentemente desorbitado, y ciertos clubes incluso cobraban una cuota a sus miembros. Pero algunas personas no podían beber solas en casa. Y otras apenas tenían una casa donde beber.

En el semáforo de Sunset y Western, una figura borrosa pasó por delante del coche a su derecha y se abalanzó sobre el lado izquierdo del capó. Instintivamente, Bosch se llevó la mano al cinturón y casi derramó el café. Entonces se dio cuenta de que el hombre había comenzado a frotar el parabrisas con una hoja de periódico. Eran las cuatro de la madrugada y un vagabundo estaba limpiándole el parabrisas. Y para colmo lo hacía muy mal; los esfuerzos del pobre hombre sólo sirvieron para emborronar el cristal. Bosch cogió un dólar y sacó la mano por la ventanilla para dárselo al tipo cuando pasara por su lado. Sin embargo, éste le hizo un gesto para que se lo guardara.

—De nada —le dijo y, acto seguido, se alejó en silencio.

Bosch continuó su búsqueda por los clubes de Echo Park, cerca de la academia de policía, y luego por Chinatown, pero no halló ni rastro de Porter. Cruzó la autopista de Hollywood hasta llegar al centro de la ciudad y pensó en el chico cuando pasó por delante de la cárcel del condado. Lo habrían mandado al pabellón siete, a la sección para traficantes, donde por lo general los presos eran menos hostiles. Seguramente estaría bien.

Bosch contempló los grandes camiones azules que salían del aparcamiento del *Times* por Spring Street con un nuevo cargamento de noticias frescas. Luego continuó sus pesquisas en un par de clubes cerca del Parker Center y otro cerca de los barrios bajos. Estaba agotando las posibilidades.

El último sitio que comprobó fue el céntrico Poe's, en Third Avenue, cerca de los barrios bajos, del *Los Angeles Times*, de la iglesia de Santa Vibiana y de los rascacielos de cristal del distrito financiero, un lugar donde se fabricaban alcohólicos a granel. Poe's hacía mucho negocio en las horas de la mañana previas a que el centro de la ciudad se despertara con sus prisas y su codicia.

Poe's se hallaba situado en el primer piso de un edificio de ladrillo de antes de la guerra. La Agencia de Reconstrucción Comunitaria lo había condenado a ser demolido porque su estructura no estaba preparada para soportar seísmos y adaptarla costaría más de lo que valía el edificio. La Agencia lo había comprado e iba a derribarlo para construir pisos que atrajesen a residentes al centro de la ciudad. Sin embargo, de momento todo estaba paralizado.

Otro organismo municipal, la Oficina de Preservación del Patrimonio, quería que el edificio Poe —tal como se le conocía de modo informal— obtuviera la categoría de monumento. Habían acudido a los tribunales para impedir la demolición, y hasta el momento habían logrado detener el proyecto cuatro años. Poe's seguía abierto, pero los cuatro pisos superiores estaban abandonados.

Dentro, el sitio era un agujero negro con una barra larga y curvada. No había mesas, ya que no era un lugar para sentarse con amigos, sino para beber solo. Un sitio para ejecutivos intentando reunir el valor de suicidarse, policías amargados que no podían soportar la soledad de sus vidas, escritores incapaces de escribir y sacerdotes que no lograban perdonar ni sus propios pecados. Allí se iba a beber mucho, mientras te quedara dinero. Sentarse en un taburete en la barra costaba cinco pavos y un vaso de hielo para acompañar tu botella de whisky, un dólar. Un refresco, como la soda, valía tres dólares pero la mayoría de clientes preferían tomarlo a palo seco. Era más barato y más directo. Se decía que Poe no se llamaba así por el escritor sino por la filosofía general de la clientela: Pasar, olvidar, emborracharse.

Pese a que fuera estaba oscuro, entrar en Poe's era como internarse en una cueva. Por un instante a Bosch le recordó al primer momento después de saltar a un túnel enemigo en Vietnam. Harry se quedó de pie, inmóvil junto a la entrada, hasta que sus ojos se acostumbraron a la penumbra del local y distinguió el cuero rojo y acolchado de la barra. El sitio olía peor que la caravana de Porter. El camarero lucía una camisa blanca arrugada y un chaleco negro desabrochado; estaba a la derecha, delante de las hileras de botellas de licor, todas ellas con el nombre del propietario pegado con cinta adhesiva. Un neón rojo iluminaba el estante del alcohol, dándole un brillo siniestro.

De pronto se oyó una voz procedente de las sombras, a la izquierda de Bosch.

—¿Qué haces aquí, Harry? ¿Me estabas buscando?

Bosch se volvió y allí estaba Porter, sentado al otro extremo de la barra de cara a la puerta, para ver a cualquiera que entrase antes de que lo vieran a él. Cuando Harry se encaminó hacia el policía, se fijó que éste tenía un chupito, un vaso medio lleno de agua y una botella de bourbon casi en las últimas. En la barra también había veintitrés dólares y un paquete de Camel. Bosch notó que la rabia le atenazaba la garganta.

—Sí, te estaba buscando.

—¿Qué pasa?

Bosch sabía que tenía que actuar antes de que la lástima diluyera su rabia. Así pues, cogió la chaqueta de Porter por las solapas y se la bajó hasta los codos, de modo que le inmovilizó los brazos a los costados. A Porter se le cayó el cigarrillo al suelo. Bosch le quitó la pistola de la funda y la dejó sobre la barra.

—¿Por qué sigues llevando eso, Lou? Te has dado de baja, ¿no? ¿Qué pasa? ¿Te asusta algo?

—Harry, ¿qué pasa? ¿Qué estás haciendo?

El camarero comenzó a caminar hacia ellos con la intención de prestar auxilio a un miembro del club, pero Bosch le lanzó una mirada amenazadora y lo paró como un guardia de tráfico.

—No pasa nada. Esto es privado.

—Joder, en eso tienes razón. Esto es un club privado y tú no eres socio.

—No te preocupes, Tommy —confirmó Porter—. Lo conozco. Ya me encargo yo.

Un par de hombres sentados a unos taburetes de distancia se levantaron y se trasladaron al otro extremo de la barra con sus vasos y botellas. Al fondo, un par de borrachos observaban a Bosch y Porter. Sin embargo, nadie se marchó; todavía había alcohol en sus copas y aún no eran las seis de la mañana. Los bares corrientes no abrían hasta las siete y esa hora colgada se hacía eterna. No, no irían a ninguna parte. Aunque tuvieran que presenciar un asesinato.

—Harry, venga —dijo Porter—. Tranquilo. Podemos hablar.

—¿Ah, sí? ¿Ah, sí? ¿Y por qué no hablaste cuando te llamé el otro día? ¿Y qué me dices de Moore? ¿Hablaste con él?

—Mira, Harry...

Bosch le dio un empujón que lo hizo saltar del taburete y precipitarse contra los paneles de madera de la pared. Su nariz hizo un ruido como el de un cucurucho al caer sobre la acera. Entonces Bosch apoyó su espalda contra la de Porter, inmovilizándolo contra la pared.

—No me vengas con «Mira, Harry». Yo te defendí porque pensaba que eras... pensaba que valías la pena. Pero ahora sé que me equivocaba. Tú dejaste el caso Juan 67 y quiero saber por qué. Quiero saber qué coño está pasando.

La voz de Porter apenas se oía amortiguada por la pared y la sangre.

—Mierda, Harry; me sale sangre. Creo que me has roto la nariz.

—Olvídate de la nariz. ¿Y Moore? Sé que él encontró el cadáver.

Porter dio un resoplido, pero Bosch se limitó a empujarlo con más fuerza. El hombre olía a sudor, a alcohol y a tabaco. Bosch se preguntó cuánto tiempo llevaba en el bar con un ojo en la puerta.

—Voy a llamar a la policía —gritó el camarero con el teléfono en la mano para que Bosch viera que lo decía en serio. Sin embargo, era un farol. El camarero sabía que si marcaba ese número todos los taburetes del bar se vaciarían inmediatamente y él se quedaría sin nadie de quien recibir propinas o a quien engañar con el cambio. Empleando su cuerpo para mantener a Porter contra la pared, Bosch sacó la placa y se la mostró al camarero:

—Yo soy la policía. Métase en sus asuntos.

El camarero sacudió la cabeza como diciendo «adónde iremos a parar» y devolvió el teléfono a su sitio, detrás de la caja registradora. El anuncio de que Bosch era un agente de policía provocó una estampida; casi la mitad de los clientes se acabaron sus consumiciones de un solo trago y se marcharon. Bosch dedujo que habría órdenes de arresto contra la mayoría de ellos.

Porter comenzaba a farfullar y Bosch pensó que tal vez estaba llorando de nuevo, tal como lo había hecho el jueves por la mañana por teléfono.

—Harry, yo... yo no pensaba que estaba haciendo... Tenía...

Bosch arremetió contra la espalda de Porter y oyó que su frente se golpeaba con la pared.

—No me jodas con esa cantinela, Porter. Te estabas preocupando por ti y nadie más. Y...

—Me encuentro mal. Voy a vomitar.

—... Y ahora mismo, me creas o no, yo soy el único que se preocupa por ti. Cuéntame lo que hiciste. Dímelo de una puta vez y estaremos en paz. Te prometo que no saldrá de aquí. Tú te vas a tu cura de estrés y yo te dejo de molestar.

Bosch oyó la respiración de Porter sobre la pared. Era casi como si pudiera oírlo pensar.

—¿Me lo prometes, Harry?

—No tienes elección. Si no empiezas a cantar, te vas a quedar sin trabajo ni jubilación.

—Bueno, yo... Se me ha manchado la camisa de sangre; la tendré que tirar.

Bosch lo empujó con más fuerza.

—Vale, vale, vale. Te lo digo, te lo digo... Yo sólo le hice un favor, eso es todo. Cuando me enteré de que la había palmado..., bueno, no pude volver. No sé lo que pasó. Quiero decir que ellos... alguien podía estar buscándome. Me asusté, Harry. Tengo miedo. Llevo de bar en bar desde que hablé contigo ayer. Apesto... y ahora toda esta sangre... Necesito una servilleta. Creo que vienen a por mí.

Bosch dejó de presionarlo con el cuerpo, pero lo mantuvo agarrado con una mano en la espalda para impedirle escapar. Al mismo tiempo, alargó el brazo hasta la barra y cogió un puñado de servilletas apiladas junto a un cuenco lleno de paquetes de cerillas. Harry se las pasó al policía por encima del hombro y éste las cogió con su mano libre. Volviéndose hacia Harry, se aplicó las servilletas a su nariz hinchada. Cuando Harry vio lágrimas en su rostro, desvió la mirada.

En ese momento se abrió la puerta del bar y la luz grisácea del amanecer iluminó el local. En el umbral había un hombre inmóvil, que parecía estar acomodando la vista a la oscuridad tal como había hecho Bosch anteriormente. Harry se fijó en que era moreno de piel con el pelo negro como el azabache. En la mejilla izquierda tenía tatuadas tres lágrimas que asomaban del rabillo del ojo. Bosch supo inmediatamente que no se trataba de un banquero o un abogado necesitado de un whisky doble para desayunar. Debía de ser algún mafioso que quería descansar, tras un duro día de trabajo recogiendo cuotas para los italianos o los mexicanos. Los ojos del hombre se posaron finalmente en Porter y Bosch, y luego en la pistola de aquel que seguía en la barra. El recién llegado comprendió la situación y se marchó tranquilamente.

—¡De puta madre! —gritó el camarero—. ¿Por qué no se van de una puñetera vez? Estoy perdiendo clientes. ¡Fuera de aquí, los dos!

A la izquierda de Bosch había un rótulo que decía SERVICIOS y una flecha que apuntaba a un pasillo oscuro. Bosch empujó a Porter en esa dirección. Doblaron una esquina y entraron en el lavabo de hombres, que olía peor que Porter. En un rincón había una fregona dentro de un cubo lleno de agua grisácea, pero el suelo agrietado seguía estando más sucio que el agua. Bosch guió a Porter hacia el lavabo.

—Lávate —le ordenó—. ¿Cuál era el favor? Dices que le hiciste un favor a Moore. ¿Cuál?

Porter contemplaba su reflejo borroso en una plancha de acero inoxidable que los propietarios debieron de colgar cuando se cansaron de reemplazar los espejos rotos.

—No para de sangrar. Creo que está rota.

—Olvídate de la nariz. Dime lo que hiciste.

—Yo... Mira, él sólo me dijo que conocía a unas personas que preferían que el fiambre del restaurante no se identificara durante un tiempo. «Atrásalo una o dos semanas», me pidió. Total, tampoco llevaba documentación. Me dijo que comprobara las huellas dactilares en los ordenadores porque él sabía que no encontraría nada. Me pidió que me tomara mi tiempo y me dijo que esa gente, la que él conocía, me trataría bien. Me prometió un bonito regalo de Navidad. Así que, bueno, hice todos los trámites de rutina la semana pasada. De todas formas, tampoco habría encontrado nada. Tú lo sabes; has visto el expediente. No había carnés, ni testigos, ni nada. El tío llevaba muerto más de seis horas antes de que lo dejaran allí tirado.

—¿Y qué es lo que te asustó? ¿Qué pasó el día de Navidad?

Porter se sonó la nariz con un montón de toallitas de papel, y los ojos se le inundaron de lágrimas.

—Sí, está rota. No me pasa el aire. Tengo que ir al hospital, a que me curen... El día de Navidad no pasó nada; ése fue el problema. Moore llevaba desaparecido más de una semana y yo me estaba poniendo muy nervioso. El día de Navidad Moore no vino a traerme nada. No vino nadie. Cuando volví del Lucky, mi vecina me dijo que sentía mucho lo del policía que habían encontrado muerto. Yo le di las gracias, entré y puse la radio. Cuando me enteré de que era Moore, me cagué en los pantalones.

Porter mojó un puñado de toallitas de papel y comenzó a limpiarse la camisa manchada de sangre, lo cual le daba un aspecto aún más patético. Entonces Bosch vio su cartuchera vacía y recordó que se había dejado la pistola encima de la barra. Sin embargo, no quería volver mientras Porter estuviera hablando.

—El caso es que Moore no era un suicida. No importa lo que digan en el Parker Center. Yo sé que no se mató: el tío sabía algo. Así que decidí que no aguantaba más. Llamé al sindicato y pedí un abogado. Yo me largo, lo siento. Voy a dejar de beber y pirarme a Las Vegas; quizá me meta a guarda jurado en un casino. Millie está allí con mi hijo. Quiero estar cerca de él.

«Ya —pensó Harry—. Y pasarte el resto de tu vida aterrorizado.»

Bosch se dirigió a la puerta, pero Porter lo detuvo.

—Harry, ¿me ayudarás?

Bosch miró su rostro magullado unos segundos antes de decir:

—Sí, haré lo que pueda.

Cuando volvió al bar, Bosch le hizo una señal al camarero que estaba fumando al otro extremo de la barra. El hombre, de unos cincuenta años, y con unos viejos tatuajes azules que le cubrían los antebrazos como si fueran venas, se tomó su tiempo en acudir. Para entonces Bosch ya había deslizado un billete de diez dólares sobre la barra.

—Quiero un par de cafés para llevar. Solos. Uno con mucho azúcar.

—Ya era hora de que se largaran. Además, pienso cobrarles las servilletas. ¿Cree que están ahí para polis que van zurrando a la gente? —Al ver el billete de diez dólares, el camarero asintió—. Eso será suficiente.

A continuación les sirvió un café que tenía todo el aspecto de llevar en la cafetera desde Navidad. Mientras tanto, Bosch volvió al taburete de Porter y recogió los veintitrés dólares y la Smith del treinta y ocho. De vuelta junto a su billete de diez, Harry encendió un cigarrillo.

Ajeno a la vigilancia de Bosch, el camarero metió un cantidad excesiva de azúcar en ambos cafés. Bosch lo dejó pasar. Después de ponerles las tapas a los vasos de plástico, el camarero se los llevó con una sonrisa que dejaría frígida a la más pintada.

—Éste es el que no lleva... —le explicó, señalando una de las tapas—. ¡Eh! ¿Qué coño es esto?

El billete de diez que Bosch había dejado en la barra se había convertido en un billete de uno. Bosch sopló el humo de tabaco en la cara del camarero, cogió los cafés y le respondió:

—Esto es para el café. Las servilletas te las metes por el culo.

—Fuera de aquí, hijo puta —le dijo el camarero. Acto seguido se volvió y se dirigió hacia el fondo de la barra, donde unos cuantos clientes lo esperaban impacientes con los vasos vacíos. Necesitaban más hielo para enfriar su plasma.

Al llevar las manos ocupadas con los cafés, Bosch abrió la puerta del lavabo con el pie. Pero no vio a Porter. Entonces fue abriendo las puertas de los retretes, pero el policía tampoco estaba allí. Harry salió del lavabo de hombres a toda prisa y se metió en el de mujeres. Ni rastro de Porter. Siguiendo el pasillo, dobló otra esquina y allí descubrió una puerta que decía SALIDA y unas gotas de sangre en el suelo. Bosch se arrepintió de su enfrentamiento con el camarero y se preguntó si podría localizar a Porter llamando a hospitales y clínicas. Entonces empujó la puerta con la cadera. Desgraciadamente, ésta sólo cedió un par de centímetros; había algo en el otro lado.

Bosch depositó los cafés en el suelo y presionó

con todas sus fuerzas. Poco a poco la puerta fue desplazándose a medida que lo que la atrancaba iba cediendo. Cuando finalmente Bosch logró deslizarse por la abertura, descubrió que alguien la había bloqueado con un contenedor de basuras. Harry emergió al exterior por la parte trasera del bar donde lo deslumbró la luz cegadora de la mañana que entraba por el este del callejón.

Frente a él había un Toyota abandonado al que le faltaban las ruedas, el capó y una puerta. Había más contenedores y el viento levantaba remolinos de basura. Pero no había ni rastro de Porter.

13

Bosch tomaba café en la barra del Pantry y comía unos huevos con bacon, tratando de recuperar energías. No se había molestado en intentar seguir a Porter porque no tenía ninguna posibilidad de encontrarlo. Sabiendo que Bosch lo buscaba, incluso un policía hecho polvo como Porter tendría el sentido común de alejarse de los sitios más evidentes y mantenerse fuera de su alcance.

Harry sacó su libreta y la abrió por la lista cronológica que había elaborado el día anterior. Sin embargo, le costaba concentrarse en ella; estaba demasiado deprimido. Deprimido porque Porter había huido, no había confiado en él. Y deprimido porque parecía que la muerte de Moore formaba parte de la oscuridad que había ahí fuera, más allá de la posibilidad de comprensión de cualquier policía. Moore había cruzado la línea. Y lo había pagado con su vida.

«He descubierto quién era yo.»

La nota también le preocupaba. Si Moore no se había suicidado, ¿quién la había escrito? Aquello le recordó lo que Sylvia Moore le había dicho sobre el pasado de su marido: que había caído en una trampa tendida por él mismo. En ese instante se le ocurrió llamarla para contarle lo que había averiguado, pero descartó la idea, al menos por el momento, ya que no tenía respuestas a las preguntas que ella le haría. ¿Por qué habían asesinado a Calexico Moore? ¿Y quién lo había hecho?

Eran poco más de las ocho de la mañana. Bosch dejó dinero en la barra y se marchó. Fuera, dos vagabundos le pidieron limosna, pero él no les hizo caso. A continuación condujo hasta el Parker Center; por suerte era lo bastante pronto como para encontrar un sitio en el aparcamiento. Una vez dentro, primero se dirigió a las oficinas de Robos y Homicidios de la tercera planta, donde descubrió que Sheehan aún no había llegado. Así pues, subió al cuarto piso, a Fugados, para hacer lo que Porter habría hecho de no haber hablado con Moore. Fugados también llevaba los casos de personas desaparecidas, algo que a Bosch siempre le había parecido irónico. La mayoría de las personas desaparecidas se habían fugado de un sitio, de una parte de sus vidas.

Cuando le atendió un detective encargado de las denuncias de desapariciones llamado Capetillo, Harry le pidió la lista de desaparecidos hispanos de los últimos diez días. Capetillo lo llevó a su mesa y le ofreció asiento mientras buscaba en los archivos. Harry miró a su alrededor y sus ojos se posaron sobre una foto enmarcada del detective rechoncho con una mujer y dos niñas. Un hombre de familia. En la pared, sobre la mesa, había el cartel de una corrida de hacía dos años en la plaza de toros de Tijuana. A la derecha aparecían los nombres de los seis diestros participantes, mientras que todo el margen izquierdo lo ocupaba una ilustración de un toro embistiendo a un torero que lo sorteaba con su capa roja. Al pie de la imagen se leía: «El arte de la muleta.»

—La clásica verónica.

Bosch se volvió. Era Capetillo, que había vuelto con una carpeta en la mano.

—¿Cómo?

—La verónica. ¿Sabes algo de toros? ¿Has ido a una corrida?

—No, nunca.

—Son magníficas. Yo voy al menos cuatro veces al año. No hay nada que se le pueda comparar; ni el fútbol, ni el baloncesto, ni nada. La verónica es el lance en el que el torero sortea al toro con la capa extendida con las dos manos. En México a las corridas las llaman festivales bravos.

Bosch miró la carpeta que sostenía el detective. Capetillo la abrió y le entregó a Bosch una pila muy fina de papeles.

—Esto es todo lo que ha llegado en los últimos diez días —le informó Capetillo—. Los mexicanos, o chicanos, casi nunca denuncian las desapariciones. Es una cuestión cultural. La mayoría no confía en la policía. Y cuando la gente desaparece, muchas veces se imaginan que habrán vuelto a México. Aquí hay muchos inmigrantes ilegales y por eso no nos avisan.

Bosch se leyó la pila de papeles en menos de cinco minutos. Ninguna de las denuncias encajaba con la descripción de Juan 67.

—¿Y las solicitudes de información de la policía mexicana?

—Eso es distinto. La correspondencia oficial la llevamos por separado, pero si quieres puedo mirártelo. ¿Por qué no me dices qué estás buscando?

—Nada en concreto. Tengo un cadáver sin identificar y creo que el hombre podría ser mexicano, tal vez de Mexicali. Es una corazonada más que otra cosa.

—Espera un momento —le pidió Capetillo mientras salía de nuevo de su cubículo.

Bosch volvió a contemplar el cartel y se fijó en que el rostro del torero no revelaba la más mínima indecisión o miedo, sólo concentración en aquellos cuernos mortíferos. Sus ojos tenían una mirada inexpresiva, muerta, como la de un tiburón. Capetillo regresó enseguida.

—Una buena corazonada. Tengo tres informes recibidos en las últimas dos semanas. Todos podrían ser tu hombre, aunque uno más que los demás. Creo que hemos tenido suerte.

Capetillo le pasó una hoja de papel a Bosch y añadió:

—Ésta llegó ayer del consulado de Olvera Street.

Era una fotocopia de un télex enviado al consulado por un agente de la Policía Judicial del Estado llamado Carlos Águila. Bosch estudió la carta, que estaba escrita en inglés.

Se busca información sobre la desaparición de Fernal Gutiérrez-Llosa, 55 años, obrero, Mexicali. Paradero desconocido. Última vez que fue visto: 17-12, Mexicali.

Descripción: 1,72 metros, 60 kg. Ojos castaños, pelo castaño con algunas canas. Tatuaje en la parte superior izquierda del pecho (fantasma, tinta azul, símbolo del barrio Ciudad de las Personas Perdidas).

Llamar a: Carlos Águila,
57-20-13, Mexicali, Baja California.

Bosch releyó la hoja. No había mucha información, pero era suficiente. Fernal Gutiérrez-Llosa desapareció en Mexicali el diecisiete y la mañana del dieciocho apareció el cuerpo de Juan 67 en Los Ángeles. Bosch echó un vistazo rápido a las otras dos páginas, pero éstas se referían a hombres que eran demasiado jóvenes para ser Juan 67. Bosch volvió a la primera hoja. El tatuaje era la prueba definitiva.

—Creo que es éste —dijo—. ¿Puedo quedarme una copia?

—Pues claro. ¿Quieres que los llame? ¿Para ver si te pueden enviar unas huellas dactilares?

—No, todavía no. Primero quiero comprobar unas cosas —mintió Bosch. En realidad quería limitar al máximo la participación de Capetillo—. Una última pregunta. ¿Sabes lo que quiere decir eso de la Ciudad de las Personas Perdidas?

—Sí. En México los tatuajes suelen ser símbolos de un barrio. Fernal Gutiérrez-Llosa vivía en el barrio Ciudad de las Personas Perdidas. Muchos de los habitantes de los barrios pobres mexicanos hacen eso; se marcan. Es algo similar a las pintadas de aquí. Sólo que allí se pintan ellos y no las paredes. La policía de allá abajo sabe qué tatuaje corresponde a cada barrio. Es bastante común en Mexicali. Cuando llames a Águila, él te lo explicará e incluso puedes pedirle una foto, si la necesitas.

Bosch se quedó en silencio unos segundos mientras simulaba leer el papel del consulado. «La Ciudad de las Personas Perdidas —pensó—. Un fantasma.» Harry jugó con esta nueva información como un niño que ha encontrado una pelota de béisbol y le da vueltas para ver si las costuras están gastadas. Entonces se acordó del tatuaje en el brazo de Moore: el diablo con un halo. ¿Sería de un barrio de Mexicali?

—¿Dices que la policía de allá abajo tiene una lista de los tatuajes?

—Exactamente. Es una de los pocas cosas útiles que hacen.

—¿Qué quieres decir?

—¿Has estado allí trabajando alguna vez? Es tercermundista, tío. El aparato policial, si es que puede llamársele así, es totalmente primitivo comparado con el nuestro. La verdad es que no me sorprendería que no tuvieran huellas dactilares que mandarte. Me extraña incluso que enviaran algo al cónsul. El tal Águila debió de tener un corazonada, como tú.

Bosch echó un último vistazo al cartel de la pared, le agradeció a Capetillo su ayuda y la copia del télex, y se marchó.

Al entrar en un ascensor para bajar, Bosch se encontró a Sheehan dentro. Había mucha gente y Sheehan estaba detrás de todo, por lo que no hablaron hasta llegar a la tercera planta.

—¿Qué tal, Frankie? —lo saludó Bosch—. Al final no pude hablar contigo el día de Navidad.

—¿Qué haces aquí, Harry?

—Esperarte. Llegas tarde. ¿O es que ahora fichas en el quinto piso antes de entrar?

El comentario de Bosch era una pequeña indirecta, ya que las oficinas de Asuntos Internos estaban en la quinta planta. Harry también lo dijo para que Sheehan supiera que estaba enterado de lo que ocurría en el caso Moore. Si Sheehan bajaba, quería decir que venía del quinto o sexto piso, es decir, de Asuntos Internos o del despacho de Irving. O de ambos.

—No me jodas, Bosch. Si llego tarde es porque he estado ocupado desde temprano por culpa de tus jueguecitos.

—¿Qué quieres decir?

—Déjalo. Mira, no me gusta que me vean hablando contigo. Irving me ha dado instrucciones estrictas respecto a ti. No formas parte de la investigación; métetelo en la cabeza. Nos ayudaste la otra noche y punto.

Estaban en el pasillo delante de las oficinas de Robos y Homicidios. A Bosch no le gustaba el tono de voz de Sheehan. Nunca había visto a Frankie bajarse los pantalones ante los jefes de aquella manera.

—Venga, Frankie, vamos a tomar un café y me cuentas qué te trae de culo.

—Nada me trae de culo, tío. ¿Te olvidas de que he trabajado contigo y sé que cuando muerdes algo no lo sueltas? Te estoy diciendo cómo está el asunto; tú estabas el día que encontramos el fiambre, pero la cosa acaba ahí. Vuelve a Hollywood.

Bosch dio un paso hacia él y bajó la voz.

—Pero los dos sabemos que la cosa no acaba ahí, ni mucho menos. Si quieres, ya puedes decirle a Irving que lo he dicho yo.

Sheehan lo miró fijamente unos segundos, pero luego Bosch vio que su determinación se evaporaba.

—Muy bien, Harry, entra. Me voy a arrepentir, pero bueno.

Los dos caminaron hasta la mesa de Sheehan y Bosch se acercó una silla de la mesa de al lado.

Sheehan se quitó la chaqueta y la colgó en un perchero junto a la mesa. Después de sentarse, se ajustó la funda de la pistola, cruzó los brazos y dijo:

—¿Sabes dónde he pasado toda la mañana? En la oficina del forense, intentando negociar un trato para tapar esto durante unas horas. Parece ser que anoche hubo una filtración a la prensa; esta mañana han llamado a Irving diciendo que estamos ocultando el homicidio de uno de nuestros propios agentes. Por casualidad tú no sabrás nada de todo esto, ¿verdad?

—Lo único que sé es que he estado pensando en la escena del motel y en que la autopsia no era concluyente y..., bueno, he llegado a la conclusión de que no es suicidio.

—Tú no has llegado a ninguna conclusión porque no estás en el caso, ¿recuerdas? —le corrigió Sheehan—. ¿Y qué me dices de esto?

Sheehan abrió un cajón y sacó una carpeta. Era el archivo sobre Zorrillo que Rickard le había mostrado el día antes.

—No te molestes en decir que no lo habías visto porque si lo haces lo llevaré a la policía científica para que saquen las huellas dactilares. Me apuesto el diafragma de mi mujer a que encontraría las tuyas.

—Pues lo perderías.

—Pues tendría más hijos —dijo Sheehan—. Aunque no perdería, Harry.

Bosch esperó un momento a que Sheehan se tranquilizase.

—Toda esta bronca que me estás metiendo significa una cosa: que tú tampoco crees que sea suicidio. Así que corta el rollo.

—Tienes razón; no creo que lo sea. Pero tengo un subdirector controlándome al que se le ha ocurrido la brillante idea de colgarme un buitre de Asuntos Internos. Así que tengo los dos pies metidos en mierda antes de empezar.

—¿Me estás diciendo que no quieren que esto salga de aquí?

—No, no estoy diciendo eso.

—¿Qué van a decirle al *Times*?

—Hay una rueda de prensa esta tarde. Irving declarará que estamos considerando la posibilidad (sólo la posibilidad) de que se trate de homicidio. Dare-

mos la noticia a todo el mundo; a la mierda el *Times*.
Además, ¿cómo sabes que fueron ellos?

—Por suerte, supongo.

—Ten cuidado, Bosch. Si vuelves a cagarla así, Irving te meterá un puro que no veas. Le encantaría, con tu historial y toda la experiencia que ha tenido contigo. De momento ya me ha encargado que investigue lo de este expediente. Tú le dijiste a Irving que no conocías a Moore y resulta que tenemos pruebas que demuestran que estaba investigando algo para ti.

En ese momento Bosch se dio cuenta de que había olvidado despegar la nota adhesiva que Moore había puesto en la carpeta.

—Dile a Irving lo que quieras. Me importa un pimiento. —Bosch miró la carpeta—. ¿Qué piensas tú?

—¿De este expediente? Yo no pienso nada en voz alta.

—Venga, Frankie. Le pedí a Moore que me ayudara con un caso de homicidio relacionado con drogas y acabó en un motel con la cabeza hecha trizas en la bañera. Fue un trabajo tan perfecto que no dejaron ni una sola huella en toda la habitación.

—¿Y qué pasa si fue perfecto y no había otras huellas? Hay tíos que se merecen lo que les pase, ¿me entiendes?

Ahí se rompió la defensa de Sheehan. Intencionadamente o no, le estaba contando a Bosch que Moore había cruzado la línea.

—Necesito más —susurró Bosch—. Tú tienes todo el peso sobre ti, pero yo no. Trabajo por libre y voy a resolverlo. Puede que Moore se hubiera pasado al otro bando, sí, pero nadie tenía derecho a cargárselo de esa manera. Los dos lo sabemos. Además, hay más muertos.

Harry notó que aquello había capturado la atención de Sheehan.

—Podemos hacer un trueque —susurró Bosch.

—Sí, vamos a tomarnos ese café —contestó Sheehan, al tiempo que se levantaba de su silla.

Cinco minutos más tarde estaban sentados en la cafetería del segundo piso y Bosch le estaba contando lo de Jimmy Kapps y Juan 67. Le explicó las conexiones entre Moore y Juan 67, Juan y Mexicali, Mexicali y Humberto Zorrillo, Zorrillo y el hielo negro y el hielo negro y Jimmy Kapps. Todo estaba relacionado. Sheehan no hizo preguntas ni tomó notas hasta el final.

—¿Qué opinas entonces? —preguntó Sheehan.

—Lo mismo que tú —respondió Bosch—. Que Moore se había pasado al otro bando. Tal vez estaba trabajando para Zorrillo, el hombre del hielo negro, y se metió tanto que no pudo salir. Todavía no sé la explicación, pero estoy barajando algunas posibilidades. Se me ocurren unas cuantas. Quizá Moore quería dejarlo y por eso se lo cargaron. O tal vez lo mataron porque estaba recopilando información para mí. También puede que corriera la voz sobre la investigación de tu colega de Asuntos Internos, Chastain, y que de pronto vieran a Moore como un peligro y lo eliminaran.

Sheehan dudó un momento. Era la hora de la verdad. Si mencionaba la investigación de Asuntos Internos estaría rompiendo suficientes reglas departamentales como para que lo expulsaran permanentemente de Robos y Homicidios. Tal como le había ocurrido a Harry.

—Podrían echarme por hablar sobre eso —le recordó Sheehan—. Acabaría como tú, en «la cloaca».

—Todo es una cloaca, tío. Sigues nadando en la mierda, tanto si estás arriba como abajo.

Sheehan bebió un sorbo de su café.

—Asuntos Internos recibió un aviso, hace unos dos meses, de que Moore estaba involucrado en el tráfico de drogas en el Boulevard. Posiblemente ofreciendo protección o tal vez algo peor. La fuente no era más clara.

—¿Hace dos meses? —se sorprendió Bosch—. ¿Y no encontraron nada en todo ese tiempo? ¿Nada para al menos retirar a Moore de la calle?

—Mira, tienes que recordar que Irving me ha endosado a Chastain en esta investigación, pero no trabajamos mucho juntos; él apenas habla conmigo. Sólo me ha dicho que la investigación estaba en sus inicios cuando Moore desapareció. Todavía no tenía nada para probar o desmentir la acusación.

—¿Sabes si dedicó mucho tiempo al caso?

—Supongo que sí. El tío es de Asuntos Internos; siempre está buscando una chapa que arrancar. Y esto parecía algo más que una simple infracción del reglamento; seguramente habría ido al fiscal del distrito y todo. Me imagino que el tío estaría deseando cargárselo; simplemente no encontró nada. Moore debía de ser muy bueno.

«Evidentemente, no lo suficiente», pensó Bosch.

—¿Quién era la fuente?

—Eso no lo necesitas.

—Sabes que sí. Si voy a trabajar por mi cuenta en esto, tengo que saber qué pasa.

Sheehan dudó, pero enseguida continuó.

—Fue un anónimo: una carta. Pero Chastain me dijo que fue la mujer. Ella lo denunció.

—¿Cómo puede estar tan seguro?

—Por los detalles de la carta. No sé cuáles eran, pero Chastain me dijo que sólo podía saberlos alguien muy cercano a Moore. Me contó que no era raro; muchas veces las denuncias vienen del cónyuge. Pero también me contó que a menudo son falsas. No es raro que un marido o una mujer acuse sin motivo a su pareja cuando están pasando un divorcio o una separación, sólo para joder al otro. Así que por lo visto se pasaron mucho tiempo intentando averiguar si la acusación era fundada porque Moore y su mujer estaban en proceso de separación. Ella nunca lo admitió, pero Chastain estaba seguro de que lo había enviado ella. Simplemente no llegó muy lejos intentando probarlo, eso es todo.

Bosch pensó en Sylvia. Estaba convencido de que se equivocaban.

—¿Hablaste con su mujer para decirle que se había confirmado la identificación?

—No, lo hizo Irving ayer por la noche.

—¿Le dijo lo de la autopsia, lo de que tal vez no fuera suicidio?

—No lo sé. Yo no puedo sentarme con Irving como tú conmigo y preguntarle todo lo que se me pasa por la cabeza.

Bosch notó que estaba agotando la paciencia de Sheehan.

—Sólo un par de cosas más, Frankie. ¿Investigó Chastain el asunto del hielo negro?

—No. Cuando recibimos la carpeta ayer, se cagó en todo; creo que era la primera noticia que tenía. La verdad es que me hizo bastante gracia, aunque el resto de este asunto no tiene ninguna.

—Bueno, ahora puedes contarle lo que te he dicho yo.

—Ni en broma. Que conste; tú y yo no hemos mantenido esta conversación. Antes de poder contárselo a él, tengo que hacer ver que lo he descubierto yo.

Bosch pensaba a toda velocidad. ¿Qué más podía preguntar?

—¿Y la nota? Eso es lo que ahora no encaja. ¿Si no fue suicidio, quién la escribió?

—Sí, ése es el problema. Por eso le dimos tanto la paliza a la forense. O ya la tenía en el bolsillo o quienquiera que se lo cargó le obligó a escribirla. No lo sé.

—Sí. —Bosch meditó un momento—. ¿Escribirías tú una nota así si alguien estuviera a punto de matarte?

—No lo sé, tío. La gente hace cosas inexplicables cuando les apuntan con una pistola porque siempre tienen la esperanza de salvarse. Bueno, al menos así lo veo yo.

Bosch asintió, aunque no sabía si estaba de acuerdo o no.

—Tengo que irme —dijo Sheehan—. Ya me contarás lo que descubras.

Bosch volvió a asentir y Sheehan lo dejó solo con dos tazas de café en la mesa. Al cabo de unos momentos volvió.

—Nunca te lo había dicho, pero fue una pena lo que te pasó. Nos hace falta gente como tú aquí, Harry. Siempre lo he pensado.

Bosch levantó la vista.

—Gracias, Frankie.

14

El Centro de Erradicación de Parásitos estaba en el límite de East Los Ángeles en la carretera de San Fernando, no muy lejos del Sanatorio del Condado y del hospital de la Universidad del Sur de California, donde se hallaba el depósito de cadáveres. Bosch estuvo tentado de ir a ver a Teresa, pero pensó que debería darle tiempo para que se calmara. Era consciente de que era una decisión cobarde, pero no cambió de opinión. Continuó conduciendo. El centro se albergaba en un antiguo pabellón psiquiátrico del condado que fue abandonado cuando el Tribunal Supremo hizo que resultara prácticamente imposible para el gobierno —por medio de la policía— retirar de la calle a los enfermos mentales y retenerlos bajo vigilancia por motivos de seguridad ciudadana. El pabellón de la carretera de San Fernando, pues, se cerró cuando el condado renovó sus centros psiquiátricos.

Desde entonces el edificio había sido empleado para diversas funciones: desde escenario de una película de terror ambientada en un manicomio a depósito de cadáveres improvisado cuando un temblor causó daños en las instalaciones del hospital de la Universidad hacía unos años. Los cuerpos se almacenaron en dos camiones frigoríficos estacionados en el aparcamiento. Debido a la situación de emergencia, los funcionarios del condado habían tenido que recurrir a los primeros camiones que se les pusieron a tiro. Pintadas en el lateral de uno de ellos se leían las palabras: «¡Langostas vivas de Maine!» Bosch recordaba haber leído la anécdota en el *Times*, en la columna «cosas que sólo pasan en Los Ángeles».

En la entrada al aparcamiento había un agente de la policía estatal. Bosch bajó la ventanilla del coche, le mostró su placa y le preguntó quién era el director del centro. El agente le indicó un sitio para aparcar frente a la entrada de las oficinas de administración, donde todavía quedaba un rótulo que rezaba: «Prohibida la entrada a pacientes sin acompañar.»

Una vez dentro, Bosch caminó por un pasillo y pasó por delante de otro agente estatal, a quien saludó con la cabeza. Al llegar a la mesa de la secretaria, se identificó y solicitó ver al entomólogo encargado. Ella hizo una llamada rápida, acompañó a Harry a un despacho cercano y le presentó a un hombre llamado Roland Edson. La secretaria se quedó merodeando cerca de la puerta con una mirada de asombro hasta que Edson finalmente le dijo que podía retirarse.

Cuando se quedaron solos, Edson dijo:

—¿A qué se debe su visita, detective? Sepa que yo me gano la vida matando moscas, no personas.

El hombre se echó a reír a carcajadas y Bosch forzó una sonrisa por educación. Edson era un hombrecillo menudo vestido con una camisa blanca y una corbata verde. Tenía la calva llena de pecas producidas por el sol y cicatrices causadas por errores de cálculo. Las gafas gruesas que llevaba le agrandaban los ojos y le daban un aspecto similar al de sus presas. Sus subordinados probablemente lo llamaban la Mosca a sus espaldas. Bosch le explicó a Edson que estaba trabajando en un caso de homicidio y que no podía entrar en muchos detalles porque la investigación era de carácter altamente confidencial. Le advirtió que otros investigadores podían volver con más preguntas y luego le pidió un poco de información general sobre la cría y transporte de moscas estériles con la esperanza de que, apelando a su condición de experto, el burócrata se sintiera más inclinado a hablar. Edson respondió con más o menos la misma información que Teresa Corazón ya le había proporcionado, pero Bosch hizo ver que no lo sabía y tomó notas.

—Éste es el espécimen, detective —le anunció Edson al tiempo que levantaba un pisapapeles. Se trataba de un bloque de cristal en el que la mosca había quedado atrapada eternamente, como una hormiga prehistórica en el ámbar. Bosch asintió, pero inmediatamente desvió el tema de la conversación a Mexicali. El entomólogo le informó de que la empresa contratada por el gobierno estadounidense en dicha población era una compañía llamada EnviroBreed, que proveía al centro de erradicación con un cargamento de unos treinta millones de moscas cada semana.

—¿Cómo llegan hasta aquí? —preguntó Bosch.

—En la etapa pupal, claro.

—Claro. Pero mi pregunta era cómo.

—La etapa pupal es aquella en la que el insecto no se alimenta ni se mueve. Es lo que nosotros denominamos la fase de transformación entre larva e imago, es decir, insecto adulto. La operación funciona bastante bien porque es el momento ideal para transportarlas. Las pupas vienen en una especie de incubadoras: lo que nosotros denominamos cajas-invernadero. Y luego, poco después de que lleguen aquí, la metamorfosis finaliza y están listas para ser soltadas.

—Así que cuando llegan aquí, ¿ya han sido teñidas e irradiadas?

—Correcto. Ya se lo he dicho.

—¿Y están en su estado pupal, no larvario?

—Se dice larval, pero sí, la idea es básicamente correcta. También se lo he dicho.

Bosch comenzaba a pensar que Edson era básicamente un pedante insoportable. Ya no le cabía ninguna duda de que debían de llamarlo la Mosca.

—De acuerdo —dijo Harry—. ¿Y si yo encontrase aquí, en Los Ángeles, una larva que hubiera sido teñida pero no irradiada? ¿Sería posible?

Edson se quedó en silencio un momento. No quería precipitarse y decir algo equivocado. Bosch sospechaba que era el tipo de tío que cada tarde veía los concursos de cultura general por la tele y se apresuraba a gritar las respuestas antes que los concursantes. Aunque estuviera solo en casa.

—Bueno, detective, cualquier situación es posible. Pero yo diría que su hipótesis es muy improbable. Como ya le he dicho, nuestros proveedores pasan los paquetes de pupas por una máquina de radiaciones antes de enviarlas aquí. En los envíos a menudo encontramos larvas mezcladas con las pupas porque es casi imposible separar las dos. Pero estos especímenes larvales han sufrido la misma radiación que las pupas. Así que no; no creo que sea posible.

—Es decir, que si he encontrado una sola pupa (teñida pero no irradiada) en el cuerpo de una persona, esa persona no podría ser de aquí, ¿verdad?

—No, no creo.

—¿No cree?

—No. Estoy seguro de que no sería de aquí.

—¿Entonces de dónde podría ser?

Edson volvió a considerar su respuesta, mientras

se ajustaba las gafas sobre la nariz con la goma de un lápiz con el que había estado jugueteando.

—Supongo que esa persona está muerta, al ser usted un detective de homicidios y no poder preguntárselo a la persona en cuestión, por razones evidentes.

—Supone bien, señor Edson.

—Doctor Edson. Bueno, no tengo ni idea de dónde podría haber recogido un espécimen así.

—Podría ser uno de los criadores que usted mencionó, en México o en Hawai, ¿no?

—Sí, es una posibilidad. Una de ellas.

—¿Y cuál es la otra?

—Bueno, señor Bosch. Ya ha visto usted la seguridad que tenemos aquí. Para serle sincero, le diré que mucha gente de la región no está de acuerdo con lo que hacemos. Algunos extremistas creen que la naturaleza debería seguir su curso. Según ellos, si las moscas vienen al sur de California, ¿quiénes somos nosotros para erradicarlas? Hay quien cree que no tenemos ningún derecho. Incluso ha habido amenazas de algunos grupos; anónimas, pero amenazas al fin y al cabo. Estos grupos han amenazado con criar moscas no estériles y soltarlas para provocar una plaga masiva. Si yo fuera a hacer eso, tal vez las teñiría para confundir a mi enemigo.

Edson estaba satisfecho de su teoría, pero a Bosch no le convencía. No encajaba con los hechos. Harry asintió, dándole a entender a Edson que lo consideraría y luego le preguntó:

—Dígame, ¿cómo llegan hasta aquí los envíos? Por ejemplo, desde el sitio de Mexicali con el que tratan.

Edson respondió que en el criadero se empaquetaban miles de pupas en unos tubos de plástico como salchichas de unos dos metros de largo. Los tubos se metían en unas cajas de cartón que contenían incubadoras y humidificadores. Estas cajas-invernadero se sellaban en EnviroBreed bajo el estricto escrutinio de un inspector del Departamento de Agricultura de Estados Unidos. Después se transportaban en camión a través de la frontera y luego hacia el norte, Los Ángeles. Los envíos de EnviroBreed llegaban dos o tres veces a la semana, dependiendo de la cantidad de producto disponible.

—¿Las cajas no se inspeccionan en la aduana? —inquirió Bosch.

—Las inspeccionan, pero no las abren porque podrían poner en peligro el producto. Como comprenderá, cada caja tiene una temperatura y un entorno cuidadosamente controlado. Pero, como le digo, las cajas se sellan bajo la vigilancia de inspectores del gobierno y luego se vuelven a examinar cuando rompemos los sellos en el centro de erradicación para asegurarnos de que no han sido manipuladas.

»En la frontera, las autoridades aduaneras comprueban el número de los sellos y las cajas con el conocimiento de embarque y nuestra propia notificación de transporte. Es una supervisión a fondo, detective Bosch. El sistema de seguridad se discutió en las más altas esferas. —Bosch no dijo nada. No iba a debatir la seguridad del sistema, pero se preguntó quién lo había diseñado en las más altas esferas: los científicos o las autoridades aduaneras.

—Si tuviera que ir allí, a Mexicali, ¿podría usted meterme en EnviroBreed?

—Imposible —contestó Edson rápidamente—. Tiene que recordar que son contratistas privados. Nosotros conseguimos las moscas de una empresa de propiedad privada. Contamos con un inspector del Departamento de Agricultura en cada fábrica y de vez en cuando gente como yo (entomólogos estatales), realizamos visitas de carácter rutinario, pero no podemos ordenarles que abran sus puertas a la policía o a quien sea, sin infringir nuestro contrato. En otras palabras, detective Bosch, dígame qué han hecho y yo le diré si puedo meterlo en EnviroBreed.

Bosch no respondió. Quería contarle a Edson lo menos posible, así que cambió de tema.

—Esas cajas-invernadero donde vienen los tubos con los bichos, ¿cómo son de grandes?

—Bueno, son de un tamaño considerable. Normalmente las transportamos mediante una carretilla elevadora.

—¿Puede enseñarme una? —Edson consultó su reloj.

—Supongo que sí, aunque no sé si ha llegado algo.

Bosch se levantó para obligarlo a actuar y finalmente Edson hizo lo propio. Condujo a Bosch por otro pasillo, pasando por delante de más despachos y laboratorios que antiguamente habían sido celdas para enfermos mentales, adictos y abandonados. Harry recordó la vez en que, siendo patrullero, había caminado por ese mismo pasillo acompañando a una mujer que había arrestado en Mount Fleming mientras escalaba la estructura metálica que sostiene la primera O de las letras de Hollywood. La mujer llevaba una soga de nailon con la que planeaba ahorcarse. Unos años más tarde leyó en el periódico que, después de salir del hospital estatal Patton, había vuelto a las letras y había llevado a cabo el trabajo que él había interrumpido.

—Debe de ser duro —comentó Edson—. Trabajar en Homicidios. —Bosch contestó lo que siempre contestaba cuando la gente le decía eso.

—No está tan mal. Al menos las víctimas con las que yo trabajo han dejado de sufrir.

Edson no dijo nada más. El pasillo terminaba en una enorme puerta de acero. Edson la abrió y ambos pasaron a una zona de carga y descarga en un edificio parecido a un hangar. A unos diez metros había media docena de obreros, todos hispanos, que colocaban unas cajas de plástico blanco sobre plataformas con ruedas y las empujaban a través de unas puertas al otro lado de la zona de descarga. Bosch observó que todas las cajas eran aproximadamente del tamaño de un ataúd.

Una pequeña carretilla elevadora descargaba las cajas de una camioneta blanca. En el lateral de la camioneta se leía «EnviroBreed» pintado en letras azules. La puerta del conductor estaba abierta y un hombre blanco supervisaba el trabajo. En la parte trasera del vehículo otro hombre blanco se inclinaba para comprobar los números de los sellos de cada una de las cajas y tomaba notas en una libreta.

—Estamos de suerte —dijo Edson—. Una entrega. Las cajas-invernadero se llevan a nuestro laboratorio donde se completa el proceso de metamorfosis.

Edson señaló las puertas abiertas del garaje. Fuera había seis furgonetas naranjas aparcadas en fila.

—Después metemos las moscas adultas en cubos tapados y empleamos nuestra propia flota para trasladarlas a las zonas de ataque. Las soltamos a mano. Ahora mismo nuestro objetivo es una zona de unos doscientos cincuenta kilómetros cuadrados. Cada semana soltamos unos cincuenta millones de moscas estériles o más, si podemos. A la larga, las estériles serán mayoría y la raza se extinguirá.

Bosch notó un deje triunfal en la voz del entomólogo.

—¿Quiere hablar con el conductor de EnviroBreed? —sugirió Edson—. Estoy seguro que él estaría encantado de...

—No —respondió Bosch—. Sólo quería saber un poco cómo funciona. Doctor, le agradecería mucho que no dijera nada sobre mi visita.

Mientras decía esto, Bosch advirtió que el conductor de EnviroBreed lo miraba fijamente. El hombre estaba muy moreno, tenía la cara arrugada y el pelo blanco, llevaba un sombrero de paja y fumaba un cigarrillo. Bosch le devolvió la mirada comprendiendo que lo habían calado. Por un momento incluso le pareció distinguir una ligera sonrisa en el rostro del conductor, pero el hombre finalmente desvió la mirada y volvió a supervisar el proceso de descarga.

—¿Puedo hacer algo más por usted, detective? —inquirió Edson.

—No, doctor. Gracias por su cooperación.

—Estoy seguro de que no tendrá problemas en encontrar la salida.

Edson dio media vuelta y desapareció por la puerta de acero. Harry se puso un cigarrillo en la boca, pero no lo encendió. Espantó una nube de moscas, seguramente parásitos de la fruta, bajó las escaleras de la zona de descarga y salió por las puertas del garaje.

En su camino de vuelta al centro, Bosch decidió sacarse un peso de encima y enfrentarse a Teresa. Al llegar al aparcamiento del hospital de la universidad, se pasó diez minutos buscando un espacio donde cupiera el Caprice. Finalmente encontró uno al fondo, en la parte del aparcamiento que queda elevado, con vistas a la vieja estación de maniobras del ferrocarril. Harry permaneció en el coche unos instantes para pensar en lo que iba a decir, mientras fumaba y contemplaba los viejos vagones. Un grupo de muchachos hispanos vestidos con las típicas camisetas enormes y pantalones anchos caminaba por entre las vías oxidadas. Uno de ellos, que llevaba un aerosol, se rezagó un poco para hacer una pintada en uno de los vagones. Aunque estaba en español, Bosch la entendió. Era el lema de la pandilla, su filosofía de vida:

RÍE AHORA Y LLORA DESPUÉS

Bosch los observó hasta que desaparecieron por detrás de otra hilera de vagones. Finalmente salió del coche y entró en el depósito de cadáveres por la puerta de atrás, por donde reciben las entregas. Un guarda de seguridad lo dejó pasar al ver su placa.

Aquél era un buen día en el depósito. El olor a desinfectante le había ganado la batalla al olor a muerte. Harry pasó por delante de las cámaras refrigeradas número uno y dos, y llegó a unas escaleras que llevaban a las oficinas de administración del segundo piso.

Bosch preguntó a la secretaria del forense jefe si podía ver a la doctora Corazón. La mujer, cuya piel pálida y cabello rosáceo le hacían parecer uno de los clientes del lugar, lo consultó por teléfono y finalmente lo dejó pasar.

Teresa estaba de pie detrás de su mesa, mirando por la ventana. Desde allí disfrutaba de la misma vista que Bosch había tenido de las vías muertas de ferrocarril; puede que incluso lo hubiera visto llegar. Pero desde el segundo piso, también había una panorámica que iba desde los rascacielos del centro de la ciudad al monte Washington. Bosch se fijó en lo claros que se veían los rascacielos en la distancia. También hacía buen día fuera del depósito.

—No pienso hablar contigo —le anunció Teresa sin volverse.

—Venga, mujer.

—No.

—¿Y por qué me has dejado entrar?

—Para decirte que no pienso hablar contigo, que estoy muy cabreada y que seguramente has estropeado mi oportunidad de ser forense jefe.

—Venga, Teresa. He oído que tienes una rueda de prensa esta tarde. Todo irá bien.

No sabía qué más decirle. Ella se volvió, se apoyó en el alféizar de la ventana y le lanzó una mirada fulminante. A Bosch le llegó el aroma de su perfume desde el otro lado de la habitación.

—Tengo que darte las gracias por la rueda de prensa.

—A mí no. Me he enterado de que la ha convocado Irving...

—No juegues conmigo. Los dos sabemos lo que hiciste con lo que te conté y los dos sabemos que ese gilipuertas de Irving ha deducido automáticamente que yo me chivé a la prensa. Ahora sí que se ha jodido mi oportunidad de ser jefa. Fíjate bien en esta oficina, Harry, porque es la última vez que me ves aquí.

Bosch había observado que muchas de las mujeres profesionales que conocía, sobre todo policías y abogadas, se volvían soeces cuando discutían. Se preguntó si lo hacían para ponerse al mismo nivel que los hombres con los que estaban lidiando.

—Todo irá bien —repitió Harry.

—¿De qué coño hablas? Irving sólo tiene que contarle a los de la comisión que filtré información confidencial para que me descarten totalmente para el puesto.

—Mira, Irving no puede estar seguro de que fueras tú y me apuesto algo a que cree qué fui yo. Yo y Bremmer, el tío del *Times* que lo removió todo, somos amigos desde hace tiempo. Irving lo sabrá, así

187

que deja de preocuparte. He venido para saber si querías ir a comer o...

Se había equivocado. Bosch vio que ella enrojecía de rabia.

—¿A comer? ¿Me tomas el pelo? ¿Acabas de decirme que tú y yo somos los dos únicos sospechosos de esto y quieres que nos vean juntos en un restaurante? ¿Sabes lo que podría...?

—Teresa, que tengas una buena rueda de prensa —la interrumpió Bosch. Dicho esto, dio media vuelta y salió del despacho.

De camino al centro, el busca de Bosch comenzó a sonar; era la línea directa de Noventa y ocho. Harry supuso que seguiría preocupado por las estadísticas. Decidió no hacer caso del aviso y también desconectó la radio del coche.

En Alvarado Street se detuvo delante de un puesto ambulante de comida mexicana y pidió dos tacos de gambas. Se los sirvieron en tortitas de maíz, al estilo de Baja California, y Bosch notó el fuerte sabor a cilantro de la salsa.

A pocos metros del puesto había un hombre recitando de memoria versos de la Biblia. Sobre la cabeza tenía un vaso de agua que no se derramaba porque descansaba cómodamente en su peinado afro setentañero. De vez en cuando cogía el vaso y tomaba un sorbito de agua sin dejar de saltar de un libro a otro del Nuevo Testamento. Antes de cada cita, el hombre daba a sus oyentes el capítulo y versículo como referencia. A sus pies había una pecera de cristal con monedas. Cuando hubo terminado de almorzar, Bosch pidió una Coca-Cola y arrojó el cambio en la pecera. A cambio recibió un «Dios le bendiga».

15

Las dependencias del condado ocupaban todo un bloque frente a los juzgados. Las primeras seis plantas albergaban las oficinas del sheriff y las cuatro de arriba, la cárcel del condado. Aquella división era evidente desde fuera; no sólo por los barrotes de las ventanas, sino porque los cuatro pisos superiores presentaban un aspecto quemado y abandonado. Parecía como si todo el odio y la furia contenido en aquellas celdas sin aire acondicionado se hubiese trocado en fuego y humo, ennegreciendo para siempre las ventanas y balaustradas de cemento.

La construcción databa de finales de siglo y los enormes bloques de piedra le daban una apariencia ominosa, como de fortaleza. Era uno de los pocos edificios del centro que todavía tenía ascensoristas. En un rincón de cada uno de los cubículos con paneles de madera había sentada una vieja negra que abría las puertas y operaba la rueda que nivelaba el ascensor con el suelo de cada piso.

—Al «siete mil» —le pidió Bosch a la ascensorista cuando entró. Hacía tiempo que no iba por allí, y había olvidado su nombre. No obstante, sabía que la mujer (como todas las demás) llevaba trabajando en los ascensores desde antes de que Harry fuera policía. En cuanto ella abrió la puerta en el sexto piso, Bosch vio a Rickard. El policía antidroga estaba junto al cristal de recepción, colocando su placa en una bandeja.

—Tenga —dijo Bosch y rápidamente agregó su placa.

—Viene conmigo —explicó Rickard por un micrófono.

Al otro lado del cristal, el ayudante del sheriff les cambió las placas por dos pases de visitante que les pasó a través de la bandeja. Bosch y Rickard se los engancharon a las camisas. Bosch se fijó en que los pases les daban derecho a visitar la galería «Alto Voltaje» en el décimo piso. «Alto Voltaje» era donde metían a los sospechosos más peligrosos mientras esperaban a ser juzgados o enviados a prisiones estatales después de veredictos de culpabilidad.

Bosch y Rickard se dirigieron al ascensor de la prisión.

—¿Has metido al chaval en el «Alto Voltaje»? —le preguntó Bosch.

—Sí. Conozco a un tío ahí dentro y le dije que sólo necesitábamos un día. Ya verás; el chico estará acojonado y te contará lo que quieras sobre Dance.

Bosch y Rickard subieron en el ascensor de seguridad, que en esta ocasión estaba operado por un ayudante del sheriff. Bosch pensó que ése debía de ser el peor puesto dentro de las fuerzas del orden. Cuando la puerta se abrió, los recibió otro ayudante, que comprobó sus pases y los hizo firmar. Después atravesaron dos puertas correderas de acero hasta una zona para recibir a los abogados, que consistía en una larga mesa dividida por un cristal de unos treinta centímetros y bancos a ambos lados. Al fondo de la mesa estaba sentada una abogada, inclinada sobre el cristal y susurrando a un cliente que se había puesto la mano tras la oreja para oír mejor. Los músculos de los brazos del preso estaban a punto de reventarle las mangas de la camisa. Era un monstruo.

En la pared, detrás de ellos, había un cartel que decía: «Prohibido tocar, besar o pasar nada por encima del cristal.» Y apoyado en la pared opuesta había otro ayudante con sus enormes brazos cruzados. Estaba vigilando a la abogada y a su cliente.

Mientras esperaban a que los ayudantes del sheriff trajeran a Tyge, Bosch reparó en el ruido de la prisión. A través de la puerta de rejas que había detrás de la mesa de visitas, cientos de voces competían y resonaban por todo el edificio. De vez en cuando se oían golpetazos en las puertas de acero y algún que otro grito indescifrable.

Un ayudante del sheriff se acercó a la reja y les dijo:

—Tardará unos minutos. Tenemos que ir a buscarlo a enfermería.

Antes de que ninguno de los dos pudiera preguntar qué había ocurrido, el ayudante ya se había marchado. Bosch ni siquiera conocía al chico, pero sintió que se le encogía el estómago. Cuando miró a Rickard, descubrió que estaba sonriendo.

—Ahora veremos cómo han cambiado las cosas —comentó el policía de narcóticos.

Bosch no comprendía el placer que Rickard sacaba de todo esto. Para Bosch, aquello era lo peor de su trabajo: tratar con gente desesperada y emplear tácticas desesperadas. Él estaba allí porque tenía que estarlo; era su caso. Pero no entendía lo de Rickard.

—¿Por qué estás haciendo esto? ¿Qué quieres?

Rickard lo miró a los ojos.

—¿Que qué quiero? Quiero saber qué está pasando. Y creo que tú eres el único que puede averiguarlo. Por eso, si puedo ayudarte, te ayudo. Si a este chaval le cuesta la honra, pues bueno. Lo que quiero saber es qué ocurre. ¿Qué hizo Cal y qué va a hacer el departamento al respecto?

Bosch se inclinó hacia atrás e intentó pensar unos instantes en qué decir. De pronto oyó que el monstruo al otro extremo de la mesa elevaba el tono de voz y decía algo sobre no aceptar la oferta. El ayudante del sheriff dio un paso amenazador hacia él dejando caer los brazos a los costados. El preso se calló. El ayudante iba arremangado para mostrar sus impresionantes bíceps y, en el brazo izquierdo, Bosch vio las letras C y L, casi como una marca de hierro candente sobre la pálida piel. Harry sabía que, públicamente, los ayudantes que llevaban ese tatuaje pretendían que quería decir Club Lynwood, la comisaría del sheriff de un suburbio de Los Ángeles que era famoso por las reyertas entre bandas callejeras. Pero sabía que las letras también se referían a «chango luchador» y que chango era el nombre que daban a los monos en México. El ayudante formaba parte de una pandilla, aunque ésa estaba sancionada legalmente para ir armada y a sueldo del condado.

Bosch apartó la vista. Deseaba encender un cigarrillo, pero en el condado se había aprobado una ley que prohibía fumar en los edificios públicos, incluso en la cárcel. Obviamente, aquello casi había provocado un amotinamiento de los presos.

—Mira —le explicó a Rickard—. No sé qué decirte de Moore. Estoy dedicándome al caso, aunque no del todo. Se cruza con dos casos que tengo, así que es inevitable. Si este chico puede darme a Dance, genial, porque el tío está relacionado con dos de mis investigaciones y puede que incluso con la de Moore. Pero aún no lo sé. Lo que sí sé seguro, y esto se hará público hoy, es que lo de Moore parece homicidio. Lo que el departamento no va a declarar es que Moore se pasó al otro bando. Ésa es la razón por la que Asuntos Internos lo estaba siguiendo.

—No puede ser —dijo Rickard, con poca convicción—. Yo lo habría sabido.

—No puedes conocer tan bien a la gente, tío. Cada persona es un mundo.

—¿Y qué está haciendo el Parker Center?

—No lo sé. No creo que sepan qué hacer. Antes querían hacerlo pasar como suicidio, pero la forense se quejó y ahora lo llaman homicidio. Pero no creo que saquen los trapos sucios a la calle para beneficio de los periodistas.

—Pues más vale que se aclaren. Yo no voy a quedarme con los brazos cruzados. No me importa si Moore se pasó al otro bando; era un buen policía. Yo lo he visto hacer cosas, como entrar en un antro de yonquis y enfrentarse él solo a cuatro camellos. Lo he visto interponerse entre un macarra y su propiedad, recibir el puñetazo que iba dirigido a ella, y perder un diente. Yo estaba allí cuando se saltó nueve semáforos para intentar llevar a un pobre yonqui al hospital antes de que muriera de sobredosis. —Rickard hizo una pausa—. Todas esas cosas no las hace un policía corrupto. Por eso digo que si se pasó al otro bando, creo que estaba intentando volver a este lado y que alguien se lo cargó.

Rickard se paró ahí, pero Bosch no rompió el silencio. Los dos eran conscientes de que una vez que te pasas al otro bando no puedes volver. Mientras reflexionaba sobre eso, Bosch oyó unos pasos que se acercaban.

—Más les vale estar haciendo algo en el Parker Center —concluyó Rickard—. O se van a enterar.

Bosch quiso decir algo, pero el ayudante ya había llegado con Tyge. El muchacho parecía haber envejecido diez años en las últimas diez horas. Ahora poseía una mirada distante que a Bosch le recordó a los hombres que había visto y conocido en Vietnam. También tenía un morado en el pómulo izquierdo.

La puerta se abrió mediante un mecanismo electrónico y el niño-hombre se dirigió al banco que le indicó el ayudante del sheriff. Tyge se sentó con cuidado y parecía evitar a propósito la mirada de Rickard.

—¿Cómo va, Kerwin? —preguntó Rickard.

El chico alzó la vista y, al ver sus ojos, Bosch sintió que se le hacía un nudo en el estómago. Se acordó de la primera noche que había pasado en el refugio para jóvenes McLaren cuando era niño. Recordó el intenso pánico y los gritos de soledad. Y eso que allí estaba rodeado de niños, la mayoría no violentos. Ese chaval había pasado las últimas diez horas entre animales salvajes. Bosch se sentía avergonzado de formar parte de todo aquello, pero no dijo nada. Ahora le tocaba actuar a Rickard.

—Mira, chico, seguramente no lo estás pasando muy bien aquí dentro. Por eso hemos venido; para ver si habías cambiado de opinión sobre lo que hablamos anoche.

Rickard hablaba muy bajo para evitar que lo oyera el monstruo del otro extremo de la mesa. Como el chico no decía nada y no daba siquiera muestras de haberlo oído, Rickard siguió presionando.

—Kerwin, ¿quieres salir de aquí? Pues éste es tu hombre, el señor Harry Bosch. A pesar de que te pescamos con las manos en la masa, el señor Bosch te soltará si nos cuentas lo de Dance. Mira.

Rickard se sacó un papel de dentro del bolsillo de la camisa. Era un impreso sin rellenar de la oficina del fiscal del distrito.

—Tengo cuarenta y ocho horas para denunciarte. Con el fin de semana, eso quiere decir que tengo hasta el lunes. Aquí están tus papeles; no he hecho nada todavía porque quería volver a preguntarte una vez más si querías ayudarte a ti mismo. Si no, te denunciaré y ésta será tu casa durante los próximos... bueno, creo que como poco te caerá un año.

Rickard esperó, pero no pasó nada.

—Un año. ¿Cómo crees que estarás después de un año aquí dentro, Kerwin?

El chico bajó la cabeza un momento y las lágrimas comenzaron a surcar sus mejillas.

—Vete al infierno —logró decir con una voz ahogada.

Bosch ya lo estaba; recordaría esto durante mucho tiempo. Se dio cuenta de que estaba apretando los dientes e intentó relajar la mandíbula. Pero no pudo.

Rickard se inclinó para decirle algo al chico, pero Bosch le puso la mano en el hombro.

—A la mierda —dijo Bosch—. Suéltalo.

—¿Qué?

—Que vamos a dejarlo.

—¿Qué coño estás diciendo?

A pesar de que el chico miraba a Bosch con una expresión de escepticismo, no se trataba de un truco. A Harry le daba asco lo que habían hecho.

—Un momento —exclamó Rickard—. El cabrón llevaba encima medio litro de PCP. Es mío. Si no quiere ayudarnos, que se joda; va a volver al zoo.

—No. —Entonces Bosch se acercó a Rickard para que el ayudante del sheriff no pudiera oírles—. No va a volver. Vamos a sacarlo de aquí. Venga, hazlo o se te va a caer el pelo.

—¿Qué has dicho?

—Que te denunciaré al quinto piso. Este chico no debería haber venido aquí con ese cargo, así que es culpa tuya. Presentaré una denuncia y tu amiguito de aquí dentro también se las cargará —amenazó Bosch—. ¿Quieres que lo haga? ¿Sólo porque no has conseguido hacer hablar al chico?

—¿Crees que a Asuntos Internos les importa este camello de mierda?

—No, pero tú sí les importas. Les encantarás. Ya verás; saldrás caminando más despacio que ese chico.

Harry se alejó de él. Nadie dijo nada durante unos segundos y Bosch vio que Rickard lo estaba pensando cuidadosamente, intentando decidir si el detective se estaba marcando un farol.

—No me imagino a un tío como tú yendo a Asuntos Internos.

—A eso te arriesgas.

Rickard miró el papel que tenía en la mano y comenzó a estrujarlo lentamente.

—Vale, tío, pero más vale que me pongas en tu lista —le advirtió Rickard.

—¿En qué lista?

—La de gente a la que tienes que vigilar.

Bosch se levantó y Rickard hizo lo mismo.

—Vamos a soltarlo —le dijo Rickard al guarda.

Bosch señaló al chico y ordenó:

—Quiero que escolten a este chico hasta que salga de aquí, ¿de acuerdo?

El ayudante asintió. El chico no dijo nada.

Tardaron una hora en sacarlo de allí. Después de que Rickard firmara los papeles correspondientes y recogiera las placas, esperaron en silencio junto a la ventanilla del séptimo piso.

Bosch estaba asqueado consigo mismo. Había perdido de vista el arte de su profesión. Resolver casos era conseguir que la gente te hablara; no forzarlos a hablar. En aquella ocasión lo había olvidado.

—Puedes irte si quieres —le dijo a Rickard.

—En cuanto el chico salga por esa puerta, yo me marcho. No quiero tener nada que ver con él. Pero quiero verlo salir contigo, Bosch. No me fío de ti.

—Qué listo.

—Sí.

—Pero todavía tienes mucho que aprender, Rickard. No todo es blanco y negro. No todo el mundo merece ser pisoteado. Coges a un chico como ése...

—Ahórrate el sermón, Bosch. Puede que tenga un montón que aprender, pero no será de ti. Tú eres un fracasado de primera. Lo único que puedes enseñarme es cómo caer en picado. No, gracias.

—De nada —respondió Bosch, y fue a sentarse a un banco al otro lado de la sala. Quince minutos más tarde el chico salió y caminó hasta el ascensor entre Rickard y Bosch. Una vez fuera del edificio, Rickard le dijo a Bosch:

—Vete a tomar por culo.

—Muy bien —contestó Bosch.

Rickard se alejó, mientras Bosch se quedaba en la acera. Entonces encendió un cigarrillo y le ofreció otro al chico, pero éste lo rechazó.

—No voy a contarte nada —le avisó el chico.

—Ya lo sé. No pasa nada. ¿Quieres que te lleve a algún sitio? ¿A un médico de verdad? ¿A Hollywood?

—A Hollywood.

Caminaron hasta el coche de Bosch que estaba aparcado a dos manzanas del Parker Center y desde allí cogieron Third Street en dirección a Hollywood. Estaban a medio camino cuando Bosch rompió el silencio.

—¿Dónde vives? ¿Dónde prefieres que te deje?

—En cualquier sitio.

—¿No tienes casa?

—No.

—¿Familia?

—No.

—¿Qué vas hacer?

—Da igual.

Harry cogió Western. Permanecieron en silencio unos quince minutos más, hasta que Bosch se detuvo delante del Hideaway.

—¿Qué es esto? —preguntó el chico.

—Espérame aquí. Ahora vuelvo.

En recepción, el director del motel intentó alquilarle a Bosch la habitación número siete, pero Harry le mostró su placa y le dijo que ni hablar. El director, que todavía llevaba una sucia camiseta de tirantes, le dio la llave de la habitación número trece. Bosch regresó al coche y le entregó la llave al chico. También sacó su cartera.

—Tienes una habitación alquilada para una semana —le informó—. Ya sé que no me vas a hacer caso, pero mi consejo es que te tomes unos días para pensar y que luego te alejes todo lo que puedas de esta ciudad. Hay mejores sitios para vivir.

El chico miró la llave que tenía en la palma de la mano. Entonces Bosch le dio todo el dinero que llevaba encima, que eran sólo cuarenta y tres dólares.

—¿Me das una habitación y pasta y crees que voy a hablar? He visto la tele, tío. Todo ha sido un montaje, tú y ese tío.

—No me malinterpretes, chaval. Estoy haciendo

esto porque creo que es lo que tengo que hacer. Eso no significa que crea que lo que haces está bien. Si vuelvo a verte en la calle, te aseguro que iré a por ti. Esto es sólo una última oportunidad. Haz con ella lo que quieras. Puedes irte. No es un montaje.

El chico abrió la puerta y salió, pero se volvió hacia Bosch.

—Entonces, ¿por qué lo haces?

—No lo sé. Supongo que porque tú lo mandaste al infierno, algo que tendría que haber hecho yo. Tengo que irme.

El chico lo miró un momento antes de hablar.

—Dance se ha largado. No sé porque estáis todos preocupados por él.

—Mira, chico, yo no lo he hecho...

—Ya lo sé.

Harry se lo quedó mirando.

—Se abrió, tío. Nos dijo que nuestro contacto se había pirado y bajó para volver a montar todo el asunto. Supongo que él quiere pasar a ser el contacto.

—¿Bajó?

—Él dijo México, pero no sé más. Se ha pirado. Por eso yo estaba vendiendo *sherms*.

El chico cerró la puerta del coche y desapareció por el patio del motel. Bosch se quedó ahí sentado, pensando, y la pregunta de Rickard le volvió a la cabeza. ¿Dónde estaría el chico dentro de un año?

Entonces recordó que él mismo se había alojado en moteles cutres hacía años. Bosch lo había conseguido; había sobrevivido. Convencido de que siempre existía la posibilidad de escapar, Harry arrancó el coche y se marchó.

16

La conversación con el chico lo había decidido. Bosch iba a ir a México. Todos los radios de la rueda apuntaban al centro y el centro era Mexicali, algo que hacía tiempo que sospechaba.

Mientras Bosch conducía hasta la comisaría de Wilcox, intentó diseñar una estrategia. Tendría que ponerse en contacto con Águila, el agente de la Policía Judicial del Estado que había enviado la carta al consulado. También tendría que hablar con la DEA, que había proporcionado a Moore la información sobre el hielo negro. Seguramente necesitaría el permiso de Pounds para ir a México, lo cual podría poner fin a todos sus planes. Eso tendría que resolverlo.

En la comisaría, la mesa de Homicidios estaba vacía. Eran más de las cuatro de la tarde de un viernes y, para colmo, de un fin de semana con puente. Si no tenían casos nuevos, los detectives habrían terminado lo antes posible para volver a casa con sus familias o sus vidas fuera del trabajo. Pounds era uno de los pocos que quedaban en la oficina. Bosch lo vio, cabizbajo, en la pecera. Estaba escribiendo en una hoja y usando una regla para no torcerse.

Harry se sentó y repasó una pila de papelitos rosas que había sobre su mesa; eran mensajes, pero ninguno urgente. Dos eran de Bremmer bajo el seudónimo de Jon Marcus: un código que se habían inventado para que no se supiera que el periodista del *Times* había llamado a Bosch. Había un par de mensajes del fiscal del distrito que estaba tramitando dos de los casos de Harry; seguramente necesitaba algún dato o prueba. También había llamado Teresa, pero Bosch vio que la hora de la nota era anterior a su entrevista de esa mañana; ella debía de haberlo llamado para decirle que no quería hablar con él. No había ningún mensaje de Porter ni de Sylvia Moore. Bosch sacó la copia de la hoja enviada desde Mexicali que le había dado Capetillo, el detective de personas desaparecidas, y marcó el número de Carlos Águila, que resultó ser el de la centralita de la oficina de la Policía Judicial del Estado. A pesar de su reciente visita a México, Bosch no hablaba muy bien español por lo que tardó unos cinco minutos en que le pasaran a la unidad de investigación para poder pedir por Águila. Pese a todo, no pudo hablar con él. En su lugar encontró a un capitán que hablaba inglés y le contó que Águila había salido pero que volvería más tarde y también trabajaría el sábado. Bosch sabía que en México los policías trabajaban seis días a la semana.

—¿Puedo ayudarle yo? —preguntó el capitán.

Bosch le explicó que estaba investigando un homicidio y llamaba en respuesta a una solicitud de información que Águila había enviado al consulado mexicano de Los Ángeles. El capitán le dijo que conocía el tema porque había tramitado la denuncia de desaparición antes de pasarle el caso a Águila. Bosch le preguntó si había huellas dactilares para confirmar la identificación del cuerpo, pero el capitán le respondió que no.

«Un punto para Capetillo», pensó Bosch.

—¿Tienen una fotografía del cadáver? —sugirió el capitán—. Nosotros podemos enseñársela a la familia del señor Gutiérrez-Llosa para que lo identifique.

—Sí, tengo fotos. La carta decía que Gutiérrez-Llosa era un obrero, ¿verdad?

—Sí, iba a buscar trabajo diario al Círculo, donde las compañías contratan a los jornaleros. Debajo de la estatua de Benito Juárez.

—¿Sabe si trabajó en una empresa llamada EnviroBreed? Tienen un contrato con el estado de California.

Hubo un largo silencio antes de que el mexicano contestara.

—No lo sé. No conozco su historial laboral. He tomado nota e informaré al investigador Águila en cuanto vuelva. Si envía usted las fotografías actuaremos lo más rápido posible para obtener una identificación. Yo me encargaré personalmente de acelerar los trámites y de llamarlo a usted.

En esa ocasión fue Bosch quien se quedó callado.

—Perdone, capitán, no tengo su nombre.

—Gustavo Grena, director de investigaciones de Mexicali.

—Capitán Grena, ¿podría decirle a Águila que recibirá las fotos mañana?

—¿Tan pronto?

—Sí. Dígale que se las voy a llevar yo mismo.

—Investigador Bosch, no hace falta. Creo que...

—No se preocupe, capitán Grena —le interrumpió Bosch—. Dígaselo. Estaré ahí mañana por la tarde, como mucho.

—Como usted quiera.

Bosch le dio las gracias y colgó. Al alzar la vista, descubrió que Pounds lo observaba a través del cristal de su despacho. El teniente levantó el pulgar y las cejas como preguntándole si todo iba bien. Harry desvió la mirada.

«Un jornalero», pensó. Fernal Gutiérrez-Llosa era un jornalero que iba a buscar trabajo a quien sabe qué demonios de círculo. ¿Cómo encajaba un jornalero en todo el asunto? Tal vez era un correo que pasaba hielo negro por la frontera. O quizá no había formado parte de la operación de contrabando en absoluto. A lo mejor no hizo nada para que lo mataran excepto estar donde no debiera o ver algo que no querían que viera.

Bosch sólo poseía las partes de un todo; lo que necesitaba era el pegamento que las unía. Cuando recibió la placa dorada de detective, un compañero de la mesa de Robos de Van Nuys le había dicho que lo más esencial de una investigación no eran los hechos, sino el «pegamento». Y según él, éste estaba compuesto de instinto, imaginación, un poco de especulación y un mucho de suerte.

Dos noches antes, Bosch había analizado los hechos que encontró en la habitación de un motel destartalado y de ahí había inferido que se trataba de un suicidio. Más tarde supo que se había equivocado. Cuando consideró los hechos de nuevo, así como todos los demás datos que había recogido, vio que el asesinato del policía era como uno más de una serie de asesinatos relacionados. Si Mexicali era el centro de una rueda con tantos radios, Moore era el tornillo que la sujetaba.

Bosch sacó su agenda y buscó el nombre del agente de la DEA mencionado en el informe sobre drogas que Moore había incluido en el archivo Zorrillo. A continuación buscó el número de la DEA en su fichero rotatorio y pidió que le pusieran con Corvo.

—¿De parte de quién?

—Dígale que es el fantasma de Calexico Moore.

Un minuto más tarde oyó una voz:

—¿Quién es?

—¿Corvo?

—Mira, si quieres hablar, identifícate. Si no, cuelgo.

Bosch se identificó.

—Oye, ¿a qué venía la bromita?

—No importa. Quiero hablar contigo.

—Aún no me has dado una razón.

—¿Quieres una razón? Vale. Mañana por la mañana me voy a Mexicali a buscar a Zorrillo. Necesito ayuda de alguien que sepa de qué va el rollo. Y he pensado que tú, siendo la fuente de Moore...

—¿Quién dice que lo conozco?

—Has contestado mi llamada, ¿no? También le pasaste información de la DEA. Me lo dijo él.

—Bosch, yo he trabajado siete años infiltrado. Te estás marcando un farol, ¿no? Puedes intentarlo con los camellos de *eightballs* de Hollywood Boulevard. A lo mejor ellos te creen, pero yo no.

—Mira, a las siete estaré en el Code 7, en la barra de atrás. Después me iré al sur. Tú eliges; si te veo, bien y si no, también.

—Y si decido venir, ¿cómo te reconoceré?

—No te preocupes. Yo te reconoceré a ti; serás el tío que todavía va de infiltrado.

Cuando colgó, Harry levantó la vista. Pounds estaba merodeando por la mesa de Homicidios, hojeando el último informe sobre delitos violentos, otro punto negro para las estadísticas de la división. Éstos estaban creciendo a un ritmo mucho más alarmante que el resto de delitos. Aquello significaba, no sólo que la delincuencia estaba subiendo, sino que los delincuentes se estaban tornando más violentos. Bosch se fijó en el polvillo blanco que salpicaba la parte superior de los pantalones del teniente. Como aquello ocurría con bastante frecuencia, era motivo de burla y especulación en la oficina. Algunos detectives decían que el jefe seguramente esnifaba coca pero que era tan torpe que se la tiraba por encima. Eso era especialmente divertido porque Pounds se había convertido a una secta evangélica. Otros decían que el polvo misterioso venía de los donuts azucarados que se zampaba en secreto después de cerrar las persianas de su despacho acristalado. Bosch, sin embargo, dedujo lo que era en cuanto identificó el olor que siempre desprendía Pounds. Según Harry, el teniente tenía la costumbre de rociarse con polvos de talco por la mañana antes de ponerse la camisa y la corbata, pero después de ponerse los pantalones.

Pounds apartó la mirada del informe y preguntó con un tonillo falso:

—¿Qué? ¿Cómo van los casos?

Bosch sonrió de forma tranquilizadora y asintió con la cabeza, pero no dijo nada. Quería hacerle sudar un poco.

—Bueno, ¿qué has descubierto?

—Algunas cosas. ¿Has hablado hoy con Porter?

—¿Porter? No, ¿por qué? Olvídate de él, Bosch. Es un inútil; no puede ayudarte. ¿Qué has encontrado? Veo que no has escrito ningún informe.

—He estado ocupado, teniente. Tengo algunas pistas sobre Jimmy Kapps y una identificación y posible escenario del crimen del último caso de Porter; el del tipo que arrojaron en un callejón de Sunset Boulevard la semana pasada. Estoy a punto de descubrir quién lo hizo y por qué. Tal vez lo averigüe mañana. Si no te importa, me gustaría trabajar el fin de semana.

—No hay problema; tómate el tiempo que necesites. Ahora mismo te firmo la autorización para horas extras.

—Gracias.

—Pero ¿por qué seguir tantos casos? ¿Por qué no eliges el que sea más fácil resolver? Ya sabes que necesitamos cerrar uno.

—Porque creo que los casos están relacionados.

—¿Estás...? —Pounds levantó la mano para que Bosch no dijera nada—. Es mejor que vengas a mi despacho.

En cuanto se hubo sentado detrás de la mesa de cristal, Pounds cogió su regla y comenzó a juguetear con ella. Bosch se sentó frente a él y, desde su silla, notó el olor a polvos de talco.

—Vale, Harry. ¿Qué coño pasa?

Bosch iba a improvisar. Intentó que su voz sonara como si tuviera pruebas irrefutables de todo lo que decía, aunque en realidad había mucha especulación y poco pegamento.

—La muerte de Jimmy Kapps fue una venganza. Ayer descubrí que había denunciado a un competidor suyo llamado Dance por vender hielo negro en la calle. Por lo visto a Jimmy no le hacía gracia porque él estaba intentando dominar el mercado con su hielo hawaiano. Así que delató a Dance; se chivó a los chicos del BANG. El único problema es que el fiscal desestimó el caso de Dance. El plan falló; a Dance lo soltaron y cuatro días más tarde se cargaron a Kapps.

—Vale, vale —respondió Pounds—. Parece lógico. ¿Entonces Dance es tu sospechoso?

—Hasta que encuentre algo mejor. Pero el tío se las ha pirado.

—Vale, ¿y qué tiene que ver eso con el caso Juan 67?

—Los de la DEA dicen que el hielo negro que Dance estaba vendiendo viene de Mexicali. Estoy esperando a que la policía estatal de allá abajo me confirme la identificación. Parece que nuestro Juan 67 era un tío llamado Gutiérrez-Llosa, de Mexicali.

—¿Un correo?

—Puede ser. Aunque algunas cosas no encajan con esa teoría. La policía de allí dice que era jornalero.

—A lo mejor decidió ganar más pasta. Muchos lo hacen.

—A lo mejor.

—¿Y tú crees que se lo cargaron para vengar la muerte de Kapps?

—Es posible.

Pounds asintió. «De momento, bien», pensó Bosch. Los dos permanecieron callados unos segundos. Pounds finalmente se aclaró la garganta.

—Es mucho trabajo en dos días, Harry. Muy bien —le felicitó el teniente—. ¿Y ahora qué vas a hacer?

—Quiero ir a buscar a Dance y confirmar la identificación de Juan 67... —Bosch no terminó la frase. No estaba seguro de cuánto contarle a Pounds, pero estaba decidido a omitir su viaje a Mexicali.

—Pero dices que Dance se las ha pirado.

—Eso me han dicho, pero no estoy seguro. Quiero comprobarlo este fin de semana.

—Muy bien.

Bosch decidió abrir la puerta un poco más.

—Todavía hay más, si quiere oírlo. Es sobre Cal Moore.

Pounds depositó la regla sobre la mesa, se cruzó de brazos y se inclinó hacia atrás. Aquella postura significaba precaución. Estaban entrando en una zona en la que las carreras de ambos podían salir perjudicadas para siempre.

—Estamos pisando terreno resbaladizo. El caso Moore no es nuestro.

—No, y yo no lo quiero; ya tengo estos dos casos. Pero no deja de salir. Si usted no quiere saber nada, lo comprendo. Ya me encargaré yo.

—No, no. Quiero que me lo digas. Simplemente no me gustan los... líos. Eso es todo.

—Sí, lío es una buena palabra. Bueno, como he dicho, el equipo BANG arrestó a Dance. Moore no estuvo allí hasta que lo detuvieron, pero era su gente. —Bosch hizo una pausa—. Y más adelante Moore encontró el cuerpo de Juan 67.

—¿Cal Moore encontró el cadáver? —exclamó Pounds—. Eso no estaba en el informe de Porter.

—Está su número de placa —explicó Bosch—. O sea, que Moore encontró el cadáver en el contenedor, y por lo tanto aparece en los dos casos. El día después de encontrar a Juan 67 en el callejón, Moore se registró en el motel donde le volaron la tapa de los sesos. Supongo que ya sabe que Robos y Homicidios ahora dice que no fue un suicidio.

Pounds asintió, pero parecía anonadado. Se esperaba el resumen de un par de investigaciones, pero no aquello.

—También se lo cargaron —continuó Bosch—. Ahí tiene los tres casos: Kapps, luego Juan 67 y después Moore. Y Dance por ahí suelto.

Bosch había dicho suficiente. Ahora podía relajarse y dejar que la mente de Pounds se pusiera en funcionamiento. Ambos eran conscientes de que la obligación del teniente era llamar a Irving para pedir ayuda, o al menos orientación. No obstante, eso comportaría que Robos y Homicidios se quedara con los casos de Kapps y Juan 67. Y los muy cabrones se tomarían su tiempo. Pounds no podría cerrar sus casos hasta varias semanas después.

—¿Y Porter? ¿Qué dice él de todo esto?

Bosch había hecho todo lo posible para no involucrar a Porter. No sabía por qué. Porter había pasado la línea y había mentido, pero en el fondo Bosch seguía sintiendo lástima. Tal vez fue su última pregunta: «Harry, ¿me ayudarás?»

—A Porter no lo he encontrado. No contesta al teléfono —mintió—. No creo que tuviese mucho tiempo para resolver todo esto.

Pounds sacudió la cabeza con desdén.

—Claro que no. Seguramente estaba borracho.

Bosch no dijo nada. Le tocaba a Pounds decidir.

—Oye, Harry, no estarás... Estás diciéndome todo lo que sabes, ¿no? No puedo permitirme tenerte por ahí suelto como una bala perdida. Me lo has contado todo, ¿verdad?

Lo que Pounds quería decir era: ¿qué le pasaría si todo eso saltase por los aires?

—Le he dicho lo que sé. Tenemos dos casos, tres si contamos el de Moore. Si quiere resolverlos en seis u ocho semanas, escribiré un informe para que lo envíe al Parker Center. Si quiere cerrarlos antes del uno de enero, como usted dijo, déjeme trabajar los cuatro días.

Pounds clavó la mirada en algún lugar por encima de la cabeza de Bosch, mientras se rascaba la oreja con la regla. Estaba tomando una decisión.

—Vale —accedió—. Dedícate el fin de semana y a ver qué encuentras. Veremos cómo están las cosas el lunes y, según como estén, llamamos a Robos y Homicidios. Mientras tanto, quiero que me informes de todos tus movimientos mañana y el domingo. Quiero saber qué has hecho y qué has descubierto.

—De acuerdo —contestó Bosch.

Acto seguido se levantó y se dispuso a salir. Entonces reparó en un crucifijo pequeñito sobre la puerta y se preguntó si eso sería lo que Pounds había estado mirando. La gente decía que el teniente era evangelista por motivos políticos; había muchos en la policía. Todos pertenecían a la misma parroquia del valle de San Fernando porque el predicador laico era uno de los subdirectores del departamento. Bosch se los imaginó a todos yendo allí los domingos por la mañana y congregándose a su alrededor para decirle que era un gran hombre.

—Hablaremos mañana —se despidió Pounds.

—De acuerdo.

Al cabo de poco rato, Pounds cerró su despacho con llave y se fue a casa. Bosch se quedó solo en la oficina de detectives, tomando café, fumando y esperando las noticias de las seis de la tarde. Había un televisor portátil en blanco y negro encima del archivador de la mesa de Automóviles. Bosch lo encendió y jugó con la antena hasta que logró que se viera bastante bien. Un par de agentes de uniforme vinieron de la oficina de guardia para ver las noticias.

Por fin Cal Moore había conseguido ser la primera noticia del día. El Canal 2 comenzó con un reportaje sobre la rueda de prensa en el Parker Center en la que el subdirector Irvin Irving había revelado algunas novedades. Las imágenes mostraban a Irving rodeado de micrófonos y a Teresa de pie junto a él. Irving la mencionó como la persona responsable del descubrimiento de nuevas pruebas durante la autopsia. Dichas pruebas apuntaban a la teoría de homicidio. El reportaje terminaba con una fotografía de Moore y la voz en off de la periodista.

«Los investigadores ahora tienen la tarea, y ellos dicen que la obligación personal, de indagar más a fondo en la vida del sargento Calexico Moore con el objeto de determinar qué le llevó a esa habitación de

motel donde alguien lo ejecutó. Algunas fuentes seña-
lan que los investigadores no disponen de mucho por
donde empezar, aunque sí empiezan con una deuda
para con la forense jefe en funciones, quien descubrió
un asesinato donde antes sólo se hablaba del... suicidio de un policía solitario.»

Entonces venía un primerísimo plano de Moore
y una última frase lapidaria:

«Ahora comienza el misterio.»

Bosch apagó el televisor. Los agentes de uniforme volvieron a sus puestos y él regresó a su lugar en la
mesa de Homicidios. Harry supuso que la foto que
habían enseñado de Moore era de hacía unos años
porque parecía más joven y sus ojos eran más claros;
sin rastro de una vida oculta.

Aquellos pensamientos le trajeron a la memoria
otras fotografías: las que Sylvia Moore dijo que su
marido había guardado toda su vida y hojeado de vez
en cuando. ¿Qué más había salvado Moore del pasado? Bosch ni siquiera tenía una foto de su propia madre y no había conocido a su padre hasta su lecho de
muerte. ¿Qué equipaje llevaba consigo Cal Moore?

Era hora de partir hacia el Code 7, pero antes de ir
a buscar el coche, Harry caminó por el pasillo hasta la
oficina de guardia y cogió una hoja que colgaba de la
pared junto a los carteles de «Se Busca». En ella se de-
tallaban los turnos de la comisaría: Bosch suponía
que no la habrían actualizado en la última semana, y
estaba en lo cierto. En la lista de sargentos encontró el
nombre y la dirección de Moore en Los Feliz. Bosch
la copió en su libreta y se marchó.

17

Bosch dio una última calada al cigarrillo y arrojó la colilla a la alcantarilla. Antes de agarrar la porra que hacía las veces de tirador del Code 7, dudó un instante y se volvió a mirar al otro lado de First Street. Allí estaba Freedom Park, la extensión de césped que flanqueaba el edificio del ayuntamiento. Bajo la luz de las farolas Bosch distinguió los cuerpos de hombres y mujeres sin hogar, desperdigados sobre la hierba que rodeaba el monumento a los caídos. Parecían las víctimas de una batalla, muertos sin enterrar.

Finalmente Bosch entró en el Code 7. Después de atravesar el restaurante, abrió las cortinas, negras como la toga de un juez, que ocultaban la entrada al bar. El sitio estaba lleno de abogados, policías y humo azulado. Todos habían venido a pasar la hora punta y se habían puesto demasiado cómodos o bebido demasiado. Harry se encaminó hacia el final de la barra, donde los taburetes estaban vacíos, y pidió una cerveza y un chupito. Eran las siete en punto según el reloj con el logotipo de la cerveza Miller.

Bosch registró la sala a través del espejo de la barra, pero no vio a nadie que pareciera el agente de estupefacientes Corvo. Así pues, encendió otro cigarrillo y decidió que le daría a Corvo hasta las ocho.

En ese preciso instante, Bosch miró atrás y vio a un hombre bajito, moreno y con barba que abría la cortina y se quedaba parado mientras sus ojos se habituaban a la penumbra del bar. Llevaba tejanos y una camisa. Bosch enseguida distinguió el buscapersonas en el cinturón y el bulto de la pistola bajo la camisa. El hombre hizo un reconocimiento del bar hasta que su mirada se cruzó con la de Harry en el espejo y éste asintió con la cabeza. Corvo se acercó a él y se sentó en el taburete junto al suyo.

—Me has descubierto —dijo Corvo.

—Y tú a mí. Creo que los dos tendremos que volver a la academia. ¿Quieres una cerveza?

—Mira, Bosch, antes de que empieces a ser simpático conmigo, tengo que decirte que no sé nada de esto. No sé de qué va y todavía no he decidido si voy a hablar contigo. —Harry cogió su cigarrillo del cenicero y miró a Corvo por el espejo.

—Yo todavía no he decidido si Certs es una pastilla para el aliento o un caramelo.

Corvo se levantó del taburete.

—Hasta luego.

—Venga, Corvo, ¿por qué no te tomas una cerveza? Tranquilo, tío.

—Me he informado sobre ti antes de venir. Me han dicho que estás chalado y que estás cayendo en picado; de Robos y Homicidios a Hollywood, y de Hollywood a.... ¿segurata en un banco?

—No, la próxima parada es Mexicali y, una de dos, puedo presentarme allí a ciegas y estropear lo que has estado planeando sobre Zorrillo... O bien los dos podemos beneficiarnos si me explicas de qué va la cosa.

—La cosa es que no vas a llegar a Mexicali. En cuanto salga de aquí y haga una llamada, se acabó tu viaje.

—Y en cuanto yo salga de aquí, me voy. Entonces será demasiado tarde para detenerme. Siéntate. Si he sido un poco gilipollas, perdona. A veces soy así, pero te necesito y tú me necesitas a mí.

Corvo seguía sin sentarse.

—Bosch, ¿qué vas a hacer? ¿Ir al rancho, echarte el Papa al hombro y traértelo hasta aquí?

—Algo así.

—Joder.

—La verdad es que no sé lo que voy a hacer. Voy a improvisar. A lo mejor no llego a ver al Papa o a lo mejor sí. ¿Quieres arriesgarte?

Corvo volvió a sentarse en el taburete. Tras avisar al camarero, pidió lo mismo que Bosch. En el espejo, Bosch se fijó en que el policía tenía una cicatriz larga y gruesa que le atravesaba la mejilla derecha. Si se había dejado barba para cubrir ese gusano de color rosa liláceo, no había resultado. Aunque a lo mejor tampoco quería hacerlo; la mayoría de agentes de la DEA a los que Bosch había conocido eran bastante chulos y no se sentirían avergonzados de una cicatriz. Para alguien cuya vida consistía en echarse faroles y bravuconear, las cicatrices eran casi una señal de valor. De todos modos, Bosch dudaba que pudiera hacer mucho trabajo de incógnito con una anomalía física tan reconocible.

En cuanto el camarero trajo las bebidas, Corvo se tomó el chupito de un trago, como alguien acostumbrado a hacerlo.

—Bueno —dijo—. ¿Qué vas a hacer realmente allá abajo? ¿Y por qué debería confiar en ti?

Bosch lo pensó unos instantes.

—Porque puedo entregarte a Zorrillo.

—Joder.

Bosch no dijo nada. Tenía que darle a Corvo su tiempo para enfadarse y para que se quedara sin cuerda. Cuando hubiera acabado de interpretar el papel de agente indignado, podrían hablar en serio. En ese momento Bosch pensó que una de las cosas que las películas y series de televisión no exageraban en absoluto era la relación de celos y desconfianza que existía entre los policías locales y federales. Uno de los bandos siempre se creía mejor, más sabio y más cualificado. Normalmente, ese bando solía equivocarse.

—De acuerdo —cedió Corvo—. Me rindo. ¿Qué sabes?

—Antes de que empecemos, tengo una pregunta. ¿Quién eres? Quiero decir, que si estás aquí en Los Ángeles, ¿cómo es que eres un experto en Zorrillo? ¿Por qué sales en uno de los archivos de Moore?

—Eso son como diez preguntas. La respuesta a todas ellas es que soy uno de los agentes de control de una investigación en Mexicali en la que estamos colaborando las oficinas de Ciudad de México y Los Ángeles. Como estamos equidistantes, nos hemos repartido el caso. No te voy a decir nada más hasta que sepa que vale la pena hablar contigo. Adelante.

Bosch le contó lo de Jimmy Kapps, lo de Juan 67 y la relación de sus muertes con Dance y Moore y la operación de Zorrillo. Por último, le contó que tenía entendido que Dance había ido a México, probablemente a Mexicali, después de que asesinaran a Moore.

Después de apurar su cerveza, Corvo intervino.

—Hay un enorme agujero en tu teoría. ¿Cómo crees que se cargaron a este tal Juan allá abajo? ¿Y por qué lo trajeron hasta aquí? No tiene sentido.

—Según la autopsia, la muerte ocurrió de seis a ocho horas antes de que lo encontrara Moore o de que él dijera que lo había encontrado. Además, ciertos detalles de la autopsia lo conectaban con Mexicali, con un lugar concreto de la ciudad. Creo que lo querían sacar de allí para evitar que lo relacionasen con ese lugar. Lo mandaron a Los Ángeles porque había una camión que iba en esa dirección. Era ideal.

—Estás hablando en clave, Bosch, ¿De qué lugar estamos hablando?

—No estamos hablando; ése es el problema. Yo hablo, pero tú no has dicho una mierda —le recordó Bosch—. Pero he venido a negociar. Estoy al corriente de vuestros resultados hasta ahora y sé que no habéis conseguido interceptar ni uno solo de sus cargamentos. Yo te puedo dar la ruta de entrada de Zorrillo. ¿Qué me puedes dar tú a mí?

Corvo se rió y le hizo el signo de la victoria al camarero, que inmediatamente trajo dos cervezas más.

—¿Sabes qué? Me caes bien, Bosch, aunque no lo creas. Me he informado sobre ti, pero me gusta bastante lo que sé —dijo Corvo—. Sin embargo, algo me dice que no tienes nada para negociar.

—¿Conoces un sitio que se llama EnviroBreed?

Corvo bajó la vista a la cerveza que tenía delante, como para ordenar sus pensamientos. Bosch tuvo que incitarle a hablar.

—¿Sí o no?

—EnviroBreed es una fábrica de Mexicali donde crían una especie de moscas estériles para soltarlas en California. Tienen un contrato con el gobierno. Los bichos tienen que criarse allí porque...

—Eso ya lo sé. ¿Y tú cómo lo sabes?

—Porque participé en la organización de la operación allá abajo. Queríamos un punto de observación terrestre del rancho de Zorrillo, así que fuimos a los parques industriales que rodean la finca en busca de posibles candidatos. EnviroBreed era una opción obvia; dirigida por estadounidenses y contratada por nuestro gobierno. Fuimos a ver si podíamos montar un puesto de vigilancia en el techo, en una oficina o algo así. Las tierras del rancho empiezan al otro lado de la calle.

—Pero dijeron que no.

—No, ellos dijeron que sí. Fuimos nosotros los que dijimos que no.

—¿Por qué?

—Por las radiaciones, por los bichos (hay moscas por todas partes) y principalmente porque la vista estaba tapada. Desde el tejado se divisaba la finca, pero el granero y los establos (todas las instalaciones de cría de toros) ocultaban los edificios principales del rancho. O sea, que no nos iba bien. Le dijimos al tío de allí que gracias, pero que no nos servía.

—¿Cuál era vuestra tapadera? ¿O les contasteis que erais de la DEA?

—No, nos inventamos una bola. Dijimos que éramos del Servicio Nacional Meteorológico y estábamos realizando un estudio de los sistemas eólicos del desierto y la montaña. O algo por el estilo. El tío picó.

—Ya.

Corvo se limpió la boca con el dorso de la mano.

—Entonces, ¿cómo encaja EnviroBreed en este asunto?

—A través de Juan 67. El cadáver contenía esos bichos que tú dices. Creo que lo mataron allí.

Corvo se volvió para mirar directamente a Bosch. Harry continuó observándolo por el espejo que había detrás de la barra.

—De acuerdo, Bosch, digamos que has logrado interesarme. Adelante; suelta la historia.

Bosch le contó que creía que EnviroBreed —hasta entonces ignoraba que estuviese al otro lado del rancho de Zorrillo— formaba parte de la vía de entrada del hielo negro. Luego le explicó el resto de su hipótesis; que Fernal Gutiérrez-Llosa era un jornalero al que contrataron como correo y la cagó, o que trabajaba en el criadero y vio algo que no debía haber visto. Fuera como fuese, lo apalearon hasta matarlo, metieron su cuerpo en una de las cajas-invernadero y lo enviaron con un cargamento de moscas a Los Ángeles. Se desembarazaron del cadáver en Hollywood, donde lo denunció Moore, quien seguramente controlaba el cotarro a ese lado de la frontera.

—Tenían que sacar el cuerpo de EnviroBreed porque no podían permitir que la investigación llegase a la planta. En ese sitio hay algo; al menos algo por lo que vale la pena matar a un hombre.

Corvo tenía el brazo apoyado en la barra y la cara sobre la palma de la mano.

—¿Y qué vio? —preguntó.

—No lo sé —respondió Bosch—. Sé que Enviro-Breed tiene un trato con los federales para que no les abran los cargamentos en la frontera porque podría perjudicar la mercancía.

—¿A quién le has contado esto?

—A nadie.

—¿A nadie? ¿No le has contado a nadie lo de EnviroBreed?

—He hecho algunas averiguaciones, pero no le he contado a nadie la historia que te acabo de contar.

—¿Con quién has hablado? ¿Con la Policía Judicial del Estado?

—Sí. Ellos enviaron una carta al consulado preguntando por el obrero. Así lo averigüé. Todavía tengo que hacer una identificación formal del cuerpo cuando llegue allí.

—Sí, pero ¿mencionaste a EnviroBreed?

—Sólo les pregunté si el hombre había trabajado allí.

Corvo se dejó caer sobre la barra con un suspiro de exasperación.

—¿Con quién hablaste allá abajo?

—Con un capitán llamado Grena.

—No lo conozco, pero seguramente la has cagado. No se puede ir diciendo esas cosas a la gente de allá. Los tíos cogen el teléfono, avisan a Zorrillo y recogen una paga extra a final de mes.

—Puede que la haya cagado o puede que no. Grena se me sacó de encima y tal vez piense que la cosa acaba ahí. Al menos yo no entré en la fábrica de bichos con la excusa ridícula de instalar una estación meteorológica.

Ninguno de los dos habló durante un rato. Cada uno pensaba en lo que el otro había dicho hasta el momento.

—Voy a ponerme a trabajar sobre esto inmediatamente —anunció Corvo—. Tienes que prometerme que no lo joderás todo cuando llegues allí.

—Yo no prometo nada. Y de momento yo lo he dicho todo. Tú no has soltado prenda.

—¿Qué quieres saber?

—Información sobre Zorrillo.

—Lo único que necesitas saber es que hace siglos que vamos detrás de ese cabrón.

Esta vez fue Bosch quien pidió dos cervezas más. Encendió un cigarrillo y vio que el humo desdibujaba su imagen en el espejo.

—Zorrillo es un hijo de puta muy listo y, ya te

digo, no me sorprendería lo más mínimo que estuviera informado de que vas de camino. Es culpa de la jodida Policía Judicial. Nosotros sólo tratamos con los federales, aunque a veces ellos también son más traicioneros que una ex.

Bosch asintió de manera ostensible para que Corvo continuara.

—Si no lo sabe ahora, lo sabrá antes de que llegues allí, así que más vale que andes con ojo. La mejor forma de no tener problemas es no ir. Pero como ya sé que no me vas a hacer caso, te aconsejo que pases de la Policía Judicial; no te fíes de ellos. El Papa tiene a gente en nómina, ¿me entiendes?

Bosch asintió al espejo. Acto seguido decidió dejar de asentir todo el rato.

—Bueno, ya sé que todo lo que te he dicho te ha entrado por una oreja y te ha salido por el culo —concluyó Corvo—. Así que estoy dispuesto a ponerte en contacto con un tío para que te ayude allá abajo. Se llama Ramos. Tú bajas, saludas a la policía local, te comportas como si todo fuera bien y llamas a Ramos.

—Si todo lo de EnviroBreed resulta ser cierto y decidís trincar a Zorrillo, quiero estar presente.

—Lo estarás, pero mientras tanto no te separes de Ramos, ¿vale?

Bosch lo pensó un momento y contestó:

—Vale, pero ahora háblame de Zorrillo. No haces más que irte por las ramas.

—Zorrillo lleva mucho tiempo en el ajo. Tenemos información sobre él que se remonta a los años setenta como mínimo. Es un camello de vocación. Podría decirse que es uno de los muelles del trampolín.

Bosch conocía el término, pero sabía que Corvo se lo explicaría de todos modos.

—El hielo negro es sólo su último juguete. Empezó de niño pasando maría. Alguien como él ahora lo sacó del barrio. Cuando tenía doce años, llevó mochilas de hierba, cuando se hizo mayor pasó a los camiones y siguió subiendo. En los ochenta, en la época en que nosotros nos dedicábamos sobre todo al tráfico en Florida, los colombianos se aliaron con los mexicanos. Los colombianos transportaban la cocaína a México y los mexicanos la pasaban por la frontera, usando los mismos caminos que empleaban para la marihuana. El de Mexicali a Calexico era uno de ellos. A esa ruta la llamaron el Trampolín porque la mierda salta de Colombia a México y luego rebota a Estados Unidos.

»Zorrillo se hizo de oro; pasó de vivir en la miseria del barrio a ese gran rancho con su propia guardia personal y la mitad de los policías de Baja en nómina. Y vuelta a empezar. Zorrillo sacó a mucha gente de los suburbios. Nunca se olvidó de los barrios más pobres y éstos nunca lo olvidaron a él; le son muy leales. De ahí viene lo del Papa. Cuando nosotros finalmente nos dedicamos a la situación de la cocaína en México, el Papa se pasó a la heroína. Tenía sus propios laboratorios en los barrios cercanos y siempre le sobraban voluntarios para pasar la droga. La gente picaba por la pasta; Zorrillo les pagaba por un solo viaje más de lo que ganarían en cinco años haciendo cualquier otra cosa.

Bosch pensó en la tentación; tanto dinero a cambio de tan poco riesgo. Incluso los que detenían pasaban tan poco tiempo en la cárcel...

—Pasar de la heroína al hielo negro fue una transición lógica. Zorrillo es un empresario. Obviamente esta droga aún es poco conocida, pero creemos que Zorrillo es el principal proveedor del país. Comienza a haber hielo negro en todas partes: Nueva York,

Seattle, Chicago, todas las ciudades grandes... Sea cual fuere la operación con la que tropezaste en Los Ángeles, es sólo una gota en el océano. Una de muchas. Creemos que todavía sigue pasando heroína pura con sus correos sacados de los barrios pobres, pero el hielo es su apuesta para el futuro. Cada vez invierte más con el objeto de eliminar a los hawaianos del negocio. Sus gastos son tan bajos que su droga se vende a veinte dólares menos por cápsula, que el hielo hawaiano o cristal o como quiera que se llame. Y para colmo la droga de Zorrillo es mejor. Está desbancando a los hawaianos, lo cual quiere decir que, cuando la demanda de esta droga comience a aumentar en serio tal vez como lo hizo el *crack* en los ochenta, subirá el precio y él tendrá un monopolio casi total hasta que los otros lo alcancen.

»Zorrillo es como uno de esos barcos pesqueros que arrastra una red de quince metros; va navegando en círculos hasta que cierra la red y se queda con todos los peces.

—Un empresario —repitió Bosch por decir algo.

—Sí, así lo definiría yo. ¿Te acuerdas de que hace unos años la Patrulla Aduanera encontró un túnel en Arizona? ¿Uno que iba de un almacén en un lado de la frontera a otro almacén en el otro? ¿En Nogales? Pues bien, él era uno de los inversores en aquello y probablemente fue idea suya.

—Pero la cuestión es que nunca lo habéis tocado.

—No. En cuanto nos acercamos, alguien muere. Es un empresario un poquito violento.

Bosch recordó el cuerpo de Moore en el sucio baño del motel. ¿Habría Moore intentado atacar a Zorrillo?

—Zorrillo está relacionado con la mafia mexicana —añadió Corvo—. Dicen que puede cargarse a quien quiera en cualquier sitio. Al parecer en los años setenta había muchas matanzas por controlar las rutas de la marihuana. Zorrillo era uno de los peores; era como una guerra de pandillas, barrio contra barrio. Ahora él ha conseguido unirlas a todas, pero entonces el suyo era el clan dominante: los Santos y los Pecadores. Mucha gente de la eMe sale de allí.

La mafia mexicana contaba con miembros entre los presos de la mayoría de cárceles de México y California. Bosch había oído hablar de ellos, ya que había investigado un par de casos que implicaban a sus miembros. Sabía que la lealtad al grupo era obligada; las traiciones se castigaban con la muerte.

—¿Cómo sabes todo eso? —preguntó de todos modos.

—Por confidentes durante los años; los que vivieron para contarlo. Tenemos todo un historial sobre nuestro amigo el Papa. Incluso sé que hay un cuadro de terciopelo con la imagen de Elvis en el despacho de su rancho.

—¿Tenía su barrio un signo especial?

—¿Qué quieres decir?

—Un símbolo.

—Ah, sí. Un diablo con un halo.

Bosch se terminó la cerveza y miró a su alrededor. Vio a un ayudante del fiscal del distrito solo en una mesa, con un martini en la mano. Harry sabía que formaba parte de equipo dedicado a investigar tiroteos con policías implicados. En otras mesas Bosch reconoció las caras de otros agentes. Todos estaban fumando; eran dinosaurios, policías de la vieja escuela. Harry quería marcharse, ir a un sitio donde pudiera digerir la información del diablo con el halo. Moore lo tenía tatuado en el brazo, lo cual significaba que venía del mismo lugar que Zorrillo. Harry sintió que la adrenalina se le disparaba.

—¿Cómo encontraré a Ramos allá abajo?

—Él te buscará a ti. ¿Dónde te vas a alojar?

—No lo sé.

—Ve al Hotel De Anza, en Calexico. Nuestro lado de la frontera es más seguro. Y el agua también es mejor.

—De acuerdo. Allí estaré.

—Otra cosa. No puedes llevarte un arma a México. Bueno, en realidad es fácil; muestras tu placa en la aduana y nadie te va registrar el maletero, pero si pasa algo allá abajo, lo primero que te van a preguntar es si consignaste tu pistola en la comisaría de Calexico.

Corvo miró a Bosch con aire de complicidad.

—En el Departamento de Policía de Calexico tienen una consigna para las armas de policías que cruzan la frontera. Ellos te apuntan en una lista y te dan un recibo. Deja tu pistola en la consigna; por cortesía profesional. No te la lleves y luego pienses que puedes decir que te la dejaste en casa. Regístrala allá abajo, apúntala en la lista y así no tendrás problemas. ¿Entendido? Es como tener una coartada para tu arma en caso de que pase algo.

Bosch asintió. Comprendía perfectamente lo que Corvo estaba diciendo. A continuación, el agente de la DEA se sacó la cartera y le dio a Bosch una tarjeta.

—Llámame a cualquier hora y si no estoy en la oficina, deja el recado; ellos me encontrarán. Dale tu nombre a la telefonista y yo ya dejaré instrucciones para que me pasen la llamada.

El ritmo de conversación de Corvo había cambiado; ahora hablaba mucho más rápido. Bosch dedujo que debía de ser por el tema de EnviroBreed. El agente de la DEA estaba ansioso por ponerse manos a la obra. Harry estudió en su reflejo; la cicatriz de la mejilla le pareció más oscura, como si el color hubiera cambiado con su estado de ánimo. Corvo descubrió a Bosch mirándolo a través del espejo.

—Fue una pelea de navajas —explicó, tocándose la cicatriz—. En Zihuatenajo. Yo estaba trabajando infiltrado en un caso. Llevaba la pipa en la bota, pero el tío me rajó antes de que pudiera sacarla. Allá abajo apenas tienen hospitales. Me curaron de puta pena y así he quedado. Ya no puedo trabajar de incógnito; demasiado reconocible.

Bosch notó que Corvo disfrutaba contando la historia; estaba orgulloso. Seguramente era la única vez que había estado cerca de la muerte. Harry sabía que Corvo estaba esperando la pregunta, pero se la hizo igualmente.

—¿Y al tío que te rajó? ¿Qué le pasó?

—Me lo cargué en cuanto saqué la pistola.

Corvo había encontrado una manera de que sonara heroico (al menos para él) matar a un hombre que había llevado una navaja a una pelea de pistolas. Probablemente contaba la historia a menudo, cada vez que descubría a alguien mirando la cicatriz. Bosch asintió respetuosamente, se levantó y puso dinero en la barra.

—Recuerda nuestro trato. No vayáis a por Zorrillo sin avisarme. Díselo a Ramos.

—Tranquilo —dijo Corvo—. Pero no te puedo garantizar que la detención ocurra mientras estés allí. No vamos a precipitarnos. Además, a Zorrillo ya lo hemos perdido. Al menos de momento.

—¿Qué quieres decir con que lo hemos perdido?

—Pues que nadie lo ha visto con seguridad desde hace unos diez días. Creemos que sigue en el rancho, pero que está saliendo poco y cambiando su rutina diaria.

—¿Qué rutina?

—El Papa es un hombre al que le gusta que lo

vean. Le encanta provocarnos; normalmente conduce por la finca en un jeep, caza coyotes, dispara su UZI y admira sus toros. Tiene un favorito: un toro de lidia que mató a un torero en una cogida. Se llama El Temblar y es un poco como Zorrillo. Muy orgulloso.

»Zorrillo no ha aparecido por la plaza de toros, que era su costumbre del domingo. No lo han visto paseando por los barrios bajos, como solía hacer para recordar de dónde vino. Allí es una figura muy conocida y a él le encanta toda esta mierda del Papa de Mexicali.

Bosch intentó imaginarse la vida de Zorrillo, una celebridad en un ciudad sin nada que celebrar.

Encendió un cigarrillo, deseando salir de allí inmediatamente.

—¿Cuándo fue la última vez que lo vieron?

—Si sigue allí, no ha salido de la finca desde el quince de diciembre. Eso fue un domingo; estuvo en la plaza viendo sus toros. Es la última vez que lo vieron. Después varios confidentes afirman que el día dieciocho estuvo paseándose por la finca. Pero eso es todo. O se ha ido o se está ocultando.

—Quizá por haber ordenado que mataran a un policía.

Corvo asintió. Acto seguido, Bosch se marchó solo. Se fue solo, ya que Corvo le dijo que necesitaba telefonear. En cuanto Harry salió, notó el aire fresco de la noche y le dio una última calada al cigarrillo. De pronto le llamó la atención un movimiento brusco en la oscuridad al otro lado de la calle. Entonces un vagabundo loco entró en el cono de luz de una de las farolas. Era un hombre negro que brincaba y agitaba de los brazos de forma extraña. Con la misma rápidez, dio media vuelta y volvió a internarse en la oscuridad. Entonces Bosch comprendió que el hombre tocaba el trombón en una banda de otro mundo.

18

El apartamento donde había vivido Calexico Moore estaba en un bloque de tres plantas. Parecía un pegote en Franklin Avenue como los taxis en los aeropuertos. Era uno de los muchos edificios de estuco construidos después de la guerra que flanqueaban las calles de aquella zona. El barrio en sí se llamaba The Fountains, pero las fuentes a las que hacía referencia el nombre hacía tiempo que habían sido tapadas con tierra y convertidas en parterres. El edificio de Moore se hallaba a una manzana de la mansión que albergaba la sede central de la Iglesia de la Cienciología, cuyo rótulo de neón blanco proyectaba un brillo siniestro sobre la acera donde estaba Bosch. Afortunadamente eran casi las diez de la noche, por lo que no había peligro de que lo asaltaran con un test de personalidad. Bosch se quedó fumando y observando el apartamento durante media hora hasta que decidió entrar, pese al riesgo que aquello suponía.

A pesar de que el edificio tenía entrada de seguridad, no era muy seguro. Bosch abrió el cerrojo de la verja delantera con un cuchillito que guardaba junto con su ganzúa en la guantera del Caprice. La siguiente puerta, la que daba al vestíbulo, fue aún más fácil porque necesitaba que la engrasaran y por eso no se cerraba del todo. Bosch traspasó el umbral, comprobó la lista de residentes y encontró el nombre de Moore junto al número siete, en el tercer piso.

El apartamento de Moore estaba al fondo de un pasillo que dividía la planta por la mitad. Aunque había dos apartamentos más, Bosch no oyó voces ni la televisión en ninguno de ellos. Al llegar a la puerta de Moore, Harry vio que estaba sellada con un adhesivo de la policía. Después de cortarlo con la pequeña navaja de su llavero, se arrodilló para examinar la cerradura. La iluminación del pasillo era buena, así que no necesitó la linterna. Moore tenía una cerradura corriente; usando un gancho curvado y un peine de púas, Bosch la abrió en menos de dos minutos.

Harry se quedó con la mano —envuelta con un pañuelo— en el pomo de la puerta, considerando la prudencia de sus acciones. Si Irving o Pounds lo descubrían, lo mandarían de una patada a patrullar a la calle. Bosch echó una última ojeada y abrió la puerta. Tenía que entrar. A nadie más parecía importarle lo que le había ocurrido a Cal Moore. A él sí, aunque ignoraba por qué. Harry pensaba que tal vez encontraría el motivo en aquel apartamento.

Una vez dentro, Bosch volvió a cerrar la puerta y permaneció unos instantes inmóvil, en la entrada, intentando acostumbrarse a la oscuridad. El sitio olía a humedad y no se veía nada aparte del brillo fluorescente del rótulo de la Iglesia de la Cienciología que se filtraba por las cortinas de la ventana. Bosch encendió una lámpara junto a un sofá viejo y deformado. La luz descubrió una sala de estar con la misma decoración de hacía veinte años. La moqueta azul marino estaba más gastada que una pista de tenis; incluso se habían formado caminitos que iban del sofá a la cocina y al pasillo del fondo.

Bosch se internó un poco más para echar un vistazo rápido a la cocina, el dormitorio y el baño. Le asombró lo vacío que estaba el piso. No había nada personal: ni cuadros en las paredes, ni notas en la nevera, ni una chaqueta colgada en el respaldo de una silla. Ni siquiera había un plato en el fregadero. Moore había vivido allí, pero era casi como si no hubiera existido.

Como no sabía lo que buscaba, Bosch empezó por la cocina. Abrió los armarios y los cajones, pero sólo encontró un paquete de copos de maíz, un bote de café y una botella casi vacía de bourbon Early Times. En otro armario encontró una botella sin abrir de ron dulce con una etiqueta mexicana. Dentro de la botella había una rama de caña de azúcar. En los cajones había algunos cubiertos y utensilios de cocina y varias cajas de cerillas de bares de la zona de Hollywood, como el Ports y el Bullet.

El congelador estaba vacío, a excepción de dos bandejas de cubitos de hielo. En el estante superior de la nevera había un bote de mostaza, un paquete sin terminar de salchichas ahumadas —que se había vuelto rancio— y una solitaria lata de Budweiser, todavía con la anilla de plástico que llevan los paquetes de seis. En el estante inferior de la puerta había un kilo de azúcar Domino.

Harry examinó el azúcar. El paquete estaba sin abrir, pero pensó: «A la mierda, ahora ya he llegado hasta aquí.» Lo sacó, lo abrió y lo fue vertiendo en el fregadero. A Bosch le parecía azúcar y le sabía a azúcar. Después de comprobar que no había nada más en la bolsa, abrió el grifo del agua caliente y contempló cómo el montículo blanco iba desapareciendo por el agujero de la cañería.

Bosch dejó el paquete en la encimera y entró en el lavabo. Había un cepillo de dientes en el vaso y artículos de afeitado dentro del armarito-espejo. Nada más.

Al entrar en el dormitorio, Bosch se dirigió primero al armario. Allí había diversas prendas colgadas en perchas y más ropa en una cesta de plástico en el suelo. En el estante había una maleta de cuadros verdes y una caja blanca con la palabra «Snakes». Bosch volcó la cesta y registró los bolsillos de las camisas y pantalones sucios. Estaban vacíos. Luego fue pasando la ropa colgada en las perchas hasta llegar al fondo del armario, donde le asombró encontrar, protegido con un plástico, el uniforme de gala de Moore. Bosch pensó que haberlo guardado era un mal augurio, ya que una vez se dejaba la patrulla, sólo había un motivo para tenerlo: ser enterrado con él. Tal como ordenaba el departamento, Bosch también poseía un uniforme para casos de emergencia tales como un gran terremoto o disturbios callejeros a gran escala. Pero ya hacía más de diez años que se había deshecho de su uniforme de gala.

Bosch bajó la maleta; estaba vacía y olía a moho, por lo que dedujo que no la habían usado en bastante tiempo. Luego sacó la caja de las botas, pero ya sabía que estaba vacía antes de empezar. Dentro sólo había papel de seda.

Mientras lo volvía a colocar todo en el estante, Bosch recordó la bota de Moore, en el suelo de baldosas del Hideaway y se preguntó si el asesino habría tenido problemas en sacársela para completar la escena de suicidio. ¿Le habría ordenado a Moore que se la quitara antes? Seguramente no. El golpe que Teresa había hallado en la parte posterior de la cabeza significaba que probablemente Moore no se enteró de quién lo atacaba. Bosch se imaginó al asesino, envuelto en el anonimato de las sombras, viniendo por detrás y golpeándolo con la culata de la escopeta. Moore debió de derrumbarse. Entonces el asesino le sacó la bota, lo arrastró hasta el baño, lo apoyó contra la bañera y apretó los dos gatillos. Luego los limpió cuidadosamente, presionó el pulgar de Moore sobre la culata y le frotó las manos en los cañones para que las huellas fueran convincentes. Finalmente dejó la bota levantada sobre las baldosas y añadió la astilla de la culata, el toque final para completar una escena de suicidio.

La cama de matrimonio del apartamento de Moore estaba deshecha. En la mesilla de noche había un par de dólares en monedas y un marquito con una foto de Moore y su mujer. Bosch se acercó y lo examinó sin tocarlo. Sylvia sonreía, sentada en un restaurante o en un banquete de bodas. Estaba guapísima y su marido la miraba como si lo supiera.

—La cagaste, Cal —dijo Harry en voz alta.

Bosch se dirigió a la cómoda, un mueble tan desvencijado y cubierto de quemaduras e iniciales grabadas con navaja, que no lo hubiera aceptado ni el Ejército de Salvación. En el cajón de arriba había un peine y un marco de madera de cerezo, cara abajo. Cuando Bosch lo cogió y vio que estaba vacío, se quedó unos momentos pensativo. El marco tenía unos grabados de flores; era caro y obviamente no venía con el apartamento, lo cual quería decir que Moore lo había traído consigo. ¿Por qué estaba vacío? Le habría gustado preguntarle a Sheehan si él o alguien más se había llevado la fotografía como parte de la investigación, pero no podía hacerlo sin revelar que había estado allí.

El siguiente cajón contenía ropa interior, calcetines y una pila de camisetas dobladas; nada más. Había más ropa en el tercer cajón, toda bien doblada por una lavandería. Debajo de las camisas asomaba una revista pornográfica que prometía fotos de una famosa actriz de Hollywood desnuda. Bosch hojeó la revista, más por curiosidad que porque pudiese haber una pista en el interior. Estaba seguro de que todos los detectives y policías que habían pasado por el apartamento la habrían manoseado.

Bosch devolvió la revista a su sitio después de comprobar que las fotos de la actriz eran imágenes oscuras y de baja calidad en las que apenas se distinguían sus pechos. Asumió que procedían de una de sus primeras películas, antes de que tuviera suficiente poder para controlar la explotación de su cuerpo. Bosch se imaginó la decepción de los hombres que habían comprado la revista y acababan descubriendo que esas fotos eran la única recompensa a la morbosa oferta de la portada. Se imaginó la rabia y la vergüenza de la actriz. Y se preguntó si a Cal Moore lo excitaban. De pronto se le apareció una imagen de Sylvia Moore; Bosch deslizó la revista debajo de las camisas y cerró el cajón.

El último cajón de la cómoda contenía unos tejanos gastados y una bolsa de papel, vieja y arrugada, en la que había una gruesa pila de fotografías. Eso era lo que Harry había venido a buscar; lo había intuido en cuanto vio la bolsa. Así pues, apagó la luz del dormitorio, y se la llevó al salón.

Sentado en el sofá junto a la lámpara, Bosch encendió un cigarrillo y extrajo las fotos. Lo primero que observó fue que la mayoría estaban borrosas y viejas. De alguna manera, aquellas fotos parecían más privadas e íntimas que las de la revista pornográfica. Eran las imágenes que documentaban la triste biografía de Cal Moore.

Al parecer estaban en una especie de orden cronológico. Bosch lo dedujo porque empezaban en blanco y negro y acababan en color. Otros detalles, como la ropa o los coches, también le inclinaban a dar por buena esta teoría.

La primera foto era una imagen en blanco y negro de una chica hispana vestida con un uniforme blanco, tal vez de enfermera. Era morena, bonita y mostraba una sonrisa infantil y una mirada de ligera sorpresa. Estaba de pie junto a una piscina, con los brazos a la espalda. Bosch distinguió el borde de un objeto redondo detrás de ella y entonces comprendió que estaba ocultando una bandeja de servir. La muchacha no había querido que la fotografiaran con la bandeja. No era una enfermera, sino una doncella. Una sirvienta.

En la pila había otras fotos de ella a lo largo de los años. El paso del tiempo era generoso con ella, pero inevitablemente se dejaba notar. La mujer conservaba una belleza exótica, pero con los años se le marcaron unas arrugas de preocupación y los ojos perdieron parte de su alegría. En algunas de las fotos sostenía un bebé y luego posaba con un niño pequeño. Bosch la estudió detenidamente y, a pesar de que la foto era en blanco y negro, vio que el niño de pelo y piel oscura tenía los ojos claros. «Ojos verdes», pensó Bosch. Eran Calexico Moore y su madre.

En una de las imágenes, la mujer y el niño pequeño estaban delante de una gran casa con un tejado al estilo mexicano. Parecía una villa de estilo mediterráneo. Detrás de madre e hijo —aunque no se veía muy bien porque la foto estaba desenfocada— se alzaba una torre con dos ventanas oscuras borrosas, como cuencas vacías. Bosch pensó en lo que Moore le había contado a su mujer sobre haber crecido en un castillo. Éste era.

En otra de las fotos el niño estaba de pie muy tieso junto a un hombre, un anglosajón con pelo rubio y la piel muy bronceada. Detrás de ellos se dibujaba la silueta esbelta de un Thunderbird de finales de los años cincuenta. El hombre tenía una mano apoyada en el capó y la otra en la cabeza del niño. Ésas eran sus posesiones, parecía decir la foto. A pesar de que el hombre miraba a la cámara con los ojos semicerrados, se distinguía el color de sus pupilas. Eran del mismo verde que las de su hijo. El hombre se estaba quedando calvo y, al comparar con fotos del niño con su madre tomadas en la misma época, Bosch dedujo que el padre de Moore había sido al menos quince años mayor que su mujer. La foto del padre y el hijo tenía los bordes gastados por haber sido manoseada, mucho más que las otras fotos de la pila.

El siguiente grupo de fotos cambiaba de escenario; seguramente estaban sacadas en Mexicali. Curiosamente, había menos imágenes para documentar un espacio de tiempo mucho más largo. El niño crecía de foto en foto y los ambientes tenían un toque tercermundista. Habían sido tomadas en un barrio pobre. Casi siempre había grupos de gente al fondo, todos mexicanos y todos con esa mirada de desesperación y esperanza que Bosch también había observado en los guetos de Los Ángeles.

En ellas había otro chico. Era de la misma edad o un poco mayor que Moore y parecía más fuerte y duro. Estaba en muchas de las imágenes con Cal. «Quizás un hermano», pensó Bosch.

En este grupo de fotos la madre comenzaba a acusar claramente el paso de los años. La niña que escondía la bandeja de sirvienta había desaparecido completamente y en su lugar se veía a una madre acostumbrada a la dureza de la vida. Las fotografías comenzaban a adquirir una cualidad inquietante. A Harry le angustiaba estudiarlas porque creía comprender el poder que habían ejercido sobre Moore.

La última imagen en blanco y negro mostraba a los dos chicos, sin camisa, sentados espalda con espalda en una mesa de pícnic. Estaban riéndose de un chiste que la cámara había capturado para siempre. La instantánea mostraba que Calexico era un adolescente con una sonrisa sin malicia. En cambio, el otro chico, tal vez un año o dos mayor que él, parecía más conflictivo; su mirada era dura y huraña. En la foto, Cal tenía el brazo derecho doblado y lucía sus músculos para el fotógrafo. Bosch vio que el tatuaje ya estaba allí: el diablo con el halo. Los Santos y Pecadores.

En las fotos posteriores, el otro chico no volvía a aparecer. Todas eran fotos en color tomadas en Los Ángeles. Bosch reconoció el edificio del Ayuntamiento al fondo de una de ellas y la fuente de Echo Park en la otra. Moore y su madre habían venido a Estados Unidos. Quienquiera que fuera el otro chico, se había quedado atrás.

Al final de la pila, la madre tampoco volvía a salir. Harry se preguntó si eso significaba que había muerto. Las últimas dos fotos eran de Moore de adulto. La primera correspondía a su graduación en la academia de policía. Era un retrato de la promoción tras jurar bandera en el césped delante del edificio que más adelante se rebautizó con el nombre de Daryl F. Gates Auditorium. Los agentes estaban lanzando sus gorras al aire. Bosch encontró la cara de Moore entre la multitud de rostros anónimos. Tenía el brazo alrededor de otro licenciado y una expresión de verdadera alegría.

La última foto era de Moore en su uniforme de gala abrazando a una joven Sylvia. Los dos sonreían, mejilla con mejilla. La piel de ella era más tersa entonces, sus ojos más brillantes y su pelo más largo y con más volumen. Pero en el fondo no había cambiado: seguía siendo una mujer bella.

Bosch metió las fotos en la bolsa y dejó ésta en el sofá, junto a él. Al mirarla de nuevo sintió curiosidad por saber por qué Moore nunca había colocado las fotografías en un álbum o las había enmarcado. De este modo parecían pequeños bocados de una vida, listas para llevar.

No obstante, Harry sabía por qué. En su casa tenía pilas de fotos que nunca pondría en un álbum porque sentía la necesidad de tocarlas cuando las miraba. Para él eran más que recuerdos de otra época; formaban parte esencial de su vida, una vida que no podía continuar sin comprender lo que había detrás.

Bosch alargó el brazo y apagó la lámpara. Se fumó otro cigarrillo; aquella era la única luz que flotaba en la habitación. Harry seguía pensando en México y Calexico Moore.

—La cagaste —susurró de nuevo.

Bosch se había autoconvencido de que tenía que ir hasta aquel apartamento para averiguar hechos sobre Moore. Sin embargo, en ese momento, sentado en la oscuridad, comprendió que había algo más. Sabía que había venido porque quería entender una vida que no lograba explicarse. El único con todas las respuestas era Cal Moore. Y él ya no estaba.

Bosch contempló el resplandor blanco del rótulo a través de las cortinas transparentes, que se le antojaron fantasmagóricas. Le hicieron recordar la foto vieja y gastada —casi blanca— del padre y el hijo. Bosch pensó en su propio padre, un hombre a quien no había conocido hasta su lecho de muerte. Entonces ya fue demasiado tarde para que cambiara el curso de la vida de Bosch.

En ese momento, Harry oyó una llave que abría la cerradura de la puerta principal. Rápidamente se levantó, sacó la pistola y cruzó la sala hasta llegar al pasillo. Primero se dirigió al dormitorio, pero después se metió en el baño porque le ofrecía una mejor vista del salón. Bosch arrojó su cigarrillo a la taza y lo oyó silbar al apagarse.

Despues de que la puerta de entrada se abriera, hubo unos segundos de silencio. Entonces se encendió la luz del salón y Bosch se ocultó entre las sombras de su escondite. Reflejada en el espejo del baño, vio a Sylvia Moore en medio del salón mirando a su alrededor como si fuera la primera vez que pisaba aquel apartamento. Cuando sus ojos se posaron en la bolsa de papel que yacía en el sofá, Sylvia la cogió. Bosch la observó mientras ella ojeaba las fotografías. Al llegar a la última, se pasó la mano por la cara como para confirmar el paso de los años.

Luego volvió a guardar las fotos en la bolsa y las dejó en el sofá. Entonces se dirigió hacia el pasillo y Bosch retrocedió, metiéndose sigilosamente en la bañera. Distinguió una luz procedente del dormitorio y oyó que se abría la puerta del armario. Luego oyó el ruido de las perchas. Bosch se enfundó la pistola y salió de la bañera. Finalmente se asomó al pasillo.

—¿Señora Moore? ¿Sylvia? —dijo Bosch. No sabía cómo llamar su atención sin asustarla.

—¿Quién es? —respondió una voz aguda y atemorizada.

—Soy yo, el detective Bosch. No pasa nada.

Ella salió del armario del dormitorio con ojos espantados. En la mano sostenía la percha con el uniforme de gala de su difunto marido.

—Me ha asustado. ¿Qué hace usted aquí?

—Yo iba a preguntarle lo mismo.

Sylvia se estaba tapando con el uniforme como si Bosch la hubiera sorprendido desnuda.

—¿Me ha seguido? —preguntó ella, dando un paso atrás—. ¿Qué pasa?

—No, no la he seguido. Yo ya estaba aquí.

—¿A oscuras?

—Sí. Estaba pensando. Al oír que alguien abría la puerta me escondí en el baño. Cuando vi que era usted, no sabía cómo salir sin asustarla. Lo siento. Usted me ha asustado a mí y yo a usted.

Ella asintió, como si aceptara esta explicación. Llevaba una camisa tejana clara y unos vaqueros azul oscuro, el pelo recogido y unos pendientes de cristal rosado. En la oreja izquierda lucía un segundo pendiente: una luna plateada en cuarto creciente con una estrella colgada de la punta inferior. Cuando ella le sonrió amablemente, Bosch recordó que no se había afeitado.

—¿Pensaba que yo era el asesino? —preguntó ella, viendo que él no decía nada—. ¿Volviendo a la escena del crimen?

—Puede ser... La verdad es que no, no sé lo que pensaba. Además, ésta tampoco es la escena del crimen —dijo.

Harry le indicó con la cabeza el uniforme.

—Tengo que llevarlo a McEvoy Brothers mañana.

Ella debió de leer la cara de desconcierto de Bosch.

—Es una misa con el ataúd cerrado. Obviamente. Pero creo que a Cal le hubiese gustado llevar el uniforme de gala. El señor McEvoy me preguntó si lo tenía.

Harry asintió. Todavía estaba en el pasillo. Cuando retrocedió hacia el salón, ella lo siguió.

—¿Qué le ha dicho el departamento? ¿Cómo van a organizarlo? El funeral, quiero decir.

—¿Quién sabe? De momento dicen que cayó en acto de servicio.

—O sea, que van a hacerle todos los honores.

—Creo que sí.

«Una despedida de héroe», pensó Bosch. Al departamento no le gustaba la autoflagelación. No iban a anunciar a bombo y platillo que un policía corrupto había sido ejecutado por la gente corrupta para la que trabajaba. No si podían evitarlo. Preferirían ofrecer un funeral de héroe para los medios de comunicación y disfrutar viendo artículos de apoyo en siete canales distintos cada noche de la semana. En esos momentos el departamento necesitaba todo el apoyo posible.

Bosch también comprendió que una muerte en acto de servicio significaba que la viuda obtendría todos los derechos a la pensión de su marido. Si Sylvia Moore llevaba un vestido negro, se enjugaba los ojos con un pañuelo en los momentos adecuados y mantenía la boca cerrada, recibiría la paga de su marido el resto de su vida. No estaba mal. Si Sylvia fue la que avisó a Asuntos Internos, se arriesgaba a perder la pensión si perseveraba con el tema o éste salía a la luz. El departamento podría decir que Cal había muerto por culpa de sus actividades ilegales y entonces adiós pensión. Bosch estaba seguro de que ella no necesitaba que se lo explicaran.

—¿Cuándo es el funeral? —preguntó Bosch.

—El lunes a la una. En la capilla de la misión de San Fernando. El entierro es en Oakwood, cerca de Chatsworth.

Bosch pensó que si iban a montar todo el espectáculo, aquél era el lugar idóneo. La foto de doscientos policías motorizados subiendo en formación por el sinuoso Valley Circle Boulevard siempre quedaba bien en primera plana.

—Señora Moore, ¿por qué ha venido aquí a las...
—Bosch consultó su reloj: eran las once menos cuarto— tan tarde para recoger el uniforme de gala de su marido?

—Llámame Sylvia, por favor. ¿Puedo tutearte?

—Sí, claro.

—Pues si quieres que te diga la verdad, no lo sé. No he dormido muy bien, bueno nada, desde... desde que lo encontraron. Me apetecía dar una vuelta en coche. De todos modos no he recibido la llave hasta hoy.

—¿Quién te la dio?

—El subdirector Irving. Vino a mi casa, me dijo que habían terminado en el apartamento y que si había algo que quisiera llevarme podía hacerlo. La verdad es que no quiero nada. Esperaba no tener que ver nunca este sitio. Luego llamó el hombre de la funeraria y me dijo que necesitaba el uniforme de gala. Y aquí estoy.

Bosch recogió la bolsa de fotografías del sofá y se la ofreció.

—¿Y esto? ¿Las quieres?

—No.

—¿Las habías visto antes?

—Creo que algunas sí, al menos me sonaban. Las otras seguro que no.

—¿Cómo se explica eso? Un hombre que guarda unas fotos toda su vida y ni siquiera se las enseña a su mujer.

—No lo sé.

—Es raro. —Bosch abrió la bolsa y mientras repasaba las fotos preguntó—: ¿Sabes qué le pasó a su madre?

—Murió antes de que yo lo conociera. Tuvo un tumor cerebral cuando él tenía unos veinte años.

—¿Y su padre?

242

—Cal me contó que había muerto, pero ya te dije que no sé si es verdad porque nunca me explicó cómo o cuándo. Cuando se lo preguntaba, me decía que no quería hablar sobre el tema así que al final nunca lo hicimos.

Bosch le mostró la foto de los dos chicos en la mesa de pícnic.

—¿Quién es éste?

Ella se acercó a Harry para ver la foto. Él, en cambio, estudió la cara de ella y las chispas verdes de sus ojos castaños. Había un ligero aroma a perfume en el aire.

—No sé quién es. Un amigo, supongo.

—¿Y un hermano?

—No, nunca mencionó un hermano. Cuando nos casamos me dijo que yo era su única familia. Me dijo... me dijo que estaba solo aparte de mí.

Bosch miró la foto.

—Yo creo que se parecen.

Ella no hizo ningún comentario.

—¿Y el tatuaje?

—¿Qué pasa con el tatuaje?

—¿Te contó dónde se lo hizo o qué significaba?

—Me dijo que se lo hizo en el pueblo donde creció cuando era niño. Bueno, no era un pueblo, sino un barrio. Lo llamaban Santos y Pecadores. Eso es lo que significa el tatuaje: Santos y Pecadores. Según él, se llamaba así porque sus habitantes no sabían lo que eran ni lo que serían en el futuro.

Bosch pensó en la nota que encontraron en el bolsillo trasero de Cal Moore: «He descubierto quién era yo.» Se preguntó si ella relacionaba el significado de esta frase con el lugar donde creció su marido. Un sitio donde cada joven tenía que descubrir qué era: santo o pecador.

Sylvia interrumpió sus pensamientos.

—¿Sabes qué? Aún no me has dicho por qué estabas aquí. Sentado a oscuras, pensando. ¿Tenías que venir aquí para hacer esto?

—Supongo que vine a mirar. Quería ver si se me ocurría algo, algo que me ayudara a comprender a tu marido. ¿Te parece ridículo?

—A mí no.

—Menos mal.

—¿Y se te ha ocurrido algo?

—Aún no lo sé. A veces me cuesta un poco.

—¿Sabes? Le he preguntado a Irving por ti y me ha dicho que no estabas investigando el caso y que sólo viniste a avisarme la otra noche porque los otros detectives estaban ocupados con los periodistas y con... con el cadáver.

Como un niño, Harry notó un cosquilleo de emoción. Ella había preguntado por él. No importaba que hubiera descubierto que iba por libre, lo importante era que se había interesado por él.

—Bueno —contestó Bosch—, eso es cierto, pero no del todo. Teóricamente no estoy investigando el caso de tu marido, pero tengo otros casos que parecen estar relacionados con su muerte.

Sylvia clavó sus ojos en los de él. Bosch notaba que ella quería preguntar qué casos eran, pero era la mujer de un policía; conocía las reglas. En ese momento estuvo seguro de que ella no se merecía lo que le había caído encima.

—No fuiste tú, ¿verdad? La que avisó a Asuntos Internos. La de la carta.

Ella negó con la cabeza.

—Pero no te creen. Piensan que tú lo empezaste todo.

—Pero no fui yo.

—¿Y qué te dijo Irving? Cuando te dio la llave del apartamento.

—Me dijo que si quería el dinero de la pensión, que me olvidara; que no me hiciera ilusiones. ¡Ilusiones! Como si a mí me importara. Yo sabía que Cal fue por el mal camino. No sé lo que hizo exactamente, pero lo sé. Una mujer nota esas cosas sin necesidad de que se las cuenten. Y ése fue uno de los factores que acabaron con nuestro matrimonio. Pero yo no envié ninguna carta; me comporté como la mujer de un policía hasta el final. Se lo dije a Irving y al tío que vino ese día, pero a ellos no les importa; sólo quieren cargarse a Cal.

—El tío que fue a verte ese día era Chastain, ¿no?

—Sí, ése era.

—¿Y qué quería exactamente? ¿Dijiste que buscaba algo dentro de la casa?

—Chastain me mostró la carta y me dijo que sabía que la había escrito yo. Me repitió varias veces que era mejor que se lo contara todo. Yo le contesté que yo no había sido y le pedí que se fuera. Pero al principio no quiso irse.

—¿Qué dijo que quería, concretamente?

—Pues... no me acuerdo muy bien. Quería ver el saldo del banco y qué propiedades teníamos. Creía que yo lo estaba esperando para entregarle a mi marido. Me dijo que le diera la máquina de escribir y yo le contesté que no teníamos. Así que lo empujé y cerré la puerta.

Bosch asintió e intentó encajar aquellos datos junto a los otros que tenía. Era un verdadero rompecabezas.

—¿No recuerdas nada de lo que decía la carta?

—No pude verla bien. Chastain no me la dejó leer porque pensaba y sigue pensando que la escribí yo. Sólo leí un poco antes de que la guardara en la maleta. Decía algo de que Cal trabajaba para un mexicano, al que daba protección. Algo así como si hubiera hecho un pacto faustiano. Sabes lo qué es, ¿no? Un pacto con el diablo.

Bosch asintió, recordando que ella era profesora. En ese momento también se dio cuenta de que llevaban diez minutos de pie en el salón pero no hizo ningún gesto para sentarse. Temía que cualquier movimiento brusco rompiera el encanto, la ahuyentara del apartamento y de él.

—Bueno —continuó Sylvia—. Yo no sé si hubiera sido tan alegórica, pero básicamente la carta decía la verdad. Es decir, que algo había pasado. Yo no sabía qué era, pero veía que algo estaba matando a Cal por dentro.

»Un día, esto fue antes de que se marchara, finalmente le pregunté qué estaba pasando y él me dijo que había cometido un error y estaba intentando corregirlo él solo. No quiso decirme más; me dejó totalmente fuera.

Finalmente ella se sentó al borde de una butaca tapizada, sosteniendo el uniforme de gala en su regazo. La butaca era de un verde horrible y tenía quemaduras de cigarrillo en el brazo izquierdo. Bosch se sentó en el sofá junto a la bolsa de fotos.

—Irving y Chastain no me creen —insistió ella—. Cuando niego que fui yo asienten con la cabeza y dicen que la carta tenía demasiados detalles íntimos; que tenía que ser yo. Mientras tanto supongo que hay alguien ahí fuera que estará contento. Su maldita carta lo mató.

Bosch pensó en Kapps y se preguntó si él conocería suficientes detalles sobre Moore para haber escrito la carta. Kapps había tendido una trampa a Dance. Tal vez también había intentado tenderle una trampa a Moore, pero parecía muy improbable. Quizá la carta venía del propio Dance porque quería subir en el escalafón y Moore lo molestaba.

Harry recordó el café que había visto en el armario de la cocina y se preguntó si debería ofrecerle una taza a Sylvia. No quería que acabase su tiempo con ella. Quería fumar pero no arriesgarse a que ella le pidiera que no lo hiciera.

—¿Quieres un café? Hay un poco en la cocina.

Ella miró a la cocina como si su respuesta dependiera de su situación o estado de limpieza. A continuación contestó que no, que no planeaba quedarse tanto tiempo.

—Mañana me voy a México —anunció Bosch.

—¿A Mexicali?

—Sí.

—¿Por los otros casos?

—Sí.

Entonces Bosch se lo contó todo. Lo del hielo negro, Jimmy Kapps y Juan 67. Y lo que los relacionaba con su marido y Mexicali. Era allí donde esperaba resolver el jeroglífico. Bosch terminó su historia diciendo:

—Como te puedes imaginar, la gente como Irving no quiere que esto salga a la luz. A ellos no les importa quién mató a Cal porque se había pasado al otro bando. Se quieren olvidar de él como de una mala deuda. No van a seguir con el caso porque podría explotarles en las narices. ¿Me entiendes?

—Pues claro. Fui la mujer de un policía.

—Entonces lo sabes. La cuestión es que a mí sí me importa. Tu marido estaba preparando un dosier para mí; un dosier sobre el hielo negro. Eso me hace pensar que tal vez estaba intentando hacer algo bueno. Quizás intentaba hacer lo imposible: volver a pasarse de bando. Y puede que eso lo matara. Si ésa fue la razón, no quiero olvidarme del caso.

Hubo un largo silencio. Sylvia continuaba pareciendo triste, pero sus ojos seguían vivos y sin lágrimas. Ella enderezó el uniforme en su regazo, mientras Bosch escuchaba el ruido de un helicóptero trazando círculos en la lejanía. Los Ángeles no sería Los Ángeles sin helicópteros de la policía y focos rastreando la noche.

—Hielo negro... —susurró ella al cabo de un rato.

—¿Qué pasa?

—Nada, que es curioso. —Ella se quedó callada unos instantes y miró la habitación como dándose cuenta por primera vez de que aquél era el sitio donde había venido a vivir su marido después de su separación—. Lo del hielo negro. Yo crecí en la zona de la Bahía, en los alrededores de San Francisco, y siempre nos decían que tuviéramos cuidado con eso. Aunque se referían al otro hielo negro.

Cuando ella lo miró, vio que Bosch no la comprendía.

—En el invierno, en esos días que hace mucho frío después de llover, cuando el agua se hiela en la carretera; eso es hielo negro. Está en la carretera, en el asfalto negro, pero no se ve. Recuerdo que mi padre me enseñó a conducir y siempre me decía: «¡Ten cuidado con el hielo negro, niña! No se ve el peligro hasta que se está encima. Y entonces es demasiado tarde porque se empieza a patinar y se pierde el control.»

Ella sonrió al recordar aquello.

—Bueno, ése era el hielo negro que yo conocía, al menos de pequeña. Igual que la coca; antes era un refresco. El significado de las palabras puede cambiar con el tiempo.

Bosch se limitó a mirarla, pero deseaba volver a abrazarla, a sentir la suavidad de aquella mejilla sobre la suya.

—¿No te dijo tu padre que tuvieras cuidado con el hielo negro? —preguntó ella.

—A mi padre no lo conocí. Aprendí a conducir yo solo.

Ella asintió sin decir nada, pero tampoco desvió la mirada.

—Me costó tres coches aprender a conducir —explicó Bosch—. Cuando finalmente le cogí el tranquillo, nadie se atrevía a dejarme un coche. Y nadie me contó lo del hielo negro.

—Yo te lo he contado.

—Gracias.

—¿Tú también estás colgado del pasado, Harry? Él no contestó.

—Supongo que todos lo estamos —se contestó ella misma—. Estudiando nuestro pasado aprendemos sobre nuestro futuro, ¿no? A mí me pareces un hombre que sigue estudiando, ¿me equivoco?

Los ojos de Sylvia parecían leerle el pensamiento. Eran ojos con mucha sabiduría. Y Bosch se dio cuenta de que a pesar de todos sus deseos la otra noche, ella no necesitaba que la abrazaran o aliviaran de su dolor. Era ella quien poseía el poder de la curación. ¿Cómo podía Cal Moore haber huido de aquella maravilla?

Bosch cambió de tema, sin saber por qué. Sólo sabía que debía desviar la atención de sí mismo.

—Hay un marco en el dormitorio, de madera de cerezo, pero sin foto. ¿Lo recuerdas?

—Tendría que verlo.

Ella se levantó, dejó el traje de su marido en la silla y se dirigió al dormitorio. Examinó el marco que estaba en el cajón superior durante un buen rato antes de decir que no lo reconocía. No miró a Bosch hasta después de decirlo.

Se quedaron de pie al lado de la cama, mirándose en silencio. Harry finalmente levantó la mano y luego dudó. Ella dio un paso hacia él, y él lo interpretó como una invitación a que la tocase. Harry le acarició la mejilla, de la misma manera en que ella lo había hecho unos momentos antes cuando estudió la foto y pensó que estaba sola. A continuación le pasó la mano por el lateral del cuello y la nuca de Sylvia.

Los dos se miraron fijamente hasta que Sylvia se aproximó y acercó su boca a la de Bosch. Lo cogió por la nuca, tiró suavemente de él y se besaron. Sylvia lo abrazó con una intensidad que revelaba su necesidad de ternura. Al verla besándole con los ojos cerrados, comprendió que ella era un reflejo exacto de su propia hambre y soledad.

Hicieron el amor en la cama deshecha de su marido, sin prestar atención a dónde estaban ni lo que eso significaría el día, la semana o el año siguiente. Bosch mantuvo los ojos cerrados; quería concentrarse en otros sentidos para apreciar el olor, el sabor y el tacto de Sylvia.

Cuando acabaron, él recostó su cabeza sobre ella, entre sus pechos pecosos. Ella le acariciaba el cabello y jugaba con sus rizos. Harry oía latir el corazón de Sylvia al compás del suyo.

19

Era más de la una de la madrugada cuando Bosch llegó a Woodrow Wilson e inició la larga y sinuosa ascensión a su casa. Por el camino contempló los focos de los estudios Universal trazando ochos sobre las nubes bajas. Bosch se vio obligado a ir sorteando los coches aparcados en doble fila debido a las numerosas fiestas navideñas que se celebraban esos días. También tuvo que evitar un árbol de Navidad que el viento había derribado sobre la carretera y de la que colgaba una sola guirnalda de espumillón. En el asiento junto a él levaba la Budweiser solitaria del refrigerador de Cal Moore y la pistola de Lucius Porter.

Toda su vida Harry había creído que estaba malviviendo para llegar a algo mejor, que la vida tenía un significado. En el refugio para jóvenes, en los hogares de acogida, en el ejército y Vietnam, y por último en el departamento, Harry siempre tenía la sensación de estar luchando por alcanzar algún tipo de decisión o para establecer un objetivo claro. Sabía que había algo bueno en él o para él, pero la espera era dura. Una espera que a menudo le dejaba un vacío en el alma. Harry creía que la gente podía verlo; que al mirarlo se daban cuenta de que estaba vacío por dentro. Había aprendido a llenar el hueco con aislamiento y trabajo. A veces con la bebida y el sonido del saxofón, pero nunca con personas. Nunca había dejado que nadie se le acercase del todo.

Sin embargo, en ese momento pensaba que había visto los ojos de Sylvia Moore, sus ojos de verdad, y se preguntaba si ella sería la persona que iba a llenarlo.

—Quiero volver a verte —le había dicho Bosch cuando se separaron en The Fountains.

—Sí —fue su única respuesta. Sylvia le acarició la mejilla y se metió en el coche.

Mientras conducía, Harry pensaba en el significado de esa única palabra y esa caricia. Se sentía feliz. Y eso era algo nuevo para él.

Al doblar la última curva Bosch aminoró para dejar pasar un coche con las luces largas, mientras recordaba el tiempo que ella había pasado mirando el marco antes de decir que no lo reconocía. ¿Había mentido? ¿Cuántas posibilidades había de que Cal Moore hubiera comprado un marco tan caro después de mudarse a un piso tan cochambroso como aquél? No muchas, la verdad.

Cuando llegó al garaje de su casa, era un hervidero de sentimientos contradictorios. ¿Qué había en la foto? ¿Qué importancia tenía que ella le hubiese mentido? Si es que lo había hecho. Todavía en el coche, Bosch abrió la cerveza y se la bebió tan rápido que unas gotas le resbalaron por el cuello. Sabía que esa noche dormiría bien.

Una vez dentro de casa, se dirigió a la cocina, metió la pistola de Porter en un armario y echó un vistazo al contestador. No había ningún mensaje. Ni una llamada de Porter para explicarle por qué se había escapado. Ni de Pounds preguntando cómo iba. Ni de

Irving diciendo que sabía lo que Bosch se traía entre manos.

Después de dos noches sin apenas dormir, Bosch se moría de ganas de acostarse. Casi siempre le sucedía lo mismo y ya formaba parte de su rutina: noches de descanso intermitente y pesadillas, seguidas de una noche en que el agotamiento lo vencía y lo sumía en un sueño profundo.

Al meterse en la cama, notó que todavía quedaban restos del aroma del perfume de Teresa Corazón en las sábanas y almohadas. Cerró los ojos y pensó en ella un momento, pero pronto su imagen fue desplazada por el rostro de Sylvia Moore. No el de la foto de la bolsa ni el de la mesilla de noche, sino su cara de verdad. Tenía una expresión cansada, pero fuerte, con los ojos fijos en los de Bosch.

El sueño que Harry tuvo aquella noche se parecía a otros que había tenido anteriormente. Estaba en un sitio oscuro; le envolvía una negrura cavernosa donde sólo se oía su propia respiración. Bosch sentía, o más bien, sabía —con la certeza habitual que poseía en sus sueños— que la oscuridad terminaba más adelante y que él debía atravesarla. Pero, a diferencia de otras ocasiones, esa vez no se hallaba solo. Estaba con Sylvia, y los dos se abrazaban en la oscuridad. El sudor empañaba sus frentes; Harry la agarraba a ella y ella a Harry, pero no hablaban.

Los dos comenzaron a avanzar por la oscuridad hacia la tenue luz que se distinguía en la distancia. Bosch extendía hacia delante la mano en que empuñaba la Smith & Wesson, mientras su mano derecha sujetaba la de Sylvia para guiarla. Al final del túnel, Calexico Moore estaba esperándolos con la escopeta. No se escondía, pero su silueta se recortaba contra la luz que entraba en el pasadizo. Sus ojos verdes estaban ocultos en la sombra y sonreía. Entonces alzó la escopeta.

—¿Quién dices que la ha cagado? —preguntó.

El estruendo en la oscuridad fue ensordecedor. Bosch vio las manos de Moore salir volando por encima de su cuerpo como aves apresadas que intentaban remontar el vuelo. Moore se internó rápidamente en la oscuridad y se esfumó. No había caído, sino que había desaparecido. Se había ido. Lo único que quedaba tras él era la luz al final del túnel. Harry seguía agarrando a Sylvia con una mano, pero en la otra ahora sostenía la pistola humeante.

Entonces abrió los ojos.

Bosch se sentó en la cama. Los rayos del sol se filtraban por las cortinas de las ventanas que daban al este. El sueño le había parecido muy breve, pero la luz le indicó que había dormido hasta la mañana. Cuando consultó su reloj eran las seis. Bosch no tenía despertador porque no lo necesitaba. A continuación se frotó la cara con las manos e intentó reconstruir la escena, algo poco habitual en él. Una de las especialistas en problemas de sueño de la clínica de la Asociación de Veteranos le había aconsejado que siempre escribiera todo lo que recordase de sus pesadillas. Según ella, era un buen ejercicio para intentar informar a la mente consciente de lo que estaba diciendo el subconsciente. Durante meses Bosch guardó obedientemente una libreta y un bolígrafo en la mesilla de noche a fin de describir todos sus recuerdos matinales. Pero descubrió que no le servían de nada. Por muy bien que comprendiera el origen de sus pesadillas, no lograba eliminarlas. Por esa razón hacía años que Harry había dejado la terapia contra el insomnio.

Curiosamente esa mañana no recordaba nada. El rostro de Sylvia desapareció entre las sombras y lo único que Bosch sabía era que había sudado mucho. Harry se levantó, sacó las sábanas y las arrojó dentro de una cesta en el armario. Después fue a la cocina y encendió la cafetera. Acto seguido se duchó, se afeitó y se vistió con unos tejanos, una camisa de pana verde y una cazadora negra; ropa para conducir. Finalmente volvió a la cocina y llenó un termo con café.

Lo primero que se llevó al coche fue su pistola. Tras levantar la moqueta que cubría el fondo del maletero, Bosch extrajo la rueda de repuesto y el gato. Entonces metió la Smith & Wesson, que había sacado de su funda y envuelto con un hule, y colocó la rueda encima. Luego volvió a depositar la moqueta en su sitio y puso el gato encima. Para rematar, metió la maleta y una bolsa que contenía ropa limpia para un par de días. Todo parecía normal, y además dudaba que llegasen a registrarlo.

Bosch volvió adentro y sacó su otra pistola del armario del recibidor. Era una cuarenta y cuatro con la empuñadura y el seguro diseñados para una persona diestra. El tambor también se abría por la izquierda, por lo que él —que era zurdo— no podía usarla. Sin embargo, la había guardado durante seis años porque se la regaló el padre de una chica que habían violado y asesinado. Harry había herido levemente al asesino en el transcurso de su captura cerca de la presa de Sepúlveda, en Van Nuys. El asesino sobrevivió y cumplía cadena perpetua sin posibilidad de libertad condicional, pero aquel castigo no había sido suficiente para el padre. Después del juicio le dio su pistola a Bosch y éste la aceptó porque no hacerlo habría sido como negar el dolor del hombre. El mensaje implícito en aquel regalo era: «la próxima vez haga bien su trabajo. Dispare a matar». Harry se quedó con la pistola pero nunca la llevó a un armero para que la adaptara para una persona zurda. Eso habría sido darle la razón al padre y Harry no estaba seguro de poder hacerlo.

La pistola se había pasado seis años en un armario. Bosch comprobó que todavía funcionaba y la cargó. Después de colocarla en su pistolera, estuvo listo para partir.

Antes de salir, recogió el termo de la cocina y se inclinó sobre el contestador para grabar un nuevo mensaje:

«Aquí Bosch. Me he ido a México a pasar el fin de semana. Si quieres dejar un mensaje, espera un momento. Si es importante y quieres localizarme, estaré en el Hotel de Anza, en Calexico.»

Aún no eran las siete cuando Bosch bajó por la colina. Cogió la autopista de Hollywood en dirección al centro, donde los rascacielos de oficinas eran unas manchas opacas entre la mezcla matinal de niebla y contaminación, y se dirigió a la autopista de San Bernardino donde puso rumbo al este, fuera de la ciudad. Desde Los Ángeles había unos cuatrocientos kilómetros hasta la localidad fronteriza de Calexico y su ciudad hermana al otro lado de la frontera, Mexicali, por lo que Harry calculó que llegaría antes del mediodía. Tras servirse una taza de café sin derramar una gota, Bosch comenzó a disfrutar del viaje.

La contaminación de Los Ángeles no empezó a despejarse hasta que Bosch pasó la salida de Yucaipa en el condado de Riverside. Después de eso el cielo se tornó de un azul como el del océano de los mapas que llevaba en el asiento. Era un día sin viento, tal como comprobó Harry al pasar junto a un centro de energía eólica en las afueras de Palm Springs. En la neblina matinal del desierto las hélices inmóviles de cientos de generadores eléctricos adquirían un aspecto siniestro. A Harry le recordó a un cementerio y desvió la mirada.

Bosch atravesó las opulentas poblaciones de Palm Springs y Rancho Mirage, pasando por calles con nombres de presidentes aficionados al golf y gente famosa. Mientras conducía por Bob Hope Drive, se acordó de la vez en que vio al cómico en Vietnam. Después de regresar de una misión de trece días en los túneles de la provincia de Cu Chi, el número de Bob Hope le había parecido divertidísimo. Sin embargo, cuando años más tarde pasaron por televisión unas imágenes del mismo espectáculo, lo encontró deprimente.

Pasado Rancho Mirage, Bosch tomó la ruta 86 y se dirigió al sur. Para Harry, iniciar un viaje por carretera siempre era emocionante; le encantaba la aventura de lo nuevo mezclada con el nerviosismo ante lo desconocido. Además, estaba convencido de que las mejores ideas se le ocurrían conduciendo. En esos momentos estaba repasando mentalmente su registro del apartamento de Moore e intentando buscar significados o mensajes escondidos. El mobiliario desastrado, la maleta vacía, la revista pornográfica y el marco sin foto... Moore había dejado tras de sí un rastro desconcertante. Bosch volvió a pensar en el sobre de fotos, que Sylvia finalmente se había llevado tras cambiar de opinión. Harry lamentaba no haberse quedado con la foto de los dos niños, y la del padre y el hijo.

A diferencia de Moore, Bosch no poseía fotografías de su propio padre. A Sylvia le dijo que no lo había conocido, aunque eso era sólo una verdad a medías. Harry creció sin saber quién era su padre y aquello no le importaba demasiado —al menos conscientemente—, pero cuando regresó de la guerra volvió con una necesidad apremiante de conocer sus orígenes. Por eso decidió buscar a su progenitor después de veinte años de ignorar incluso su nombre.

Después de que las autoridades le retiraran la custodia a su madre, la infancia de Harry transcurrió en una serie de refugios para jóvenes y familias de acogida. En los orfanatos de McLaren, San Fernando y demás, lo consolaban las visitas de su madre, que eran muy frecuentes excepto cuando la metían en la cárcel. Su madre le aseguraba que no podían enviarlo a una familia de acogida sin su consentimiento. También le contaba que tenía un buen abogado y que estaba haciendo todo lo posible por recuperar su custodia.

El día que la directora de McLaren le anunció que se habían acabado las visitas porque su madre había muerto, Harry no encajó la noticia como lo hubiese hecho la mayoría de niños de once años. No mostró nada exteriormente; asintió con la cabeza para decir que lo comprendía y se marchó. No obstante, ese mismo día, durante la hora de piscina, buceó hasta el fondo de la parte más profunda y gritó con todas sus fuerzas. Chilló tanto, que creyó que el ruido llamaría la atención del socorrista. Harry subía a coger aire y volvía a bajar; gritó y lloró hasta agotarse. Al final sólo le quedaron fuerzas para aguantarse en la escalera de la piscina; sus fríos tubos de acero fueron los únicos brazos que lo consolaron. Lo único que pensaba entonces era que le hubiera gustado estar allí, haberla protegido de algún modo.

Después de aquello lo clasificaron como DPA, Disponible para Adoptar. Y entonces comenzó a pasar por una procesión de familias, donde siempre se sentía a prueba. Cuando no cumplía las expectativas lo enviaban con una nueva familia, una nueva pareja de jueces. En una ocasión un matrimonio lo devolvió a McLaren por su costumbre de comer con la boca abierta. Y otra vez, antes que lo mandaran a una casa del valle de San Fernando unos electores tal como los llamaban los niños, llevaron a Harry y a otros chicos de trece años a jugar un poco al béisbol. Al final del partido escogieron a Harry, pero éste enseguida se dio cuenta de que no fue por poseer las virtudes propias de un niño de su edad, sino porque el hombre llevaba tiempo buscando un zurdo. Su plan era entrenar a un *pitcher* y los zurdos eran los mejores. Tras dos meses de ejercicios diarios, lecciones de béisbol y clases teóricas sobre estrategias del juego, Harry se fugó. La policía tardó seis semanas en encontrarlo merodeando por Hollywood Boulevard. De allí lo retornaron a McClaren a esperar a la siguiente pareja de Electores. Los niños siempre tenían que ponerse erguidos y sonreír cuando los electores pasaban por el dormitorio.

Bosch comenzó la búsqueda de su padre en el registro civil del condado. La partida de nacimiento de Hieronymus Bosch del hospital Queen of Angels, con fecha de 1950, decía que su madre era Margerie Philips Lowe y que el nombre de su padre era el mismo que el suyo: Hieronymus Bosch. Desde luego, Harry sabía que esto no era cierto. Su madre le contó en una ocasión que le había puesto el nombre de un pintor que le gustaba. Le dijo que sus cuadros, pintados hacía más de quinientos años, eran un retrato perfecto de Los Ángeles, un paisaje de pesadilla lleno de depredadores y víctimas. Ella le prometió que le diría el nombre verdadero de su padre cuando llegara la hora. Sin embargo, la encontraron muerta en un callejón junto a Hollywood Boulevard antes de que llegara ese momento.

Harry contrató a un abogado para solicitar al juez del tribunal de menores que le permitiera examinar sus propios documentos de custodia. La petición le fue concedida y Bosch pasó unos cuantos días en los archivos del condado. Allí le entregaron un enorme fajo de papeles que documentaban los numerosos pero vanos intentos de Margerie Lowe de recobrar la custodia de su hijo. Aunque a Bosch le pareció un hallazgo reconfortante, no logró descubrir el nombre de su padre; se encontraba en un callejón sin salida. Sin embargo, cuando tomó nota del nombre del abogado que había ayudado a su madre —J. Michael Haller—, cayó en la cuenta de que lo conocía. Mickey Haller era uno de los abogados defensores más importantes de Los Ángeles. Había llevado el caso de una de las chicas Manson y, a finales de los años cincuenta, había conseguido que soltaran al Autopistas, un guardia de tráfico acusado de violar a siete mujeres después de pararlas por exceso de velocidad en tramos solitarios de la autopista Golden State. ¿Qué hacía, pues, J. Michael Haller llevando la custodia de un niño?

Siguiendo poco más que una corazonada, Bosch fue a los juzgados de lo penal y solicitó a los archivos todos los casos de su madre. Al hojearlos, descubrió que, además de la batalla legal por su custodia, Haller había representado a Margerie P. Lowe en seis acusaciones por vagabundear entre 1948 y 1961, cuando ya era un reputado abogado defensor.

En ese momento Bosch lo supo.

En el piso superior de un rascacielos de Pershing Avenue, la recepcionista del despacho de abogados le dijo que Haller se había jubilado recientemente por enfermedad. Su dirección no aparecía en la guía telefónica, pero sí en el censo electoral del Partido Demócrata. Vivía en Canor Drive, en Beverly Hills. Bosch nunca olvidaría los rosales que flanqueaban el camino de entrada de la mansión de su padre. Las rosas eran perfectas.

La doncella que abrió la puerta le informó de que el señor Haller no recibía visitas. Bosch le rogó que le dijera al señor Haller que el hijo de Margerie Lowe había venido a presentarle sus respetos. Diez minutos más tarde, lo condujeron al dormitorio del abogado, pasando por delante de los miembros de su familia, que estaban en el pasillo y lo miraban desconcertados. El viejo les había ordenado que salieran de su habitación y enviaran a Bosch solo. De pie junto a la cama, Harry calculó que Haller pesaría unos cuarenta kilos; no tuvo que preguntar qué le pasaba porque era evidente que el cáncer se lo estaba comiendo por dentro.

—Creo que sé por qué has venido —dijo con voz cascada.

—Sólo quería... no sé.

Bosch se quedó un buen rato en silencio, viendo lo mucho que le costaba al hombre mantener los ojos abiertos. También se fijó en que, debajo de las sábanas había un tubo conectado a una máquina que pitaba cuando bombeaba morfina a la sangre del moribundo. El viejo, por su parte, observaba a Bosch sin decir nada.

—No quiero nada de usted —dijo Bosch finalmente—. No lo sé, creo que sólo quería que supiese que he sobrevivido. Estoy bien. Por si se había preocupado.

—¿Fuiste a la guerra?

—Sí, pero eso ya ha pasado.

—Mi hijo... mi otro hijo, él... yo no permití que fuera... ¿Qué vas a hacer ahora?

—No lo sé.

Al cabo de más silencio, el viejo pareció asentir con la cabeza.

—Te llamas Harry. Tu madre me lo dijo. Me contó muchas cosas de ti... Pero yo no habría podido... ¿Lo entiendes? Eran otros tiempos. Y después, cuando habían pasado tantos años ya no podía... dar marcha atrás.

Bosch se limitó a asentir. No había venido para causar más daño a aquel hombre. Permanecieron unos segundos más en silencio durante los cuales Bosch escuchó su dificultosa respiración.

—Harry Haller —susurró el viejo, con una media sonrisa en los labios finos y pelados por la quimioterapia—. Ése podrías haber sido tú. ¿Has leído a Hesse?

Bosch no comprendía, pero volvió a asentir. Entonces oyó un pitido. Se quedó un minuto mirando, a la espera de que la dosis de morfina surtiera efecto. El viejo cerró los ojos y suspiró.

—Más vale que me vaya —dijo Harry—. Cuídese.

Bosch tocó la mano frágil y azulada del hombre. Ésta le agarró los dedos con fuerza, casi desesperadamente y después lo soltó. Cuando Bosch se disponía a abrir la puerta, oyó el carraspeo del viejo.

—Perdón, ¿qué ha dicho?

—He dicho que sí. Que me preocupé por ti.

Una lágrima asomó por el rabillo del ojo del viejo y se deslizó hasta desaparecer entre sus cabellos blancos. Bosch volvió a asentir. Dos semanas más tarde se hallaba en una colina sobre la zona del Good Shepherd en Forest Lawn, contemplando el entierro de un padre al que nunca conoció. En el cementerio distinguió a un grupito de personas que debían de ser sus hermanastras y su hermanastro. Éste nacido probablemente unos cuantos años antes que Bosch, lo estuvo observando durante la ceremonia. Cuando ésta terminó, Harry dio media vuelta y se marchó.

Cerca de las diez Bosch se detuvo en un restaurante de carretera llamado El oasis verde, donde se comió unos huevos rancheros. Desde su mesa se contemplaba el lago de aguas plateadas llamado Salton Sea y, en la lejanía, las montañas Chocolate. Bosch disfrutó en silencio de la belleza y la amplitud del paisaje. Cuando hubo acabado y la camarera le hubo llenado el termo de café, Harry caminó hacia el aparcamiento de tierra donde había dejado el Caprice. Al llegar al coche, Bosch se apoyó un momento en el parachoques para respirar el aire puro y fresco, y volver a admirar el paisaje. Su hermanastro se convirtió en un conocido abogado defensor, mientras que él era policía. Había una extraña coherencia en aquello que a Bosch le parecía bien. Hasta entonces nunca habían hablado y seguramente nunca lo harían.

Bosch continuó hacia el sur por la ruta 86 atravesando la llanura que iba de Salton Sea a las montañas de Santa Rosa. La tierra era de cultivo e iba descendiendo lentamente hasta más abajo del nivel del mar: el famoso valle Imperial. El terreno estaba surcado por acequias, por lo que, durante gran parte del viaje, lo acompañó el aroma a abono y verduras frescas. De vez en cuando, salían camiones de las granjas cargados con cajas de lechugas, espinacas o cilantro. Aunque le impedían ir más deprisa, a Harry no le importaba y simplemente esperaba con paciencia la oportunidad de adelantarlos.

Cerca de un pueblo llamado Vallecito, Bosch se detuvo un momento a un lado de la carretera para contemplar un escuadrón de aviones que sobrevolaba con estrépito una de las montañas del sudoeste. Los aparatos cruzaron la 86 y pasaron por encima de las aguas de Salton Sea. A pesar de que Bosch no sabía nada de aviones de guerra modernos —mucho más rápidos y sofisticados que los que recordaba haber visto en Vietnam—, éstos volaban lo suficientemente bajo para distinguir las mortíferas municiones bajo sus alas. Bosch observó a los tres bombarderos formar un triángulo compacto y dar media vuelta. Después de que lo sobrevolaran, Harry consultó sus mapas y encontró un área al sudoeste cerrada al público; se trataba de la Base de Artillería Naval de Estados Unidos en el monte Superstition. El mapa decía que era una zona de pruebas con fuego real y advertía a la gente que se alejara.

Bosch sintió que una vibración sorda sacudía el coche ligeramente y, a continuación, oyó el estruendo. Al alzar la vista, le pareció distinguir una columna de humo que se elevaba de la base de Superstition. Acto seguido, sintió y oyó caer otra bomba. Y luego otra.

Reflejando los rayos del sol, los aviones de piel plateada pasaron otra vez por encima de su cabeza dispuestos a iniciar una segunda maniobra. En ese momento, Bosch volvió a la carretera y fue a parar detrás de un camión con dos adolescentes sentados en la parte trasera. Los chicos eran jornaleros mexicanos con ojos cansados que ya parecían conocer la larga y dura vida que les esperaba. Tendrían la misma edad que los dos muchachos que aparecían sobre la mesa de pícnic en la foto de Moore y miraban a Bosch con indiferencia.

Enseguida tuvo ocasión de adelantar al camión. Siguió oyendo explosiones procedentes de la montaña Superstition durante un buen rato pese a que se alejaba. Por el camino pasó por delante de más granjas, restaurantes para toda la familia y una fábrica de azúcar donde había un enorme silo con una línea pintada que indicaba el nivel del mar.

El verano después de haber hablado con su padre Bosch se compró los libros de Hesse. Sentía curiosidad por saber qué había querido decir el viejo y encontró la respuesta en el segundo libro que leyó. En aquel texto Harry Haller era un personaje, un hombre solitario y desilusionado, un hombre sin verdadera identidad. Harry Haller era el lobo estepario.
Ese agosto Bosch entró en la policía.

Bosch sintió que el terreno se elevaba y se le taparon los oídos. La tierra de labranza daba paso a un terreno árido en el que el polvo formaba remolinos que se alzaban sobre el vasto paisaje. Harry supo que se hallaba cerca de la frontera bastante antes de pasar el rótulo verde que indicaba que Calexico estaba a treinta y dos kilómetros de distancia.

20

Calexico era como la mayoría de ciudades fronterizas: polvorienta y construida a ras de suelo. La calle principal era una abirragada mezcla de letreros de neón y plástico donde los omnipresentes arcos dorados de MacDonald's eran el único icono reconocible —aunque no necesariamente reconfortante— entre las oficinas de seguros de automóviles y las tiendas de recuerdos mexicanos.

En la ciudad la ruta 86 se une a la 111, una carretera que conduce directamente a la frontera. Se había formado una cola de cinco manzanas hasta la garita de cemento ennegrecida por el humo de los tubos de escape donde la policía federal mexicana controlaba el paso de vehículos. A Bosch le recordó la caravana de las cinco de la tarde para entrar en la autopista 101 desde Broadway. Antes de quedarse atrapado en ella, Harry torció al este en Fifth Street, pasó por delante del Hotel de Anza y condujo dos manzanas hasta la comisaría de policía. Ésta se albergaba en un edificio de dos plantas pintado de un amarillo chillón. Por los rótulos de fuera Bosch comprendió que también hacía las veces de ayuntamiento. Y de cuartel de bomberos. Y de sede de la Asociación Histórica.

Bosch encontró un espacio para aparcar justo delante. Al abrir la puerta del coche, cubierto de polvo tras el largo viaje, oyó gente que cantaba en el parque al otro lado de la calle. Cinco mexicanos bebían Budweiser alrededor de una mesa de pícnic. Un sexto hombre, que lucía una camisa de vaquero negra con bordados blancos y un Stetson de paja, tocaba la guitarra y entonaba una canción en español. Como cantaba despacio, Harry no tuvo problema en entenderla:

No sé cómo quererte,
ni siquiera sé como abrazarte,
porque lo que nunca me deja
es este dolor que me atormenta.

La voz quejumbrosa del cantante se oía claramente por todo el parque. A Bosch le encantó la canción, así que se apoyó contra el coche y se quedó fumando hasta que el hombre hubo acabado.

Los besos que me diste, mi amor
son los que me están matando.
Pero mis lágrimas se están secando
con mi pistola y mi corazón,
y aquí como siempre voy viviendo,
con la pistola y el corazón.

Al terminar, los hombres de la mesa de pícnic aplaudieron y brindaron con las cervezas.

Bosch se dirigió hacia la puerta de cristal marcada con la palabra «Policía» y entró en una habitación maloliente del tamaño de la parte trasera de una camioneta. A la izquierda había una máquina de Coca-Cola, enfrente una puerta de cierre electrónico y a la derecha una ventanilla de cristal grueso con una bandeja para pasar objetos de un lado a otro. Detrás del cristal se hallaba un agente uniformado y, al fondo, una mujer sentada frente a una centralita de radio. Un poco más allá de la centralita había una pared con unas taquillas cuadradas de unos treinta por treinta centímetros.

—No se puede fumar —le advirtió el hombre.

El agente, un hombre gordo con gafas de espejo, lucía una placa con su nombre sobre el bolsillo de la camisa. Se llamaba Gruber. Bosch retrocedió, abrió la puerta y arrojó la colilla fuera.

—No sé si sabe que en Calexico ensuciar las calles se castiga con una multa de cien dólares.

Harry le mostró su placa e identificación.

—Mándeme la factura —dijo—. Necesito consignar una pistola.

Gruber sonrió de manera burlona, revelando unas feas encías liláceas.

—Yo masco tabaco. Así me evito ese problema.

—Ya lo veo.

Gruber frunció el ceño y tuvo que pensar un momento antes de comprender el comentario.

—Pues démela —dijo finalmente—. Para consignar una pistola primero hay que entregarla.

Gruber se volvió hacia la operadora para ver si lo apoyaba en este duelo verbal, pero ella permaneció impasible. Mientras observaba la presión que ejercía la barriga de Gruber sobre los botones de su uniforme, Bosch se sacó la cuarenta y cuatro de la funda y la depositó en la bandeja.

—Cuarenta y cuatro —anunció Gruber, al tiempo que levantaba la pistola para examinarla—. ¿Quiere dejar la funda?

Bosch no había pensado en eso. Necesitaba la pistolera; si no, tendría que meterse la Smith en la cintura y arriesgarse a que se le cayera si tenía que correr.

—No —respondió—. Sólo la pistola.

Gruber le guiñó el ojo y se la llevó a las taquillas, abrió una y metió la pistola dentro. Después de cerrarla, cogió la llave y volvió a la ventanilla.

—¿Me deja ver su identificación? Tengo que hacerle un recibo.

Bosch dejó caer su cartera en la bandeja y contempló a Gruber mientras rellenaba lentamente un recibo por duplicado. El hombre parecía tener que consultar el documento de identidad cada dos letras.

—¿De dónde ha sacado ese nombre?

—Puede escribir Harry para abreviar.

—No pasa nada. Ya se lo escribo, pero no me pida que lo pronuncie.

Cuando Gruber terminó, puso los recibos en la bandeja y le pidió a Harry que los firmara, cosa que éste hizo con su propio bolígrafo.

—Vaya, vaya. Un zurdo que deja una pistola para diestros —comentó Gruber—. Qué cosa tan rara.

Gruber volvió a guiñarle el ojo a Bosch, pero éste simplemente lo miró.

—Sólo era un comentario —se disculpó el agente.

Harry dejó uno de los recibos en la bandeja y, a cambio, Gruber le entregó la llave numerada de la taquilla.

—Cuidado, no la pierda —le dijo.

Cuando Bosch volvió al Caprice, los hombres seguían en la mesa de pícnic, pero ya no cantaban. Entró en el coche y guardó la llave de la consigna en el cenicero, que nunca usaba cuando fumaba. Al arrancar, Harry se fijó en un viejo de pelo blanco que abría la puerta bajo el rótulo de Sociedad Histórica. Finalmente Bosch dio marcha atrás y puso rumbo al hotel.

El Hotel de Anza era un edificio de tres pisos de estilo colonial con una antena parabólica en el tejado.

Bosch aparcó en el sendero enladrillado de la entrada; su plan era registrarse, dejar las bolsas en la habitación, lavarse la cara y después cruzar la frontera hacia Mexicali. Cuando entró en el establecimiento, vio a un chico tras el mostrador vestido con una camisa blanca y una pajarita marrón a conjunto con el chaleco. No tendría mucho más de veinte años. En el chaleco, una chapa lo identificaba como Miguel, auxiliar de recepción.

Bosch pidió una habitación, rellenó un impreso y se lo devolvió al recepcionista.

—Ah sí, señor Bosch. Tenemos varios mensajes para usted.

Entonces Miguel se dirigió hacia una cesta metálica y sacó tres papelitos. Dos de los recados eran de Pounds y el otro de Irving. Bosch comprobó la hora de cada llamada y descubrió que las tres se habían producido en las últimas dos horas. Primero Pounds, luego Irving, luego Pounds otra vez.

—¿Tenéis un teléfono? —le preguntó a Miguel.

—Sí, señor. Allá a la derecha.

Harry se quedó mirando el auricular pensando en qué hacer. Pasaba algo ya que, de otro modo, no habrían intentado localizarlo con tanta urgencia. Algo había ocurrido que les había obligado a llamarlo a su casa y oír el mensaje grabado en el contestador. ¿Qué podía haber sucedido? Usando su tarjeta de crédito telefónica, Bosch llamó a la mesa de Homicidios con la esperanza de que algún colega le contara lo que estaba pasando. Jerry Edgar contestó casi inmediatamente.

—Jed, ¿qué pasa? Me salen mensajes de los jefazos hasta de las orejas.

Hubo un largo silencio. Demasiado largo.

—¿Jed?

—Harry, ¿dónde estás?

—En el sur.

—¿Dónde?

—¿Qué pasa, tío?

—Estés donde estés, Pounds te quiere aquí. Nos ha ordenado que te dijéramos que volvieses a toda leche. Dice que...

—¿Por qué? ¿Qué pasa?

—Porter. Lo han encontrado esta mañana en Sunshine Canyon, estrangulado. Apretaron tanto con el cable que le dejaron el cuello como un reloj de pulsera.

—Joder. —Bosch sacó sus cigarrillos—. Joder.

—Sí.

—¿Y qué hacía allá arriba? Sunshine... Eso está en el vertedero de basuras de la División de Foothill, ¿verdad?

—Joder, Harry. Lo habrán llevado allá.

Pues claro. Bosch debería haberlo comprendido. No estaba pensando con lógica.

—Vale, vale. ¿Qué ha pasado exactamente?

—Pues que han encontrado el cuerpo esta mañana. Lo descubrió un trapero. El cadáver estaba cubierto de basura, pero los de Robos y Homicidios han identificado algunas cosas, entre ellas facturas de restaurantes. De ahí han sacado el nombre de la compañía de basuras y han determinado qué camión pasaba por delante de esos sitios. Al parecer hizo una ruta por el centro ayer por la mañana. Estamos trabajando con ellos; yo iba a salir ahora mismo a investigar el recorrido del camión. En cuanto encontremos el contenedor donde lo tiraron, podremos empezar a atar cabos.

Bosch pensó en el contenedor detrás de Poe's y comprendió que Porter no había huido de él. Seguramente había sido ejecutado y arrastrado mientras Bosch se hacía el gracioso con el camarero. De pronto se acordó del hombre con las lágrimas tatuadas. ¿Cómo no se había dado cuenta? Probablemente había estado a tres metros del asesino de Porter.

—No he visto el cuerpo, pero dicen que le dieron una paliza antes de cargárselo —prosiguió Edgar—. Tenía la cara hecha polvo; la nariz rota y un montón de sangre. Joder, tío, qué forma tan horrible de morir.

La policía no tardaría mucho en entrar en Poe's con fotos de Porter. El camarero se acordaría de la cara y describiría encantado a Bosch como el hombre que había entrado, anunciado que era policía y atacado a Porter. Bosch se preguntó si debería contárselo a Edgar para ahorrarle la peregrinación de bar en bar. Sin embargo, al final su instinto de supervivencia le impidió mencionarlo.

—¿Por qué quieren verme Pounds e Irving?

—No lo sé. Primero se cargan a Moore, luego a Pounds. A lo mejor están reuniendo las tropas, poniendo a la gente a salvo. Corre el rumor de que los dos casos son en realidad uno y que Moore y Pounds habían hecho algún tipo de trato. Irving ya ha organizado una operación conjunta para los dos casos.

Bosch no dijo nada. Estaba intentando pensar; ahora todo adquiría un significado distinto.

—Escúchame bien, Jed. Tú no sabes nada de mí. No hemos hablado, ¿de acuerdo?

Edgar dudó un poco antes de decir:

—¿Estás seguro?

—De momento sí. Ya te llamaré.

—Ten cuidado.

«Cuidado con el hielo negro», recordó Bosch al colgar. Se apoyó un momento en la pared y pensó en Porter. ¿Cómo podía haber ocurrido? Instintivamente se llevó la mano a la cadera, pero aquello no lo reconfortó ya que la funda estaba vacía.

Se le presentaban dos opciones: continuar hasta Mexicali o volver a Los Ángeles. Sabía que regresar significaría el final de su trabajo en el caso, puesto que Irving lo apartaría de la investigación como a una mosca molesta. Entonces se dio cuenta de que no tenía elección; debía continuar. Así pues, Bosch se sacó un billete de veinte dólares del bolsillo y volvió a recepción.

—¿Sí, señor?

—Querría anular mi habitación —anunció Bosch, ofreciéndole a Miguel el billete de veinte dólares.

—Muy bien. No hay cargo porque usted no ha usado la habitación.

—No, esto es para ti, Miguel. Tengo un pequeño problema. No quiero que nadie sepa que he estado aquí, ¿me entiendes?

Miguel era joven pero listo, así que le dijo a Bosch que no había ningún problema. Acto seguido cogió el billete del mostrador y se lo guardó en el chaleco. Entonces Bosch le devolvió los mensajes.

—Si vuelven a llamar, diles que no he pasado a recogerlos, ¿de acuerdo?

—Sí, señor.

Al cabo de unos minutos, Bosch ya estaba en la cola para cruzar la frontera. Mientras esperaba, observó que el edificio que albergaba la Aduana y la Patrulla Aduanera de Estados Unidos era tan grande que, a su lado, su equivalente mexicano resultaba ridículo. El mensaje estaba claro; abandonar Estados Unidos no era difícil pero entrar era otro cantar. Cuando le tocó el turno, Bosch mostró su placa por la ventana y, en cuanto el oficial mexicano la cogió, le pasó el recibo de la comisaría de Calexico.

—¿Viaje de trabajo? —preguntó el agente. Llevaba un uniforme que alguna vez debió de ser caqui y una gorra manchada de sudor.

—Sí, visita oficial. Tengo una reunión en la plaza de la Justicia.

—Ah. ¿Sabe cómo ir?

Bosch le indicó uno de los mapas del asiento y asintió. El oficial estudió el recibo rosa.

—¿No va armado? —preguntó mientras leía el papel—. Ha dejado su cuarenta y cuatro, ¿no?

—Lo pone ahí.

El oficial sonrió y a Bosch le pareció notar un asomo de incredulidad en sus ojos, pero finalmente asintió y lo dejó pasar. En cuanto arrancó, el Caprice se vio engullido por un torrente de automóviles que se movían por una gran avenida sin carriles. Tan pronto había seis hileras de coches como cuatro o cinco, y los vehículos pasaban de una a otra con toda tranquilidad. No se oían bocinazos y el tráfico avanzaba con fluidez. Tanto era así, que Bosch no pudo consultar su plano hasta llegar a un semáforo en rojo, a más de un kilómetro de distancia.

Cuando lo hizo, determinó que estaba en la calzada López Mateos, una calle que le llevaba hasta las puertas de las dependencias judiciales en la parte sur de la ciudad. Entonces el semáforo se puso verde y el tráfico volvió a moverse. Bosch se relajó un poco y miró a su alrededor, con un ojo siempre puesto en los rápidos cambios de carril. A ambos lados de la calle se sucedían tiendas y fábricas viejas, con sus fachadas de color pastel ennegrecidas por el humo de los vehículos que la atravesaban a diario. A Bosch le pareció deprimente. Por la calzada también discurrían varios autobuses escolares de la marca Chevrolet, que aunque estaban pintados de colores vivos, no conseguían alegrar la escena. En un momento dado, la calle se curvaba hacia el sur y llegaba a una intersección con un monumento en el centro: una escultura ecuestre de color dorado. Bosch se fijó en que unos cuantos hombres, la mayoría con sombrero vaquero de paja, rodeaban la estatua o se apoyaban en su base, con la vista perdida en el mar de coches. Eran jornaleros en busca de trabajo. Bosch consultó el plano y vio que el sitio se llamaba Círculo Benito Juárez.

Al cabo de un minuto, Bosch llegó a un complejo formado por tres grandes edificios con antenas convencionales y parabólicas en los tejados. Una señal cerca de la carretera indicaba que se trataba del ayuntamiento de Mexicali.

Bosch entró en un aparcamiento, sin parquímetros ni guarda de seguridad, encontró un sitio y aparcó. Mientras permanecía en el coche estudiando el complejo, no pudo evitar sentirse como si estuviese huyendo de algo o de alguien. La muerte de Porter lo había afectado. Bosch había estado allí mismo y eso le hacía preguntarse cómo había escapado con vida y por qué el asesino no lo había intentado matar a él también. Una explicación obvia era que cargarse a dos personas habría sido demasiado arriesgado. Pero también era posible que el hombre obedeciera órdenes; que fuera un asesino a sueldo con instrucciones precisas de matar a Porter. Bosch sospechaba que si aquello era verdad, la orden había salido de allí, de Mexicali.

Cada edificio del complejo, con su moderno diseño y fachadas de piedra marrón y rosa, ocupaba uno de los lados de la plaza triangular. En el tercer piso de uno de ellos las ventanas estaban tapadas por dentro con papel de periódico. Bosch dedujo que era para bloquear el sol, pero el detalle le daba un aspecto de pobreza. Sobre la entrada principal de este bloque de oficinas había unas letras cromadas: POLICÍA JUDI-

CIAL DEL ESTADO DE BAJA CALIFORNIA. Bosch salió del coche con el archivo del caso Juan 67, cerró la puerta y se encaminó hacia allá.

La plaza estaba llena de gente y de vendedores ambulantes de artesanía y sobre todo de comida. En las escaleras frontales del edificio, varias niñas se acercaron a él con la mano extendida, intentando venderle goma de mascar o pulseritas hechas con hilos de colores. Bosch dijo que no gracias. Cuando abrió la puerta del vestíbulo, casi se estrelló contra una mujer bajita que llevaba en el hombro una bandeja con seis empanadas.

Dentro del edificio, Bosch pasó a una sala de espera con cuatro filas de sillas de plástico de cara a un mostrador en el que se apoyaba un agente de uniforme. Casi todas las sillas estaban ocupadas y casi todo el mundo tenía la vista fija en el agente. El hombre llevaba gafas de espejo y estaba leyendo el periódico.

Bosch se acercó y le dijo en español que tenía una cita con el investigador Carlos Águila. Después abrió la cartera que contenía su placa y la depositó sobre el mostrador. El hombre no parecía impresionado, pero lentamente alargó el brazo y sacó un teléfono. Era un viejo aparato de disco, mucho más antiguo que el edificio donde estaban y a Bosch le pareció que tardaba años en marcar el número.

Al cabo de un momento, el agente se puso a hablar en un español tan rápido que Harry sólo comprendió unas pocas palabras: «capitán», «gringo», «sí», «Departamento de Policía de Los Ángeles», «investigador». También le pareció que el hombre decía «Charlie Chan». Después de escuchar unos momentos, el agente colgó y, sin mirar a Bosch, le indicó con el pulgar una puerta situada detrás de él. Luego reanudó su lectura. Harry pasó al otro lado del mostrador, abrió la puerta y llegó a un pasillo que se bifurcaba a izquierda y derecha con muchas puertas a cada lado, así que volvió a la sala de espera, golpeó suavemente la espalda al agente y le preguntó cómo ir.

—Al fondo, la última puerta —respondió el agente en inglés y apuntó al pasillo de la izquierda.

Bosch siguió sus instrucciones hasta llegar a una sala amplia en la que encontró varios hombres, unos de pie y otros sentados en sofás. En las paredes donde no había sofás, había bicicletas apoyadas. Y en la única mesa de la oficina una chica escribía a máquina mientras un hombre parecía dictarle algo. Harry se fijó en que el hombre llevaba una Beretta de nueve milímetros metida en la cintura de sus pantalones de lana gruesa. Entonces comprobó que los demás también llevaban pistolas en el cinto o en los pantalones, por lo que dedujo que se hallaba en la oficina de detectives.

En cuanto repararon en su presencia, los detectives se callaron. Bosch preguntó al hombre más cercano por Carlos Águila y éste gritó hacia una puerta al fondo de la sala. De nuevo, hablaba demasiado deprisa, pero Bosch volvió a oír la palabra «Chan» y se preguntó qué quería decir en español. El hombre señaló con el pulgar a la puerta y Bosch caminó hacia allá. Oyó unas risitas a sus espaldas, pero no se volvió.

La puerta que le habían indicado daba a un pequeño despacho con una sola mesa. Detrás de ella estaba sentado un hombre de pelo gris y ojos cansados fumando un cigarrillo. Los únicos objetos que había sobre la mesa eran un diario mexicano, un cenicero de cristal y un teléfono. Otro hombre más joven, sentado en una silla junto a la pared, parecía observar a Bosch a través de las omnipresentes gafas de espejo. A no ser que estuviera durmiendo.

—Buenos días —lo saludó en español el hombre

mayor, que inmediatamente pasó al inglés—: Usted es el detective Harry Bosch, ¿no? Yo soy el capitán Gustavo Grena. Hablamos ayer.

Bosch alargó el brazo y le dio la mano. Entonces Grena le indicó al hombre de las gafas de espejo.

—Y éste es el investigador Águila, la persona que ha venido a ver. ¿Qué ha traído de Los Ángeles?

Águila, el agente que había enviado la solicitud de información al consulado de México en Los Ángeles, era un hombre pequeño de pelo moreno y piel clara. Aunque tenía la frente y la nariz rojos por el sol, Bosch atisbó la piel blanca que asomaba por el cuello abierto de la camisa. Águila llevaba tejanos y botas de cuero negro. Saludó a Bosch con la cabeza, pero no se molestó en darle la mano.

Como no había ninguna silla donde sentarse, Harry simplemente se acercó a la mesa y depositó el archivo. Acto seguido abrió la carpeta y sacó las fotos del cadáver de Juan 67 tomadas en el depósito; una de la cara y otra del tatuaje. Se las pasó a Grena, quien las estudió un momento y volvió a dejarlas sobre la mesa.

—¿También está buscando a un hombre? ¿Al asesino, quizá? —preguntó Grena.

—Existe la posibilidad de que lo mataran aquí y de que los asesinos se llevaran el cuerpo a Los Ángeles. De ser así, su departamento debería buscar al culpable...

Grena lo miró desconcertado.

—No lo entiendo —dijo—. ¿Por qué? ¿Por qué iban a hacer eso? Me parece que se equivoca, detective Bosch.

Bosch se encogió de hombros. No quería insistir, de momento.

—Bueno, primero me gustaría confirmar la identificación y luego ya veremos.

—Muy bien —respondió Grena—. Le dejo con el investigador Águila, pero debo informarle de que la empresa que mencionó ayer por teléfono, Enviro-Breed... Bueno, yo he hablado personalmente con el director y él me ha asegurado que su hombre no trabajó allí. Ya ve, le he ahorrado el trabajo de ir.

Grena asintió con la cabeza como diciendo que no había sido ninguna molestia y que no hacía falta que se lo agradeciera.

—¿Cómo pueden saberlo si todavía no tenemos la identificación?

Grena dio una profunda calada al cigarrillo, dándose más tiempo para pensar la respuesta.

—Cuando mencioné el nombre de Fernal Gutiérrez-Llosa, el director me dijo que nunca había tenido un empleado con ese nombre. EnviroBreed es una empresa contratada por el gobierno de Estados Unidos; debemos ir con cuidado... No queremos perjudicar nuestras relaciones comerciales con el extranjero.

Grena se levantó, dejó su cigarrillo en el cenicero y, tras despedirse de Águila con un gesto, salió del despacho. Bosch se quedó mirando las gafas de espejo mientras se preguntaba si Águila habría entendido una sola palabra de lo que habían dicho.

—No se preocupe por el idioma —le tranquilizó Águila después de que se fuera Grena—. Hablo inglés.

21

Bosch insistió en conducir con la excusa de que el coche no era suyo y no quería dejarlo en el aparcamiento. Lo que no le contó a Águila era que no deseaba alejarse de su arma, que todavía seguía en el maletero. Cuando atravesaron la plaza, se sacaron de encima a los niños con la mano.

—¿Cómo vamos a identificar el cuerpo sin huellas dactilares? —preguntó Bosch ya en el Caprice.

Águila cogió la carpeta del asiento.

—Sus amigos y su mujer mirarán las fotos.

—¿Vamos a su casa? Porque entonces puedo sacar huellas y llevarlas a Los Ángeles para que alguien les eche un vistazo. Eso lo confirmará.

—No es una casa, detective Bosch. Es una chabola.

Bosch asintió y arrancó el coche. Águila lo guió hacia al sur, hasta el boulevard Lázaro Cárdenas donde giraron al oeste antes de girar otra vez al sur por la avenida Canto Rodado.

—Vamos a uno de los barrios —le informó Águila—. A la Ciudad de las Personas Perdidas.

—Eso es lo que significa el tatuaje del cadáver, ¿no? ¿El fantasma representa las almas de la gente?

—Sí.

Bosch reflexionó un instante antes de preguntar:

—¿Qué distancia hay entre el barrio de las Almas Perdidas y el de Santos y Pecadores?

—También está en el sector suroeste, no muy lejos de Almas Perdidas. Si quiere se lo enseño.

—Sí, quizá sí.

—¿Lo dice por alguna razón?

Bosch recordó la advertencia de Corvo de no confiar en la policía local.

—Por curiosidad —contestó—. Es por otro caso.

Inmediatamente Bosch se sintió culpable de no haber sido sincero con Águila. Al fin y al cabo también era policía y Bosch sentía que merecía, al menos, el beneficio de la duda. Aunque, según Corvo, no era así. Después de esa conversación viajaron un rato en silencio. Estaban alejándose de la ciudad y la comodidad de los edificios y el tráfico. Las oficinas, tiendas y restaurantes daban paso a cabañas y chabolas de cartón. Harry vio una cámara refrigeradora al lado de la carretera que era el hogar de alguien. La gente que veían al pasar estaba sentada en piezas de motor oxidadas o bidones, y les miraban con ojos huecos. Bosch intentó fijar la vista en la carretera polvorienta.

—Me ha parecido que le llamaban Charlie Chan. ¿Por qué?

Bosch lo preguntaba más que nada porque estaba nervioso y pensaba que la conversación tal vez lo distraería de su desasosiego y la desagradable tarea que les esperaba.

—Sí —respondió Águila—. Es porque soy chino.

Bosch se volvió y lo miró. Al estar de perfil logró ver detrás de las gafas de espejo y comprobó que Águila tenía los ojos un poco rasgados. Sí, era cierto.

—Bueno, no del todo. Uno de mis abuelos lo era. Hay una gran comunidad chino-mexicana en Mexicali.

—Ah.

—Mexicali fue fundada alrededor del 1900 por la Compañía de la Tierra del Río Colorado. Ellos eran los propietarios de grandes extensiones de terreno a ambos lados de la frontera y necesitaban mano de obra barata para la recolecta del algodón y varios alimentos —explicó Águila—. Así que se establecieron en Mexicali, al otro lado de Calexico, supongo que con la idea de que fueran ciudades gemelas. Trajeron a diez mil chinos, todos hombres, y formaron una ciudad: la ciudad de la compañía.

Bosch asintió. No conocía la historia y le pareció muy interesante. De todos modos, aunque había visto muchos restaurantes chinos y rótulos en chino al atravesar la ciudad, no recordaba demasiadas caras asiáticas.

—¿Y se quedaron todos... los chinos? —inquirió Bosch.

—La mayoría sí, pero ya le he dicho que eran diez mil hombres y ninguna mujer. La compañía no lo permitía porque creían que perjudicaría el rendimiento. Entonces los chinos se casaron con mujeres mexicanas; la sangre se mezcló. De todos modos, aún conservamos gran parte de nuestra cultura. Hoy podemos tomar comida china a la hora de almorzar, ¿qué le parece?

—Muy bien.

—El trabajo policial sigue dominado por los mexicanos de origen hispano. No hay muchos como yo en la Policía Judicial del Estado y por eso me llaman Charlie Chan. Los demás me consideran un extraño, alguien de fuera.

—Le comprendo perfectamente.

—Llegará un momento, detective Bosch, en que confiará en mí. A mí no me importa esperar para hablar de ese otro caso que ha mencionado.

Bosch asintió, avergonzado, e intentó concentrarse en la carretera. Enseguida, Águila lo dirigió hacia un camino estrecho y sin asfaltar que atravesaba el corazón de un barrio de los suburbios. Allí los edificios eran bloques de cemento con techos planos y mantas colgadas en lugar de puertas. Muchos poseían anexos construidos con conglomerado y planchas de aluminio. Por el suelo había basura y escombros desperdigados. Hombres desaliñados y hambrientos pululaban por las calles y se quedaban mirando el Caprice con matrícula de California.

—Pare delante del edificio de la estrella —le instruyó Águila.

Bosch la vio enseguida. Estaba pintada a mano en la pared de una de las chabolas. Sobre la estrella se leían las palabras «Almas Perdidas» y, debajo, «Honorable Alcalde» y «Sheriff». Harry aparcó el Caprice delante de aquella casucha y esperó instrucciones.

—No es ni un alcalde ni un sheriff, si eso es lo que está pensando —explicó Águila—. Arnolfo Muñoz de la Cruz simplemente se dedica a salvaguardar la paz; está aquí para imponer un poco de orden en un lugar de caos total. Al menos lo intenta. Es el sheriff oficioso de la Ciudad de las Personas Perdidas. Fue él quien nos informó de que Fernal Gutiérrez-Llosa había desaparecido de su casa.

Bosch salió del coche con el expediente de Juan 67. Mientras daba la vuelta al Caprice, volvió a llevarse la mano a la chaqueta, al lugar donde normalmente llevaba la pistola. Era un gesto que hacía inconscientemente cuando estaba de servicio cada vez que salía del coche. Sin embargo, en esa ocasión echó a faltar la tranquilidad de palpar la pistola y por primera vez fue consciente de que era un extranjero desarmado en un país extraño. No podía sacar la Smith del maletero mientras Águila estuviera delante. Al menos hasta que lo conociera mejor.

Águila hizo sonar un campana de barro que colgaba junto a la entrada de la chabola. No había puerta; sólo una manta colgada de un listón de madera que atravesaba el umbral. Una voz del interior dijo «Adelante» y Bosch y Águila entraron.

Muñoz era un hombre bajito, muy bronceado y con el pelo gris atado con un nudo detrás de la cabeza. No llevaba camisa, dejando al descubierto una estrella de sheriff tatuada en la parte derecha del pecho y el símbolo del fantasma en la izquierda. Cuando entraron, Muñoz miró a Águila y luego a Bosch, a quien se quedó observando con curiosidad. Águila presentó a Harry y explicó por qué habían venido. Hablaba despacio para que Bosch pudiera seguir la conversación. Águila le pidió al viejo que echase un vistazo a unas fotografías. Eso confundió a Muñoz hasta que Bosch sacó las instantáneas del depósito y el viejo comprendió de que las fotos eran de un hombre muerto.

—¿Es Fernal Gutiérrez-Llosa? —preguntó Águila después de que el hombre las hubiera estudiado el tiempo suficiente.

—Sí, es él.

Muñoz desvió la mirada. Entonces Bosch miró a su alrededor por primera vez. La chabola contaba con una sola habitación, muy parecida a una celda grande. Sólo contenía lo más imprescindible: una cama, una caja de ropa, una toalla sobre el respaldo de una vieja silla, una vela y una taza con un cepillo de dientes que descansaba sobre la caja de cartón junto a la cama. Olía a miseria y Bosch se sintió avergonzado de haber irrumpido en el hogar de Muñoz de aquella manera.

—¿Dónde vivía Gutiérrez-Llosa? —le preguntó Bosch a Águila en inglés.

Águila miró a Muñoz.

—Siento mucho la muerte de su amigo, señor Muñoz. Es mi deber informar a su mujer. ¿Sabe si está aquí?

El viejo asintió y dijo que la mujer estaba en su casa.

—¿Quiere venir a ayudarnos?

Muñoz asintió de nuevo, cogió una camisa blanca de la cama y se la puso. A continuación se dirigió a la puerta, retiró la cortina y la aguantó para que pasaran.

Bosch fue primero al maletero del Caprice para sacar su equipo de huellas dactilares. Después todos caminaron un poco más por la calle polvorienta hasta que llegaron a una chabola de conglomerado con un toldo de lona. Águila tocó a Bosch en el hombro.

—El señor Muñoz y yo hablaremos con la mujer aquí fuera. Mientras, usted puede entrar, recoger las huellas y hacer lo que crea necesario.

Muñoz gritó el nombre de Marita y, al cabo de un momento, una mujer menuda se asomó por la cortina de ducha blanca que colgaba de la puerta. En cuanto vio a Muñoz y Águila, salió a su encuentro. Por la cara que puso, Bosch supo que ya adivinaba la noticia que habían venido a darle. Las mujeres siempre lo sabían. Harry recordó la noche en que conoció a Sylvia Moore; ella también lo había adivinado. Todas lo adivinan. Bosch le pasó la carpeta a Águila, por si la mujer quería ver las fotos, y se adentró en el hogar que habían compartido ella y Juan 67.

Se trataba de una habitación con escaso mobiliario; hasta aquí no había sorpresas. Sobre un camastro de madera yacía un colchón de matrimonio; a un lado, había una silla solitaria y al otro una cómoda fabricada con maderas y cajas de cartón de la que asomaban varias prendas de ropa. La pared del fondo no era más que una gran plancha de aluminio con el logotipo de la cerveza Tecate y unos cuantos estantes de madera con unas latas de café, una caja de cigarros y otros pequeños objetos.

Bosch oyó a la mujer llorando suavemente y a Muñoz intentando consolarla. Entonces echó un vistazo rápido por todo el cuarto con la intención de decidir cuál sería el mejor sitio para sacar las huellas dactilares. Aunque tal vez no resultaría necesario, dado que las lágrimas de la mujer parecían confirmar la identidad del cadáver.

Tras dirigirse a los estantes, Bosch abrió la caja de cigarros con la uña. Dentro había un peine sucio, unos cuantos pesos y una caja de fichas de dominó.

—¿Carlos? —llamó Bosch.

Águila asomó la cabeza por entre la cortina de ducha.

—Pregúntele si ha tocado esta caja últimamente. Parecen cosas de su marido. Si lo son, intentaré sacar las huellas.

Bosch oyó la pregunta en español y la mujer contestó que ella nunca tocaba la caja porque era de su marido. Empleando las uñas, Harry depositó la caja sobre aquella cómoda improvisada. A continuación abrió el estuche que contenía el equipo y sacó un aerosol, una ampolla de polvo negro, un pincel de pelo de marta, un rollo de cinta adhesiva transparente y una pila de tarjetas de diez por quince centímetros. Lo colocó todo sobre la cama y se puso manos a la obra.

Bosch cogió el aerosol y roció la caja con ninhidrina. Después de que la ninhidrina se aposentara, sacó un cigarrillo, lo encendió y aprovechó la llama de la cerilla para pasarla por el borde de la caja, a unos cinco centímetros de la superficie. El calor hizo que se perfilaran en la ninhidrina varias huellas dactilares. Bosch se inclinó sobre la mesa y las estudió, buscando muestras completas. Había dos. Entonces rompió la ampolla y aplicó un poco de polvo negro sobre las huellas con el pincel de pelo de marta, lo cual definió claramente las líneas y bifurcaciones. A continuación cortó un trocito de cinta adhesiva, la presionó sobre una de las huellas y la levantó. Luego pegó la cinta en una de las tarjetas blancas y repitió toda la operación con la segunda huella. Al final, Bosch había obtenido excelentes muestras para llevarse consigo.

En ese momento, Águila entró en la habitación.

—¿Ha conseguido una huella?

—Un par. Esperemos que sean de él y no de ella, aunque por lo que he oído no va importar mucho —contestó Bosch—. Parece que la mujer también ha identificado el cadáver, ¿no? ¿Ha visto las fotos?

Águila asintió con la cabeza.

—Ha insistido en verlas —explicó el policía—. ¿Ha registrado la habitación?

—¿Para qué?

—No lo sé.

—He mirado un poco —dijo—, pero no hay mucho que ver.

—¿Ha sacado huellas de las latas de café?

Bosch miró a los estantes, donde había tres viejas latas de café Maxwell House.

—No, porque he pensado que tendría las huellas de la mujer. No quiero tener que tomarle las huellas a ella para luego poder descartarlas. No vale la pena hacerla pasar por eso.

Águila volvió a asentir, pero parecía perplejo.

—¿Por qué iban un pobre hombre y su mujer a tener tres latas de café?

Era una buena observación. Bosch se dirigió a los

estantes y cogió una de las latas, que hizo un ruido metálico. Cuando la abrió encontró un puñado de monedas. La siguiente que bajó estaba llena hasta una tercera parte de café. La última era la más ligera. Dentro encontró papeles, una partida de nacimiento de Gutiérrez-Llosa y un certificado de matrimonio en el que constaba que la pareja llevaba casada treinta y dos años. Eso le deprimió bastante. También había una foto de la mujer de Gutiérrez y otra de Gutiérrez en persona, lo cual permitió a Bosch corroborar que se trataba de Juan 67; la identificación era, pues, definitiva. Finalmente, Harry encontró una pila de matrices de talones unidas con una goma elástica. Al ojearlas, descubrió que se trataban de pequeñas cantidades pagadas por diversas empresas: las cuentas de un jornalero. Las empresas que no pagaban a sus jornaleros en metálico lo hacían mediante cheques y los últimos dos recibos correspondían a dos cheques de dieciséis dólares cada uno, librados por EnviroBreed. Bosch se metió las matrices en el bolsillo y le dijo a Águila que había terminado.

Mientras Águila le daba el pésame a la nueva viuda, Bosch se dirigió al maletero del coche a guardar el equipo para tomar huellas junto con las muestras que había encontrado. Entonces se asomó por encima de la puerta del maletero y, al confirmar que Águila seguía hablando con Muñoz y la mujer, levantó rápidamente la esquina derecha de la alfombra, alzó un poco la rueda de repuesto y agarró su Smith & Wesson. Sin perder tiempo, se metió la pistola en la funda y le dio la vuelta a la correa para que le quedara en la espalda. Aunque encima llevaba la chaqueta, a un ojo acostumbrado a esas cosas no le costaría detectarla. De todos modos, a Bosch ya no le preocupaba que Águila lo descubriera. Entró en el coche y esperó.

Unos segundos más tarde apareció el policía mexicano.

Mientras se alejaban de allí, Bosch observó a la viuda y a Muñoz por el espejo retrovisor.

—¿Qué le pasará a ella? —le preguntó a Águila.

—No creo que le guste oírlo, detective Bosch. Su vida ya era difícil antes, pero ahora sus problemas se multiplicarán. Creo que llora por sí misma tanto como por el marido que ha perdido. Y con razón.

Bosch condujo en silencio hasta salir de Personas Perdidas y volver a la carretera principal.

—Fue muy astuto lo que hizo allá —comentó al cabo de un rato—. Lo de las latas de café.

Águila no dijo nada; no era necesario. Bosch sabía que el policía había estado allí antes y había visto los talones de EnviroBreed. Grena mentía y Águila estaba en desacuerdo o tal vez descontento porque no le habían dado parte en el trato. Cualquiera que fuera la razón, había guiado a Bosch por el camino correcto. Estaba claro que deseaba que Bosch encontrara las matrices y supiera que Grena era un embustero.

—¿Ha ido usted a EnviroBreed a investigar por su cuenta?

—No —respondió Águila—. Habrían informado a mi capitán y yo no podía ir después de que él lo investigara personalmente. EnviroBreed es una empresa internacional, con contratos con agencias gubernamentales de Estados Unidos. Debe comprender que es...

—¿Una situación delicada?

—Exactamente.

—Bueno, yo estoy acostumbrado a ese tipo de situaciones. Usted no puede rebelarse contra Grena, pero yo sí. ¿Dónde está EnviroBreed?

—No muy lejos de aquí, al suroeste, en una zona

muy llana que se extiende hasta la Sierra de los Cucapah. Hay muchas industrias y grandes ranchos.

—¿A qué distancia está EnviroBreed del rancho
del Papa?

—¿El Papa?

—Zorrillo, el Papa de Mexicali. Pensaba que quería conocer el otro caso en el que estoy trabajando.

Permanecieron un rato en silencio. Bosch miró a
Águila y, a pesar de las gafas, descubrió claramente
que su rostro se había ensombrecido. La mención de
Zorrillo seguramente confirmaba una sospecha que
el detective mexicano había abrigado desde que Grena intentó boicotear la investigación. Bosch ya sabía a
través de Corvo que EnviroBreed estaba enfrente del
rancho. Su pregunta era simplemente una prueba más
para Águila.

—Me temo que el rancho y EnviroBreed están
muy cerca —contestó Águila finalmente.

—Bien. Enséñemelo.

22

—¿Puedo hacerle una pregunta? —dijo Bosch—.
¿Por qué envió la solicitud de información a la oficina
del cónsul? Aquí no tienen personas desaparecidas. Si
alguien desaparece, se deduce que ha cruzado la frontera, pero no se envían solicitudes de información. ¿Qué
le hizo pensar que esto era diferente?

Bosch y Águila se dirigían hacia las montañas que
se alzaban por encima de la ligera capa de contaminación que cubría la ciudad. En ese momento avanzaban
por la avenida Valverde en dirección al suroeste y atravesaban una zona con grandes fincas a la derecha y
parques industriales a la izquierda.

—Su mujer —contestó Águila—. Ella vino a la
comisaría con Muñoz a poner la denuncia. Grena me
pasó la investigación y, al hablar con ella, comprendí
que Gutiérrez-Llosa no cruzaría la frontera volunta-
riamente... sin ella. Así que fui al círculo.

Águila explicó que el círculo bajo la estatua dorada de Benito Juárez en la calzada López Mateos era
donde los hombres iban a buscar trabajo. Los jornaleros que entrevistó en el círculo le contaron que las
camionetas de EnviroBreed venían dos o tres veces a
la semana a contratar trabajadores. Los hombres que

habían trabajado en la planta de cría de moscas lo describieron como un trabajo duro. Tenían que preparar una pasta para alimentar a los insectos y cargar cajas incubadoras muy pesadas. Las moscas se les metían en la boca y los ojos. Muchos no volvían nunca; preferían esperar otras oportunidades.

Ése no era el caso de Gutiérrez-Llosa. Algunas personas del círculo lo habían visto meterse en la camioneta de EnviroBreed. Comparado con los otros jornaleros, él era un hombre viejo, así que no tenía mucho donde elegir.

Cuando se enteró de que la producción de EnviroBreed se enviaba al otro lado de la frontera, Águila mandó la notificación pertinente a los consulados del sur de California. Una de sus teorías era que el viejo había muerto en un accidente laboral y que habían ocultado el cuerpo para evitar una investigación que hubiera paralizado el proceso de fabricación. Según Águila, era algo bastante frecuente en los sectores industriales de la ciudad.

—Una investigación, aunque sea de muerte por accidente, puede resultar muy cara —explicó Águila.

—Por la mordida.

—Eso es: el soborno.

Águila le contó que la investigación llegó a su fin cuando compartió sus descubrimientos con Grena. El capitán le dijo que él se encargaría de hablar con EnviroBreed personalmente y más tarde le informó de que habían llegado a un callejón sin salida. Y así quedaron las cosas hasta que Bosch llamó con noticias del cadáver.

—Parece que Grena ha recibido su mordida.

Águila no respondió al comentario. En ese momento pasaban por delante de una finca protegida por una valla de tela metálica rematada con una alambrada. A través de ella, Bosch contempló la Sierra de los Cucapah en el horizonte más allá de una desierta extensión de tierra. Pero pronto llegaron a la entrada del rancho, donde sí había algo: un camión atravesado en el camino. Los dos hombres que estaban sentados en la cabina miraron a Bosch y él les devolvió la mirada.

—Es aquí, ¿no? —preguntó Harry—. Eso era el rancho de Zorrillo.

—Sí. La entrada.

—¿Nunca había salido el nombre de Zorrillo en la investigación?

—No hasta que usted lo dijo.

Águila no añadió nada más. Al cabo de un minuto llegaron a unos edificios situados cerca de la carretera, pero dentro del rancho. Bosch divisó una especie de granero con una puerta de garaje cerrada. A ambos lados del edificio había sendos corrales, donde vio media docena de toros en encerraderos individuales. No vio a nadie por los alrededores.

—Zorrillo cría toros bravos —le contó Águila.

—Eso he oído. Por aquí esto es un gran negocio, ¿no es así?

—Sí, y todos salen de un solo toro: El Temblar. Es un animal muy famoso en Mexicali porque mató a Mesón, el legendario torero. Ahora vive aquí y se pasea por el rancho, montando a las vaquillas cuando le place. Es un verdadero campeón.

—¿El Temblar? —preguntó Bosch.

—Sí. Dice la leyenda que el hombre y la Tierra tiemblan cuando embiste este animal. Hace ya diez años de la muerte de Mesón, pero la gente aún la recuerda cada domingo en la plaza —respondió Águila.

—Y El Temblar corretea por ahí suelto, como una especie de perro de vigilancia; un bulldog o algo por el estilo.

—A veces a la gente se asoma a la verja con la esperanza de atisbar al gran animal, el padre de los toros más bravos de toda Baja. Párese un momento.

Bosch se detuvo en el arcén. Águila miraba al otro lado de la calle, a un hilera de almacenes y negocios. En algunos había rótulos, casi todos en inglés. Eran empresas que fabricaban productos para Estados Unidos pero preferían la mano de obra barata y los impuestos bajos de México. Había fabricantes de muebles, de azulejos, de placas para circuitos.

—¿Ve el edificio de Mexitec Furniture? —preguntó Águila—. Pues la segunda estructura, la que no tiene letrero, es EnviroBreed.

Era un edificio blanco rodeado por una valla de tres metros de altura rematada con alambrada. Unos carteles en la valla advertían en dos idiomas que estaba electrificada y había perros dentro. Como Bosch no vio ninguno, supuso que los soltarían por la noche. Lo que sí detectó fueron dos cámaras en las esquinas de la fachada del edificio y unos cuantos coches aparcados dentro del complejo. No había ninguna camioneta de EnviroBreed, pero no era de extrañar, ya que las dos puertas del garaje estaban cerradas.

Bosch tuvo que pulsar un botón, explicar el motivo de su visita y mostrar su placa a la cámara antes de que la valla de entrada se abriera automáticamente. Tras aparcar junto a un Lincoln color burdeos con matrícula de California, Bosch y Águila atravesaron el polvoriento aparcamiento hasta llegar a las oficinas. Bosch se palpó levemente la parte posterior de la cadera y, al notar la pistola debajo de la chaqueta, se tranquilizó un poco. Cuando se disponía a agarrar el pomo de la puerta, ésta se abrió y salió un hombre encendiendo un cigarrillo. El hombre, de raza caucásica, llevaba un Stetson para cubrir su cara marcada por el acné y quemada por el sol. Bosch pensó que podía tratarse del conductor de la camioneta que había visto en el centro de erradicación de Los Ángeles.

—La última puerta a la izquierda —dijo el hombre—. Les está esperando.

—¿Quién?

—Él.

El hombre del Stetson les dirigió una sonrisa de lo más falsa. Bosch y Águila entraron en un pasillo con paredes forradas de madera. A la izquierda había una pequeña mesa de recepción seguida de tres puertas y una cuarta al fondo. Una chica mexicana estaba sentada en la mesa de recepción y los miraba fijamente. Bosch la saludó y él y Águila comenzaron a avanzar por el pasillo. La primera puerta que pasaron estaba cerrada y marcada con un letrero con las siglas del Departamento de Agricultura de Estados Unidos. En las siguientes dos puertas no había rótulo. Al fondo del pasillo había unas gafas protectoras y máscaras colgadas de un gancho junto a una puerta que decía:

PELIGRO: RADIACIÓN. PROHIBIDO EL PASO A
PERSONAS SIN AUTORIZACIÓN

Tal como le habían indicado, Bosch abrió la tercera puerta de la izquierda y él y Águila pasaron a una pequeña antesala donde encontraron la mesa de una secretaria, pero sin secretaria.

—Por aquí, por favor —se oyó una voz en la sala contigua.

Bosch y Águila entraron en un amplio despacho, en cuyo centro había una enorme mesa de acero en la que descansaba un vaso de café. Detrás de ella, un hombre que lucía una guayabera azul celeste escribía en un libro de cuentas. Por la ventana de celosía entraba la suficiente luz para que no necesitara una lámpara. El hombre parecía rondar los cincuenta años y entre sus cabellos canosos se distinguían unas mechas de pelo teñido de negro. También era un gringo.

El hombre no dijo nada, sino que continuó escribiendo. Bosch aprovechó para mirar a su alrededor: junto a la mesa, en un estante, estaba la consola del circuito cerrado de televisión. En tres de las pantallas se veían claramente las imágenes en blanco y negro de la valla de entrada y las dos esquinas de la fachada, pero la cuarta pantalla estaba muy oscura. Al cabo de un rato Harry distinguió una camioneta blanca con las puertas abiertas y dos o tres hombres cargando grandes cajas blancas. Era la zona de carga y descarga.

—¿Sí? —preguntó el hombre, todavía sin levantar la cabeza.

—Cuánta seguridad para cuatro moscas.

Entonces sí la levantó.

—¿Cómo?

—No sabía que fueran tan valiosas.

—¿En qué puedo ayudarles? —El hombre arrojó el bolígrafo sobre la mesa para subrayar que Bosch estaba interrumpiendo el curso del comercio internacional.

—Soy Harry Bosch, del Departamento de Policía de...

—Eso ya lo ha dicho en la entrada. ¿En qué puedo ayudarle?

—Quería hablar de uno de sus empleados.

—¿Cómo se llama? —El hombre volvió a coger el bolígrafo y a tomar notas en el libro de cuentas.

—Es curioso. Si un policía viaja casi quinientos kilómetros para hacerle unas preguntas, lo normal es que se le preste un poco de atención. Pero a usted no parece interesarle, lo cual me molesta.

Esta vez el bolígrafo cayó con tanta fuerza sobre la mesa que rebotó y fue a parar a la papelera.

—Mire, me da igual si le preocupa o no. Ahora mismo estoy pendiente de un cargamento de material perecedero que tengo que despachar antes de las cuatro. No puedo mostrar interés por usted. Si quiere darme el nombre del empleado (si es que era un empleado) le diré lo que sé.

—¿Qué quiere decir con lo de «si es que era un empleado»?

—¿Qué?

—Acaba de decir «era».

—¿Y qué?

—Que, ¿qué significa?

—Usted ha dicho... Usted es el que ha venido aquí con todas estas preguntas. Yo...

—¿Y cómo se llama usted?

—¿Cómo?

—¿Cómo se llama?

El hombre se calló, completamente confundido, y bebió un sorbo del vaso de café.

—Le recuerdo que no tiene ninguna autoridad aquí.

—Usted ha dicho «si es que era un empleado», pero yo no había dicho nada sobre «era», lo cual me hace pensar que usted ya sabía que nos referíamos a un hombre muerto.

—Me lo he imaginado. Si un policía viene desde Los Ángeles, me ha parecido natural que se tratase de un muerto. Pero no diga cosas que yo no... Además, usted no puede pasearse con esa chapa que aquí no vale un pimiento y empezar a molestarme. No tengo por qué...

—¿Quiere autoridad? Éste es Carlos Águila, de la Policía Judicial del Estado. Yo hablo en su nombre.

Águila asintió, pero no dijo nada.

—Ésa no es la cuestión. El problema es su actitud, el típico imperialismo americano con el que dice las cosas —le espetó el hombre—. Veamos; yo me llamo Charles Ely. Soy el dueño de EnviroBreed y no sé nada del hombre que dice usted que trabajaba aquí.

—Pero si aún no le he dicho cómo se llamaba.

—No importa, ¿me entiende? Usted se ha equivocado. Ha jugado mal sus cartas.

Bosch se sacó del bolsillo la foto del cadáver de Gutiérrez-Llosa y la colocó sobre la mesa. Ely la miró sin tocar la foto, pero Bosch no detectó ninguna reacción. Después Harry depositó las matrices de los cheques sobre la mesa, pero la respuesta fue la misma; Ely no reaccionó.

—Se llamaba Fernal Gutiérrez-Llosa y era un jornalero —le informó Bosch—. Necesito saber cuándo trabajó aquí por última vez y lo que estaba haciendo.

Ely recogió su bolígrafo de la papelera y lo usó para empujar la foto hacia Bosch.

—Lo siento, pero no puedo ayudarle. No llevamos ningún control de los jornaleros; al final del día les pagamos con cheques al portador y punto. Además, siempre son gente distinta por lo que es imposible que conozca a este hombre. Ahora que lo pienso, creo que ya respondimos unas preguntas sobre él que nos hizo la Policía Judicial del Estado. Un tal capitán Grena. Tendré que averiguar por qué no fue suficiente.

Bosch quiso preguntarle si se refería al soborno

que Ely le había dado a Grena o a la información. Pero se controló porque sabía que Águila se las acabaría cargando.

—Muy bien —dijo finalmente—. Mientras tanto, yo voy a echar un vistazo por aquí. Puede que alguien recuerde a Gutiérrez.

Aquello lo puso visiblemente nervioso.

—No, señor. Usted no tiene libre acceso a estas instalaciones. Nosotros usamos algunas partes del edificio para irradiar material y, por lo tanto, son peligrosas. Está prohibida la entrada a todo el mundo excepto al personal autorizado. Otras zonas se hallan bajo el control y cuarentena del Departamento de Agricultura de Estados Unidos, por lo que no podemos permitir el acceso a nadie. Además, le repito que usted no tiene ninguna autoridad aquí.

—¿Quién es el propietario de EnviroBreed, Ely? —preguntó Bosch.

Ely pareció sorprendido por el repentino cambio de tema.

—¿Qué? —exclamó.

—¿Quién es el propietario, Ely?

—No tengo por qué responder a esa pregunta. Usted no...

—¿El hombre al otro lado de la calle? ¿El Papa?

Ely se levantó y señaló la puerta.

—No sé de qué habla, pero ya basta. Váyanse. Y les advierto que pienso quejarme a la Policía Judicial del Estado y las autoridades mexicanas y estadounidenses. Ya veremos si están de acuerdo con este comportamiento de la policía de Los Ángeles en territorio extranjero.

Bosch y Águila salieron del despacho, pero Harry se quedó allí unos segundos para ver si oía pasos o el sonido del teléfono. Como no fue así, se volvió ha-

301

cia la puerta del fondo del pasillo e intentó abrirla, pero estaba cerrada con llave.

Al pasar por delante de la puerta marcada con las siglas del Departamento de Agricultura de Estados Unidos, Bosch acercó la oreja pero tampoco oyó nada. Cuando abrió sin llamar, descubrió a un hombre con cara de burócrata tras una pequeña mesa de madera en una habitación que era la cuarta parte del despacho de Ely. El hombre llevaba una camisa blanca de manga corta con una corbata fina de color azul. Tenía el pelo gris, muy corto, un bigote que parecía un cepillo de dientes y unos ojos pequeños y mortecinos que lo miraban a través de unas gafas bifocales encajadas en sus sienes rosadas y gordezuelas. El protector de plástico que llevaba en el bolsillo tenía su nombre impreso: Jerry Dinsmore. Y en la mesa, sobre un papel manchado de aceite, tenía un cuenco relleno de fríjoles.

—¿Sí? —dijo con la boca llena.

Bosch y Águila entraron en el despacho de Dinsmore. Bosch le mostró su identificación y le dejó que la examinara detenidamente. Después puso la foto del cadáver en la mesa, al lado del cuenco. Dinsmore la miró, envolvió con el papel la comida que le quedaba y la guardó en un cajón.

—¿Lo reconoce? —inquirió Bosch—. Es sólo una comprobación de rutina porque ha habido una alarma de infección. Este tío se llevó el virus a Los Ángeles y la palmó; ahora estamos siguiendo sus pasos para que la gente que lo conocía pueda ser inoculada. Aún estamos a tiempo. Eso espero.

De repente, Dinsmore empezó a masticar mucho más despacio. Miró la foto y luego, por encima de las gafas, a Bosch.

—¿Era uno de los hombres que trabajaban aquí?

—Creemos que sí. Estamos preguntando a todos los empleados fijos y hemos pensado que tal vez usted lo reconocería. Si se acercó mucho a él tal vez tengamos que ponerlo en cuarentena.

—Bueno, yo nunca me acerco a los trabajadores, así que no pasa nada. ¿Pero de qué infección habla? No entiendo por qué el Departamento de Policía de Los Ángeles... Además, este hombre parece que ha recibido una paliza.

—Lo siento, señor Dinsmore, pero eso es confidencial hasta que decidamos si está usted en peligro. En ese caso, no tendremos más remedio que poner las cartas sobre la mesa —le dijo Bosch—. A ver, ¿qué quiere decir con que usted no se acerca a los trabajadores? ¿Acaso no es el inspector de esta empresa?

Bosch esperaba que Ely irrumpiera en la habitación de un momento a otro.

—Sí, soy el inspector, pero a mí sólo me interesa el producto final —respondió Dinsmore—. Yo reviso muestras de las cajas-invernadero y luego las sello. Todo eso se hace en la sala de transporte. Debe tener en cuenta que esto es una propiedad privada, detective, y yo no tengo libre acceso a los laboratorios de cría o esterilización. Por eso no me relaciono con los empleados.

—Usted acaba de decir «muestras». O sea, que no inspecciona todas las cajas.

—No inspecciono todos los cilindros de cada caja, pero sí inspecciono y sello todas las cajas. Pero no entiendo qué tiene que ver esto con este hombre. Él no...

—No, yo tampoco. No importa. Está usted fuera de peligro.

Dinsmore lo miró perplejo y Bosch le guiñó el ojo para acabar de confundirlo. Harry se preguntaba si Dinsmore formaba parte de lo que estaba ocurriendo allí o si era ajeno a todo. Bosch le dijo que podía seguir comiendo y él y Águila salieron de nuevo al pasillo. Justo en ese momento se abrió la puerta del fondo del pasillo, y de ella salió Ely. Tras sacarse la máscara y las gafas protectoras, avanzó hacia ellos a grandes zancadas derramando gotas de café de su vasito de plástico.

—Lárguense inmediatamente a no ser que tengan una orden.

Ely llegó hasta Bosch con la cara roja de rabia. Aquél debía de ser el numerito que empleaba para intimidar a la gente, pero a Bosch no le impresionó en absoluto. Harry miró el vasito de café que sostenía el hombre y sonrió al encajar una pieza del rompecabezas. El contenido del estómago de Juan 67 incluía café; así es como se había tragado la mosca que había llevado a Bosch a EnviroBreed. Ely siguió su mirada y se percató del insecto que flotaba en la superficie del líquido caliente.

—¡Me cago en las moscas!

—Pues, ¿sabe qué le digo? Creo que voy a conseguir una orden —amenazó Bosch.

No se le ocurría nada más que decir, pero no quería dejar a Ely con la satisfacción de haberlo echado. Bosch y Águila se dirigieron a la salida.

—Lo tiene claro —dijo Ely—. Esto es México; aquí usted no es nadie.

23

Bosch estaba de pie junto a la ventana de su habitación en el tercer piso del Hotel Colorado, en la calzada Justo Sierra. Desde allí contemplaba lo que se veía de Mexicali. A su izquierda el panorama quedaba tapado por otra ala del hotel, pero a la derecha se apreciaban las calles llenas de coches y los autobuses multicolores que ya había visto al cruzar la frontera. En el aire flotaba la música distante de mariachis y el olor a frito de algún restaurante cercano. El cielo que enmarcaba aquella ciudad destartalada era violeta y rojo, a la luz moribunda del atardecer. Recortados contra el horizonte, Bosch distinguió los edificios de las dependencias de justicia y, cerca de ellos, a la derecha, una estructura redonda como la de un estadio: la plaza de toros.

Hacía dos horas que Bosch había llamado a Corvo a Los Ángeles y había dejado su número de teléfono y dirección, y estaba esperando una llamada de su hombre en Mexicali: Ramos. Harry se alejó de la ventana y miró el teléfono. Sabía que tenía que hacer otras llamadas, pero dudaba. Entonces sacó una cerveza del cubo del hielo y la abrió. Después de beberse una cuarta parte, se sentó en la cama al lado del teléfono.

En el contestador de su casa había tres mensajes, todos ellos de Pounds diciendo lo mismo: «Llámame.»

Pero Bosch no lo hizo. En su lugar llamó a la mesa de Homicidios. Era sábado por la noche, pero lo más probable era que hubiera gente trabajando en el caso Porter. Jerry Edgar contestó el teléfono.

—¿Cómo van las cosas?

—Mierda, tío, tienes que volver. —Edgar hablaba muy bajo—. Todo el mundo te está buscando. Los de Robos y Homicidios han tomado las riendas, así que no sé muy bien qué se está cociendo. Yo sólo soy el último mono, pero creo que... No sé, tío.

—¿Qué? Dilo.

—Me parece que creen que o bien te cargaste a Porter o que serás el próximo. Es difícil adivinar qué coño están haciendo o pensando.

—¿Quién está ahí?

—Todo dios; éste es el puesto de mando. Ahora mismo Irving está en la «pecera» con Noventa y ocho.

Bosch sabía que no podía continuar así mucho tiempo; tenía que dar señales de vida. Tal vez ya se había perjudicado irremediablemente.

—Vale —dijo—. Hablaré con ellos. Pero antes tengo que hacer otra llamada. Gracias, tío.

Bosch colgó y marcó otro número. Esperaba recordarlo correctamente y que ella estuviera en casa. Como eran casi las siete, Harry pensó que tal vez habría salido a cenar, pero finalmente contestó.

—Soy Bosch. ¿Te cojo en un mal momento?

—¿Qué quieres? —preguntó Teresa—. ¿Dónde estás? No sé si lo sabes, pero todo el mundo te está buscando.

—Eso he oído, pero no estoy en Los Ángeles. Te

llamo porque me he enterado de que han encontrado a mi amigo Lucius Porter.

—Sí, lo siento. Acabo de volver de la autopsia.

—Ya me imaginaba que la harías tú.

Hubo un silencio antes de que ella dijera:

—Harry, ¿por qué tengo la sensación de que...? Oye, tú no me llamas porque fuera tu amigo, ¿verdad?

—Bueno...

—¡Mierda! Otra vez la misma historia, ¿no?

—No. Sólo quería saber cómo murió, eso es todo. Era amigo mío, trabajábamos juntos. Pero da igual, déjalo.

—No sé por qué te ayudo. Fue una «pajarita mexicana». ¿Qué? ¿Estás contento? ¿Ya tienes todo lo que querías?

—¿Garrote?

—Sí. Lo estrangularon con un alambre de empacar heno con dos asas de madera en los extremos. Seguro que ya lo has visto antes. Oye, ¿esto también va a salir en el *Times* de mañana?

Bosch se calló hasta estar seguro de que ella había terminado. Desde la cama miró la ventana y descubrió que la luz del día se había desvanecido del todo. Había ocurecido y el cielo era de un color vino tinto. De pronto recordó al hombre de Poe's y las tres lágrimas.

—¿Habéis hecho una compara...

—¿Comparación con el caso Jimmy Kapps? —le interrumpió ella—. Sí, ya se nos ha ocurrido, pero no se sabrá nada hasta dentro de unos días.

—¿Por qué?

—Porque eso es lo que se tarda en analizar las fibras de madera de las asas y la aleación del alambre. Aunque ya hicimos un análisis del alambre durante la autopsia y tiene muy buena pinta.

—¿Qué quieres decir?

—Pues que el alambre que se usó para estrangular a Porter parece cortado del mismo rollo que el empleado para matar a Kapps. Las puntas coinciden. No es seguro al ciento por ciento porque unos alicates similares pueden hacer cortes parecidos; por eso vamos a analizar la aleación metálica. Lo sabremos dentro de unos días.

Teresa sonaba totalmente fría e indiferente. A Bosch le sorprendía que siguiera enfadada con él, ya que las noticias por televisión de la noche anterior parecían haberla favorecido. No sabía qué decir; habían pasado de sentirse cómodos en la cama a estar violentos por teléfono.

—Gracias, Teresa —le dijo finalmente—. Ya nos veremos.

—¿Harry? —intervino ella antes de que él pudiera colgar.

—¿Qué?

—Cuando vuelvas, es mejor que no me llames. Si nos vemos en una autopsia, por trabajo, muy bien. Pero más vale que lo dejemos así.

Él no dijo nada.

—¿De acuerdo?

—Sí.

Colgaron. Bosch permaneció inmóvil unos segundos. Finalmente cogió el teléfono de nuevo y marcó la línea directa a la «pecera». Pounds descolgó inmediatamente.

—Soy Bosch.

—¿Dónde estás?

—En Mexicali. ¿Me ha llamado?

—Llamé al hotel que dejaste en el contestador pero me dijeron que no estabas.

—Al final decidí alojarme al otro lado de la frontera.

—Bueno, basta de gilipolleces. Porter ha muerto.

—¿Qué? —Bosch hizo lo posible por mostrarse auténtico—. ¿Qué ha pasado? Pero si lo vi ayer...

—Te digo que basta de gilipolleces. ¿Qué haces ahí abajo?

—Usted me dijo que fuera donde me llevara el caso. Y me ha traído hasta aquí.

—¡Yo no te dije que te fueras a México! —gritó—. Quiero que vuelvas inmediatamente. Bosch, las cosas se están poniendo feas. Tenemos un camarero dispuesto a joderte vivo... Un momento.

—Bosch —dijo una nueva voz—. Aquí el subdirector Irving. ¿Dónde se encuentra?

—Estoy en Mexicali.

—Lo quiero en mi oficina mañana por la mañana a las ocho en punto.

Bosch no dudó, consciente de que no podía mostrar la más mínima debilidad.

—Lo siento, pero no puedo. Tengo que terminar unas cosas que seguramente me llevarán hasta mañana por lo menos.

—Estamos hablando del asesinato de un compañero, detective. No sé si se da cuenta, pero usted podría estar en peligro.

—No se preocupe por mí. Además, es el asesinato de un compañero lo que me ha traído hasta aquí, ¿recuerda? ¿O acaso ya no importa lo que le ocurrió a Moore?

Irving no hizo caso del comentario.

—¿Se niega usted a obedecer mis órdenes?

—Oiga, no importa lo que diga un camarero de mierda; usted sabe perfectamente que yo no lo maté.

—Yo no he dicho eso, pero por su conversación deduzco que sabe usted más de lo que sabría si no estuviera involucrado.

—Lo único que digo es que las respuestas a un montón de preguntas (sobre Moore, Porter y los demás) están aquí abajo. Por eso me quedo.

—Detective Bosch, me he equivocado con usted. Esta vez le di un margen de confianza porque pensaba que había cambiado, pero ahora veo que no es cierto. Ha vuelto a engañarme. Usted...

—Estoy haciendo todo lo posible por...

—¡No me interrumpa! No obedezca mis órdenes, pero no me interrumpa —le exhortó Irving—. Lo único que le digo es que si no quiere volver, no vuelva. Pero entonces ya no hará falta que se presente. Piénselo bien.

Después de que Irving colgara, Bosch sacó una segunda Tecate del cubo y encendió un cigarrillo junto a la ventana. A Harry no le preocupaban las amenazas de Irving; bueno, no demasiado. Seguramente lo suspenderían, pero cinco días como máximo. No era grave. Irving no lo trasladaría porque no había muchos lugares peores que Hollywood. Lo que ocupaba su mente era Porter. Hasta entonces había conseguido retrasar el momento, pero había llegado la hora de pensar en él. Estrangulado con un alambre, arrojado en un contenedor. Pobre desgraciado. No obstante, algo dentro de Bosch le impedía sentir lástima por el policía muerto. Lo que había sucedido no le llegó al alma como esperaba. Era un final penoso, pero Harry no sentía ninguna lástima porque Porter había cometido errores fatales. Bosch se prometió a sí mismo que él no los cometería.

A partir de entonces intentó concentrarse en Zorrillo. Harry estaba seguro de que el Papa lo había orquestado todo, enviando a un asesino a sueldo para hacer limpieza. Si era el mismo hombre que había matado a Kapps y a Porter, entonces resultaba fácil añadir a Moore a la lista de víctimas. Y posiblemente a Fernal Gutiérrez-Llosa. El hombre de las tres lágrimas acabó con todos. ¿Significaba eso que Dance estaba libre de culpa? Bosch lo dudaba. Tal vez usaron a Dance para atraer a Moore al Hideaway. De cualquier modo, aquellos razonamientos le confirmaron que estaba haciendo lo correcto al quedarse en Mexicali. Las respuestas estaban allí, no en Los Ángeles.

Bosch se dirigió a su maletín, que había dejado sobre la cómoda, y sacó la foto de la ficha policial de Dance que Moore había incluido en la carpeta. Bosch contempló la estudiada expresión de dureza de un hombre joven con el pelo rubio platino que todavía tenía cara de niño. Quería subir más arriba en el escalafón y había cruzado la frontera para intentarlo. Bosch dedujo que si Dance estaba en Mexicali no se camuflaría fácilmente. Necesitaría ayuda.

El golpe en la puerta lo sobresaltó. Sigilosamente Harry depositó la botella y recogió la pistola de la mesilla de noche. Al acercarse a la mirilla, vio a un hombre de unos treinta años con el pelo moreno y un gran bigote. No era el camarero del hotel que había traído la cerveza.

—¿Sí? —preguntó Bosch en español.

—¿Bosch? Soy Ramos —le respondió éste en inglés.

Bosch abrió la puerta con la cadena puesta y le pidió que se identificara.

—¿De qué vas? No llevo identificación. Déjame pasar. Me envía Corvo.

—¿Y cómo lo sé?

—Porque llamaste a la oficina de operaciones de Los Ángeles hace dos horas y dejaste tu dirección.

Oye, no me hace maldita la gracia tener que decir todo esto a los cuatro vientos.

Bosch cerró la puerta, quitó la cadena y la abrió del todo. Aunque seguía sosteniendo la pistola, bajó el brazo. Ramos entró en la habitación, caminó hasta la ventana, echó un vistazo y luego empezó a caminar junto a la cama.

—Huele de puta pena ahí fuera, están friendo tortillas o no sé qué mierda. ¿Tienes más birra? Por cierto, si los federales mexicanos te pescan con esa pipa, lo tendrás crudo para volver a cruzar la frontera. ¿Por qué no te quedaste en Calexico como te dijo Corvo, macho?

Si no hubiese sido policía, Bosch habría pensado que iba hasta las orejas de coca. Pero lo que aceleraba a Ramos debía de ser otra cosa, algo que Harry no sabía. Bosch cogió el teléfono y pidió un paquete de seis cervezas al servicio de habitaciones, sin quitar los ojos del hombre que se paseaba por su habitación. Después de colgar, se metió la pistola en el pantalón y se sentó en la silla junto a la ventana.

—Quería evitarme las colas de la frontera —dijo Bosch como respuesta a una de las muchas preguntas de Ramos.

—No confiabas en Corvo, eso es lo que quieres decir. No te culpo. No es que yo no me fíe de él, sí que me fío, pero entiendo que quisieras ir a tu bola. La comida es mejor aquí, Calexico es una ciudad salvaje, uno de esos sitios donde nunca sabes qué coño está pasando. Si entras con mal pie, puedes acabar patinando. A mí personalmente me va más este sitio. ¿Has cenado?

Por un momento Bosch recordó lo que Sylvia Moore había dicho sobre patinar en el hielo negro. Mientras Ramos seguía caminando arriba y abajo, Harry se fijó en que llevaba dos buscapersonas electrónicos en el cinturón. Era obvio que el agente estaba excitado por algo.

—Sí, ya he cenado —respondió Bosch, al tiempo que acercaba la silla a la ventana abierta para evitar el olor a sudor de Ramos.

—Conozco el mejor chino del mundo. Podríamos pillarnos unos...

—¡Tío, para! —le pidió Bosch—. Me estás poniendo nervioso. Siéntate y dime qué pasa.

Ramos miró a su alrededor como si viera la habitación por primera vez. Tras coger una silla junto a la puerta, se sentó a horcajadas en medio del cuarto.

—¿Qué pasa? Pues que no estamos muy contentos con el número que nos has montado hoy en EnviroBreed.

A Bosch le sorprendió que la DEA supiera tanto y tan pronto, pero intentó disimular.

—No ha sido muy inteligente —opinó Ramos—. He venido a pedirte que dejes de ir por libre. Corvo ya me avisó de que ése era tu rollo, pero no esperaba que atacaras tan pronto.

—¿Qué pasa? —se defendió Bosch—. Era mi pista. Por lo que me contó Corvo, vosotros no teníais ni puta idea sobre ese sitio. Fui a ponerlos un poco nerviosos; eso es todo.

—Esa gente no se pone «un poco» nerviosa, Bosch. Es lo que te estoy intentando explicar. Pero bueno, ya basta. Sólo quería avisarte y ver qué más sabes aparte de lo de la fábrica de bichos. Dime una cosa: ¿qué coño haces aquí?

Antes de que Bosch pudiera contestar, llamaron a la puerta. El agente de la DEA pegó un salto y se quedó acuclillado en el suelo.

—Es el servicio de habitaciones —lo tranquilizó Bosch—. ¿Qué te pasa?

—Siempre me pongo así antes de una redada.

Bosch se levantó, mirando al agente con curiosidad, y se dirigió a la puerta. A través de la mirilla vio al mismo hombre que le había traído las primeras dos cervezas. Abrió la puerta, pagó y le pasó a Ramos una Tecate del nuevo cubo. Ramos se bebió media botella antes de volver a sentarse, mientras Bosch se llevaba la suya a la silla.

—¿Qué redada?

—Bueno —respondió Ramos después de otro trago—. Lo que le diste a Corvo era buena información, pero después la cagaste al presentarte en EnviroBreed. Por poco lo jodes todo.

—Eso ya lo has dicho. ¿Qué habéis descubierto?

—Hemos investigado EnviroBreed y hemos acertado de lleno. Resulta que el verdadero propietario es Gilberto Ornelas, un alias conocido de un tal Fernando Ibarra, uno de los secuaces de Zorrillo. Estamos trabajando con los federales para obtener una orden de registro. El nuevo fiscal general que tienen aquí abajo es un tío honrado y con mano dura. Está colaborando con nosotros. Así que va a ser una buena redada, si nos dan la autorización.

—¿Cuándo lo sabréis?

—Muy pronto, pero todavía nos falta un dato.

—¿Cuál?

—Si Zorrillo está pasando hielo negro metido en los envíos de EnviroBreed, ¿cómo lo transporta desde su finca a la fábrica de bichos? Nosotros llevamos meses vigilando el rancho y lo habríamos visto. Y estamos bastante seguros de que no fabrican la mierda en EnviroBreed. El sitio es demasiado pequeño, lleno de gente, cerca de la carretera... Además, todos nuestros confidentes explican que la elaboran en el rancho, en un búnker bajo tierra. Incluso tenemos fotos aéreas que muestran la temperatura del suelo y donde se marcan los agujeros de ventilación. La pregunta es: ¿cómo atraviesa la calle?

Bosch pensó en lo que Corvo había dicho en el Code 7; que Zorrillo era uno de presuntos implicados en la construcción del túnel que atravesaba la frontera cerca de Nogales.

—Bajo tierra.

—Exacto —convino Ramos—. Estamos hablando con nuestros confidentes ahora mismo. Si se confirma, el fiscal general nos dará la autorización e iremos a por ellos. Entraremos en el rancho y EnviroBreed a la vez; una operación conjunta. El fiscal general enviará el ejército federal y nosotros al CLAC.

Aunque Bosch odiaba las siglas, no le quedó más remedio que preguntar lo que significaba.

—Comando contra Laboratorios Clandestinos. Los tíos son unos ninjas.

Aunque intentaba digerir esta información, Bosch no comprendía por qué todo estaba ocurriendo tan rápido. Ramos se estaba dejando algo. Tenía que haber alguna novedad sobre Zorrillo.

—Lo habéis visto, ¿no? A Zorrillo. O alguien lo ha visto.

—Sí, señor. Y a ese bicho raro que viniste a buscar. A Dance.

—¿Dónde? ¿Cuándo?

—Tenemos a un confidente en el rancho que los vio a los dos esta mañana practicando el tiro al blanco.

—¿Estaba cerca? El espía.

—Lo suficiente. No tanto como para decir «¡Hola, Santo Padre!», pero lo bastante para identificarlo.

Ramos soltó una sonora carcajada y se levantó a buscar otra cerveza. A continuación le arrojó una a Bosch, que aún no había terminado la primera.

—¿Dónde se había metido? —inquirió Bosch.

—¡Quién sabe! Lo único que me importa es que ha vuelto y que va estar allí cuando el CLAC derribe la puerta. Por cierto, olvídate de la pistola o los federales mexicanos te trincarán a ti también. Van a permitir que el CLAC use armas, pero eso es todo. El fiscal general firmará el permiso... Dios, espero que al tío no lo sobornen o lo asesinen. Bueno, como decía, si quieren que vayas armado ya te dejarán algo ellos.

—¿Y cómo sabré cuándo va a ser?

Ramos seguía de pie. Echó la cabeza atrás y se bebió media botella de cerveza. Su olor había impregnado toda la habitación, por lo que Bosch se acercó la botella a la boca y la nariz. Prefería oler la cerveza que al agente de la DEA.

—Ya te avisaremos —contestó Ramos—. Toma esto y espera.

Ramos le pasó uno de los buscapersonas de su cinturón.

—Te lo pones y yo te daré un toque en cuanto estemos listos para atacar. Será pronto, antes de Año Nuevo... Al menos, eso espero. Tenemos que espabilar porque no sabemos cuánto tiempo se quedará Zorrillo.

Ramos se acabó la cerveza y puso la botella en la mesa.

No cogió otra, dando por terminada la reunión.

—¿Y qué pasa con mi compañero? —preguntó Bosch.

—¿Quién? ¿El mexicano? Olvídate. Es de la Policía Judicial. No se lo puedes decir, Bosch. Sabemos que el Papa tiene espías en todo el cuerpo de policía, así que no confíes en nadie de allí, ¿de acuerdo? Lleva el busca como te he dicho y espera el pitido. Ve a las corridas de toros, relájate en la piscina o lo que sea. No te has visto, macho. Te iría bien un poco de color.

—Conozco a Águila mejor que a ti.

—¿Y sabías que trabaja para un hombre que es un huésped habitual de Zorrillo en las corridas de los domingos?

—No —respondió Bosch, pensando en Grena.

—¿Sabías que el puesto de detective en la Policía Judicial del Estado se puede comprar por unos dos mil dólares? La capacidad investigadora no cuenta.

—No.

—Claro que no, pero así son las cosas por aquí. Tienes que metértelo en la cabeza; no puedes confiar en nadie. Puede que estés trabajando con el último policía honrado de Mexicali, pero ¿por qué arriesgar el pellejo?

Bosch asintió y dijo:

—Una última cosa. Quiero venir mañana a echar un vistazo a tus fotos policiales. ¿Tienes a la gente de Zorrillo?

—A casi todos. ¿Qué quieres?

—Estoy buscando a un tío con tres lágrimas tatuadas en la cara. Es el asesino a sueldo de Zorrillo. Ayer mató a otro policía en Los Ángeles.

—¡Joder! Vale, mañana por la mañana llámame a este número y lo preparé. Si lo identificas, se lo diremos al fiscal general. Puede que nos ayude a conseguir la orden de registro.

Ramos le dio una tarjeta con un número de teléfono y nada más. Cuando se hubo ido, Harry volvió a poner la cadena en la puerta.

24

Bosch se sentó en la cama con la cerveza, mientras pensaba en la reaparición de Zorrillo. Se preguntó dónde habría estado y por qué habría abandonado la seguridad de su rancho. Harry barajaba la posibilidad de que Zorrillo hubiese ido a Los Ángeles y que su presencia hubiese sido esencial para atraer a Moore a aquel motel. Tal vez Zorrillo era la única persona por la que Moore hubiera acudido allí.

De repente se oyó el chirrido de unos frenos y el ruido del metal al chocar. Antes de levantarse, Bosch distinguió unas voces que discutían en la calle. Las palabras se tornaron más duras hasta que se convirtieron en gritos y amenazas tan rápidas que no podía entenderlos. Se asomó por la ventana abierta y vio a dos hombres cara a cara junto a dos coches, uno de los cuales había embestido al otro por detrás.

Al volverse, Bosch detectó un pequeño resplandor azul a su izquierda. Antes de que tuviera tiempo de mirar, la botella que tenía en la mano estalló en mil pedazos. La cerveza y el cristal saltaron en todas direcciones. Harry dio un paso atrás y se arrojó sobre la cama y luego al suelo. Esperaba más disparos, pero no llegaron. El corazón se le aceleró y sintió una familiar lucidez que experimentaba en las situaciones de vida o muerte. Entonces se arrastró por el suelo hasta la mesa y desenchufó la lámpara, sumiendo la habitación en la más completa oscuridad. Cuando alargó el brazo para coger su pistola, oyó que los dos coches se alejaban a toda velocidad. «Un montaje espectacular», pensó. Pero habían fallado.

Bosch se acercó a la ventana y se levantó lentamente con la espalda contra la pared. En esos momentos se daba cuenta de lo idiota que había sido; prácticamente había posado para sus asesinos. Miró por la abertura hacia la oscuridad donde creía haber visto el fogonazo del arma, pero ya no había nadie. Muchas de las ventanas del ala opuesta del hotel estaban abiertas y resultaba imposible determinar la procedencia exacta del disparo. Bosch se volvió de nuevo hacia el interior de la habitación y observó que la bala había astillado la cabecera de la cama. Siguiendo la línea imaginaria desde el punto de impacto hasta la posición donde él había estado con la botella llegó a una ventana abierta pero oscura en el quinto piso del otro bloque del hotel. No detectó ningún movimiento aparte de la cortina que ondeaba suavemente con la brisa. Así pues, se metió la pistola en la cintura y salió de la habitación. Su ropa olía a cerveza y los pequeños añicos de cristal se le clavaban en la camisa y en la piel. Sabía que al menos tenía dos cortes: uno en el cuello y otro en la mano derecha, la que sostenía la botella. Al caminar se llevó la mano cortada a la herida del cuello.

Bosch calculó que la ventana abierta pertenecía a la cuarta habitación del quinto piso. Con la pistola en la mano, Harry avanzó lentamente por el pasillo del quinto piso. Estuvo debatiéndose sobre si abrir de una patada, pero enseguida vio que no sería necesario.

Una brisa fresca procedente de la ventana le anunció que la puerta ya estaba abierta.

En la habitación 504 reinaba la más completa oscuridad. Bosch sabía que su silueta se recortaría contra el pasillo iluminado, así que, con un gesto rápido, le dio al interruptor de la luz. Apuntó la Smith por toda la habitación, pero la encontró vacía. El olor a pólvora quemada flotaba en el aire. Harry miró por la ventana y siguió la línea imaginaria hacia su propia ventana en el tercer piso. Era un disparo fácil. Fue entonces cuando oyó el chirrido de neumáticos y vio las luces traseras de un gran sedán que salía del aparcamiento del hotel y se alejaba a toda velocidad.

Bosch volvió a colocarse la pistola en la cintura y se la tapó con la camisa. A continuación echó una ojeada a la habitación para ver si el francotirador había dejado algo tras de sí. Entonces atisbó un brillo cobrizo en la colcha doblada bajo las almohadas. Al tirar de ella, descubrió un casquillo del calibre treinta y dos. Buscó en un cajón y encontró un sobre que usó para guardar la prueba del ataque.

Salió de la habitación 504 y caminó por el pasillo sin que nadie asomara la cabeza; ningún detective del hotel acudió corriendo y ninguna sirena de policía sonó en la distancia. Nadie había oído nada excepto quizás el ruido de la botella al romperse, ya que el treinta y dos que había disparado debía de llevar un silenciador en el cañón. Quienquiera que fuese se había tomado su tiempo para disparar un solo tiro. Pero había fallado. ¿Lo habría hecho a propósito? Bosch decidió que no; disparar desde tan cerca con la intención de fallar era demasiado arriesgado. Harry simplemente había tenido suerte; volverse en el último momento seguramente le había salvado la vida.

Bosch se dirigió a su habitación con la intención

de recuperar la bala de la pared, vendar sus heridas y salir del hotel. Sin embargo, echó a correr en cuanto se dio cuenta de que tenía que avisar a Águila.

De vuelta en la habitación, buscó frenéticamente en su cartera el papelito en el que Águila había escrito su dirección y número de teléfono.

—¿Sí? —contestó Águila en español.

—Soy Bosch. Alguien acaba de dispararme.

—¿Sí? ¿Dónde? ¿Está herido?

—Estoy bien, en mi habitación. Me dispararon por la ventana. Le llamo para avisarle.

—¿Por qué?

—Hoy hemos trabajado juntos, Carlos. No sé si iban a por mí o a por los dos. ¿Está bien?

—Sí.

Bosch se dio cuenta de que no sabía si Águila tenía familia o vivía solo. De hecho, lo único que conocía de él se refería a sus antepasados.

—¿Qué va a hacer? —preguntó Águila.

—No lo sé. De momento voy a largarme de este hotel...

—Pues venga a mi casa.

—Bueno, vale... No. ¿Puede usted venir aquí? Yo no estaré, pero quiero que averigüe lo que pueda de la persona que alquiló la habitación 504. De ahí vino el disparo. Usted puede conseguir la información más fácilmente que yo.

—Voy para allá.

—Quedamos en su casa, pero antes tengo algo que hacer.

Una luna que parecía la sonrisa del gato de Cheshire iluminaba la fea silueta del parque industrial. Eran las diez de la noche y Bosch estaba en el Caprice en la avenida Valverde, delante de la fábrica de muebles Mexitec. Había estacionado a unos doscientos metros de EnviroBreed y esperaba a que el último coche —un Lincoln de color burdeos que seguramente pertenecía a Ely— se marchara del aparcamiento. En el asiento junto a Bosch yacía una bolsa con lo que acababa de comprar. De ella emanaba un fuerte olor a cerdo frito que invadió el interior del coche y obligó a Harry a bajar la ventana.

Mientras vigilaba el aparcamiento de Enviro-Breed, Harry aún respiraba entrecortadamente y la adrenalina seguía circulando por sus arterias como si fuera anfetamina. Aunque el aire de la noche era bastante fresco, sudaba al recordar a Moore, Porter y los demás. «Yo no —pensaba—. Yo no.»

A las diez y cuarto, se abrió la puerta de Enviro-Breed y salió un hombre acompañado por dos siluetas borrosas. Eran Ely y los perros. Las sombras oscuras brincaban a ambos lados del hombre a medida que avanzaba. Ely dispersó algo por el aparcamiento, pero los animales permanecieron junto a él. Finalmente se dio una palmada en la cadera y gritó: «¡A comer!» En ese momento los perros se echaron a correr y se persiguieron unos a otros hasta varios puntos del aparcamiento donde se pelearon por lo que les había echado Ely.

Ely se metió en el Lincoln. Al cabo de unos momentos, los faros de atrás se encendieron y el coche arrancó. Bosch siguió las luces hasta llegar a la puerta de entrada, que se abrió lentamente y dejó pasar al vehículo. Aunque no había nadie, el conductor dudó un momento antes de salir a la carretera. Esperó a que la puerta se hubiera cerrado completamente, se aseguró de que los perros estuvieran dentro y sólo entonces se alejó. Bosch se agachó un poco, a pesar de que el Lincoln iba en dirección contraria, hacia la frontera.

Bosch esperó unos minutos y observó a su alrededor. Nada se movía: ni coches, ni personas. Suponía que los vigilantes de la DEA se habrían retirado a planear la redada y evitar ser descubiertos. Al menos eso esperaba. Una vez se sintió seguro, Bosch salió del coche con la bolsa, la linterna y su ganzúa. Antes de cerrar la puerta, sacó las alfombrillas de goma del suelo, las enrolló y se las llevó bajo el brazo.

Después de su visita de esa mañana, Bosch había llegado a la conclusión de que las medidas de seguridad de EnviroBreed estaban diseñadas para disuadir e impedir la entrada, más que para alertar de la presencia de un intruso. Había perros, cámaras, una valla de tres metros con una alambrada electrificada. Pero dentro de la planta, Bosch no había visto cinta adhesiva en las ventanas del despacho de Ely, ni células fotoeléctricas, ni siquiera el teclado de una alarma junto a la puerta de entrada.

Los criadores querían impedir intrusiones en la planta de insectos, pero no captar la atención de las autoridades. No importaba si dichas autoridades podían ser fácilmente corrompidas o sobornadas para hacer la vista gorda. Lo mejor era no involucrarlas. Es decir, nada de alarmas. Por supuesto aquello no significaba que no pudiera haber una alarma conectada con algún otro sitio —como el rancho al otro lado de la calle—. Sin embargo, ése era un riesgo que Harry estaba dispuesto a correr.

Bosch atajó por un costado de la fábrica Mexitec hasta un callejón que discurría por detrás de los edificios de la avenida Valverde. Cuando llegó a la parte de atrás de EnviroBreed, se detuvo a esperar a los perros.

Los animales, dos dóbermans negros y esbeltos, se presentaron rápida pero silenciosamente. Uno de ellos soltó un gruñido grave y gutural, y el otro lo imitó. Bosch echó a andar junto a la valla, con la vista fija en la alambrada. Los perros caminaron con él, babeando y con la lengua fuera. En la parte de atrás del edificio Bosch divisó la perrera donde los encerraban durante el día. Había una carretilla apoyada contra la pared trasera, pero nada más.

Bosch se agachó y abrió la bolsa. Primero sacó el frasco de plástico de Sueño Más. Después desenvolvió el paquete de carne de cerdo frita que había comprado en un restaurante chino junto al hotel y que ya casi estaba fría. Bosch escogió un trozo del tamaño del puño de un bebé y le incrustó tres de las potentes pastillas somníferas. Tras estrujarlo en una mano, lo lanzó por encima de la valla. Los perros corrieron hacia él y uno de ellos se preparó para comérselo, pero no lo tocó. Bosch repitió la operación y arrojó otro trozo; el otro perro se acercó pero tampoco se lo comió.

Los perros olisqueaban la carne, volvían la vista a Bosch, y la olisqueaban de nuevo. Parecía que necesitaran a su dueño para que los ayudara a decidir. Al no encontrarlo, se miraron el uno al otro. Por fin uno de los dos mordió su trozo, pero enseguida lo soltó. Entonces miraron a Bosch y él gritó: «¡A comer!»

Pero no pasó nada. Aunque Bosch gritó la orden un par de veces más, los perros no se movieron. En ese momento advirtió que los animales tenían la vista fija en su mano derecha.

Harry por fin comprendió; se dio una palmada en la cadera, repitió la orden y los perros se abalanzaron sobre la carne.

Bosch se apresuró a preparar otros dos aperitivos dopados y a lanzarlos por encima de la valla. Los perros los devoraron inmediatamente. A continuación comenzó a caminar arriba y abajo y los animales lo siguieron. Bosch hizo el recorrido dos o tres veces con la esperanza de que el ejercicio acelerase su digestión. Después se desentendió de ellos un rato y se dedicó a estudiar la espiral de alambre que remataba la valla. Mientras contemplaba su brillo a la luz de la luna, observó que los circuitos eléctricos estaban espaciados cada tres metros y medio y le pareció oír un leve zumbido. La alambrada freiría a un escalador antes de que pudiera pasar una pierna por encima. Pero iba a intentarlo.

De repente Bosch tuvo que agazaparse detrás de un contenedor al ver los faros de un vehículo que se aproximaba despacio por el callejón. Cuando se acercó, Bosch se dio cuenta de que era un automóvil de la policía. Se quedó momentáneamente paralizado pensando una excusa que justificara su presencia allí. Para colmo se había dejado las alfombrillas del coche junto a la valla. El coche aminoró a su paso por EnviroBreed. El conductor lanzó unos besos a los perros que seguían apostados junto a la valla. Finalmente el automóvil se alejó y Bosch salió de su escondite.

Los dóbermans continuaron vigilándolo hasta al cabo de una hora, momento en que uno de ellos se sentó. El otro no tardó en hacer lo mismo. El líder estiró las patas hacia delante hasta quedarse totalmente acostado y su imitador hizo lo propio. Bosch los contempló mientras dejaban caer las cabezas sobre las patas estiradas, casi al unísono. Entonces se fijó en que un charquito de orina se formaba cerca de uno de ellos, aunque ambos mantenían los ojos abiertos. Cuando Bosch sacó el último trozo de cerdo del envoltorio y se lo tiró, vio que uno de ellos se esforzaba por levantar la cabeza y seguir el arco de la comida que caía. Pero la cabeza no aguantó. Ninguno de los dos fue a por la última ofrenda. Entonces agarró la valla frente a los perros y la agitó con fuerza; el acero hizo un chirrido agudo pero los animales no prestaron la más mínima atención.

Había llegado la hora. Bosch arrugó el papel grasiento y lo arrojó en el contenedor. A continuación sacó un par de guantes de la bolsa y se los puso; desenrolló la alfombrilla de delante y la agarró por una esquina con la mano izquierda. Con la derecha se aferró a la valla, levantó el pie derecho lo más alto que pudo y metió el zapato en uno de los agujeros en forma de rombo. Entonces usó la mano izquierda para lanzar la alfombrilla por encima de él de modo que quedara colgada de la alambrada como una silla de montar. Harry repitió la maniobra con la alfombrilla trasera y finalmente las dos quedaron colgadas una al lado de otra, aplastando con su peso la alambrada eléctrica.

Bosch tardó menos de un minuto en escalar la valla y pasar cautelosamente las piernas por encima de las alfombrillas. El zumbido eléctrico se oía más desde arriba, así que Harry movió las manos con mucho cuidado antes de dejarse caer junto a las siluetas inmóviles de los perros. Bosch cogió su pequeña linterna y enfocó a los animales. Tenían los ojos abiertos y dilatados, y jadeaban profundamente. Se quedó un momento quieto contemplando los cuerpos que subían y bajaban a un tiempo y registrando el recinto con la linterna hasta que encontró el trozo de cerdo sin comer. Bosch lo arrojó por encima de la valla, al callejón. Acto seguido arrastró a los perros por el collar, los metió en la perrera y corrió el pestillo de la portezuela.

Harry corrió sigilosamente hacia el lateral del edificio y se asomó a la esquina para asegurarse de que el aparcamiento seguía vacío. Entonces volvió a la parte trasera, al despacho de Ely.

Bosch examinó detenidamente la ventana de láminas de vidrio y comprobó que había tenido razón al creer que no había alarma. Recorrió con la linterna todo el marco, pero no observó ningún cable, cinta para captar vibraciones ni ningún otro sistema detector. Luego, con la hoja de su navaja, arrancó una de las tiras de metal que aguantaban la lámina inferior, extrajo el vidrio con sumo cuidado y lo apoyó contra la pared. Aquello le permitió pasar la linterna por la abertura y recorrer la habitación con el haz de luz. El despacho estaba vacío; solo se veían la mesa de Ely y otros muebles. Las cuatro pantallas de vídeo estaban negras, lo cual significaba que las cámaras de vigilancia estaban apagadas.

Después de sacar seis láminas de la ventana y apilarlas cuidadosamente contra la pared, Bosch tuvo suficiente espacio para introducirse en el despacho.

La superficie de la mesa estaba limpia. No había papeles ni otros objetos, a excepción de un pisapapeles de cristal que reflejaba la luz de la linterna como un prisma. Bosch intentó abrir los cajones de la mesa, pero estaban cerrados con llave. Después de forzarlos, no encontró nada de interés. En uno de ellos había un libro de cuentas, pero parecía hacer referencia exclusivamente al negocio de insectos.

Bosch dirigió el haz de luz hacia la papelera situada debajo de la mesa y distinguió varias hojas arrugadas. Tras vaciarla sobre el suelo, fue alisándolas una a una y, a medida que comprobaba que carecían de interés, las volvía a meter en la cesta.

Pero no todo era basura. En un trozo de papel estrujado encontró varias palabras garabateadas, entre las cuales se leyó:

«Colorado 504»

¿Qué podía hacer con aquello? Era una prueba clara del intento de matarle, pero había sido descubierta durante un registro ilegal. Eso la hacía totalmente inútil, a no ser que se encontrara más adelante durante un registro legal. La cuestión era: ¿cuándo ocurriría eso? Si Bosch dejaba el papel en la papelera, era muy probable que la vaciaran y se perdiera.

Finalmente Bosch volvió a estrujarlo. Luego cortó un trozo largo de un rollo de cinta adhesiva que había en la mesa, pegó un extremo al papel, que metió en la papelera, y el otro al fondo de ésta. De ese modo, esperaba que la bola de papel se quedara pegada al fondo cuando vaciaran la papelera y, con un poco de suerte, la persona que lo hiciera no se diera cuenta.

Bosch salió del despacho de Ely. En el pasillo se colocó unas gafas y una máscara que colgaban de la puerta del laboratorio. Ésta tenía una cerradura simple, por lo que logró abrirla sin problemas.

La puerta daba paso a una total oscuridad. Bosch esperó un poco antes de internarse en aquel lugar húmedo. Un olor dulce lo inundaba todo, de forma opresiva y repugnante. Harry recorrió el lugar con la linterna y dedujo que se trataba de la sala de carga y descarga. Oyó una mosca que pasaba volando junto a su oreja y notó que otra revoloteaba alrededor de su cara enmascarada. Bosch las espantó y siguió avanzando.

Al fondo de la habitación, había una puerta doble que daba paso a una sala donde la humedad era aún más agobiante. Unas bombillas rojas iluminaban filas y filas de urnas de fibra de vidrio, todas ellas llenas de insectos. El ambiente era sofocante y un escuadrón de moscas que chocaban y zumbaban alrededor de su máscara. Después de ahuyentarlas con la mano, se acercó a una de las urnas y las enfocó con la linterna.

Dentro descubrió una masa marrón y rosada de larvas que se movía como un mar tranquilo bajo la luz roja.

Entonces registró la sala con la linterna y encontró una estantería con varias herramientas y una pequeña hormigonera con la que supuso que los jornaleros mezclaban la pasta para alimentar a los insectos.

Varias palas, rastrillos, y escobas colgaban de ganchos al fondo de la pared. Había pallets con sacos llenos de trigo pulverizado y de azúcar, y paquetes más pequeños de levadura. Las letras de los paquetes estaban en español. Bosch dedujo que la sala era algo así como la cocina de las moscas.

Bosch enfocó la luz sobre las herramientas y se fijó en una de las palas porque el mango era nuevo. La madera era de color claro y estaba limpia, mientras que las otras herramientas tenían mangos que se habían oscurecido con el tiempo, a causa de la suciedad y el sudor humano.

Al examinar el nuevo mango, Bosch tuvo la certeza de que Fernal Gutiérrez-Llosa había sido asesinado allí. Le pegaron tan fuerte con una pala, que ésta se rompió o bien se manchó tanto de sangre que tuvieron que reemplazarla. ¿Pero qué vio el pobre jornalero para que lo mataran? ¿O qué hizo? Bosch volvió a recorrer la sala con la linterna hasta que encontró otras puertas al fondo. En éstas había un letrero, escrito en inglés y español, que decía:

¡PELIGRO! ¡RADIACIÓN!

Bosch volvió a usar su ganzúa para abrir la cerradura. Al asomar la linterna ya no vio ninguna puerta más, por lo que dedujo que aquélla era la última sala del edificio. Era la más larga de las tres y estaba dividida en dos por una partición con una ventanilla. En la partición había un cartel en inglés que decía:

EMPLÉESE PROTECCIÓN

Al sortear la partición, Bosch vio que casi todo el espacio estaba ocupado por una enorme máquina cuadrada. Atravesando la máquina había una cinta transportadora que llevaba las bandejas de un lado al otro. En el otro lado, debían de vaciarse las bandejas en las urnas que había visto en la otra habitación. En la máquina había más advertencias de peligro. Estaba claro que aquél era el lugar donde se esterilizaban las larvas mediante radiación.

Bosch regresó al otro lado de la sala donde había unas grandes mesas de trabajo con unos armarios encima. Los armarios no estaban cerrados y Bosch reparó en que contenían cajas de material: guantes de plástico, los estuches en forma de salchicha donde transportaban las larvas, baterías, sensores de temperatura... Era allí donde empaquetaban las larvas en los tubos, que luego pasaban a las cajas-invernadero. El final del proceso de fabricación. No había nada más que pareciera importante.

Bosch volvió a la puerta. Al apagar la linterna sólo quedó el pequeño brillo rojo de la cámara de vigilancia montada en un rincón cerca del techo. «Falta algo —se dijo—. ¿Pero qué me queda por ver?»

Entonces encendió una vez más la linterna y se encaminó de nuevo hacia la máquina de radiación. Todos los letreros del edificio estaban diseñados para mantener a la gente alejada de ese punto, por lo que allí tenía que estar el secreto. Bosch iluminó las pilas de bandejas empleadas para mover las larvas. A continuación apoyó el hombro en una de ellas y comenzó a empujar para que se moviese. Debajo sólo había cemento. Cuando hizo lo mismo con la siguiente pila, descubrió el borde de una trampilla en el suelo: el túnel.

En ese instante comprendió el peligro que entrañaba aquella luz roja de la cámara de vigilancia. Las pantallas de vídeo del despacho de Ely estaban apagadas. Y aquella mañana, cuando Bosch había visitado la fábrica, se había fijado en que la única vista interior que tenía Ely era la de la sala de carga y descarga.

Eso significaba que alguien más estaba vigilando la habitación. Bosch consultó su reloj para calcular cuánto tiempo llevaba en el lugar. ¿Dos minutos? ¿Tres? Si venían del rancho, tenía poco tiempo. Echó un vistazo a la trampilla y luego al ojo rojo que brillaba en la oscuridad.

No podía arriesgarse a que no hubiera nadie vigilando. Bosch volvió a colocar la pila de bandejas en su sitio y se apresuró a salir de la tercera sala. Retrocedió sobre sus pasos y colgó la máscara y las gafas en el gancho. Después entró en el despacho de Ely y salió por la ventana. Rápidamente recolocó las láminas de vidrio en su sitio, doblando el metal con los dedos.

Los perros seguían acostados en el mismo sitio, respirando hondo. Bosch dudó un instante antes de decidir sacarlos. Al fin y al cabo, tal vez no lo habían visto. Así pues, los cogió por los collares y los sacó a rastras de la perrera. Uno intentó gruñir, pero sólo logró emitir un gemido ahogado. El otro hizo lo mismo.

Bosch corrió hasta la valla y la escaló rápidamente pero se obligó a ir más despacio al pasar por encima de las alfombrillas de goma. Desde allá arriba, le pareció oír el ruido de un motor por encima del zumbido eléctrico. Bosch tiró de las alfombrillas justo antes de saltar al otro lado y aterrizó con ellas en el callejón. A continuación se registró los bolsillos para comprobar que no se le habían caído la ganzúa, la linterna o las llaves. La pistola seguía en la funda. Lo tenía todo. Entonces oyó con toda claridad el ruido de al menos un vehículo. Era seguro que lo habían descubierto. Echó a correr por el callejón en dirección a Mexitec, al tiempo que alguien gritaba: «¡Pedro, Pablo! ¡Pedro, Pablo!» Harry comprendió que llamaban a los perros.

Bosch se arrastró hasta el coche y se quedó agazapado en el asiento delantero, espiando. Desde allí vio dos vehículos en el aparcamiento de delante de EnviroBreed y tres hombres, armados con pistolas, bajo el foco de la puerta principal. Entonces un cuarto hombre se asomó por la esquina hablando en español. Había encontrado los perros. El hombre tenía algo que a Bosch le resultaba familiar, pero estaba demasiado oscuro y se hallaba demasiado lejos para distinguir si lucía unas lágrimas tatuadas en la cara. Los hombres abrieron las puertas y, como policías, entraron en el edificio con las pistolas en alto. Ésa fue la señal para Bosch. Sin pensarlo dos veces, arrancó el Caprice y enfiló la carretera. Mientras se alejaba a toda velocidad, se dio cuenta de que volvía a temblar como una hoja después de haber pasado un momento de gran tensión. Era el clásico subidón después de un buen susto. Las gotas de sudor se deslizaban por su cabello y se le secaban en la nuca en el aire frío de la noche.

Bosch encendió un cigarrillo, arrojó la cerilla por la ventana y soltó una carcajada nerviosa al viento.

25

El domingo por la mañana, Bosch llamó al número que Ramos le había dado desde el teléfono público de un restaurante llamado Casa Mandarín, en el centro de Mexicali. Bosch dio su nombre y su número, colgó y encendió un cigarrillo. Dos minutos más tarde el teléfono sonó: era Ramos.

—¿Qué pasa, amigo? —preguntó en español.

—Nada —contestó Bosch—. Quiero ver las fotos policiales que te dije. ¿Recuerdas?

—Vale, vale. Si quieres, te paso a buscar de camino al centro. Dame media hora.

—Ya no estoy en el hotel.

—¿Te vas?

—No, simplemente me he marchado del hotel. No me gusta alojarme en un sitio donde han intentado matarme.

—¿Qué?

—Alguien con un rifle. Ya te contaré. Bueno, ahora mismo estoy ilocalizable. Si quieres recogerme, te espero en el Mandarín, en el centro.

—Llegaré dentro de media hora. Quiero saber más detalles.

Colgaron, y Bosch volvió a su mesa, donde Águila continuaba desayunando. Los dos habían pedido huevos revueltos con salsa picante, cilantro y albóndigas fritas. La comida estaba muy buena y Bosch la había devorado. Siempre comía deprisa después de una noche sin dormir.

La noche antes, después de volver riéndose de EnviroBreed, se había reunido con Águila en su casita cerca del aeropuerto. Allí, el detective mexicano le había contado el resultado de su investigación en el hotel. Al parecer, el recepcionista no le supo ofrecer una descripción detallada del hombre que había alquilado la habitación 504; lo único que recordaba era que tenía tres lágrimas tatuadas en la mejilla, debajo del ojo izquierdo.

Águila no le preguntó a Bosch donde había estado, como si ya supiera que no iba a recibir una respuesta. Sin embargo, le ofreció el sofá de su modesta casa. Harry aceptó la invitación, pero no durmió. Se pasó la noche vigilando la ventana y dándole vueltas a todo hasta que la luz grisácea del amanecer se filtró a través de las finas cortinas blancas del salón.

La mayor parte del tiempo sus pensamientos se centraron en Lucius Porter. Bosch se imaginó el cuerpo desnudo y céreo del detective sobre la fría mesa de acero y a Teresa Corazón cortándolo con sus tijeras de podar. Pensó en las minúsculas hemorragias que ella encontraría en las córneas de los ojos: la confirmación de que había sido estrangulado. Y recordó las veces que había estado en la sala de autopsias con Porter contemplando cómo abrían a otras personas y sus despojos llenaban los desagües. En esos momentos era Lucius quien yacía sobre la mesa con un taco de madera bajo la nuca, listo para que le serraran el cráneo... Cuando empezaba a amanecer, los pensamientos de Harry se tornaron confusos y de pronto se vio a sí mismo encima de la camilla de acero mientras Teresa preparaba el instrumental para la autopsia.

Bosch se incorporó de golpe. Mientras alargaba la mano para coger su paquete de cigarrillos, se juró a sí mismo que él nunca acabaría en esa mesa. No de esa manera.

—¿La DEA? —preguntó Águila mientras empujaba el plato a un lado.

—¿Qué?

Águila indicó con la cabeza el busca que llevaba Bosch.

—Sí. Quieren que lo lleve.

Bosch sabía que tenía que fiarse de aquel hombre que además, ya se había ganado su confianza con creces. No le importaba lo que dijeran Ramos o Corvo. Toda su vida Bosch había vivido y trabajado en instituciones, pero creía haber escapado a la filosofía institucional y ser capaz de tomar sus propias decisiones. Por eso resolvió que le diría a Águila lo que estaba ocurriendo en cuanto llegara el momento oportuno.

—Voy a ir allá esta mañana a ver unas fotos. ¿Quedamos más tarde?

Águila aceptó y le explicó que él iba a ir a la plaza de la Justicia para completar el papeleo oficial sobre la defunción de Gutiérrez-Llosa. Bosch quiso contarle lo de la pala con el mango nuevo que había visto en EnviroBreed, pero pensó que era mejor no hacerlo. Sólo iba a explicarle lo de la noche anterior a una persona.

Permanecieron un rato en silencio Bosch con su café y Águila con su té.

—¿Ha visto alguna vez a Zorrillo? ¿En persona?

—Sí, de lejos.

—¿Dónde? ¿En una corrida?

—Sí, en la plaza de toros. El Papa suele ir a ver a sus toros, pero tiene un palco a la sombra cada semana. Yo sólo puedo permitirme asientos al sol. Por eso lo he visto de lejos.

—Él va con los toros, ¿no?

—¿Cómo?

—Que quiere que ganen sus toros, no los toreros.

—No, él quiere que sus toros mueran con honor.

Bosch no estaba seguro de qué quería decir, pero lo dejó estar.

—Quiero ir hoy. ¿Podemos conseguir entradas? Me gustaría sentarme en un palco cerca de el Papa.

—No lo sé. Los palcos son muy caros. Aunque no puedan venderlos, no bajan el precio.

—¿Cuánto valen?

—Como mínimo unos doscientos dólares. Ya le digo que es muy caro.

Bosch sacó su cartera y contó doscientos diez dólares. Dejó un billete de diez en la mesa para el desayuno y empujó el resto hacia Águila por encima del raído mantel verde. En ese instante Harry se dio cuenta de que aquello era más de lo que Águila ganaba en una semana de seis días y deseó no haber tomado tan rápido una decisión que a su colega le hubiese llevado varias horas de cuidadosa consideración.

—Quiero un palco cerca de el Papa.

—Piense que habrá muchos hombres con él. Estará...

—Sólo quiero verlo, eso es todo. Compre las entradas y no se preocupe.

Al salir del restaurante, Águila anunció que iría a la plaza de la Justicia a pie, ya que estaba a pocas manzanas de allí. Cuando se hubo marchado, Bosch se quedó esperando a Ramos en la acera. Entonces consultó su reloj y vio que eran las ocho de la mañana; la hora en que debía haberse presentado en el despacho de Irving. Harry se preguntó si el subdirector ya habría tomado medidas disciplinarias contra él; seguramente lo castigaría poniéndolo a trabajar en una mesa en cuanto volviera a la ciudad.

A no ser que... A no ser que volviera con todo solucionado. Ésa era la única forma de enfrentarse a Irving. Bosch sabía que tenía que regresar de México con todo atado y bien atado.

En ese instante Harry cayó en la cuenta del riesgo que representaba estar allí parado, como un blanco perfecto, de modo que regresó al restaurante y esperó a Ramos junto a la puerta de entrada. En varias ocasiones, la camarera se le acercó, lo saludó efusivamente y se marchó. Bosch dedujo que debía de tratarse de los efectos de la propina de tres dólares que había dejado.

Ramos tardó casi una hora en llegar. Como Bosch no quería dejar su coche, le dijo al agente que lo seguiría. Ambos condujeron hacia al norte por López Mateos, torcieron al este en la rotonda del círculo Benito Juárez y se adentraron en un barrio lleno de almacenes sin rótulos. Finalmente entraron en un callejón y aparcaron detrás de un edificio completamente cubierto de pintadas. Ramos salió de su viejo Chevrolet Camaro con matrícula mexicana y miró a su alrededor de manera furtiva.

—Bienvenido a nuestra modesta oficina federal —le dijo.

Dentro no había nadie; se notaba que era domingo. Ramos encendió la luz y Bosch vio unas cuantas filas de mesas y archivadores. Al fondo había dos armarios para armas y una caja fuerte de dos toneladas para guardar pruebas.

—Voy a ver lo que tenemos mientras tú me cuentas lo de anoche. ¿Estás seguro de que intentaron matarte?

—Como que me llamo Hieronymus Bosch.

La verdad era que el atentado apenas había dejado rastro, ya que la venda que Bosch se había puesto en el corte del cuello quedaba cubierta por la camisa, y la de la palma de la mano derecha no se notaba demasiado. Harry le contó a Ramos la historia del disparo en el hotel sin omitir detalle, incluido el casquillo que había encontrado en la habitación 504.

—¿Y la bala? ¿Se puede recuperar?

—Debe de seguir incrustada en la cabecera de la cama. No me quedé a comprobarlo.

—No, apuesto a que saliste a toda leche a avisar a tu colega, el mexicano. Bosch, te repito que tengas cuidado. Puede que sea buen tío, pero no lo conoces. A lo mejor fue él quien lo organizó todo.

—Pues sí, lo avisé. Pero después hice lo que tú querías que hiciera.

—¿De qué coño hablas?

—De EnviroBreed. Ayer por la noche entré en la fábrica.

—¿Qué? ¿Estás loco? Yo no te dije que...

—Venga, tío, no me jodas. Me contaste todo ese rollo para que supiera lo que hacía falta para conseguir una orden de registro. Ahora no me vengas con hostias. Estamos solos; yo sé lo que querías y lo conseguí. Haz ver que te lo ha dicho un confidente.

Ramos caminaba arriba y abajo sin parar; estaba montándole a Bosch el número de policía indignado.

—Tío, antes de usar un confidente tengo que pedirle permiso al jefe. Esto no va a colar. No puedo...

—Pues haz que cuele.

—Bosch...

—¿Te interesa lo que encontré ahí dentro o lo dejamos correr?

Eso silenció al agente de la DEA durante unos segundos.

—¿Han llegado ya tus ninjas? ¿Cómo dices que se llaman? ¿Los ÑAC?

—Los CLAC. Sí, llegaron ayer por la noche.

—Bien. Tendréis que daros prisa, porque me vieron —dijo.

El rostro del agente se ensombreció de golpe. Ramos sacudió la cabeza y se dejó caer en una silla.

—¿Cómo lo sabes?

—Había una cámara, pero no la vi hasta que era demasiado tarde. Logré salir y después fueron unos tíos a mirar. No pueden identificarme porque llevaba una máscara, pero saben que alguien ha entrado.

—Vale, Bosch. No me estás dejando muchas opciones. ¿Qué coño viste?

Ahí estaba. Ramos estaba aceptando el registro ilegal; lo estaba autorizando, por lo que ya no podrían usarlo contra Bosch. Entonces Harry le contó al agente lo de la trampilla escondida debajo de la pila de bandejas.

—¿No la abriste?

—No tuve tiempo, pero tampoco lo hubiese hecho. He estado en los túneles de Vietnam y todas las trampillas son precisamente eso: trampas. Si te fijas, la gente que vino a por mí llegó en coche, no por el túnel. Eso significa que el pasadizo puede contener explosivos.

Entonces Harry aconsejó a Ramos que la autorización de registro, o comoquiera que se llamara en México, incluyese la posibilidad de confiscar todas las herramientas y la basura de las papeleras.

—¿Por qué?

—Porque eso me ayudará a resolver uno de los casos de asesinato que me han traído hasta aquí. Y porque contienen pruebas de una conspiración para asesinar a un agente de la ley: yo.

Ramos asintió sin pedir más explicaciones, no le interesaban. Acto seguido, se levantó y se dirigió a un archivador del que sacó dos enormes carpetas negras de anillas. Bosch se sentó en una mesa vacía y Ramos le puso las carpetas delante.

—Estos son los cómplices conocidos asociados con Humberto Zorrillo. De algunos tenemos información biográfica, pero de los otros sólo hay lo que hemos descubierto en operaciones de vigilancia. En algunos casos ni siquiera conocemos los nombres.

Bosch abrió una carpeta y examinó el primer retrato. Era una ampliación borrosa de unos veinte por veinticinco centímetros de una foto tomada durante una operación de vigilancia. Ramos le confirmó que se trataba de Zorrillo, algo que Bosch ya había imaginado. Tenía el pelo negro, barba y los ojos oscuros con una mirada intensa. Bosch había visto antes esa cara; era el rostro adulto del niño que estaba con Calexico Moore en las fotos.

—¿Qué sabéis de él? —le preguntó Bosch a Ramos—. ¿Algo de su familia?

—No, aunque no hemos buscado mucho. A mí me importa un huevo de donde venga; sólo me interesa lo que está haciendo ahora y lo que va a hacer después.

Bosch pasó la página y siguió con el resto de las fotos. Algunas eran de las fichas policiales y otras habían sido obtenidas durante las vigilancias. Ramos se sentó en su mesa y se dispuso a escribir a máquina.

—Voy a preparar la declaración de un confidente. Esperemos que cuele.

Cuando llevaba ojeadas unas dos terceras partes de la carpeta, Bosch encontró al hombre de las tres lágrimas. Había varias fotos de él tomadas desde todos los ángulos y durante el transcurso de varios años.

Bosch vio transformarse su cara cuando le añadieron las lágrimas; pasó de ser un chico con aspecto de listillo a un convicto cruel. La breve biografía decía que se llamaba Osvaldo Arpis Rafaelillo y que nació en 1952. También se detallaba que sus tres estancias en la penitenciaría se debían a condenas por un asesinato que cometió siendo todavía un menor, un segundo asesinato —ya de adulto— y por un delito de posesión de drogas. Había pasado la mitad de su vida en prisión. Según los informes Arpis era uno de los hombres claves de Zorrillo.

—Aquí. Lo tengo —anunció Bosch.

Ramos se acercó. Él también conocía a Arpis.

—¿Y dices que ha estado en Los Ángeles cargándose a polis?

—Sí, al menos a uno, pero creo que también mató al primero. Y puede que también eliminara a uno de los correos de la competencia, un hawaiano llamado Jimmy Kapps. A él y a uno de los polis los estrangularon de la misma manera.

—La «pajarita mexicana», ¿no?

—Sí.

—¿Y al jornalero? ¿El que crees que asesinaron en la fábrica de bichos?

—Podría haberlos matado a todos. No lo sé.

—Hace siglos que Arpis corre por aquí. Sí, hará un año que salió de la trena. Es un asesino a sangre fría, Bosch. Uno de los hombres de confianza del Papa. De hecho, la gente de aquí lo llama Alvin Karpis, por el tío que ametrallaba a sus enemigos en los años treinta. ¿Lo conoces? ¿El de la banda de Ma Baker? A Arpis lo trincaron por un par de asesinatos, pero dicen que eso no le hace justicia, que el muy cabrón ha matado a mucha más gente.

Bosch miró las fotos y preguntó:

—¿Esto es todo lo que tienes sobre él?

—Hay más, pero ahí está casi todo lo que necesitas saber; el resto son sólo rumores que nos han contado nuestros informadores. Lo único importante sobre Al Karpis es que cuando Zorrillo comenzó a subir, el tío era como un ejército que le hacía todo el trabajo sucio. Cada vez que Zorrillo tenía que solucionar un asunto, se lo pedía a Arpis, su amigo del barrio. Y Arpis lo hacía. Como te he dicho, sólo lo trincaron un par de veces. Las otras debió de sobornar al personal.

Bosch empezó a tomar notas en una libreta mientras Ramos seguía hablando.

—Zorrillo y Arpis vienen de un barrio al sur de aquí. Lo llaman...

—Santos y Pecadores.

—Sí, Santos y Pecadores. Aunque no me fíe mucho de ellos, algunos polis locales nos han contado que Arpis le cogió el gustillo a matar. En el barrio usaban la expresión «¿Quién eres?» como una especie de reto. Era una forma de preguntar en qué lado estabas. ¿Con nosotros o contra nosotros? ¿Santo o pecador? Y cuando Zorrillo llegó al poder, puso a Arpis para cargarse a la gente que estaba en contra de él. Parece ser que después de matar a alguien, en el barrio corría la voz: «Ahora ha descubierto quién era.» ¿Me entiendes?

—Perfectamente —respondió Bosch.

—Muy bien. Lo cierto es que era buena publicidad: una manera de que la gente del barrio lo temiera. Pero por lo visto Arpis enseguida perfeccionó el arte de matar, hasta el punto de dejar mensajes en el cuerpo. Después de asesinar a un tío escribía «Ha descubierto quién era» o algo parecido y se lo dejaba clavado en la camisa con un alfiler.

Bosch no dijo ni escribió nada. Otra pieza que encajaba en el rompecabezas.

—A veces todavía se ve la frase en pintadas por el barrio —explicó Ramos—. Es parte de la leyenda popular de Zorrillo, parte del mito del Papa.

Harry cerró la libreta y se levantó.

—Ya tengo todo lo que necesito.

—Muy bien, pero ándate con cuidado. Es posible que vuelvan a intentarlo, especialmente si está en manos de Arpis. ¿Quieres quedarte en la oficina? Aquí estarás seguro.

—No, no te preocupes. —Bosch asintió y se dirigió a la puerta, pero antes se llevó la mano al busca—. ¿Me llamaréis?

—Sí. Corvo bajará pronto para el espectáculo y me ha pedido que te tenga localizado. ¿Dónde puedo encontrarte más tarde?

—No lo sé. Creo que voy a hacer un poco de turismo. Ir a la Sociedad Histórica o a los toros...

—Pues tranquilo. Te llamaremos.

—Más os vale.

Bosch volvió al Caprice pensando únicamente en la nota que habían encontrado en el bolsillo trasero del pantalón de Cal Moore.

«He descubierto quién era yo.»

26

Bosch tardó treinta minutos en cruzar la frontera, ya que había casi un kilómetro de cola hasta el puesto de control de la Patrulla Aduanera. Mientras esperaba e iba avanzando uno o dos coches, le asaltó un ejército de campesinos que pedían limosna y vendían baratijas o comida. Muchos le limpiaban el parabrisas con sus trapos sucios sin que él se lo pidiera y luego extendían la mano para recibir una moneda. Después de cada limpieza, el cristal estaba más emborronado, por lo que Bosch tuvo que encender los limpiaparabrisas y usar el chorro de agua del coche. Cuando finalmente llegó al puesto de control, Bosch se había quedado sin monedas ni billetes de un dólar. El inspector con las gafas de espejo lo dejó pasar en cuanto vio la placa.

—Ahí tiene una manguera si quiere limpiarse la mierda del parabrisas —comentó.

Al cabo de unos minutos, Bosch se detuvo en el aparcamiento frente al Ayuntamiento de Calexico. Mientras se fumaba un cigarrillo dentro del coche, echó un vistazo al otro lado de la calle. Ese día no había trovadores; el parque estaba casi vacío. Bosch salió del Caprice y se dirigió a la Sociedad Histórica de Calexico. Aunque no estaba muy seguro de lo que estaba buscando, tenía unas horas que matar y creía que había algo más profundo en toda la historia de Cal Moore: desde su decisión de cruzar la línea hasta la nota en el bolsillo trasero, pasando por la foto de él con Zorrillo hacía tantos años. Bosch quería averiguar qué le había ocurrido a la casa que él denominaba «el castillo» y al individuo con el que había posado: aquel hombre con el pelo completamente blanco.

La puerta de cristal estaba cerrada y Bosch descubrió que los domingos no abrían hasta la una; aún faltaban quince minutos. Entonces se acercó al cristal y miró dentro, pero no vio a nadie en aquel cuartito minúsculo que contenía dos mesas, una pared cubierta de libros y un par de vitrinas.

Pensó en aprovechar el tiempo yendo a comer algo, pero enseguida decidió que era demasiado temprano. Entonces se dirigió a la comisaría, donde se compró una Coca-Cola en la máquina del pequeño vestíbulo. Al marcharse, saludó al oficial que estaba detrás de la ventanilla y que ese día no era Gruber.

Mientras esperaba apoyado contra la fachada de la comisaría, bebiéndose el refresco y contemplando el parque, Harry reparó en un viejo con una retícula de finos cabellos blancos a ambos lados de la cabeza. El anciano abrió la puerta de la Sociedad Histórica. A pesar de que todavía faltaban unos minutos para la una, Bosch lo siguió y se asomó.

—¿Está abierto?

—Supongo que sí —contestó el hombre—. ¿Puedo ayudarle en algo?

Bosch entró y explicó que no estaba seguro de lo que quería.

—Estoy buscando información sobre el pasado de un amigo y creo que su padre fue un personaje importante. En Calexico, quiero decir. Me gustaría encontrar su casa si todavía sigue en pie y descubrir lo que pueda sobre su padre.

—¿Cómo se llama ese hombre?

—No lo sé. Sólo sé su apellido: Moore.

—Vaya, hijo, ese nombre no nos ayuda mucho. Moore es uno de los apellidos más importantes de esta ciudad. Son una familia enorme: hermanos, primos, etc... Hagamos una cosa, déjeme...

—¿Tiene fotos? Quiero decir, libros con imágenes de los Moore. Yo he visto retratos del padre y podría...

—Sí, eso es lo que le iba a sugerir. Déjeme enseñarle un par de cosas. Encontraremos a ese Moore. Ahora también me ha picado la curiosidad. Dígame, ¿por qué está haciendo esto para su amigo?

—Estoy intentando construir su árbol genealógico. Descubrir sus raíces.

Al cabo de unos minutos, Bosch se hallaba sentado en la otra mesa con tres libros que le había traído el hombre. Eran unos tomos grandes, encuadernados en piel que olían a polvo. En cada página los textos iban acompañados de documentos fotográficos de la época. Al abrir uno de ellos al azar, Harry encontró una foto en blanco y negro del Hotel de Anza en proceso de construcción.

Después empezó por orden. El primer volumen se titulaba *Calexico y Mexicali: Setenta y cinco años en la frontera* y, al leer por encima los textos y pies de foto, Bosch fue haciéndose una ligera idea de la historia de las dos ciudades y de los hombres que la construyeron. Todo era básicamente como se lo había contado Águila, pero desde el punto de vista del hombre blanco. El libro describía la terrible pobreza en Tapei, China, y contaba que los hombres que vivían allí vinieron encantados a Baja California en busca de fortuna. Curiosamente, no decía nada de mano de obra barata.

Calexico era una ciudad que había surgido de la nada en los años veinte y treinta. La población fue fundada por la Compañía de la Tierra del Río Colorado, cuyos directores —los amos y señores de todo— construyeron mansiones lujosas y ranchos en los montes que se alzaban a las afueras de la ciudad. A medida que iba leyendo, Bosch se fijó en que se repetían los nombres de tres hermanos: Anderson, Cecil y Morgan Moore. También existían otros Moore, pero a ellos tres siempre se les citaba con gran respeto ya que ostentaban altos cargos en la compañía.

Mientras hojeaba un capítulo titulado «Una ciudad polvorienta cubre sus calles de oro», Bosch encontró al hombre que le interesaba: Cecil Moore. Allí, entre la descripción de la riqueza que el algodón había traído a Calexico, había una imagen de un hombre con el cabello prematuramente blanco frente a una enorme mansión colonial. Era el hombre de la foto que Moore había conservado tantos años. A la izquierda de la mansión se alzaba, como el campanario de una iglesia, una torre con dos ventanas en forma de arco en la parte más alta, que le daba a la casa un aspecto de castillo español. No cabía duda; aquél era el hogar donde transcurrió la infancia de Cal Moore.

—Éste es el hombre y éste es el lugar —afirmó Bosch, al tiempo que le mostraba la foto al anciano.

—Es Cecil Moore —le informó el anciano.

—¿Vive todavía?

—No, ninguno de los hermanos vive. Aunque él fue el último en morir; murió el año pasado por esta época, mientras dormía. Pero yo creo que se equivoca.

—¿Por qué?

—Porque Cecil no tuvo hijos.

Bosch asintió.

—Tal vez tenga razón. Y la casa, ¿también ha desaparecido?

—Oiga, usted no está preparando una genealogía, ¿verdad?

—No, soy policía. He venido de Los Ángeles a investigar una historia que alguien me contó. ¿Me puede ayudar?

Cuando el viejo lo miró a los ojos, Bosch se arrepintió de no haber sido sincero con él desde un principio.

—No sé qué tiene que ver con Los Ángeles, pero adelante. ¿Qué más quiere saber?

—¿Todavía sigue ahí la casa de la torre?

—Sí. La llaman el Castillo de los Ojos por esas dos ventanas. De noche, cuando estaban iluminadas, la gente decía que eran los ojos que veían todo Calexico.

—¿Dónde está?

—En una carretera llamada Coyote Trail, al oeste de la ciudad. Si coge la 98 pasado el río Pinto hasta una zona llamada Crucifixion Thorn, sólo hay que torcer al llegar a Anza Road, el mismo nombre que el hotel, y ese camino le llevará a Coyote Trail. El castillo está al final de la carretera. No tiene pérdida.

—¿Quién vive allí ahora?

—Creo que nadie. Moore se la dejó en herencia a la ciudad, pero el ayuntamiento no podía permitirse mantener un sitio como ése, así que lo vendieron; a un hombre de Los Ángeles, por cierto. Pero que yo sepa, él nunca se mudó. Es una lástima; me hubiese gustado convertirla en un museo o algo parecido.

Bosch le dio las gracias y puso rumbo a Crucifixion Thorn. Aunque tal vez el Castillo de los Ojos fuera simplemente la casa de un hombre rico sin ninguna relevancia para el caso, Harry decidió investigarlo: no tenía nada más que hacer y el instinto le empujaba a seguir adelante.

La carretera estatal 98 era una ruta asfaltada de dos carriles que se extendía hacia el oeste desde el centro de Calexico y discurría paralela a la frontera, atravesando amplias extensiones de una tierra de cultivo cuadriculada por las acequias de riego. Desde el coche Bosch notó el olor a pimientos verdes y cilantro. Luego pasó junto a una plantación de algodón y pensó en que todo aquel enorme territorio fue en una época propiedad de la Compañía de la Tierra del Río Colorado.

Un poco más allá, la tierra se elevaba y se tornaba montañosa, por lo que Bosch vislumbró la casa de Calexico Moore bastante antes de llegar a ella. El Castillo de los Ojos se alzaba orgulloso sobre un promontorio, y su torre se recortaba en el horizonte con sus dos ventanas, que realmente parecían unos ojos negros y profundos en la piedra anaranjada del edificio.

Bosch cruzó un puente sobre el cauce seco de un arroyo. Debía de ser el río Pinto, aunque no había ninguna señal en la carretera que lo confirmara. Al mirar de reojo la cuenca polvorienta, Harry vio aparcado un Chevrolet Blazer de color verde y, detrás del volante, a un hombre espiando con unos prismáticos. Bosch dedujo que sería de la patrulla de fronteras. El agente estaba usando el desnivel del arroyo como escondite para vigilar la frontera e impedir el paso a inmigrantes ilegales.

El río Pinto marcaba el final de las tierras de cultivo; casi inmediatamente el terreno empezó a transformarse en colinas cubiertas de arboledas sombrías. Junto a un apartadero de la carretera había un bosquecillo de eucaliptos y robles cuyas ramas estaban totalmente quietas en aquella mañana sin viento. Esta vez un rótulo le informó de donde se hallaba:

PARQUE NATURAL DE CRUCIFIXION THORN
Peligro. Minas abandonadas

Bosch acababa de leer un comentario en los libros de la Sociedad Histórica sobre las minas de oro que se multiplicaron por toda la zona de la frontera a finales de siglo. Los especuladores ganaron y perdieron verdaderas fortunas, y las colinas se llenaron de bandoleros... hasta que llegó la compañía y puso orden.

Harry encendió un cigarrillo y contempló la torre, ya mucho más cercana, que asomaba por detrás de un recinto amurallado. La quietud del paisaje y las ventanas oscuras, como ojos sin alma, le daban a la escena un aire siniestro. Y eso que el castillo no estaba solo en la montaña; desde el coche Bosch divisaba los tejados árabes de otras casas. Pero había algo en aquel torreón que se alzaba sobre todas ellas y miraba con sus huecos ojos de cristal que le daba un aspecto totalmente desolado. Muerto.

A menos de un kilómetro estaba el cruce con Anza Road. Bosch giró y tomó la carretera de un solo carril, llena de baches y curvas, que subía por la ladera de la montaña. A su derecha, se extendían las tierras de cultivo que acababa de atravesar. Finalmente llegó a Coyote Trail, torció a la izquierda y pasó por delante de varias fincas enormes con sus respectivas mansiones. Bosch sólo alcanzaba a vislumbrar los segundos pisos de la mayoría de ellas debido a los muros que las rodeaban.

Coyote Trail iba a morir en una plazoleta alrededor de un roble que en verano le daría sombra. El

Castillo de los Ojos estaba allí mismo, al final de la calle, pero apenas se veía ya que un muro de piedra de unos dos metros y medio lo eclipsaba todo excepto la torre. Sólo a través de la verja de hierro forjado se obtenía una vista más completa. Cuando Bosch condujo hasta ella, enseguida descubrió que estaba cerrada con una gruesa cadena de acero y un candado. Entonces salió del coche y miró a través de los barrotes. Harry observó que la zona para aparcar frente a la casa estaba vacía y que todas las ventanas de la fachada tenían las cortinas echadas.

En el muro junto a la verja había un buzón y un interfono. Bosch pulsó el timbre pero no recibió respuesta, aunque tampoco estaba seguro de lo que habría contestado si alguien hubiese respondido. Tras abrir el buzón, descubrió que estaba vacío.

Bosch dejó el coche donde estaba y caminó de vuelta por Coyote Trail hasta la casa más cercana. Era una de las pocas sin muro, pero había una cerca de madera blanca y un interfono en la entrada. Esa vez, cuando pulsó el botón, sí contestó alguien.

—¿Sí? —dijo una voz femenina.

—Sí, señora, policía. Quisiera hacerle unas preguntas sobre la casa de su vecino.

—¿Qué vecino?

Era la voz de una anciana.

—El del castillo.

—Ahí no vive nadie. El señor Moore murió hace tiempo.

—Sí, ya lo sé, señora, pero me gustaría entrar y hablar un momento con usted. Tengo identificación.

Hubo un silencio hasta que oyó un seco «Pase» y el zumbido del cerrojo que abría la puerta.

La mujer insistió en que Bosch le mostrara su documentación por la ventanilla de la puerta. A través del cristal Bosch la vio allí dentro, canosa y decrépita, esforzándose por ver el documento desde una silla de ruedas. Finalmente abrió la puerta.

—¿Por qué envían a un policía de Los Ángeles?

—Porque estoy trabajando en un caso sucedido en Los Ángeles. Tiene que ver con un hombre que solía vivir en el castillo. Un niño, hace muchos años.

Ella lo miró con los ojos entrecerrados, como si estuviera intentado evocar un recuerdo.

—¿Se refiere a Calexico Moore?

—Sí. ¿Lo conocía?

—¿Le ha pasado algo?

Bosch dudó un momento y dijo:

—Me temo que ha muerto.

—¿Allá en Los Ángeles?

—Sí. Era un agente de policía. Creo que su muerte tuvo algo que ver con su vida aquí. Por eso he venido aquí. No sé exactamente qué preguntarle... No vivió aquí mucho tiempo, ¿verdad?

—No vivió aquí mucho tiempo, pero eso no quiere decir que no lo lo volviera a ver. Al contrario; lo vi regularmente durante años. Solía venir en moto o en coche y sentarse en la carretera a contemplar el castillo. Una vez hice que Marta le llevase un bocadillo y una limonada.

Bosch asumió que Marta sería la criada. Aquellas mansiones siempre incluían una.

—Me imagino que se sentaba allí a recordar —le dijo la anciana—. Es horrible lo que le hizo Cecil. Probablemente ahora estará pagando por ello.

—¿Qué quiere decir con «horrible»?

—Lo de sacarse de encima a Cal y su madre de esa manera. Después de eso creo que nunca volvió a hablar con ellos. Pero yo sí vi al niño y luego al hombre que venía aquí a contemplar el castillo. La gente dice que por eso Cecil construyó ese muro hace veinte años; porque estaba harto de ver a Calexico en la calle. Así hacía las cosas Cecil. Si no le gustaba lo que veía, levantaba un muro y basta. Pero el joven Cal siguió viniendo. Una vez yo misma le llevé una bebida fresca (por aquel entonces no iba en la silla). Él estaba en el coche y le pregunté: «¿Por qué vienes tanto por aquí?» y él me contestó: «Porque me gusta recordar, tía Mary.»

—¿Tía Mary?

—Sí, creía que por eso había venido usted. Cecil y mi marido Anderson, que en paz descansen, eran hermanos.

Bosch asintió y esperó respetuosamente unos cinco segundos antes de hablar.

—El hombre de la Sociedad Histórica me dijo que Cecil no tuvo hijos.

—Pues claro. Cecil se lo ocultó a la gente. Era un enorme secreto. No quería empañar el nombre de la compañía.

—¿La madre de Calexico era la criada?

—Sí, ella... Aunque parece que usted ya lo sabe todo.

—Sólo algunas cosas. ¿Qué pasó? ¿Por qué los echó a ella y al niño?

Ella dudó antes de responder, como para recomponer una historia que tenía más de treinta años.

—Después de que ella se quedara embarazada, se vino a vivir aquí... él quiso que se quedara... y ella tuvo el bebé en el castillo. Después, cuatro o cinco años más tarde, Cecil descubrió que ella le había mentido. Un día hizo que uno de sus hombres la siguiera cuando iba a Mexicali a visitar a su madre. Sólo que no había ninguna madre, sino un marido y otro hijo, mayor que Calexico. Entonces fue cuando los echó. Cuando expulsó a la sangre de su sangre.

Bosch pensó en esto un buen rato. La mujer tenía la mirada perdida en el pasado.

—¿Cuándo fue la última vez que vio a Calexico?

—A ver, déjeme pensar... Hará unos cuantos años. Al final dejó de venir.

—¿Cree que se enteró de la muerte de su padre?

—Sólo sé que no vino al funeral, y la verdad es que no le culpo.

—Me han dicho que Cecil Moore dejó la propiedad al ayuntamiento.

—Sí, murió solo y le dejó todo a la ciudad, nada a Calexico ni a sus ex mujeres o queridas. Cecil Moore fue un hombre avaro, incluso al morir. Obviamente el ayuntamiento no podía hacer nada con la casa: es demasiado grande y cara de mantener. Calexico ya no es una ciudad tan próspera como antes y no puede permitirse un sitio así. Por un momento pensaron en convertirla en un museo histórico, pero si no se puede ni llenar un armario con la historia de este lugar; ¡imagínese un museo! El ayuntamiento vendió la casa por más de un millón de dólares. Tal vez ahora tengan dinero para unos cuantos años.

—¿Quién lo compró?

—No lo sé, pero nunca se mudaron. Tienen una persona que viene a limpiar; vi luces la semana pasada. Pero no, nadie ha venido a vivir. Supongo que será una inversión. No sé en qué, porque aquí estamos en medio de la nada.

—Una última pregunta. ¿Venía Moore con alguien más a ver el sitio?

—No. Siempre venía solo. El pobre chico siempre estuvo solo.

De vuelta en la ciudad, Bosch pensó en las vigilias solitarias de Moore frente a la casa de su padre. Se preguntó si lo que echaba de menos eran la casa y los recuerdos que encerraba o al padre que lo había expulsado. O ambas cosas.

Los pensamientos de Bosch se centraron en su breve encuentro con su propio padre, un hombre al borde de la muerte. En ese momento Harry le había perdonado cada segundo que él le había robado. No quería pasarse el resto de su vida sufriendo por algo irreversible.

27

La cola de tráfico para volver a México era más larga y lenta que la del día anterior. Bosch dedujo que aquello se debía a la corrida, que atraía a gente de toda la zona. Ir a los toros era una tradición dominical tan popular en Mexicali como ver el partido de fútbol americano en Los Ángeles.

Bosch se hallaba a dos coches del oficial de la policía mexicana cuando recordó que todavía llevaba encima la Smith & Wesson. Sin embargo, era demasiado tarde para hacer algo al respecto. Al llegar al puesto de control, simplemente dijo: «Voy a los toros» y lo dejaron pasar.

El cielo sobre Mexicali estaba claro y el aire era fresco; un clima ideal para ir a la plaza. Harry sintió un cosquilleo de emoción en la garganta. Tenía motivos: iba a asistir a su primera corrida y tal vez iba a ver a Zorrillo, el hombre cuya leyenda le había rodeado los últimos tres días de su vida. Tanto era así, que Bosch había acabado por sentirse algo seducido por el mito. Harry quería ver al Papa en su salsa. Con sus toros y su gente.

Bosch sacó unos prismáticos de la guantera después de aparcar en la plaza de la Justicia. Como la plaza de toros sólo estaba a tres manzanas de distancia, supuso que irían a pie. Tras mostrar su documentación al oficial de recepción, pasó al fondo de la comisaría, donde encontró a Águila sentado en la única mesa de la oficina de la brigada de investigadores. Frente a él había varios informes escritos a mano.

—¿Tiene las entradas?

—Sí. Tenemos un palco al sol, aunque a los palcos nunca les da demasiado sol.

—¿Estaremos cerca del Papa?

—Justo enfrente... si es que viene.

—Sí, claro. ¿Ya ha terminado?

—Sí, acabo de completar el informe del caso Gutiérrez-Llosa. Bueno, al menos hasta que presentemos cargos contra alguien.

—Cosa que no debe de pasar muy a menudo.

—No... Qué, ¿vamos?

—Yo estoy listo —contestó Bosch, mostrándole los prismáticos.

—Estaremos muy cerca de los toros —le advirtió Águila.

—No son para ver la corrida —explicó Bosch.

De camino hacia la plaza los engulló un río de gente que avanzaba en esa dirección. Algunos ya llevaban almohadillas para sentarse en las gradas, pero otros se las compraban a unos niños que las vendían a un dólar por almohada.

Después de pasar la valla, Bosch y Águila bajaron unas escaleras de cemento hasta llegar a un piso subterráneo donde Águila presentó sus entradas a un acomodador. Éste les condujo por una especie de catacumba que seguía la circunferencia de la plaza. A la izquierda había varias puertecitas de madera numeradas.

El acomodador abrió la puerta marcada con el número siete y los dos policías entraron en una habitación no más grande que la celda de una cárcel. Las paredes, el suelo y el techo abovedado eran de cemento sin pintar, y este último se inclinaba hacia delante hasta dejar una abertura de unos dos metros. Al asomarse, Bosch descubrió que se hallaban en la parte inferior de la plaza, al lado de los matadores, banderilleros y otros participantes de la fiesta. Lo primero que notó fue el hedor del ruedo, el olor a caballo y toro, y a sangre. Apoyadas en una de las paredes del palco había seis sillas metálicas plegadas. Bosch y Águila abrieron dos y se sentaron después de que este último le diera las gracias al acomodador y cerrara la puerta con pestillo.

—Esto es como una trinchera —comentó Bosch mientras miraba hacia los palcos al otro lado del ruedo. No vio a Zorrillo.

—¿Qué quiere decir?

—Nada —respondió Bosch, al tiempo que pensaba que nunca había estado en una—. Me recuerda un poco a una celda.

—Puede ser —contestó Águila.

Bosch se dio cuenta de que lo había ofendido. Aquéllos eran los mejores asientos de la casa.

—Es genial, Carlos —agregó—. Desde aquí lo veremos todo.

Sin embargo, en esos momentos Bosch estaba pensando en que el palco apestaba a cerveza y era extremadamente ruidoso. El pequeño cubículo de cemento amplificaba el sonido de pasos de la gente que iba tomando asiento sobre sus cabezas y de una banda que tocaba en la parte más alta de la plaza. En el coso ya estaban presentando a los toreros. La multitud se animó y las paredes del palco retumbaron cada vez que saludaban los matadores.

—Se puede fumar, ¿no? —preguntó Bosch.

—Sí —respondió Águila al tiempo que se levantaba—. ¿Cerveza?

—Muy bien. Tecate, si tienen.

—Seguro. Cierre la puerta con el pestillo. Yo ya llamaré.

Águila se marchó y Harry corrió el pestillo mientras se preguntaba si lo hacía para protegerse o simplemente para evitar que entrara otra gente a ver la corrida. Curiosamente, en cuanto se quedó solo, notó que no se sentía en absoluto protegido en aquel recinto de cemento. De trinchera, nada.

Bosch enfocó los prismáticos hacia los otros palcos de la plaza. La mayoría estaban vacíos y en el resto no había nadie que encajara con la descripción de Zorrillo. Bosch se fijó en que muchos habían colgado tapices o estantes con botellas de alcohol y colocado butacas. Eran los palcos a la sombra de los abonados. Al cabo de unos minutos, Águila llamó y Bosch lo dejó pasar con las bebidas. Y entonces comenzó el espectáculo. Las dos primeras faenas fueron deslucidas y sin emoción. Águila las calificó de «pobres». El público abucheó con rabia a los toreros por no matar al toro limpiamente y permitir que las faenas se convirtieran en una exhibición larga y sangrienta que tenía muy poco de arte o demostración de coraje.

En la tercera faena, la plaza cobró vida. Hubo un estruendo enorme en el palco cuando el siguiente toro, un animal negro azabache —a excepción de una zeta blancuzca en el lomo— embistió violentamente uno de los caballos de los picadores. La tremenda fuerza del animal levantó el peto del caballo hasta el muslo del jinete. El picador clavó la garrocha en la espalda del toro y apoyó en ella todo su peso, pero esto sólo pareció enfurecer más a la bestia. Con fuerzas renovadas, el toro volvió a acometer violentamente al caballo. Aunque el lance se produjo a menos de diez metros de su palco, Bosch cogió los prismáticos para verlo con más detalle. A través de las lentes de aumento, Bosch presenció la escena como a cámara lenta: el caballo se encabritó, su amo saltó por los aires y el toro continuó la carga, corneando el peto hasta derribar al caballo, que fue a caer a poca distancia del picador.

El ruido se volvió atronador. La gente vitoreaba a los banderilleros que invadían el ruedo y agitaban sus capas para intentar desviar la atención del caballo y jinete caídos. Mientras tanto, otros ayudaron al picador a ponerse en pie y lo empezaron a acompañar a la barrera. Sin embargo, el hombre rechazó su ayuda y se alejó cojeando. Tenía la cara brillante por el sudor y roja de vergüenza, ya que el público lo abucheaba. Gracias a los prismáticos, Bosch se sentía como si estuviera justo al lado del hombre. Entonces vio que una almohadilla procedente de las gradas le daba en el hombro. El picador no alzó la vista, pues hacerlo habría sido una provocación para que lanzaran más.

El toro se había ganado al público y, al cabo de unos minutos, su muerte fue aplaudida con respeto. Con el estoque del matador firmemente clavado en el cuello, las patas del animal habían cedido y su enorme peso se había desplomado sobre el suelo. El puntillero, un hombre mayor que los otros participantes, avanzó rápidamente con un puñal corto y se lo clavó en la base del cráneo. Fue una muerte instantánea tras el largo tormento. Bosch observó al hombre mientras limpiaba la puntilla de sangre sobre la negra piel del animal muerto y después se lo guardaba en una funda que llevaba en la chaquetilla.

A continuación trajeron tres mulas enjaezadas, ataron los cuernos del toro con una cuerda y las mulas lo arrastraron por todo el ruedo. Durante la vuelta a la plaza, alguien lanzó una rosa roja que cayó sobre el animal que iba marcando un círculo sobre la arena.

Harry observó al hombre del puñal. Dar el toque de gracia parecía ser su única misión en cada faena y Bosch no tenía claro si su trabajo era piadoso o cruel. El hombre era bastante mayor: tenía el pelo negro lleno de canas y una expresión cansada, impasible. En aquel rostro de piedra gastada sus ojos parecían carecer de alma. Entonces Bosch pensó en el hombre con las tres lágrimas tatuadas en la cara: Arpis. ¿Cuál debió de ser su expresión cuando le quitó la vida a Porter o apuntó a la cara de Moore y apretó el gatillo?

—El toro ha sido muy bravo —comentó Águila.

Hasta ese momento había dicho poca cosa aparte de definir a los toreros como expertos o torpes, buenos o malos.

—Supongo que Zorrillo habría estado orgulloso —convino Bosch—. Si hubiera venido.

Efectivamente, Zorrillo no había acudido a la plaza. Bosch había estado espiando el palco que Águila le había señalado, pero los asientos habían permanecido vacíos. En esos momentos, cuando faltaba tan sólo una faena, resultaba improbable que el hombre que había criado los toros para la corrida hiciera acto de presencia.

—¿Quieres irte, Harry? —le tuteó Águila.

—No, quiero ver el final —sonrió Bosch.

—Muy bien. Esta faena será la mejor y más artística. Silvestri es el mejor torero de Mexicali. ¿Otra cerveza?

—Sí, pero ya voy yo. ¿Qué quieres?

—No. Me toca a mí. Es mi pequeña forma de pagarte.

—Como quieras —contestó Bosch.

—Cierra la puerta.

Así lo hizo. Harry se quedó examinando su entrada, donde estaban impresos los nombres de los participantes. Cristóbal Silvestri. Águila le había dicho que era el torero con más arte y valor que había visto en su vida. De repente la multitud volvió a gritar entusiasmada; el último toro, otro enorme monstruo negro, entró en el ruedo para enfrentarse a sus verdugos. Unos cuantos toreros comenzaron a moverse alrededor de él con sus capas verdes y azules, abiertas como flores. A Bosch le había impresionado el ritual y la pompa de las faenas, incluso de las más torpes. Torear no era un deporte, de eso estaba seguro. ¿Qué era pues? Una prueba, tal vez. Una demostración de habilidad y, sí, también de coraje y determinación. Bosch pensó que, si pudiera, le gustaría acudir a menudo a esa plaza para ser testimonio de ella.

Entonces llamaron a la puerta y Bosch se levantó para abrir a Águila. Sin embargo, descubrió a dos hombres esperando. A uno de ellos no lo conocía y al otro sí, aunque tardó unos segundos en situarlo. Era Grena, el capitán de investigaciones. Pese a que apenas podía ver detrás de ellos, no parecía haber ni rastro de Águila.

—Señor Bosch, ¿podemos entrar?

Bosch dio un paso atrás y Grena entró solo. El otro hombre se volvió de espaldas y se quedó guardando la puerta, que Bosch se apresuró a cerrar con el pestillo.

—Así no nos molestarán, ¿verdad? —comentó Grena mientras registraba el palco tan concienzudamente como si ésta fuera del tamaño de una pista de baloncesto—. Tengo por costumbre asistir a la última faena, señor Bosch. Especialmente cuando actúa Silvestri, un gran torero. Espero que lo disfrute.

Bosch asintió y echó un vistazo al ruedo. El toro seguía muy vivo y correteaba por la arena mientras los toreros esperaban a que se tranquilizara.

—¿Y Carlos Águila? ¿Se ha ido? —le preguntó Grena.

—A por cerveza, aunque usted ya debe de saberlo. ¿Por qué no me cuenta qué pasa, capitán?

—¿Cómo que qué pasa? ¿Qué quiere decir?

—Quiero decir que qué quiere. ¿Por qué ha venido?

—Ah, ya. Usted quiere ver nuestro pequeño espectáculo y que no lo molestemos con negocios. Ir al grano, como dicen ustedes.

—Pues sí.

Hubo una ovación y los dos hombres se volvieron hacia la arena. Silvestri había entrado y estaba siguiendo al toro. Llevaba un traje de luces blanco y dorado y caminaba majestuosamente, con la espalda recta y la barbilla pegada al cuello mientras examinaba a su adversario con gravedad. El toro todavía corría por el ruedo, sacudiéndose las banderillas amarillas y azules que tenía clavadas en el lomo.

Bosch volvió su atención a Grena. El capitán de policía llevaba una chaqueta cara de piel negra, bajo la cual asomaba un Rolex.

—Lo que quiero saber es qué está haciendo usted, señor Bosch. Usted no ha venido a ver a los toros. Entonces, ¿qué hace en Mexicali? Me han dicho que ya han identificado al señor Gutiérrez-Llosa, así que ya no tiene ningún motivo para quedarse aquí. ¿Por qué hace perder el tiempo a Carlos Águila?

Harry pensó en no contestarle, pero no deseaba perjudicar a Águila. Él se marcharía pronto, pero Águila se quedaría.

—Me voy mañana por la mañana. Ya he terminado mi trabajo.

—Entonces debería irse esta noche, ¿no cree? Así llegará antes.

—Puede ser.

Grena asintió.

—Mire, he recibido una llamada de un tal teniente Pounds del Departamento de Policía de Los Ángeles. Él quiere que vuelva usted inmediatamente y me
ha pedido que se lo diga en persona. ¿Por qué cree usted que lo ha hecho?

Bosch lo miró y negó con la cabeza.

—No lo sé. Eso tendría que preguntárselo a él.

Hubo un largo silencio durante el cual la atención
de Grena volvió al ruedo. Bosch también giró, justo a
tiempo para ver a Silvestri hacer una verónica.

Grena miró a Bosch fijamente y luego sonrió, del
mismo modo en que Ted Bundy debió de sonreír a
sus víctimas antes de asesinarlas.

—¿Conoce el arte de la muleta?

Bosch no respondió y los dos entablaron un duelo de miradas. En el rostro oscuro del capitán seguía
dibujándose una leve sonrisa.

—El arte de la muleta —repitió Grena—. Está
basado en el engaño. Es el arte de la supervivencia. El
matador usa la capa para burlar a la muerte, para obli-
garla a ir donde él no está. Pero también debe tener
coraje y acercarse al máximo a los cuernos del toro.
Cuanto más cerca, más valiente. No puede mostrar
miedo ni por un momento, porque eso es perder: morir. Ése es el arte, amigo mío.

Grena asintió y Bosch simplemente lo miró a los
ojos. Finalmente Grena sonrió de oreja a oreja y se
volvió hacia la puerta. Cuando la abrió, Bosch comprobó que el otro hombre seguía allí. Antes de cerrar,
Grena miró a Bosch y añadió:

—Que tenga un buen viaje, detective Harry Bosch.
Esta noche, ¿de acuerdo?

Bosch no dijo nada y la puerta se cerró. Harry se
sentó y permaneció inmóvil hasta que los vítores del

público lo distrajeron. Silvestri había clavado una rodilla en la arena en el centro del ruedo y había provocado al toro para que lo embistiera. El torero se quedó fijo en aquella posición hasta que la bestia estuvo encima de él, momento en que retiró la capa de su cuerpo con un grácil movimiento. El toro pasó a pocos centímetros del hombre, pero no lo tocó. Fue impresionante; una enorme ovación llenó la plaza. Entonces se abrió la puerta y entró Águila.

—¿Qué quería Grena?

Bosch no respondió, sino que alzó los prismáticos para volver a examinar el palco de Zorrillo. En lugar del Papa allí estaba Grena, que lo miraba y aún tenía la misma sonrisa en los labios.

Silvestri derribó al toro de una sola estocada; la hoja de la espada penetró profundamente entre los hombros y le atravesó el corazón. Fue una muerte instantánea. Bosch volvió la vista al hombre del puñal y le pareció detectar una cierta decepción en su rostro endurecido. En aquella ocasión, sus servicios no habían sido necesarios.

La ovación por la experta faena de Silvestri fue ensordecedora y los aplausos no disminuyeron un ápice cuando el matador dio la tradicional vuelta al ruedo con los brazos en alto. La arena se llenó de rosas, almohadillas, zapatos de mujer... Mientras tanto el torero sonreía, disfrutando de la adulación de aquella masa enfervorizada. El ruido en la plaza era tal Bosch tardó bastante rato en darse cuenta de que su buscapersonas estaba sonando.

28

A las nueve Bosch y Águila se desviaron de la avenida Cristóbal Colón para tomar una carretera de circunvalación que bordeaba el Aeropuerto Internacional Rodolfo Sánchez Taboada. La carretera pasaba por delante de unos hangares prefabricados bastante viejos y, un poco después, por delante de unos más nuevos. Las enormes puertas de uno de ellos, marcado con un rótulo que decía Aero Carga, estaban ligeramente abiertas y dejaban ver un hilo de luz. Aquél era su destino: el improvisado cuartel de la DEA. Bosch aparcó enfrente, junto a una serie de coches, casi todos con matrícula de California.

En cuanto Bosch y Águila salieron del Caprice, se les acercaron cuatro agentes con unas cazadoras de plástico azul. Harry mostró su documentación y uno de ellos comprobó su nombre en una lista.

—¿Y tú? —preguntó el tío de la lista.

—Viene conmigo —contestó Bosch.

—Pues aquí no consta. Tenemos un problema.

—Me olvidé de avisar que iba a traer una pareja al baile —bromeó Bosch.

—No tiene gracia, detective Bosch.

—Lo sé, pero es mi compañero y se queda conmigo.

El hombre de la lista lo miraba con cara de preocupación. Era un anglosajón de tez rubicunda y cabello casi blanco por el sol, que tenía aspecto de haber estado vigilando la frontera durante muchos años. El hombre se volvió hacia el hangar, como si esperara ayuda sobre cómo llevar el asunto. En la espalda de su cazadora Bosch vio las siglas DEA, en grandes letras amarillas.

—Vaya a buscar a Ramos —le aconsejó Bosch—. Porque si mi compañero no viene, yo tampoco. Y entonces, ya me dirá en qué queda la seguridad de la operación. —Bosch miró a Águila, que contemplaba la escena sin moverse, con los otros tres agentes a su alrededor como si fueran los porteros de una discoteca de Sunset Boulevard.

—Piénselo bien —prosiguió Bosch—. Cualquiera que haya venido hasta aquí tiene que continuar hasta el final. Si no, alguien quedará fuera, suelto y descontrolado. Consúltelo con Ramos.

El hombre de la lista dudó de nuevo, pero finalmente le pidió a todo el mundo que mantuviese la calma y se sacó una radio del bolsillo de la chaqueta. Entonces informó a alguien al que llamó «líder de personal» de que había un problema. Todos se quedaron un rato en silencio. Bosch miró a Águila y cuando éste le devolvió la mirada, le guiñó el ojo. En ese momento divisó a Ramos y Corvo, el agente de Los Ángeles, que caminaban hacia ellos con paso decidido.

—¿Qué coño pasa, Bosch? —soltó Ramos antes de llegar al coche—. ¿Sabes lo que has hecho? Has puesto en peligro toda la jodida operación. Te dije claramente que...

—Águila es mi compañero en este caso, Ramos —explicó Bosch—. Él sabe lo que yo sé. Estamos trabajando juntos y si él no entra, yo tampoco. Yo me iré a casa, a Los Ángeles, pero no sé adónde irá él. ¿Qué pasa entonces con tu teoría de que no se puede confiar en nadie?

A la luz del hangar, Bosch observó la fuerza con la que latía una de las arterias del cuello de Ramos.

—Si lo dejas ir, quiere decir que confías en él. Y si confías en él, puedes dejarle que se quede.

—Vete a la mierda, Bosch.

Corvo puso la mano sobre el brazo de Ramos y dio un paso al frente.

—Bosch, si él la caga o jode de alguna manera esta operación, estás acabado. Me entiendes, ¿no? Me encargaré de que se sepa en Los Ángeles que lo trajiste tú. —Corvo hizo una señal a sus hombres para que dejaran pasar a Águila. La luz de la luna se reflejaba sobre la cara de Corvo e iluminaba la cicatriz que dividía su barba en la mejilla derecha. Harry se preguntó cuántas veces contaría la historia del navajazo esa noche.

—Otra cosa —añadió Ramos—. El tío entra desnudo. Sólo nos sobra un chaleco y es para ti. Si le dan, la culpa es tuya.

—Ya veo. No importa lo que pase, la culpa será mía —dijo Bosch—. Tengo un chaleco en el maletero. Él puede usar el vuestro y yo me quedo con el mío.

—La reunión es a las 22.00 —les informó Ramos mientras regresaba al hangar.

Corvo le siguió, Bosch y Águila caminaron tras él y los otros agentes cerraron el grupo. Dentro del cavernoso hangar, había tres helicópteros dispuestos en batería y bastantes hombres, casi todos vestidos con monos negros, que se paseaban tomando café en unos vasitos blancos. Dos de los helicópteros eran aparatos de fuselaje ancho para el transporte de personal. Bosch los reconoció enseguida: eran UH-1N, también conocidos como Hueys, cuyo peculiar ruido Harry asociaría para siempre con Vietnam. El tercer aparato era más pequeño y esbelto. Parecía fabricado para uso comercial, como un helicóptero de televisión o de la policía, pero había sido convertido en un vehículo militar. Bosch distinguió la torre de artillería montada en el lateral derecho del aparato y, debajo de la cabina, otro anexo con todo un despliegue de accesorios, incluido un reflector y un sensor de rayos infrarrojos. Un par de hombres vestidos con monos negros despegaban las letras y números blancos que adornaban las colas de los aparatos. Estaban preparándose para un asalto nocturno. De pronto Bosch se percató de la presencia de Corvo a su lado.

—Los llamamos Linces —dijo, mientras señalaba el más pequeño de los tres aparatos—. Solemos usarlos casi exclusivamente en nuestras operaciones en Sudamérica y Centroamérica, pero hemos logrado agenciarnos éste que iba de camino. Es ideal para el trabajo nocturno, porque lleva todo lo necesario para ver de noche: infrarrojos, monitores geotérmicos. Será nuestra base de control en el aire.

Bosch asintió, aunque no le impresionaban las máquinas tanto como a Corvo. El agente federal parecía más animado que durante su reunión en el Code 7; sus ojos oscuros se paseaban por el hangar, absorbiéndolo todo. Bosch dedujo que probablemente echaba de menos el trabajo de campo. Corvo estaba atrapado en una oficina en Los Ángeles mientras gente como Ramos jugaba a la guerra.

—Y ahí es donde iréis vosotros, tú y tu compañero —anunció Corvo, mientras volvía a señalar el Lince con la cabeza—. Conmigo. Podréis verlo todo desde el aire, totalmente a salvo.

—¿Quién está al mando de esto? ¿Tú o Ramos?

—Yo.

—Eso espero. —Mirando al helicóptero, Bosch añadió—: Dime una cosa, Corvo. Queremos a Zorrillo vivo, ¿no?

—Así es.

—Entonces, ¿cuál es el plan cuando lo cojamos? Es un ciudadano mexicano, así que no podéis llevároslo al otro lado de la frontera. ¿Vais a entregárselo a los mexicanos? Porque en un mes será el amo de la penitenciaría donde lo metan. Si es que lo meten.

Ése era un problema con el que topaban todos los policías del sur de California. México se negaba a extraditar a sus ciudadanos a Estados Unidos por delitos cometidos al norte de la frontera. Los tribunales mexicanos los juzgaban, pero era bien sabido que los traficantes más importantes del país convertían sus estancias en las penitenciarías en vacaciones pagadas. Mujeres, drogas, alcohol y otras comodidades estaban a su alcance si tenían suficiente dinero. Contaba una anécdota que un poderoso narcotraficante se había instalado en la oficina y dependencias del alcaide de la prisión de Juárez. El reo había pagado cien mil dólares por el alquiler, cuatro veces más de lo que el funcionario ganaba en todo un año. El alcaide acabó como un recluso más cumpliendo condena.

—Ya te entiendo —respondió Corvo—. Pero no te preocupes. Tenemos un plan para resolverlo. Sólo tienes que preocuparte de tu compañero y de ti. Vigílalo bien y tómate un café, porque va a ser una noche muy larga.

Bosch se reunió con Águila, que se hallaba junto al banco de trabajo donde habían puesto la cafetera. Ambos saludaron con la cabeza a algunos de los agentes que se acercaban a la mesa, pero casi ninguno les devolvió el saludo. Estaba claro que se habían colado en la fiesta. Desde donde estaban, se veía una serie de oficinas al lado de los helicópteros. Sentados en varias mesas, había varios mexicanos con uniformes verdes, tomando café y esperando.

—Son de la milicia —dijo Águila—. De Ciudad de México. ¿Es que no confían en nadie de Mexicali?

—Bueno, después de esta noche, confiarán en ti.

Bosch encendió un cigarrillo para acompañar el café y recorrió el hangar con la mirada.

—¿Qué te parece? —le preguntó a Águila.

—Me parece que el Papa de Mexicali se va a llevar un buen susto.

—Creo que sí.

Bosch y Águila se apartaron del banco para que otros pudieran sentarse y se apoyaron en un mostrador cercano a contemplar los preparativos. Al fondo del hangar, estaba Ramos con un grupo de hombres que vestían unos monos negros bastante abultados. Cuando se acercó, Harry descubrió que llevaban trajes no inflamables debajo de los monos. Algunos se estaban embadurnando la cara con betún y otros se estaban poniendo pasamontañas negros. Era el equipo CLAC, que obviamente estaba deseando montarse en los helicópteros y entrar en acción. Bosch casi podía oler su adrenalina desde donde estaba.

Los CLAC eran doce y estaban sacando cosas de unos baúles en preparación para la misión de esa noche. Bosch vio cascos, chalecos antibalas y granadas antidisturbios capaces de aturdir por el sonido. En la pistolera de uno de los hombres había un P-226 de nueve milímetros que sería para casos de emergencia, y en uno de los baúles asomaba el cañón de una ametralladora. Cuando Ramos reparó en Bosch, sacó el arma del baúl y se la llevó. El agente sonreía de forma extraña.

—Mira qué gozada, macho —dijo—. Colt sólo

374

fabrica el RO636 para nosotros. Es una versión especial del subfusil estándar de nueve milímetros. ¿Sabes lo que puede hacer una de éstas? Es capaz de atravesar tres cuerpos sin siquiera frenar y tiene un silenciador especial que suprime el fogonazo. Estos tíos se dedican a asaltar laboratorios llenos de gases donde la más mínima chispa podría hacerlos estallar. Disparas y ¡bum! Acabas a dos manzanas. Pero con estos no hay chispa. Ojalá pudiera entrar con uno de éstos esta noche.

Ramos sostenía y admiraba el arma como una madre a su primer hijo.

—Bosch, tú estuviste en Vietnam, ¿no? —preguntó Ramos. Bosch asintió con la cabeza.

»Me lo imaginaba. Se te nota, bueno, yo siempre lo adivino. —Ramos le devolvió el arma a su propietario, todavía con esa sonrisa rara en los labios—. Yo era demasiado joven para Vietnam y demasiado viejo para Irak. Qué putada, ¿no?

La reunión no tuvo lugar hasta casi las diez y media. Ramos y Corvo convocaron a todos los agentes, a los oficiales de la milicia y a Bosch y Águila ante un gran tablón en el que habían clavado la ampliación de una foto aérea del rancho de Zorrillo. La ampliación mostraba que la hacienda contenía enormes secciones de terreno yermo. El Papa se había rodeado de espacio como medida de seguridad. Al oeste de su propiedad estaba la sierra de los Cucapah, una barrera natural, mientras que en las otras direcciones Zorrillo había creado una zona parachoques de cientos de héctareas de matorrales.

Ramos y Corvo se colocaron a ambos lados del tablón y el primero tomó la palabra. Usando una regla como puntero, señaló los límites del rancho e identificó lo que llamó el centro habitado: un enorme complejo vallado que incluía una casa, un cobertizo y un anexo estilo búnker. Después trazó un círculo alrededor de los corrales y el granero situados a un kilómetro y medio del centro habitado junto al perímetro de la finca que daba a la avenida de Valverde. También señaló EnviroBreed al otro lado de la carretera.

A continuación, Ramos colgó otra ampliación que sólo comprendía un cuarto de la finca: desde el centro habitado hasta EnviroBreed. La foto estaba tomada tan de cerca que se distinguían pequeñas figuras en los tejados del búnker. Entre los matorrales de la parte de atrás de los edificios se dibujaban unas siluetas negras sobre la tierra marrón y verde. Cuando comprendió que se trataba de los toros, Bosch se preguntó cuál sería El Temblar.

—Muy bien, esas fotos tienen unas treinta horas —les informó Ramos, mientras uno de los oficiales de la milicia traducía sus palabras a los soldados que se congregaban a su alrededor—. Le hemos pedido a la NASA que sobrevolara el rancho en un U-34. También les pedimos que tomaran imágenes geotérmicas y ahí es donde la cosa se pone interesante. Las manchas rojas que se ven son los focos de calor.

Acto seguido, Ramos clavó otra ampliación junto a la anterior. Ésa era un gráfico por ordenador con unos cuadros rojos —los edificios— en un mar azul y verde. Fuera de los cuadros había unos puntitos rojos sueltos que Bosch dedujo que serían los toros.

—Estas imágenes geotérmicas se tomaron ayer al mismo tiempo que las otras —explicó Ramos—. Pero si saltamos del gráfico a la foto real, detectaremos una serie de anomalías. Los cuadrados son los edificios y casi todos estos puntitos rojos son los toros.

Ramos empleaba la regla para comparar las dos ampliaciones. Bosch enseguida se dio cuenta de que había más puntos rojos en el gráfico que toros en la foto.

—Pero estas señales no se corresponden con los animales de la foto —confirmó Ramos—. Sino con los almacenes de forraje.

Corvo ayudó a Ramos a enganchar otras dos ampliaciones, que habían sido tomadas muy de cerca. Bosch distinguió claramente el techo de lata de un pequeño cobertizo y un novillo negro junto a él. En el gráfico correspondiente, tanto el cobertizo como el animal eran de un rojo brillante.

—Los almacenes son pequeños graneros para proteger de la lluvia el heno y la comida del ganado. La NASA dice que podrían emitir un calor residual que se reflejaría en las imágenes térmicas pero no con la fuerza que estamos viendo aquí. Por eso pensamos que los almacenes de forraje son falsos. Creemos que ocultan los orificios de ventilación del laboratorio subterráneo y que en el centro habitado hay alguna entrada que conduce a él.

Ramos hizo una pausa para que la gente asimilara la información. Nadie hizo preguntas.

—Además, hay un..., bueno, un confidente nos ha informado de que existe un túnel. Creemos que el pasadizo va desde los corrales hasta este recinto: una empresa llamada EnviroBreed. Gracias al túnel, Zorrillo ha podido burlar la vigilancia y posiblemente mover sus productos del rancho a la frontera.

Acto seguido, Ramos pasó a dar detalles de la redada. El plan era entrar a medianoche y la milicia mexicana tendría dos misiones. Primero enviarían un coche hasta la entrada principal, conduciendo en zigzag como si estuvieran borrachos. Mediante esta artimaña, los tres soldados del coche harían prisioneros a los dos centinelas de la puerta. Después de eso, la mitad de la milicia avanzaría por la carretera de la finca hasta el centro habitado mientras la otra mitad se dirigiría a EnviroBreed, lo rodearían y esperarían a ver el desarrollo de los acontecimientos en el rancho.

—El éxito de la operación depende en gran parte de que los dos centinelas puedan ser detenidos antes de que alerten al centro habitado —intervino Corvo por primera vez—. Si fallamos, perderemos el factor sorpresa.

Cuando el ataque por tierra estuviera en marcha, llegarían los refuerzos por aire. Los dos helicópteros de transporte aterrizarían al norte y al este del centro habitado para depositar al equipo CLAC, que entraría en todos los edificios. El tercer helicóptero, el Lince, se mantendría en el aire y serviría de puesto de mando. Finalmente, Ramos les advirtió de que el rancho disponía de dos jeeps con patrullas de dos hombres cada una. Ramos explicó que no seguían una ruta de vigilancia determinada y que serían imposibles de localizar hasta que comenzara la redada.

—Son los imponderables —afirmó Ramos—. Para eso tenemos un puesto de control en el aire; ellos nos avisarán cuando vean los jeeps o simplemente los atacarán desde el Lince.

Ramos caminaba nervioso de un lado a otro, mientras jugueteaba con la regla. Bosch notaba que todo aquello le encantaba. La sensación de estar al mando de algo quizá le compensaba por no haber ido a Vietnam o Irak.

—Bien, caballeros. Esto ya es lo último —anunció Ramos mientras colgaba otra foto—. Como ya saben, tenemos órdenes de registro para buscar drogas. Si encontramos narcóticos, de puta madre. Si encontramos aparatos para fabricarlos, de puta madre. Pero lo que realmente nos interesa es este hombre. —La foto era una ampliación del retrato que Bosch había visto esa mañana.

—Éste es nuestro objetivo —declaró Ramos—. Humberto Zorrillo, *el Papa de Mexicali.* Si no lo cogemos, toda la operación se va a pique. Él es el cerebro que ha montado todo esto.

»Quizá les interese saber que además de sus actividades relacionadas con la droga, Zorrillo es el principal sospechoso de los asesinatos de dos policías de Los Ángeles, así como de un par de homicidios más, todo ello en el último mes. Recuerden que es un hombre que no se lo piensa dos veces; si no lo hace él mismo, siempre tiene a alguien dispuesto a hacerlo por él. Es muy peligroso. Bueno, todo el mundo que encontremos en el rancho debe considerarse armado y peligroso. ¿Alguna pregunta?

Uno de los de la milicia habló en español.

—Buena pregunta —le respondió Ramos—. No vamos a entrar en EnviroBreed por dos razones. Primero, porque nuestro objetivo principal es el rancho y tendríamos que desplegar más hombres si hiciéramos una entrada simultánea en los dos sitios. Y segundo, porque nuestro informador nos ha advertido que puede haber una trampa en ese lado del túnel. Me refiero a explosivos y no queremos arriesgarnos. Cuando hayamos terminado en el rancho, entraremos en EnviroBreed por la puerta o por el otro lado del túnel.

—Ramos esperó para ver si había más preguntas, pero no las hubo. Los hombres de la primera fila movían los pies, se mordían las uñas o tamborileaban con los dedos sobre las rodillas. La adrenalina comenzaba a subir. Bosch lo había visto todo antes, en Vietnam y más tarde. Por eso su propia emoción se mezclaba con una sensación de temor y desconfianza.

—¡Muy bien! —gritó Ramos—. ¡Quiero a todo el mundo preparado y embarcado dentro de una hora! ¡A medianoche atacamos!

La reunión terminó con unos gritos adolescentes de los agentes más jóvenes. Bosch se acercó a Ramos mientras desclavaba las fotos del tablón.

—El plan tiene buena pinta.

—Sí. Sólo espero que las cosas vayan un poco cómo las hemos planeado. Nunca salen igual.

—Ya —convino Bosch—. Corvo me dijo que teníais otro plan. Para llevar a Zorrillo al otro lado de la frontera.

—Sí, algo hemos tramado.

—¿Vas a decírmelo?

Ramos se volvió, sosteniendo las fotos bien ordenadas y apiladas.

—Sí. A ti te va a encantar porque te lo mandaremos a Los Ángeles para que pueda ser juzgado por los asesinatos. Te cuento lo que pasará; es muy probable que el muy cabrón se resista al arresto y se haga daño. Seguramente heridas en la cara que tendrán un aspecto peor de lo que son en realidad, pero necesitarán de atención médica inmediata. Ofreceremos uno de nuestros helicópteros y el comandante de la milicia aceptará agradecido. El problema es que el piloto se hará un lío y confundirá las luces del hospital Imperial Memorial County de Calexico con las de la Clínica General de Mexicali. Cuando el helicóptero aterrice en el hospital equivocado y Zorrillo se baje al otro lado de la frontera, lo arrestaremos y pasará a manos del sistema judicial estadounidense. Pobre, qué mala suerte. Nosotros seguramente tendremos que reñir al piloto.

Ramos tenía de nuevo esa extraña sonrisa. Sin decir nada más, guiñó el ojo a Bosch y se alejó.

29

El Lince sobrevolaba la alfombra de luces de Mexicali y se dirigía al sureste, hacia la silueta oscura de la sierra de los Cucapah. A Bosch, el vuelo le pareció mucho más suave y silencioso de lo que recordaba haber experimentado en Vietnam o en sus propios sueños.

Harry se hallaba en la parte de atrás, acurrucado junto a la ventana izquierda para protegerse del aire frío de la noche que se filtraba por una rendija. En el asiento junto a él estaba Águila y, en el de delante, Corvo y el piloto. Corvo era el Aire Uno, es decir, el coordinador de las comunicaciones e instrucciones en el asalto al rancho. Ramos era Tierra Uno, a cargo del ataque en la superficie.

Al mirar hacia la parte delantera de la cabina, Bosch vio el reflejo verde del tablero de instrumentos en la visera del casco de Corvo. Los cascos de los cuatro hombres estaban conectados por cordones umbilicales electrónicos a una consola central e iban equipados con transmisores de aire a tierra, de comunicación a bordo y lentes infrarrojas para ver de noche.

Después de quince minutos de vuelo, las luces que se veían por la ventana comenzaron a escasear. El resplandor desde abajo era menor, y Harry adivinó la silueta de uno de los helicópteros a unos doscientos metros a la izquierda. El otro aparato negro debía de hallarse a su derecha. Por lo visto, volaban en formación.

—Objetivo a dos minutos —dijo una voz por los auriculares. Era el piloto.

Bosch cogió el chaleco antibalas que tenía sobre el regazo —una medida de protección contra posibles disparos desde tierra— y se lo colocó debajo de él, en el asiento. A continuación se fijó en que Águila hacía lo mismo con el chaleco que le habían prestado los de la DEA.

De pronto, el Lince comenzó un descenso en picado y la voz del piloto anunció: «Allá vamos.» Bosch se bajó la visera de infrarrojos y miró a través de las lentes. Abajo se veía pasar la tierra a toda velocidad: un río de matorrales y poco más. El helicóptero comenzó a seguir una carretera y, al llegar a una bifurcación, giró hacia el este. Entonces Bosch divisó un coche, un camión y un jeep que estaban parados y, más adelante, unos cuantos vehículos que avanzaban por el camino de tierra, levantando nubes de polvo a su paso. Era la milicia, que progresaba rápidamente hacia el centro habitado. La batalla había comenzado.

—Parece que nuestros amigos ya se han encargado de uno de los jeeps —informó Corvo por los auriculares.

—Es un diez-cuatro —contestó una voz que parecía proceder de otro de los helicópteros.

El Lince adelantó a los vehículos de la milicia y continuó descendiendo hasta que se niveló a una altura que Bosch calculó de unos trescientos metros. Harry observaba la carretera a través de las lentes de infrarrojos y de pronto entró en su campo de visión la casa y la entrada del búnker. En ese momento distinguió los otros dos helicópteros, que como libélulas negras, se posaban en los lugares designados junto a la casa. Entonces notó que el Lince se elevaba un poco y se quedaba totalmente quieto, como si estuviese flotando en una bolsa de aire.

—¡Uno abajo! —gritó una voz por el auricular.

—¡Dos abajo! —dijo otra.

Los hombres de negro habían empezado a emerger por las puertas laterales del aparato que acababa de aterrizar. Un grupo de seis se dirigió directamente hacia la fachada de la casa, mientras otro grupo de seis se encaminó al edificio del búnker. De pronto los vehículos de la milicia aparecieron en el campo de visión. Bosch vio más figuras humanas que saltaban de los helicópteros; debían de ser Ramos y los refuerzos.

Desde el punto de vista de Bosch todo tenía un toque surrealista. El tinte amarillento, las figuritas diminutas; parecía una película mal filmada y peor montada.

—Cambio a Tierra Uno —anunció Corvo.

Bosch oyó el ruido del cambio de frecuencia y casi inmediatamente escuchó breves comentarios por radio y la respiración entrecortada de hombres corriendo. De pronto se produjo un gran estruendo, pero Bosch enseguida comprendió que no se trataba de un disparo, sino del ariete empleado para abrir la puerta. Por la radio se oyeron los gritos frenéticos de «¡Policía! ¡DEA!». Corvo aprovechó una de las pausas momentáneas entre los gritos para decir:

—Tierra Uno, dime algo. ¿Qué pasa? Informa al puesto de control.

Tras unas ligeras interferencias, llegó la voz de Ramos.

—Hemos entrado en el Punto A. Hemos... Voy a...

La comunicación se cortó. El Punto A era la casa. El plan era atacar a la vez la casa y el búnker, es decir, el Punto B.

—Tierra Dos, ¿hemos entrado en el Punto B? —preguntó Corvo.

No hubo respuesta. Tras unos tensos segundos de silencio Ramos volvió a contestar.

—Aire Uno, todavía no sé nada de Tierra Dos. El Comando Objetivo acaba de acercarse al punto de entrada y nosotros...

Antes de que se cortara la comunicación, Bosch oyó el ruido inconfundible de las ráfagas de ametralladora. Sintió que le subía la adrenalina, pero no pudo hacer nada excepto sentarse, mirar a la radio que se había quedado muda y observar a través de las borrosas lentes infrarrojas. Al cabo de unos segundos le pareció vislumbrar fogonazos delante del búnker, y finalmente oyó a Ramos por la radio:

—¡Allá vamos! ¡Allá vamos!

De pronto el helicóptero se elevó, dando un bandazo. Al ganar altura, la panorámica de la escena que se desarrollaba a sus pies se amplió hasta abarcar todo el centro habitado. De repente Harry distinguió unas siluetas en la azotea del búnker que avanzaban hacia la fachada del edificio. Sin pensarlo dos veces, pulsó el botón lateral de su casco y dijo por el micrófono:

—Corvo, tienen a gente en el tejado. Avísalos.

—¡No te metas, Bosch! —gritó Corvo, pero inmediatamente transmitió a los de abajo—. Tierra Dos, Tierra Dos, individuos armados en la azotea del búnker. Desde aquí contamos dos posiciones aproximándose por el lado norte, ¿me recibe?

Aunque Bosch no oía los disparos por culpa del ruido del rotor, sí veía los fogonazos de las armas automáticas en dos puestos frente al búnker. Harry también apreció algún que otro destello desde los vehículos, pero le dio la impresión de que la milicia estaba atrapada. En ese momento se abrió la transmisión de radio, se oyó el ruido de disparos, pero luego se cerró sin que nadie hubiese hablado.

—Tierra Dos, ¿me recibe? —repitió Corvo al vacío, con un ligero tono de pánico en la voz. No hubo respuesta—. Tierra Dos, ¿me recibe?

Una voz jadeante respondió:

—Aquí Tierra Dos. Estamos inmovilizados en el Punto de Entrada B, en pleno tiroteo. Necesitamos ayuda.

—¡Tierra Uno, informe, por favor! —gritó Corvo.

Hubo un largo silencio. Finalmente les llegó la voz de Ramos, aunque los disparos impedían oír algunas de las palabras.

—Aquí. Hemos... la casa... tres sospechosos muertos. No hay nadie más. Parece que están... jodido búnker.

—Id al búnker. Tierra Dos necesita refuerzos.

—... allá.

Bosch notó que las voces se tornaban cada vez más agudas y apremiantes, al tiempo que desaparecían las palabras en código y el lenguaje formal. La culpa de todo la tenía el miedo. Bosch lo había visto muchas veces en la guerra y en las calles cuando iba de uniforme. El pánico, aunque nunca se mencionaba, despojaba a los hombres de sus artificios. De repente la adrenalina se disparaba y la garganta gorgoteaba como un desagüe embozado, mientras el solo deseo de supervivencia pasaba a controlar todas las acciones del individuo. El miedo agudizaba las ideas y eliminaba todo lo superfluo. Por esa razón, la referencia educada al Punto B se había convertido en aquel improperio histérico.

Desde su puesto de vigilancia a cuatrocientos metros de altura, Bosch comprendió dónde había fallado el plan. Los agentes de la DEA pretendían adelantarse a la milicia en los helicópteros, atacar el centro habitado y asegurar bien las cosas antes de que llegaran las tropas de tierra. Pero eso no había ocurrido. En esos momentos la milicia ya había llegado, pero uno de los equipos CLAC se hallaba atrapado entre los soldados mexicanos y la gente de Zorrillo.

De pronto arreciaron los disparos desde el búnker, cosa que Bosch notó por los repetidos destellos de las armas. Y de repente, un jeep salió disparado de la parte trasera del búnker, atravesó la puerta de la valla que rodeaba el recinto y comenzó a alejarse entre los matorrales. Bosch volvió a pulsar su botón de transmisión.

—Corvo, tenemos un fugado. Un jeep en dirección sureste.

—Tenemos que dejarlo ir. Por ahí no va a ninguna parte y no puedo mover a nadie. ¡Y basta ya de meterte, Bosch!

El jeep ya estaba fuera del campo de visión. Bosch se quitó las lentes de infrarrojos y miró por la ventana, pero no vio nada: sólo oscuridad. El jeep no llevaba las luces puestas. Entonces recordó el granero y los corrales cerca de la autopista y dedujo que ahí se dirigía el coche fugado.

—Ramos —dijo Corvo—. ¿Quieres los focos?

No hubo respuesta.

—¿Tierra Uno?... Tierra Dos, ¿queréis los focos?

—... cos estarían bien pero vosotros seríais un blan... —contestó Tierra Dos—. Mejor esperar un poco hasta que hayamos.. nado.

—Recibido. Ramos, ¿nos recibes?

No hubo respuesta.

Después de aquello, el tiroteo terminó rápidamente. Al parecer los hombres del Papa rindieron las armas tras determinar que sus posibilidades de supervivencia en un enfrentamiento prolongado eran casi nulas.

—Aire Uno, luces —transmitió Ramos desde abajo. Su tono de voz volvía a ser tranquilo y confiado.

Tres potentes focos situados en la barriga del Lince iluminaron la tierra. Bosch vio entonces que varios hombres salían del búnker con las manos en la cabeza y pasaban a manos de la milicia; había al menos una docena. Uno de los CLAC arrastró un cuerpo del interior y lo dejó fuera, en el suelo.

—Todo controlado aquí abajo —transmitió Ramos.

Corvo hizo una señal con el pulgar y el aparato comenzó a descender. Bosch sintió que la tensión se iba desvaneciendo a medida que bajaban. Al cabo de treinta segundos se hallaban en tierra junto a otro de los helicópteros.

En el patio frente al búnker, los prisioneros esperaban arrodillados mientras unos cuantos oficiales de la milicia los esposaban con unas manillas de plástico deshechables. Los otros oficiales estaban haciendo una pila con las armas confiscadas; había un par de ametralladoras y AK-47, pero casi todo eran escopetas y M-16. Ramos se hallaba junto al capitán de la milicia, que tenía la radio pegada a la oreja.

Bosch no reconoció ninguna cara entre los prisioneros. Se alejó de Águila y se dirigió a Ramos.

—¿Dónde está Zorrillo?

Ramos alzó la mano para indicarle que no lo molestara y no contestó, sino que se quedó mirando al capitán. Acto seguido, Corvo se unió al grupo. El capitán escuchó un informe por la radio, miró a Ramos y dijo en español:

—Nada.

—Bueno, no pasa nada en EnviroBreed —tradujo Ramos—. No ha entrado ni salido nadie desde que empezamos. La milicia sigue vigilando la fábrica.

Al ver a Corvo, Ramos susurró en voz baja un comentario que iba destinado exclusivamente a su superior:

—Tenemos un problema. Hemos perdido a uno.

—Sí, lo hemos visto —intervino Bosch—. Ha salido en un jeep hacia el sureste, fuera de...

Bosch se calló cuando se dio cuenta de lo que había querido decir Ramos.

—¿A quién hemos perdido? —preguntó Corvo.

—A Kirth, uno de los CLAC. Pero ahí no se acaba el problema.

Bosch se alejó un poco de los hombres, ya que sabía que la conversación no le incumbía.

—¿Qué coño quieres decir? —preguntó Corvo.

—Ven.

Los dos agentes rodearon la casa, mientras Bosch los seguía a una distancia prudencial. A lo largo de toda la parte trasera había un porche, que Ramos cruzó para llegar a una puerta abierta. En el interior de la casa, aproximadamente a un metro del umbral, yacía uno de los agentes del CLAC, al que alguien había quitado el pasamontañas para revelar un rostro cubierto de sudor y sangre. A Bosch le pareció detectar cuatro impactos de bala: dos en la parte superior del pecho, justo por encima del chaleco, y dos en el cuello. Todas ellas habían atravesado el cuerpo, y la sangre, que todavía goteaba por debajo del cadáver, formaba un charco a su alrededor. Los ojos y la boca del agente estaban abiertos, por lo que podía deducirse que había sido una muerte rápida.

Bosch enseguida comprendió cuál era el problema. A Kirth no lo había matado el enemigo, sino alguien con uno de los subfusiles RO636. Las heridas eran demasiado grandes y devastadoras para venir de las armas que en esos momentos yacían en una pila junto a los prisioneros.

—Debió de salir corriendo por esa puerta cuando oyó los disparos —dedujo Ramos—. Tierra Dos ya estaba en pleno tiroteo. Alguien de la unidad debió de abrir la puerta y disparar a Kirth.

—¡Mierda! —gritó Corvo. Después bajó la voz y le dijo a Ramos—: Vale, ven aquí.

Los dos se reunieron y esa vez Bosch no pudo oír lo que decían. Tampoco le hacía falta, porque sabía lo que harían ya que estaban en juego las carreras de varias personas.

—De acuerdo —dijo Ramos en un tono de voz otra vez audible, al tiempo que se alejaba de Corvo.

—Muy bien —replicó Corvo—. Cuando hayas acabado con eso, quiero que busques un teléfono para llamar a Los Ángeles, a Operaciones. Habrá que manejar las relaciones públicas aquí y allí. Que se pongan manos a la obra lo antes posible. Los medios de todas partes van a abalanzarse sobre nosotros.

—De acuerdo.

Corvo se dispuso a entrar en la casa, pero se detuvo un momento.

—Otra cosa, mantén alejados a los mexicanos.

Corvo se refería a la milicia. Ramos asintió y Corvo se marchó a grandes zancadas. Entonces Ramos dirigió la vista a Bosch, que lo observaba entre las sombras del porche. Los dos se entendieron sin tener que hablar; Bosch sabía que declararían a los medios que Kirth había muerto de resultas de heridas causadas por los hombres de Zorrillo. Nadie diría nada de un error.

—¿Tienes algún problema?

—Ninguno.

—Bien. No tendré que preocuparme por ti, ¿verdad, Bosch?

Bosch se acercó a la puerta.

—¿Dónde está Zorrillo?

—Seguimos buscando. Todavía nos queda mucho que ver. De momento hemos registrado la casa y aquí no está; hay tres personas muertas, pero él no es una de ellas. Aún no hemos encontrado a nadie que pueda decirnos algo —se lamentó Ramos—. Pero tu asesino de policías está ahí, Bosch. El hombre de las lágrimas.

A continuación Bosch sorteó a Ramos y al cadáver y entró en la casa, cuidando de no pisar la sangre. Al pasar bajó la vista y se fijó en los ojos del hombre muerto, que comenzaban a nublarse y parecer trozos de hielo sucio.

Bosch siguió el pasillo hasta la parte frontal de la casa, donde oyó voces procedentes de una puerta al final de las escaleras. Al acercarse advirtió que la puerta daba a un despacho con una gran mesa de madera pulida que tenía un cajón abierto y, al fondo, una estantería llena de libros.

Dentro del despacho estaban Corvo y uno de los agentes del CLAC. Y dos cadáveres. Uno yacía en el suelo junto a un sofá derribado. El otro estaba sentado en una silla a la derecha de la mesa, junto a la única ventana de la habitación.

—Entra, Bosch —le invitó Corvo—. Nos vendrá bien tu experiencia.

El cadáver de la silla atrajo la atención de Bosch. Llevaba la cazadora de piel negra abierta y debajo asomaba una pistola todavía metida en su funda. Era Grena, aunque no resultaba fácil de ver porque la bala, que había entrado por la sien derecha, había destrozado gran parte de la cara al salir por el ojo izquierdo. La sangre le había empapado toda la cazadora.

Bosch apartó la vista de Grena y la dirigió al hombre que yacía en el suelo. Una de las piernas le colgaba del respaldo del sofá, que estaba volcado hacia atrás. A pesar de la sangre, Bosch logró distinguir al menos cinco orificios en el pecho. Las tres lágrimas tatuadas en la mejilla también eran inconfundibles; era Arpis, el hombre que Harry había visto en Poe's. En el suelo, junto a la pierna derecha, había una cuarenta y cinco plateada.

—¿Es ése tu hombre? —preguntó Corvo.

—Sí, uno de ellos.

—Bien. Ahora ya no tienes que preocuparte por él.

—El otro es de la Policía Judicial. Es un capitán llamado Grena.

—Sí, acabo de sacar la documentación del bolsillo. También llevaba seis de los grandes en la cartera. No está nada mal si se tiene en cuenta que los capitanes de la Policía Judicial ganan unos trescientos dólares a la semana. Ven a ver.

Corvo se dirigió al otro lado de la mesa. Bosch lo siguió y descubrió que debajo de la alfombra había una caja fuerte en el suelo del tamaño de una nevera de hotel. La gruesa puerta de acero estaba abierta y el interior, vacío.

—Así es como lo encontraron los del CLAC. ¿Qué te parece? Estos fiambres no parecen demasiado viejos. Yo creo que llegamos tarde al espectáculo.

Bosch estudió la escena unos momentos.

—No lo sé. Parece el final de un trato; quizá Grena se volvió avaricioso y pidió más de lo que merecía. Tal vez estaba tramando algo con Zorrillo, un plan, y la cosa se jodió. Yo lo vi hace unas horas en la corrida de toros.

—¿Sí? ¿Y qué te dijo? ¿Que iba a casa del Papa a que lo mataran?

Ni Corvo ni Bosch se rieron.

—No, sólo me dijo que me largara de la ciudad.

—Entonces, ¿quién lo mató?

—La herida parece de una cuarenta y cinco, aunque no lo sé seguro. Si fuera así, Arpis sería el candidato más probable.

—¿Y quién mató a Arpis?

—Ni idea. Pero todo apunta a que Zorrillo o quienquiera que estuviera detrás de la mesa, sacó una pistola del cajón y comenzó a disparar a Arpis aquí mismo, delante de la mesa. El tío cayó hacia atrás por encima del sofá.

—¿Por qué iba a hacer eso?

—No lo sé. A lo mejor a Zorrillo no le gustó que Arpis matara a Grena. O a lo mejor comenzaba a tenerle miedo. Tal vez Arpis también quería más dinero. Pueden ser muchas cosas, pero ahora nunca lo sabremos —concluyó Bosch—. Oye, Ramos me ha dicho que había tres muertos.

—Al otro lado del pasillo.

Bosch salió del despacho y entró en un salón amplio y largo con una moqueta peluda de color blanco y un piano a juego. Encima del sofá de piel, también blanco, había un cuadro de Elvis Presley. La moqueta estaba manchada de sangre del tercer hombre, que yacía bocarriba junto al sofá. Bosch lo reconoció inmediatamente, pese a la bala en la frente y el pelo teñido de negro; era Dance. Su estudiada expresión de dureza se había transformado en una cara de asombro. Los ojos estaban abiertos y parecían mirar el agujero que le habían hecho en la frente.

Corvo entró en el salón.

—¿Qué opinas?

—Parece que el Papa tuvo que salir a toda leche. Y quizá no quería dejar a estos tres aquí para que hablaran con la policía... Mierda, no lo sé, Corvo.

Corvo se llevó la radio a la boca.

—Equipos de búsqueda —dijo—. Situación.

—Aquí el líder del equipo de búsqueda. Hemos encontrado el laboratorio subterráneo. La entrada estaba en el búnker; es enorme. Aquí hay de todo. Hemos encontrado lo que queríamos.

—¿Y el principal sospechoso?

—Negativo de momento. En el laboratorio no hay nadie.

—Mierda —exclamó Corvo después de cerrar la transmisión. El agente se frotó la cicatriz de la mejilla con la radio mientras pensaba en qué hacer a continuación.

—El jeep —dijo Bosch—. Tenemos que ir a buscarlo.

—Si va hacia EnviroBreed, la milicia está allá esperando. En estos momentos no puedo dejar a gente suelta por un rancho que tiene más de dos mil hectáreas.

—Iré yo.

—Espera un momento, Bosch. Éste no es tu trabajo.

—A la mierda, Corvo. Yo me voy.

30

Bosch salió de la casa, buscó a Águila en la oscuridad y finalmente lo encontró junto a los prisioneros, al lado de la milicia. Harry se dio cuenta de que su compañero debía de sentirse aún más extraño que él en aquella situación.

—Voy a buscar el jeep que vimos. Creo que era Zorrillo.

—Yo estoy listo —dijo el mexicano.

Antes de que se pusieran en marcha, Corvo fue corriendo a su encuentro. Pero no era para detenerlos.

—Bosch, tengo a Ramos en el helicóptero. Es todo lo que puedo darte.

Se hizo un silencio, que sólo rompió un sonido al otro lado de la casa. Era el rotor del helicóptero.

—¡Venga! —gritó Corvo—. O se irá sin vosotros.

Bosch y Águila corrieron hasta el otro lado del edificio y volvieron a ocupar sus sitios en el Lince. Ramos estaba en la cabina con el piloto. El aparato se elevó de repente y Bosch se olvidó del cinturón de seguridad. Estaba demasiado ocupado poniéndose el casco y el equipo de visión por infrarrrojos.

Todavía no había nada en el campo de visión; ni jeep, ni nadie corriendo. Se dirigían al sureste del centro habitado y, mientras observaba a través de las lentes, Harry se dio cuenta de que todavía no había informado a Águila de la defunción de su capitán. «Cuando hayamos acabado», decidió.

Al cabo de dos minutos dieron con el jeep. Estaba aparcado en un bosquecillo de eucaliptos y arbustos altos, a unos cincuenta metros de los corrales y el granero. Una planta rodadora del tamaño de un camión había volado hasta él... o bien alguien la había puesto allí a modo de triste camuflaje. El piloto encendió los focos y el Lince comenzó a trazar círculos sobre la zona. Sin embargo, no hallaron ni rastro de su ocupante, el fugado: Zorrillo. Al mirar entre los dos asientos, Bosch vio que Ramos le indicaba al piloto que aterrizase. Apagaron los focos y, hasta que los ojos de Harry se acostumbraron, sintió como si se internaran en las profundidades de un agujero negro.

Finalmente Harry notó el impacto de la tierra y sus músculos se relajaron un poco. Cuando el motor se apagó, sólo se oyó el chirrido y el ruido del rotor que se iba parando solo. A través de la ventana, Bosch vio la pared oeste del granero. No había puertas o ventanas en ese lado y Harry estaba pensando que podrían acercarse con relativa seguridad, cuando oyó gritar a Ramos:

—¿Qué coño...? ¡Cuidado!

La sacudida fue tan fuerte que el helicóptero se tambaleó violentamente y empezó a resbalar. Bosch miró por la ventana pero sólo vio que los estaban empujando por el lateral. El jeep. ¡Alguien se había escondido en el jeep! Al final los patines de aterrizaje se engancharon con algo en el suelo y el aparato volcó. Bosch se encogió y se tapó la cara cuando vio que el rotor que todavía giraba se estrellaba contra el suelo y se hacía mil pedazos. Entonces sintió el peso de Águila que se desplomaba sobre él y oyó gritos en la cabina que no pudo descifrar.

El helicóptero se balanceó en esta posición unos segundos antes de recibir otro fuerte impacto, esta vez por delante. Bosch oyó unos disparos y el ruido de metal y cristales rotos. Después se fue. Bosch notó que la vibración del suelo iba disminuyendo hasta que el jeep se alejó.

—¡Creo que le he dado! —gritó Ramos—. ¿Lo habéis visto?

Bosch sólo podía pensar en su vulnerabilidad. El siguiente golpe seguramente vendría por detrás, donde no podrían verlo para disparar. Harry intentó alcanzar su Smith, pero tenía los brazos atrapados debajo de Águila. El detective mexicano finalmente comenzó a levantarse de encima de él y los dos se movieron con cuidado hasta quedarse en cuclillas. Bosch levantó el brazo y empujó la puerta. Ésta se abrió hasta la mitad antes de topar con algo, probablemente un trozo de metal. A continuación se sacaron los cascos y Bosch salió primero. Águila le pasó los chalecos antibalas. Aunque no sabía por qué, Bosch los cogió y Águila lo siguió.

El aire olía a combustible. Los dos se acercaron al morro aplastado del aparato donde Ramos, con la pistola en una mano, intentaba salir por el agujero en el que antes estaba la ventana.

—Ayúdale —dijo Bosch—. Yo os cubriré.

Bosch desenfundó la pistola y dio media vuelta, pero no vio a nadie. Entonces vislumbró el jeep, aparcado donde lo habían visto desde el aire, con la planta rodadora todavía apoyada contra él. Aquello no tenía sentido. A no ser que...

—El piloto está atrapado —anunció Águila.

Harry se asomó a la cabina, mientras Ramos enfocaba una linterna sobre el piloto, cuyo bigote rubio estaba empapado de sangre. Tenía un corte profundo en el puente de la nariz, los ojos abiertos y el volante de mando le aprisionaba las piernas.

—¿Dónde está la radio? —preguntó Bosch—. Tenemos que conseguir ayuda.

Ramos introdujo la parte superior del cuerpo por la ventana de la cabina y sacó el micrófono de la radio.

—Llamando a Corvo. Venid inmediatamente, tenemos una emergencia. —Mientras esperaba una respuesta, Ramos le dijo a Bosch—. No me lo puedo creer, macho. Ese monstruo de mierda ha salido de la nada. Yo no sabía qué coño...

—¿Qué pasa? —respondió la voz de Corvo por la radio.

—Tenemos un problema. Necesitamos asistencia médica y herramientas. El Lince está jodido. Corcoran está atrapado dentro, con heridas.

—... ción del accidente?

—No ha sido un accidente, coño. Un toro de mierda lo embistió en tierra. El Lince está destrozado y no podemos sacar a Corcoran. Estamos a cien metros al noreste del granero.

—No os mováis. Vamos para allá.

Ramos se colocó la radio en el cinturón, se puso la linterna bajo la axila y volvió a cargar la pistola.

—Sugiero que formemos un triángulo, con el helicóptero en medio, y vigilemos por si el animal vuelve. Yo sé que le di, pero se fue como si nada.

—No —respondió Bosch—. Ramos, tú y Águila quedaos uno a cada lado del helicóptero y esperad ayuda. Yo voy a entrar en el granero, sino Zorrillo se va...

—No, no, no. No lo vamos a hacer así, Bosch. Tú no estás al mando. Esperaremos aquí y cuando llegue la ayuda...

Ramos se calló a media frase y se volvió. Bosch también lo oyó... O más bien, lo notó. Era una vibración rítmica en el suelo, que se hacía cada vez más fuerte, y resultaba imposible de localizar. Bosch vio a Ramos girar sobre sí mismo con la linterna encendida. Entonces oyó a Águila que decía:

—El Temblar.

—¿Qué? —gritó Ramos—. ¿Qué?

En ese momento el toro apareció en su campo de visión. Era una bestia negra que venía hacia ellos. No le preocupaba que fueran superiores en número; aquél era su territorio e iba a defenderlo. A Bosch le pareció que el animal surgía de la oscuridad, como una aparición —como la muerte—, con la cabeza baja y la cornamenta por delante. Estaba a menos de diez metros cuando fijó un objetivo concreto: Bosch.

En una mano Harry aguantaba la Smith, mientras en la otra sostenía el chaleco con la palabra POLICÍA escrita en letras fluorescentes amarillas. En milésimas de segundo comprendió que las letras habían atraído la atención del toro y por eso lo había elegido a él. También llegó a la conclusión de que su pistola sería inútil. No podría detener al animal con balas; era demasiado grande y potente. Habría tenido que disparar un tiro mortal a un objetivo en movimiento. Herirlo, tal como había hecho Ramos, no lo detendría. Bosch arrojó la pistola al suelo y levantó el chaleco.

Harry oyó gritos y disparos a su derecha. Era Ramos, que intentaba distraer al toro, pero éste seguía yendo directo hacia él. Cuando se acercó, Bosch agitó el chaleco a la derecha y las letras amarillas brillaron a la luz de la luna. Bosch lo soltó cuando tuvo al animal encima. El toro, como una mancha negra en la oscuridad, le dio al chaleco antes de que Bosch lo soltara del todo. Harry intentó saltar fuera de su camino, pero una de las enormes espaldas del animal lo rozó y lo derribó.

Desde el suelo, vio al animal que giraba a su izquierda con la agilidad de un deportista y se dirigía a Ramos. El agente siguió disparando y Bosch incluso creyó ver el reflejo de la luna sobre los casquillos al salir disparados de la pistola. Pero las balas no detuvieron al animal; ni siquiera aminoraron su velocidad. Bosch oyó que la pistola se quedaba seca y Ramos apretaba el gatillo con la recámara vacía. Su último grito fue ininteligible, el toro lo cogió por las piernas y levantó su cuello brutal y sangriento, lanzándolo por los aires. Ramos pareció dar una voltereta en el aire antes de estrellarse de cabeza contra el suelo.

El toro intentó detenerse, pero el impulso y el impacto de las balas lo dejaron incapaz de controlar su enorme peso. Primero bajó la cabeza y la echó a un lado; después la enderezó y se preparó para otra embestida. Instintivamente Bosch se arrastró hasta su pistola, la cogió y apuntó. Pero entonces al animal le fallaron las patas delanteras y se desmoronó. Quedó inmóvil, a excepción de su pecho que subía y bajaba, hasta que finalmente eso también terminó.

Águila y Bosch se abalanzaron sobre Ramos al mismo tiempo. Se acercaron a él, pero ninguno de los dos lo tocó. Ramos yacía bocarriba con los ojos abiertos y llenos de tierra. Su cabeza estaba inclinada en un ángulo antinatural; se había roto el cuello al caer. En ese instante oyeron a lo lejos las hélices de uno de los Hueys. Bosch se levantó y descubrió que el helicóptero estaba buscándolos con el foco.

—Voy a entrar en el túnel —anunció Bosch—. Cuando aterricen, ven con refuerzos.

—No —dijo Águila—. Yo voy contigo.

Lo dijo de una manera que no admitía discusión. Águila se agachó, cogió la radio del cinturón de Ramos y recogió la linterna. Entonces le pasó el micrófono a Bosch.

—Di que vamos los dos.

Bosch llamó a Corvo.

—¿Dónde está Ramos?

—Acabamos de perderlo. Águila y yo vamos a entrar en el túnel. Alertad a la milicia en EnviroBreed de que nos dirigimos hacia allá. No queremos que nos disparen.

Bosch apagó la radio antes de que Corvo pudiera replicar y dejó el micrófono junto al agente caído. El otro helicóptero ya casi estaba encima de ellos. Bosch y Águila corrieron hacia el granero con las armas en alto y se movieron cuidadosamente por el exterior hasta que llegaron a la fachada y vieron que la enorme puerta estaba entreabierta. La abertura era lo suficientemente grande para dejar pasar a un hombre.

Así que se internaron en la oscuridad. Águila comenzó a recorrer el interior con la linterna y descubrieron que se trataba de un gran granero con encerraderos a ambos lados. También había cajones apilados que se usaban para transportar los toros a las plazas, así como balas de heno. Bosch se fijó en que había una hilera de focos en el centro del techo, miró a su alrededor y divisó el interruptor cerca de la puerta.

Una vez el interior estuvo iluminado, avanzaron por el pasillo entre las hileras de encerraderos. Bosch fue por la derecha y Águila por la izquierda. Los toriles estaban todos vacíos, ya que los toros merodeaban sueltos por el rancho. Bosch y Águila no vieron la entrada al túnel hasta que llegaron al fondo de la nave.

En un rincón, una carretilla elevadora sostenía una paleta con balas de heno a un metro del suelo.

Allí mismo, donde había estado la paleta, había un agujero de un metro de diámetro. Zorrillo, o quienquiera que fuese, había empleado la carretilla elevadora para levantar la paleta, pero no había tenido a nadie para bajarla y ocultar su vía de escape.

Bosch se agachó, se asomó al agujero y descubrió una escalera que llevaba a un pasadizo iluminado a unos tres metros y medio de profundidad. Harry miró a Águila.

—¿Listo?

El mexicano asintió.

Bosch entró primero. Bajó varios peldaños de la escalera y después saltó al suelo con la pistola en la mano, dispuesto a disparar. Pero en el túnel no había nadie. Lo cierto es que era más un pasillo que un túnel, ya que se podía caminar totalmente de pie y estaba perfectamente iluminado gracias a un cable eléctrico que alimentaba unas lámparas que colgaban del techo cada seis metros. Como se curvaba ligeramente hacia la izquierda, Bosch no divisaba el final. Harry dio un paso adelante y Águila aterrizó detrás de él.

—Vale —susurró Bosch—. Caminemos por la derecha. Si hay un tiroteo, tú disparas alto y yo bajo.

Águila asintió y comenzaron a avanzar rápidamente por el túnel. Mientras caminaban Bosch intentó orientarse y decidió que estaban dirigiéndose al este y un poco al norte. Corrieron hasta la curva; en la esquina se pegaron a la pared antes de pasar al segundo tramo del túnel.

Entonces comprendió que el giro era demasiado acentuado para que llevara a EnviroBreed. Miró hacia el último segmento de la galería y vio que no había nadie. La escalera de salida estaba a unos cincuenta metros y sabía que no conducía a EnviroBreed. Bosch lamentó haber dejado la radio junto al cuerpo de Ramos.

—Mierda —susurró Harry.

—¿Qué? —respondió Águila.

—Nada. Vamos.

Bosch y Águila recorrieron los siguientes veinticinco metros muy deprisa. Después adoptaron un
paso más prudente y silencioso al acercarse a la escalera de salida. Águila se pasó a la pared derecha y los
dos llegaron a la abertura al mismo tiempo, con las
pistolas en alto y el sudor en los ojos.

Arriba no había luz. Bosch le cogió la linterna a
Águila y proyectó el haz por el agujero. Eso le permitió ver unas vigas de madera en el techo bajo de la sala.
Nadie se asomó, nadie les disparó, nadie hizo nada.
Harry escuchó atentamente, pero no oyó nada. Le
hizo un gesto a Águila para que lo cubriese y se enfundó la pistola. Entonces empezó a subir por la escalera mientras aguantaba la linterna con una mano.

Harry tenía miedo. En Vietnam, salir de uno de
los túneles del enemigo siempre significaba el final
de la pesadilla. Era como volver a nacer; uno emer-
gía de la oscuridad para ser recibido por sus camara-
das. Iba del negro al azul. Pero en esa ocasión, era
todo lo contrario. Al llegar arriba y antes de asomarse por el agujero, recorrió la sala con la linterna, pero
no vio nada. Entonces sacó la cabeza lentamente por
la abertura, como una tortuga. Lo primero que notó
fue el serrín que cubría el suelo; después fue descubriendo que la sala era una especie de almacén en el
que había unas estanterías de aluminio con hojas de
sierras, cintas abrasivas para máquinas industriales,
herramientas manuales y serruchos de carpintero.
Una de las estanterías estaba llena de espigas de madera de diferentes tamaños. Bosch inmediatamente
pensó en las espigas atadas al alambre que habían empleado para matar a Kapps y a Porter.

Bosch le hizo una señal a Águila para que subiera, mientras él se dirigía a la puerta del almacén. Al no estar cerrada con llave, Harry descubrió que daba a una enorme nave con varias filas de maquinaria y bancos de carpintero a un lado y productos terminados al otro. Casi todos eran muebles sin barnizar: mesas, sillas, cómodas, etc... Una bombilla que colgaba de una viga transversal proyectaba la única luz de la sala; la dejaban encendida por la noche por motivos de seguridad. Cuando Águila apareció por detrás, no tuvo que decirle a Bosch que se hallaban en Mexitec.

Al fondo de la nave había unas puertas. Una de ellas estaba abierta y los dos policías corrieron hacia allá. Enseguida descubrieron que daba a una zona de carga y descarga al lado del callejón por el que Bosch había caminado la noche anterior. En el aparcamiento había un charco y Bosch detectó unas huellas de neumático que conducían al callejón. No había nadie a la vista; hacía tiempo que Zorrillo se había ido.

—Había dos túneles —concluyó Bosch, incapaz de ocultar su decepción.

—¡Había dos túneles! —exclamó Corvo—. El confidente de Ramos nos ha jodido bien jodidos.

Bosch y Águila estaban sentados en sillas de pino sin barnizar mientras contemplaban a Corvo paseándose arriba y abajo. Tenía un aspecto terrible: el de un hombre al mando de una operación en que había perdido a dos hombres, un helicóptero y su objetivo principal. Habían transcurrido dos horas desde que Bosch y Águila habían salido del túnel.

—¿Qué quieres decir? —preguntó Bosch.

—Quiero decir que el confidente tenía que estar al loro del segundo túnel. ¿Cómo iba a saber que había

404

uno y no otro? El tío nos tendió una trampa; le dejó una escapatoria a Zorrillo. Si supiera quién es, lo arrestaría como cómplice de la muerte de un agente federal.

—¿No lo sabes?

—Ramos no me pasó el informe. No le dio tiempo.

Bosch respiró aliviado.

—No me lo puedo creer —insistía Corvo—. Más vale que no vuelva. La he cagado... Al menos tú has conseguido a tu asesino de policías, Bosch. A mí me espera un buen cirio.

—¿Has mandado algún télex? —inquirió Bosch para cambiar de tema.

—Sí, ya están enviados, a todas las comisarías y agencias federales. Pero no importa, porque se nos ha escapado. Se irá al interior, pasará un año escondido y después volverá a empezar exactamente donde lo dejó. En Michoacan o un poco más al sur.

—A lo mejor ha ido al norte —sugirió Bosch.

—Imposible. No va a cruzar porque sabe que si lo cogemos allá arriba, no volverá a ver la luz del día. Se habrá ido al sur, donde está seguro.

En la fábrica había otros agentes que apuntaban y cataloglaban las pruebas que iban recogiendo. Entre ellas estaba una máquina que vaciaba las patas de las mesas para llenarlas de contrabando; así podían pasarlo al otro lado de la frontera. Un poco antes, los agentes de la DEA habían encontrado la entrada al segundo túnel en el granero y lo habían seguido hasta EnviroBreed. Como no había explosivos, habían entrado y habían descubierto que la fábrica de insectos estaba vacía a excepción de los dos perros de fuera, que habían matado.

La operación había desmantelado una gran red de contrabando. Un par de agentes se habían marchado a Calexico para detener al director de EnviroBreed,

Ely. En el rancho se habían producido catorce detenciones y seguramente habría más arrestos. Pero todo aquello no era suficiente para Corvo ni para nadie, ya que dos agentes habían muerto y Zorrillo había escapado. Además, Corvo se había equivocado si pensaba que Bosch se sentiría satisfecho con la muerte de Arpis. Bosch también quería a Zorrillo, puesto que él había dado las órdenes de ejecutar los asesinatos.

Harry se levantó para no tener que presenciar más tiempo la angustia del agente. Tenía suficiente con la suya. Águila también debía de sentir lo mismo ya que imitó a Bosch y comenzó a caminar nerviosamente entre las máquinas y los muebles. En esos momentos estaban esperando a que uno de los coches de la milicia los llevara al aeropuerto para recoger el coche de Bosch. Los federales se quedarían allí hasta pasado el amanecer, pero Bosch y Águila habían terminado. Cuando le había contado lo de Grena, el mexicano simplemente había asentido con la cabeza, sin mostrar ningún sentimiento.

Bosch siguió a Águila que volvía al almacén y se acercaba a la entrada del túnel. Águila se agachó y comenzó a estudiar el suelo como si el serrín fuera un poso de café en el cual pudiera leer el paradero de Zorrillo.

Al cabo de unos segundos, comentó:

—El Papa tiene botas nuevas.

Bosch se acercó y Águila le mostró las pisadas en el serrín. Había una que no pertenecía a los zapatos de Águila o Bosch; estaba muy claramente marcada y Harry enseguida reconoció el tacón alargado de una bota vaquera y la letra ese formada por una serpiente. El borde de la pisada y la cabeza de la serpiente se veían con toda claridad.

Águila estaba en lo cierto. El Papa tenía botas nuevas.

31

De camino a la frontera, Bosch pensó en cómo se habían desarrollado los hechos, en cómo todas las piezas encajaban y cómo podría haberse quedado sin descubrirlo si Águila no se hubiera fijado en la pisada. Bosch recordó la caja de las botas Snakes en el apartamento de Los Feliz; era una pista obvia y, sin embargo, la había pasado por alto. Sólo había visto lo que había querido ver.

Todavía era pronto. Los primeros rayos de luz comenzaban a asomarse por el horizonte y aún no había mucha cola en la frontera. Nadie limpiaba parabrisas ni vendía baratijas porque no había ni un alma. Bosch le mostró su placa al aburrido agente de aduanas, que lo dejó pasar sin más trámites.

Necesitaba un teléfono y un poco de cafeína. En un par de minutos se plantó en el Ayuntamiento de Calexico, Harry se compró una Coca-Cola en la máquina del minúsculo vestíbulo de la comisaría y se la llevó afuera, a la cabina telefónica que había delante del edificio. Bosch consultó su reloj y supo que ella estaría en casa, probablemente despierta y preparándose para ir a trabajar.

Harry encendió un cigarrillo, marcó el número y

cargó la llamada a su cuenta telefónica. Mientras esperaba a que le dieran el visto bueno, dirigió la vista al parque. A través de la neblina matinal, divisó las figuras de varios vagabundos desperdigados que dormían en los bancos del parque tapados con mantas. La bruma daba a la imagen un carácter fantasmagórico y solitario.

Teresa cogió el teléfono casi inmediatamente. Parecía que ya estuviese despierta.

—Hola.

—Harry, ¿qué pasa?

—Perdona que te despierte.

—No me has despertado. ¿Qué pasa?

—¿Estás vistiéndote para ir al funeral de Moore?

—Sí. ¿Qué es esto? Me llamas a las seis menos diez de la mañana para preguntarme...

—La persona que van a enterrar no es Moore.

Hubo un largo silencio durante el cual Bosch miró al parque y vio a un hombre de pie, envuelto con una manta, que lo miraba fijamente a través de la niebla. Bosch desvió la mirada.

—¿Pero qué dices? Harry, ¿estás bien?

—Estoy cansado, pero nunca he estado mejor. Lo que quiero decir es que está vivo. Moore. Acaba de escapárseme esta mañana.

—¿Todavía estás en México?

—En la frontera.

—Lo que has dicho no tiene sentido. Las huellas dactilares y la dentadura coincidían, y su propia mujer reconoció el tatuaje en una foto. Estamos totalmente seguros de la identidad.

—Es mentira. Moore lo preparó todo.

—¿Por qué me llamas para contarme esto, Harry?

—Quiero que me ayudes, Teresa. Yo no puedo hablar con Irving, pero tú sí. Ayúdame y, si tengo razón, saldrás beneficiada.

—Si tienes razón.

Bosch volvió la vista al parque, pero el hombre de la manta ya se había marchado.

—Sólo dime cómo —le retó ella—. Convénceme.

Bosch se quedó callado un momento, como un abogado antes de interrogar a un testigo. Sabía que cada palabra tenía que pasar su cuidadoso escrutinio o la perdería.

—Además de las huellas dactilares y los análisis dentales, Sheehan también me dijo que la letra de la máquina de escribir de Moore coincidía con la de la nota de «He descubierto quién era yo». Lo compararon con una nota de cambio de dirección que Moore había puesto en su archivo personal hacía unos meses, después de que él y su mujer se separaran.

Bosch dio una larga calada al cigarrillo y ella pensó que él había terminado.

—¿Y? No lo entiendo. ¿Qué tiene de raro?

—Una de las concesiones que ganó nuestro sindicato hace unos años durante las negociaciones laborales fue el libre acceso a nuestro archivo personal. De este modo, los policías podemos comprobar si nuestros expedientes contienen acusaciones, recomendaciones, cartas de queja o cualquier cosa. Es decir, que Moore tenía acceso a su archivo, así que fue a Personal hace unos meses y lo pidió porque acababa de mudarse y necesitaba poner la dirección al día.

Bosch se detuvo un momento para recomponer el resto de la historia en su cabeza.

—Vale. ¿Y qué? —insistió ella.

—Los archivos personales también contienen tarjetas con huellas dactilares. Eso significa que Moore tuvo acceso a la tarjeta que Irving te llevó el día de la autopsia; la que tu perito usó para identificar las huellas. ¿Lo ves? Moore pudo haber cambiado su tarjeta por la de otra persona y vosotros habríais usado la tarjeta equivocada para identificar su cuerpo. Aunque, claro está, no era su cadáver, sino el de otra persona.

—¿Quién?

—Creo que era un hombre de aquí abajo llamado Humberto Zorrillo.

—Me parece demasiado improbable. Hubo otras formas de identificación. Recuerdo que ese día en la sala de autopsias, ¿cómo se llama?, Sheehan, recibió una llamada de la policía científica para decir que habían cotejado las huellas dactilares del motel y que eran de Moore. Ellos usaron otras tarjetas que no eran las nuestras. Y la identificación dental. ¿Cómo explicas eso?

—Mira, Teresa, escúchame bien. Todo tiene explicación; ya verás cómo encaja. ¿La identificación dental? Tú misma me dijiste que sólo encontrásteis un fragmento, parte de una pieza dental, sin la raíz. Era un diente muerto, así que no pudiste decir cuánto tiempo llevaba fuera; sólo que coincidía con los informes del dentista. Uno de los compañeros de Moore me dijo que una vez lo vio perder un diente en una pelea en Hollywood Boulevard. Podría ser ése, no lo sé.

—Vale, ¿y las huellas en la habitación del motel? ¿Cómo se explican?

—Muy fácil. Ésas eran sus huellas de verdad. Donovan, el de la policía científica, me contó que había sacado las copias del ordenador del Departamento de Justicia, por lo que tenían que ser sus huellas de verdad. Eso quiere decir que estuvo en la habitación, pero no significa que él fuera el cadáver. Normalmente usamos sólo una muestra de las huellas (las del ordenador del Departamento de Justicia) para hacer todas las comparaciones, pero Irving la pifió al coger las del archivo personal. Y ahí está la genialidad del plan de Moore; él sabía que Irving o alguien del departamento la pifiaría. Lo sabía porque se imaginó que el departamento metería prisa a la autopsia, la identificación, todo, porque se trataba de la muerte de un agente de policía. Era algo que se había hecho antes y Moore dedujo que harían lo mismo con él.

—¿Donovan nunca comparó sus huellas con las nuestras?

—No, porque no es costumbre. Tal vez lo hubiese hecho más tarde si no le hubieran metido tanta prisa con este caso.

—Mierda —exclamó ella. Bosch sabía que la estaba convenciendo—. ¿Y el tatuaje?

—Es una insignia del barrio. Mucha gente podría tenerlo. Creo que Zorrillo también lo llevaba.

—¿Y quién es este tal Zorrillo?

—Un tío que creció aquí con Moore. Puede que fueran hermanos, no lo sé. La cuestión es que Zorrillo se convirtió en el traficante más importante de la zona y Moore se fue a Los Ángeles y se hizo policía. No sé por qué, pero resulta que Moore estaba trabajando para Zorrillo desde allí. El resto de la historia ya la sabes. Los de la DEA acaban de hacer una redada en el rancho de Zorrillo; se nos ha escapado, pero yo no creo que fuera él. Era Moore.

—¿Lo viste?

—No hizo falta.

—¿Hay alguien buscándolo?

—Los de la DEA, especialmente en el interior de México. Aunque están buscando a Zorrillo, no a Moore. Y es posible que Moore nunca aparezca.

—Parece que... ¿Estás diciendo que Moore mató a Zorrillo y después lo suplantó?

—Sí. Yo creo que Moore consiguió que Zorrillo

fuera a Los Ángeles. Quedaron en el Hideaway y Moore lo mató; ése es el golpe que encontraste en la cabeza. Moore le puso sus botas y su ropa al cadáver. Después le disparó en la cara con la escopeta. Se aseguró de dejar algunas huellas por la habitación para que Donovan picara y le puso la nota en el bolsillo del pantalón.

»Creo que la nota funcionaba de muchas maneras. Al principio parecía una nota de suicidio y, además, la letra contribuyó a la identificación. Por otro lado, creo que era algo personal entre Moore y Zorrillo, algo que se remonta a la época en que vivían en el barrio. Lo de "He descubierto quién era yo" es parte de una larga historia.

Los dos se quedaron en silencio un momento, pensando en todo lo que había dicho Bosch. Harry sabía que todavía quedaban muchos cabos sueltos; muchos engaños que descubrir.

—¿Por qué todos los asesinatos? —preguntó ella—. ¿Porter y Juan 67? ¿Qué tenían que ver ellos?

Aquí era donde le fallaban las respuestas.

—No lo sé. Supongo que se metieron en medio. Zorrillo hizo que asesinaran a Jimmy Kapps porque era un chivato. Creo que Moore fue quien se lo dijo a Zorrillo. Después, apalizaron hasta matarlo a Juan 67 (por cierto, se llamaba Gutiérrez-Llosa) y llevaron el cadáver a Los Ángeles. No sé por qué. Finalmente Moore mató a Zorrillo y lo suplantó. Por qué mató a Porter, no lo sé. Supongo que pensó que tal vez Lou lo descubriría.

—Eso es muy cruel.

—Sí.

—¿Cómo ha podido suceder? —preguntó ella, más a sí misma que a Bosch—. Están a punto de enterrar a este traficante de drogas con todos los honores..., el alcalde y el director del departamento. Todos los medios de comunicación...

—Y tú sabrás la verdad.

Teresa pensó un rato antes de hacer la siguiente pregunta.

—¿Por qué lo hizo?

—No lo sé. Estamos hablando de vidas distintas. El policía y el traficante. Pero debía de haber algo entre ellos: una conexión de algún tipo que se remonta a sus tiempos del barrio. Y de alguna forma, el policía se pasó al otro bando y comenzó a ayudar al traficante en las calles de Los Ángeles. ¿Quién sabe por qué? Tal vez por dinero, tal vez por algo que había perdido hace tiempo, cuando era niño.

—¿Qué quieres decir?

—No lo sé. Aún estoy pensando.

—Si estaban tan unidos, ¿por qué lo mató?

—Supongo que eso tendremos que preguntárselo a él. Si es que lo encontramos. Tal vez fue como tú dices; lo hizo para suplantar a Zorrillo, para quedarse su dinero. O tal vez lo empujó la culpabilidad. Había ido demasiado lejos y quería terminar... Moore estaba (o está) colgado del pasado. Lo dijo su mujer. Quizás intentaba recobrar algo, retroceder en el tiempo. Aún no lo sé.

Hubo otro silencio. Bosch dio la última calada a su cigarrillo y añadió:

—Era un crimen casi perfecto; dejar un cuerpo en unas circunstancias que el departamento no quisiera investigar.

—Pero tú lo hiciste.

—Sí.

«Y aquí estoy», pensó. Sabía lo que tenía que hacer en ese momento: terminar la faena. En el parque vio las figuras fantasmagóricas de varias personas que se despertaban para enfrentarse a otro día de desesperación.

—¿Por qué me has llamado, Harry? ¿Qué quieres que haga?

—Te he llamado porque tengo que confiar en alguien. Y tú eres la única que puede ayudarme.

—¿Qué quieres que haga?

—Desde tu despacho tienes acceso a las huellas dactilares del Departamento de Justicia, ¿no?

—Sí. Así es como hacemos la mayoría de identificaciones. Y así es como las haremos de ahora en adelante. Ahora tengo a Irving cogido por los huevos.

—¿Todavía guardas la tarjeta de huellas que él trajo para la autopsia?

—Mmm, no lo sé. Pero estoy segura de que los peritos hicieron una fotocopia para ir con el cadáver. ¿Quieres que las compare?

—Sí, compáralas y verás que no coinciden.

—Antes estabas seguro.

—Estoy seguro, pero más vale que lo confirmes.

—¿Y después qué?

—Pues supongo que nos veremos en el funeral. Yo tengo que hacer una parada más y después me iré para allá.

—¿Qué parada?

—Quiero ver un castillo. Es una larga historia. Ya te lo contaré luego.

—¿No quieres impedir que se celebre el funeral?

Harry reflexionó unos momentos antes de responder. Pensó en Sylvia Moore y en el misterio que ella todavía entrañaba para él. Y a continuación consideró la idea de que un traficante de droga recibiera una despedida de héroe.

—No, no quiero. ¿Y tú?

—Ni hablar.

Bosch sabía que las razones de Teresa eran muy distintas a las suyas, pero le dio igual. Ella ya casi tenía asegurado el puesto de forense jefe. Si Irving se interponía en su camino, Teresa podía hacerle quedar fatal, peor que uno de los clientes de sus autopsias. «Bueno, mejor para ella», pensó Bosch.

—Hasta luego.

—Ten cuidado, Harry.

Bosch colgó y encendió otro cigarrillo. El sol de la mañana estaba alto y comenzaba a disipar la niebla del parque. La gente comenzaba a moverse y Bosch creyó oír a una mujer que reía. En ese momento se sintió totalmente solo en el mundo.

32

Cuando Bosch aparcó delante de la verja de hierro forjado al final de Coyote Trail, comprobó que el camino circular frente al Castillo de los Ojos seguía vacío. No obstante, la gruesa cadena, que el día anterior mantenía cerradas las dos mitades de la verja, colgaba con el candado abierto. Moore estaba en casa.

Harry dejó el coche allí mismo, bloqueando la entrada, y entró en el jardín a pie. Atravesó corriendo el césped parduzco, medio agachado e incómodo, consciente de que las ventanas de la torre lo contemplaban como los ojos negros y acusadores de un gigante. Al llegar a la puerta principal, Bosch se pegó a la fachada de estuco. Estaba jadeante y sudoroso, a pesar de que el aire de la mañana todavía era bastante fresco.

La puerta principal estaba cerrada con llave. Bosch permaneció inmóvil un buen rato a la escucha de algún ruido, pero no oyó nada. Finalmente se agazapó bajo la hilera de ventanas del primer piso y dio la vuelta a la casa hasta llegar a un garaje con cuatro puertas. Allí encontró otra puerta también cerrada con llave.

Bosch reconoció la parte trasera de la casa de las fotografías que había encontrado en la bolsa de Moore. Una de las puertas correderas junto a la piscina estaba abierta y una cortina blanca ondeaba al viento como una mano que lo invitaba a entrar.

La puerta abierta daba a una gran sala de estar llena de fantasmas, es decir, muebles cubiertos con sábanas viejas. Y nada más. Bosch se dirigió a su izquierda, atravesó sigilosamente la cocina y abrió una puerta del garaje. Dentro había un coche, cubierto con más sábanas, y una camioneta verde pálida con la palabra «Mexitec» en el lateral. Al palpar el capó de la camioneta, Bosch descubrió que todavía estaba caliente. A través del parabrisas, distinguió una escopeta de cañones recortados que yacía en el asiento del pasajero. Bosch abrió la puerta y sacó el arma. Tan silenciosamente como pudo, la abrió y vio que los dos cañones estaban cargados. Luego la cerró, enfundó su pistola y se la llevó consigo.

Bosch levantó la sábana de la parte delantera del otro coche y descubrió el Thunderbird que había visto en la foto del padre y el hijo. Al mirar dentro del vehículo, Bosch se preguntó cuánto tenía que remontarse uno para encontrar lo que motivaba las decisiones de una persona. En el caso de Moore, no sabía la respuesta y en el suyo tampoco.

Bosch regresó a la sala de estar y se detuvo a escuchar. Nada. La casa estaba quieta, vacía y olía a polvo, como el tiempo que transcurre lenta y dolorosamente esperando a alguien o algo que no va a llegar. Los fantasmas ocupaban todas las habitaciones. Bosch estaba admirando la forma de un sillón amortajado cuando oyó el ruido. Vino de arriba y fue como el sonido de un zapato que caía sobre un suelo de madera.

Bosch se dirigió a la parte delantera de la casa, donde había un amplio vestíbulo del cual arrancaba una majestuosa escalera de piedra. Bosch subió los peldaños y siguió escuchando, pero el ruido de arriba no se repitió.

En el segundo piso caminó por un pasillo alfombrado y se asomó a las puertas de cuatro dormitorios y dos baños, todos ellos vacíos.

Entonces regresó a las escaleras y subió a la torre. La única puerta en el último rellano estaba abierta, pero Harry no oyó ningún ruido en su interior. Se agachó y avanzó lentamente hacia la abertura con la escopeta por delante, como una vara para buscar agua.

Allí estaba Moore. De pie, de espaldas a la puerta y mirándose en un espejo de un armario ligeramente abierto, de modo que no captaba la imagen de Harry. Durante unos breves instantes Bosch observó a Moore sin que éste lo viera, y echó un vistazo a su alrededor. En el centro de la habitación había una cama con una maleta abierta y, junto a ella, una bolsa de deporte con la cremallera cerrada; parecía hecha.

Moore continuaba sin moverse, ya que estaba mirándose fijamente a la cara. Llevaba barba y sus ojos eran castaños. Vestía unos tejanos gastados, botas nuevas de piel de serpiente, una camiseta negra y una chaqueta de piel negra con guantes a juego. Tenía un aspecto elegante, como salido de las boutiques de Melrose Avenue. De lejos podría pasar fácilmente por el Papa de Mexicali.

Bosch detectó la empuñadura de madera y plata de una pistola automática en su cinturón.

—¿Vas a decir algo, Harry? ¿O vas a quedarte ahí mirando?

Sin mover las manos ni la cabeza, Moore apoyó el peso del cuerpo en el pie izquierdo de modo que él y Bosch se pudieran ver en el espejo.

—Te compraste unas botas nuevas antes de matar a Zorrillo, ¿no?

Entonces Moore se volvió por completo pero no dijo nada.

—Mantén las manos a la vista —le advirtió Bosch.

—Lo que tú digas, Harry. ¿Sabes? Me imaginaba que si alguien vendría, serías tú.

—Tú querías que alguien viniese, ¿no?

—A veces sí, a veces no.

Bosch entró en la habitación y dio un paso a un lado para situarse directamente enfrente de Moore.

—Lentillas nuevas, barba. Pareces el Papa, de lejos. ¿Pero cómo convenciste a sus hombres, a su guardia personal? No me digas que se quedaron tan anchos cuando tú entraste y lo suplantaste.

—Los convenció el dinero. Seguramente a ti también te dejarían mudarte allí si tuvieses la pasta. Ya ves, todo es negociable cuando controlas ese tema. Y yo lo controlaba.

Moore indicó con la cabeza la bolsa de deporte.

—¿Cuánto quieres tú? No tengo mucho, unos ciento diez mil dólares en esa bolsa.

—Pensaba que te habías fugado con una fortuna.

—Sí. Lo de la bolsa es sólo lo que tengo a mano. Me has cogido un poco pelado, pero puedo conseguirte mucho más. Lo tengo metido en varios bancos.

—¿También has estado imitando la firma de Zorrillo?

Moore no respondió.

—Dime, ¿quién era? —preguntó Bosch.

—¿Quién?

—Ya sabes quién.

—Mi medio hermano. De padres diferentes.

—Este sitio es el motivo de todo, ¿no? Es el castillo en el que viviste antes de que te echaran.

—Más o menos. Decidí comprarlo después de que él muriera, pero se está cayendo a trozos. Es tan difícil cuidar de las cosas que quieres estos días... Todo es un esfuerzo.

Bosch intentaba comprender su estado de ánimo; parecía harto de todo.

—¿Qué pasó en el rancho? —preguntó.

—¿Te refieres a los tres cuerpos? Bueno, supongo que al final se hizo justicia. Grena era una sanguijuela que había estado exprimiendo a Zorrillo durante años y Arpis simplemente se la arrancó.

—¿Y quién «arrancó» a Arpis y a Dance?

—Eso lo hice yo.

Lo dijo sin dudar y sus palabras paralizaron a Bosch. Moore era policía; sabía que confesar era lo último que se tenía que hacer. Uno no habla hasta que tiene un abogado a su lado y un trato firmado con el fiscal.

Harry se aferró bien a la escopeta con sus manos sudorosas, dio un paso adelante y escuchó con atención para ver si oía algún otro sonido en la casa. Sin embargo, sólo hubo silencio hasta que Moore lo rompió.

—No pienso volver. Supongo que lo sabes.

Lo dijo tranquilamente, como si fuese algo inamovible, que hubiese decidido hacía mucho tiempo.

—¿Cómo lograste que Zorrillo fuese a Los Ángeles y luego a la habitación del motel? ¿Cómo conseguiste sus huellas para el archivo de personal?

—¿Quieres que te lo cuente, Harry? ¿Y luego qué?

Moore miró brevemente la bolsa de deporte.

—Luego nada. Volvemos a Los Ángeles. Yo no te he avisado, así que nada de lo que digas puede ser usado en tu contra. Sólo estamos tú y yo.

—Las huellas fueron fáciles. Yo le había preparado unos carnés falsos para que pudiera cruzar la frontera cuando quisiera. Tenía tres o cuatro. Un día me pidió un pasaporte y toda una cartera llena de documentos y yo le dije que necesitaba sus huellas dactilares. Se las tomé yo mismo.

—¿Y el motel?

—Ya te digo que él cruzaba la frontera cuando le venía en gana. Salía por el túnel y los de la DEA se quedaban ahí fuera pensando que todavía estaba dentro del rancho. Le gustaba ir a ver a los Lakers y sentarse en primera fila cerca de esa actriz rubia que chupa tanta cámara. O sea, que él ya estaba ahí y, cuando le dije que quería verlo, vino.

—Entonces lo mataste y lo suplantaste... ¿Y el jornalero? ¿Qué hizo?

—Estar en el lugar equivocado. Por lo visto, estaba allí cuando Zorrillo salió por la trampilla tras su último viaje. El hombre no tenía que haber entrado en esa habitación, pero supongo que no supo leer los carteles. Zorrillo no quiso arriesgarse a que le contara a alguien lo del túnel.

—¿Y por qué lo dejaste en el callejón? ¿Por qué no lo enterraste debajo del Joshua Tree o en otro sitio remoto? En un lugar donde no pudiesen encontrarlo nunca.

—El desierto hubiese sido una buena idea, pero no fui yo quien se deshizo del cuerpo. Ellos me controlaban a mí; ellos lo trajeron y lo dejaron allá. Lo hizo Arpis. Esa noche recibí una llamada de Zorrillo para que me reuniera con él en el Egg and I. Me pidió que aparcara en el callejón y entonces vi el cadáver. Yo no quise tocarlo así que llamé a la comisaría para decir que lo había encontrado. Zorrillo lo usó como otra forma de controlarme y yo le seguí la corriente. Le dieron el caso a Porter y yo hice el trato con él para que se lo tomara con calma.

Bosch no dijo nada. Simplemente intentaba imaginarse la secuencia de hechos que Moore acababa de describirle.

—Esto empieza a ser un rollo. ¿Vas a intentar esposarme, llevarme a Los Ángeles y ser un héroe?

—¿Por qué no lo olvidaste? —preguntó Bosch.

—¿El qué?

—Este sitio. Tu padre. Todo. Tendrías que haberte olvidado del pasado.

—Porque me robaron la vida. El tío nos echó de casa. Mi madre... ¿Cómo te olvidas de un pasado así? Vete a la mierda, Bosch. Tú no lo puedes entender.

Bosch no dijo nada, aunque sabía que estaba alargando demasiado la situación. Moore comenzaba a hacerse con el control.

—Cuando me enteré de que el viejo había muerto, me afectó mucho —explicó Moore—. No sé por qué, decidí que quería este sitio y fui a ver a mi hermano. Ése fue mi error. Empecé haciendo cosas pequeñas, pero él me fue pidiendo más y más, y acabé llevando todo el negocio allá arriba. Al final tenía que salir de allí y sólo había una manera de hacerlo.

—La manera equivocada.

—No te molestes, Bosch. Ya me sé la canción.

Aunque estaba seguro de que Moore le había contado la historia tal como él la veía, Bosch tenía claro que Moore se había lanzado a los brazos del diablo. Había descubierto quién era.

—¿Por qué yo? —preguntó Bosch.

—¿Por qué tú qué?

—¿Por qué me dejaste la carpeta a mí? Si no hubieses hecho eso, yo no estaría aquí ahora. Te habrías escapado.

—Bosch, tú eras mi plan de emergencia. ¿No lo ves? Necesitaba algo por si el suicidio no colaba. Me imaginé que cuando recibieras la carpeta te pondrías a investigar. Sabía que con un poco de ayuda avisarías a la gente de que se trataba de asesinato. Lo que no me esperaba es que llegaras tan lejos. Pensaba que Irving y el resto te lo impedirían porque no querrían escarbar más. Ellos preferirían que todo el asunto muriera conmigo.

—Y con Porter.

—Sí, bueno, Porter era débil. Seguramente está mejor así.

—¿Y yo? ¿Estaría mejor si Arpis hubiese acertado el tiro en el hotel?

—Bosch, te estabas acercando demasiado. Tenía que detenerte.

Harry ya no tenía nada más que decir o preguntar. Moore pareció intuir que habían llegado al final del trayecto, pero lo intentó una vez más.

—Bosch, en esa bolsa tengo los números de mis cuentas. Son tuyos.

—No me interesa, Moore. Volvemos a Los Ángeles.

Moore se rió de semejante idea.

—¿De verdad crees que a alguien le importa todo esto?

Bosch no dijo nada.

—¿En el departamento? —prosiguió Moore—. Ni hablar. Ellos no quieren saber nada de una cosa así. Es un mal rollo para el negocio. Tú en cambio no estás en el departamento. Trabajas allí, pero no formas parte de él. ¿Me entiendes? Ahí está el problema... Si me llevas, vas a quedar tan mal como yo, porque les vas a echar encima un montón de mierda. Tú eres el único a quien le importa todo esto, Bosch. De verdad. Así que coge el dinero y vete.

—¿Y tu mujer? ¿A ella tampoco le importa?

Eso lo paró, al menos un momento.

—Sylvia —dijo—. No lo sé. La perdí hace mucho tiempo. No sé si le importa; a mí ya me da igual.

Bosch lo escudriñó en busca de la verdad.

—Eso es agua pasada —concluyó Moore—. Así que llévate el dinero. Luego puedo conseguirte más.

—No puedo cogerlo y tú lo sabes.

—Sí, supongo que lo sé. Pero tú también sabes que no puedo volver contigo. Entonces, ¿qué hacemos?

Bosch apoyó todo su peso en el pie izquierdo y la culata de la escopeta sobre su cadera. Hubo un largo silencio durante el cual pensó en sí mismo y en sus propias motivaciones. ¿Por qué no le había pedido a Moore que arrojara la pistola al suelo?

Con un movimiento ágil y rápido, Moore cruzó la mano y se sacó la pistola de la cintura. Estaba levantando el cañón hacia Bosch cuando el dedo de Harry apretó los gatillos de la escopeta. El estruendo de los dos cañones fue ensordecedor. A través del humo, Bosch vio que Moore recibía toda la fuerza de impacto en la cara y su cuerpo saltaba hacia atrás. Sus manos se alzaron hacia el techo antes de derrumbarse sobre la cama. Moore llegó a disparar pero el tiro salió alto e hizo añicos uno de los cristales de las ventanas en forma de arco. Finalmente el arma cayó al suelo.

Unos residuos de las balas flotaron y aterrizaron sobre la sangre del hombre sin cara. Bosch notó que el aire olía a pólvora quemada y que unas gotitas diminutas le cubrían la cara. Por el olor, dedujo que era sangre. Bosch se quedó inmóvil durante más de un minuto, después alzó la vista y se vio en el espejo. Rápidamente desvió la mirada.

A continuación se dirigió a la cama y abrió la cremallera de la bolsa de deporte. Dentro había un montón de fajos de billetes, casi todos de cien dólares, así como una cartera y un pasaporte. Cuando Bosch inspeccionó la cartera, descubrió que los documentos identificaban a Moore como Henry Maze, de cuarenta años, natural de Pasadena.

En el interior del pasaporte había dos fotos sueltas. La primera era una Polaroid que debía proceder de la bolsa de papel blanca. La imagen mostraba a Moore y su mujer con poco más de veinte años. Estaban sentados en un sofá, tal vez en una fiesta, y Sylvia no estaba mirando a la cámara; lo estaba mirando a él. Bosch enseguida comprendió por qué Moore había elegido esa foto; por la preciosa mirada de amor de Sylvia. La segunda foto era una antigua instantánea en blanco y negro con los bordes descoloridos, como si hubiera estado enmarcada. Mostraba a Cal Moore y Humberto Zorrillo de niños. Los dos estaban sin camisa, luchando juguetonamente y riendo. Tenían la piel bronceada y limpia, sólo afeada por el tatuaje de los Santos y Pecadores que ambos lucían en el brazo.

Bosch metió la cartera y el pasaporte en la bolsa, pero se guardó las dos fotos en el bolsillo de la chaqueta. A continuación caminó hasta la ventana y miró por el cristal roto hacia Coyote Trail y las tierras que llevaban a la frontera. No venían coches de policía, ni de la patrulla de fronteras. Nadie había llamado siquiera a una ambulancia. Las gruesas paredes del castillo habían silenciado la muerte del hombre que yacía en su interior.

El sol ya estaba alto en el cielo y Harry notó su calor a través del agujero triangular del cristal roto.

33

Bosch no comenzó a sentirse bien del todo hasta que llegó a las contaminadas afueras de Los Ángeles. Aunque le desagradaba la ciudad, sabía que allí se curarían sus heridas. Para evitar el centro, Harry cogió la autopista —al ser mediodía, no había mucho tráfico— y puso rumbo al paso de Cahuenga. Cuando alzó la vista hacia las montañas, descubrió el rastro carbonizado que había dejado el incendio de Navidad. Pero incluso aquello lo consoló. El calor del fuego seguramente había abierto las semillas de las flores silvestres, por lo que en primavera la ladera sería un estallido de color. El barranco se cubriría de flores y pronto aquella cicatriz sobre la tierra desaparecería completamente.

Era más de la una. Bosch llegaba demasiado tarde para la misa de funeral en la misión de San Fernando, así que atravesó el Valle en dirección al cementerio. El entierro de Calexico Moore, caído en cumplimiento del deber, iba a tener lugar en el Eternal Valley, en Chatsworth, ante el jefe de policía, el alcalde y todos los medios de comunicación. Bosch sonrió mientras conducía. «Estamos todos aquí reunidos para honrar y dar sepultura a... un camello.»

Bosch llegó al cementerio antes que el séquito de motos, pero los medios ya estaban instalados en un risco cerca de la carretera de entrada. Unos hombres vestidos con trajes negros, camisas blancas, corbatas negras y brazaletes de luto en el brazo izquierdo le señalaron donde podía aparcar. Harry usó el espejo retrovisor para ponerse una corbata. Iba sin afeitar y todo arrugado, pero le daba igual.

La fosa estaba cerca de una robleda. Uno de los hombres con brazalete le había indicado el camino. Harry atravesó el césped cubierto de tumbas, mientras el viento desordenaba su cabello. Al llegar a la robleda, Bosch se colocó a una distancia razonable del toldo verde donde yacían las coronas de flores. Apoyado contra uno de los árboles, se fumó un cigarrillo mientras examinaba los coches que comenzaban a llegar. Unos cuantos se adelantaron a la procesión. Pero entonces oyó el sonido de los helicópteros que se aproximaban: la patrulla aérea de la policía que sobrevolaba el coche fúnebre y los aparatos de las televisiones que revoloteaban como moscas por todo el camposanto. A continuación las primeras motocicletas entraron en el cementerio y las cámaras de televisión apostadas en el risco se dispusieron a filmar toda la cola. Bosch calculó que debía de haber unas doscientas motos y pensó que el funeral de un policía era el mejor día para saltarse un semáforo, exceder el límite de velocidad o hacer una maniobra ilegal, ya que no quedaba ni un solo guardia de tráfico en toda la ciudad.

El coche fúnebre y las limusinas de los asistentes siguieron a las motocicletas. Después llegaron el resto de coches y finalmente la gente aparcó donde pudo y se encaminó hacia el lugar indicado desde todas direcciones. Entonces Bosch vio que uno de los hombres con brazalete ayudaba a Sylvia Moore a salir de una limusina, en la que viajaba sola. Aunque estaba a más de cincuenta metros de distancia, Harry enseguida se percató de que estaba preciosa. Lucía un sencillo vestido negro que el fuerte viento pegaba contra su cuerpo, marcando su figura. Llevaba el pelo recogido con un pasador negro, que tuvo que aguantarse para que no se le cayera, guantes y gafas de sol negras y pintalabios rojo. Bosch no podía apartar la vista de ella.

El hombre del brazalete la condujo hacia una hilera de sillas plegables bajo el toldo y junto al agujero que había sido cavado en la tierra. Por el camino ella volvió un momento la cabeza y Bosch creyó que lo miraba a él, pero las gafas ocultaban sus ojos y su rostro no mostró ninguna reacción. Después de que ella se sentara, los portadores del féretro, un grupo compuesto por Rickard, el resto de la unidad de narcóticos de Moore, y unos cuantos más que Bosch no conocía, trajeron el ataúd de acero plateado.

—Vaya, ya has vuelto —dijo una voz a sus espaldas.

Bosch se volvió y vio a Teresa Corazón que caminaba hacia él.

—Sí, acabo de llegar.

—No te has afeitado.

—No. ¿Tú qué tal?

—Fenomenal.

—Me alegro. ¿Qué pasó esta mañana después de que hablásemos?

—Lo que tú dijiste. Sacamos las huellas dactilares del Departamento de Justicia y las comparamos con las que nos había dado Irving. Pertenecían a dos personas distintas, o sea que ése del pijama de plata no es Moore.

Bosch asintió. Obviamente, ya no necesitaba la confirmación de Teresa, porque ló había comproba-

429

do personalmente. Bosch pensó en el cuerpo sin rostro de Moore que yacía sobre la cama del castillo.

—¿Qué vas a hacer? —preguntó él.

—Ya lo he hecho.

—¿Qué?

—He tenido una pequeña charla con el subdirector Irving antes de misa. Tendrías que haber visto la cara que ha puesto.

—Pero no ha parado el funeral.

—Porque cree que lo más probable es que Moore, si sabe lo que es mejor para él, no vuelva a asomarse por aquí. Irving espera que este follón sólo le cueste una recomendación para el puesto de forense jefe. Él mismo se ofreció a hacerlo; ni siquiera tuve que explicarle lo delicada que era su situación.

—Espero que disfrutes del trabajo, Teresa. Aunque vas a meterte en la boca del lobo.

—Lo haré. Y, Harry, gracias por llamarme esta mañana.

—¿Sabe Irving cómo descubriste esto? ¿Le dijiste que yo te había llamado?

—No, pero creo que no hacía falta.

Ella tenía razón. Irving debía de saber que Bosch era responsable de eso de alguna manera. Harry miró por encima de Teresa para ver a Sylvia Moore otra vez; estaba sentada en silencio, entre dos sillas vacías que nadie iba a ocupar.

—Me voy con el grupo —le anunció Teresa—. He quedado aquí con Dick Ebart. Quiere fijar una fecha para pedir el voto de toda la comisión.

Bosch asintió. Ebart era un hombre de casi setenta años que llevaba veinticinco como miembro de la comisión del condado. Él había propuesto a Teresa para el puesto.

—Harry, sigo queriendo que nos veamos sólo

por trabajo. Te agradezco lo que has hecho por mí hoy, pero me gustaría mantener las distancias, al menos por un tiempo.

Bosch asintió y la vio alejarse con sus zapatos de tacón y paso inseguro, por culpa del césped. Por un momento Bosch se la imaginó en un abrazo carnal con Ebart, que era fácilmente reconocible en las fotos de los periódicos por su cuello flácido y arrugado como el papel crepé. La imagen le repugnó y se dio asco por habérsela imaginado. Rápidamente se la sacó de la cabeza y continuó observando a Teresa mientras se mezclaba con la gente, le daba la mano a varias personas y se convertía en el personaje político que tendría que interpretar a partir de entonces. Bosch sintió un poco de tristeza por ella.

Faltaban pocos minutos para el servicio, pero la gente seguía llegando. Entre los congregados, Bosch vislumbró la calva brillante del subdirector Irvin Irving que llevaba el uniforme completo de gala y la gorra bajo el brazo. Estaba de pie junto al jefe de policía y uno de los hombres fuertes del alcalde. Por lo visto el alcalde se estaba retrasando, como siempre. Entonces Irving reparó en Bosch, se separó del grupo y se dirigió hacia él. Mientras caminaba parecía contemplar la vista desde las montañas. No miró a Bosch hasta que llegó al roble.

—Detective.

—Jefe.

—¿Cuándo ha llegado?

—Ahora mismo.

—Podría haberse afeitado.

—Sí, ya lo sé.

—¿Qué vamos a hacer? ¿Qué vamos a hacer?

Lo dijo con una expresión de nostalgia y Bosch no sabía si quería una respuesta.

—No sé si lo sabe, detective, pero cuando usted no se presentó ayer en mi despacho, le puse un uno barra ochenta y uno.

—Me lo imaginaba. ¿Estoy suspendido?

—De momento no hemos hecho nada al respecto. Soy un hombre justo y quería verlo a usted primero. ¿Ha hablado con la forense?

Bosch no iba a mentirle y, además, en esa ocasión tenía las de ganar.

—Sí, quería que comparase unas huellas dactilares.

—¿Qué pasó allá abajo, en México, para que se le ocurriera algo semejante?

—Nada importante, jefe. Seguramente lo verá en las noticias.

—No me refiero a esa redada catastrófica que llevó a cabo la DEA. Hablo de Moore. Bosch, necesito saber si tengo que detener este funeral.

—Ahí no puedo ayudarle, jefe. La decisión no es mía. —Bosch hizo una pausa—. Tenemos compañía.

Irving se volvió para mirar. El teniente Harvey Pounds, también vestido con uniforme de gala, caminaba hacia ellos, seguramente para averiguar cuántos casos había cerrado Bosch. Pero Irving alzó la mano como un guardia de tráfico y entonces Pounds se paró en seco y se alejó.

—Lo que quiero decirle, detective Bosch, es que parece que estamos a punto de enterrar a un narcotraficante mexicano mientras un policía corrupto anda suelto. ¿Se da cuenta del bochorno que...? —Irving se calló de repente—. ¡Maldita sea! No entiendo por qué he dicho esto en voz alta, y menos a usted.

—No se fía mucho de mí, ¿verdad?

—En asuntos como éste, no me fío de nadie.

—Pues no se preocupe.

—No me preocupa. Sé en quien debo y en quien no debo confiar.

—Me refiero a lo de enterrar a un traficante de drogas mientras un policía corrupto anda suelto. No pasa nada.

Irving lo miró detenidamente, entrecerrando los ojos, como si pudiera asomarse a los pensamientos de Bosch.

—¿Qué dice? ¿Que no pasa nada? Esto es una situación embarazosa de proporciones inimaginables para esta ciudad y este departamento. Esto podría...

—Oiga, le digo que se olvide. ¿Me entiende? Estoy intentando facilitarle las cosas.

Irving volvió a observarlo un buen rato. Se apoyó en el otro pie y una vena de la cabeza comenzó a latir con fuerzas renovadas. Harry sabía que Irving no se sentiría cómodo compartiendo un secreto semejante con alguien como él. Con Teresa Corazón podía tratar porque los dos jugaban al mismo juego, pero Bosch era distinto. Harry disfrutó el momento, aunque el silencio comenzaba a ser demasiado largo.

—He hablado con los de la DEA sobre el desastre de esta mañana. Dicen que el hombre que creían que era Zorrillo se ha escapado. No saben dónde está.

Aquello era un último intento desesperado de que Bosch hablara. Pero no funcionó.

—Nunca lo sabrán.

Irving no respondió, pero Bosch sabía perfectamente que era mejor no interrumpir sus silencios. El subdirector estaba tramando algo. Harry lo dejó trabajar mientras contemplaba cómo se tensaban los músculos de su enorme mandíbula.

—Bosch, dígame si voy a tener un problema con esto. Cualquier tipo de problema, porque necesito saber en los próximos tres minutos si tengo que plantarme delante del jefe de policía, del alcalde y de todas esas cámaras y poner un final a todo esto.

—¿Qué están haciendo los de la DEA?

—¿Qué pueden hacer? Vigilar los aeropuertos y ponerse en contacto con las autoridades locales; difundir la foto y la descripción, pero nada más. Se ha escapado o, al menos, eso dicen. Yo quiero estar seguro de que no va a volver.

Bosch asintió.

—Nunca van a encontrar al hombre que buscan, jefe.

—Convénzame, Bosch.

—No puedo.

—¿Por qué no?

—Porque la confianza es cosa de dos. Igual que la desconfianza.

Irving consideró este comentario y a Bosch le pareció ver que asentía imperceptiblemente.

—El hombre que buscan, que creen que es Zorrillo, ha escapado y no va a volver nunca más. Eso es todo lo que necesita saber.

Bosch recordó de nuevo el cuerpo que yacía sobre la cama en el Castillo de los Ojos. Ya no tenía cara, y al cabo de unas dos semanas, la carne también habría desaparecido. Tampoco quedarían huellas dactilares, ni identificación excepto los documentos falsos que había en la cartera. El tatuaje continuaría intacto durante un tiempo, pero había mucha gente con ese tatuaje, incluido Zorrillo.

Bosch había dejado el dinero como precaución suplementaria. En la bolsa había suficiente para convencer a la primera persona que encontrase el cadáver de que se llevara el botín y saliera corriendo. Con un pañuelo Bosch limpió las huellas de la escopeta y la dejó allí. Cerró la puerta de la casa, rodeó la verja con la cadena, puso el candado y limpió todo lo que había tocado. Después puso rumbo a Los Ángeles.

—Supongo que la DEA estará destacando el éxito de la operación.

—Lo están intentando —dijo Irving—. Dicen que han desmantelado la red de contrabando. Han confirmado que la droga denominada «hielo negro» se elaboraba en el rancho, se llevaba a través de túneles a dos empresas cercanas y después se transportaba hacia la frontera. Las camionetas hacían una pequeña parada para descargar la droga, seguramente en Calexico, y luego seguían. Las dos empresas están siendo investigadas. Una de ellas, una empresa con contratos públicos, seguramente será una vergüenza para el Gobierno americano.

—EnviroBreed.

—Sí. Mañana ya habrán terminado las comparaciones entre los conocimientos de embarque que mostraban los conductores en la frontera y el recibo de los cargamentos en el centro de erradicación de Los Ángeles. Dicen que estos documentos han sido alterados o falsificados. Es decir, que pasaron más cajas selladas al otro lado de la frontera de las que se recibieron en el centro.

—Tenían a alguien dentro.

—Seguramente. El inspector local del Departamento de Agricultura tenía que estar ciego o corrupto. No sé qué es peor.

Irving se limpió una mota de polvo imaginaria del hombro de su uniforme. No podía ser pelo o caspa, porque no tenía ninguno de los dos. Luego se volvió para mirar al féretro y al gran número de oficiales que se congregaban a su alrededor. La ceremonia estaba a punto de empezar.

—No sé qué pensar, Bosch —añadió Irving, muy

tieso y sin mirarlo a los ojos—. No sé si me tiene cogido o no.

Bosch no respondió para preocupar un poco al subdirector.

—Pero recuerde bien —le advirtió Irving—. Usted tiene tanto que perder como el departamento. Bueno, más. El departamento siempre puede recuperarse; quizá le cueste un tiempo, pero siempre se recupera. Pero eso no puede decirse de la persona que queda manchada por el escándalo.

Bosch sonrió con tristeza. Siempre había que taparlo todo; ésa era la filosofía de Irving. Su último comentario había sido una advertencia, una amenaza de que si usaba la información contra el departamento, Harry también se hundiría porque Irving se encargaría personalmente de ello.

—¿Tiene miedo? —preguntó Bosch.

—¿De qué, detective?

—De todo. De mí, de usted. De que no cuele. De que yo pueda equivocarme. De todo. ¿No le da miedo?

—Yo sólo temo a la gente sin conciencia. La gente que actúa sin pensar en las repercusiones, pero no creo que usted sea así.

Bosch negó con la cabeza.

—Entonces, adelante, detective. Yo tengo que reunirme con el jefe y ver si ha llegado el alcalde. Dígame qué quiere y, si está en mi poder, se lo daré.

—Yo no aceptaría nada de usted —le susurró Bosch—. Me parece que no lo entiende.

Irving se volvió para mirarlo a la cara.

—Tiene razón, Bosch. No lo comprendo. ¿Por qué arriesgarlo todo por nada? ¿Lo ve? Me vuelve a preocupar. Usted no juega para el equipo, juega para sí mismo.

Bosch miró fijamente a Irving y no sonrió, aunque deseaba hacerlo. Irving le había hecho un gran cumplido, pero el subdirector no se daba cuenta.

—Lo que pasó allá abajo no tenía nada que ver con el departamento —explicó—. Si hice algo, fue por una persona.

Irving le devolvió la mirada y flexionó el músculo de la mandíbula para apretar los dientes. Aquella sonrisa torcida bajo la calva brillante le hizo pensar en su parecido con los tatuajes de Moore y Zorrillo: la cara del diablo. Harry observó los ojos de Irving hasta que éstos se encendieron como si finalmente comprendiera. Entonces miró a Sylvia y después a Bosch.

—Para ser un caballero, ¿es eso? ¿Está haciendo todo esto para asegurarle la pensión a una viuda?

Bosch no respondió. Se preguntaba si Irving se lo había inventado o si sabía algo, pero era imposible averiguarlo.

—¿Cómo sabe que ella no formaba parte de esto? —preguntó Irving.

—Porque lo sé.

—¿Pero cómo puede estar tan seguro? ¿Cómo puede arriesgarse?

—De la misma manera que lo sabe usted. Por la carta.

—¿Qué pasa con la carta?

En el camino de vuelta a Los Ángeles, Bosch no había dejado de pensar en Moore. Había tenido cuatro horas en la carretera para recomponerlo todo. Y creía haberlo logrado.

—Moore escribió la carta —comenzó—. Se denunció a sí mismo, como si dijéramos. Tenía un plan y la carta era el primer paso. Él la escribió.

Bosch encendió un cigarrillo. Mientras tanto, Irving permaneció en silencio, esperando a que reanudara la historia.

—Por razones que deben de remontarse a su infancia, Moore la pifió. Se pasó al otro bando y una vez allí se dio cuenta de que no podía volver. Pero tampoco podía continuar; tenía que escapar de alguna manera.

»Su plan era provocar una investigación del Departamento de Asuntos Internos con esa carta. Moore incluyó lo suficiente en la misiva para que Chastain pensara que había algo de verdad, pero no lo bastante para que lo pudieran arrestar. La carta sólo serviría para enturbiar su nombre, para ponerlo bajo sospecha. Después de tantos años en el departamento, Moore adivinó cómo se llevaría su caso. Había visto operar a Asuntos Internos y gente como Chastain. La carta preparó la escena; ensució el agua para que, cuando él apareciese muerto en el motel, el departamento, es decir, usted, no quisiera investigarlo a fondo. Usted es un libro abierto, jefe. Moore sabía que usted actuaría de forma rápida y eficaz para proteger al departamento primero antes que para descubrir la verdad. Por eso envió la carta. Lo usó a usted y también me usó a mí.

Irving se volvió hacia la tumba. La ceremonia estaba a punto de empezar. Después se dirigió a Bosch.

—Adelante, detective. Rápido, por favor.

—Moore fue capa por capa. ¿Se acuerda de haberme dicho que Moore había alquilado la habitación del motel por un mes? Ésa fue la primera capa. Si no hubieran descubierto el cadáver hasta al cabo de un mes, la descomposición del cuerpo se habría encargado de borrar las pruebas. No habrían quedado huellas que tomar, excepto las que dejó en la habitación. Moore se habría escapado.

—Pero lo encontraron unas cuantas semanas antes —agregó Irving de manera servicial.

—Sí. Eso nos lleva a la segunda capa. Usted. Moore había sido un policía durante muchos años. Sabía lo que usted haría: que iría a Personal a coger su archivo.

—Ahí se la jugó, Bosch.

—No tanto. La noche de Navidad, cuando yo le vi con la carpeta, enseguida comprendí lo que era antes de que usted lo dijera. Por eso Moore cambió las tarjetas. Además, él esperaba que no tuviera que llegar hasta esa fase. Usted era la segunda capa.

—¿Y usted, Bosch? ¿Era la tercera?

—Sí, eso creo. Moore me usó como una especie de plan de emergencia. En caso de que el suicidio no colara, quería a alguien que comprendiera la razón por la cual Moore había sido asesinado. Ése era yo. Moore me dejó un expediente, yo fui a buscarlo y luego pensé que lo habían matado por eso. Todo era una manera de desviar la atención; lo que Moore quería evitar era que alguien se plantease quién era la persona que yacía en las baldosas del motel. Sólo quería ganar un poco de tiempo.

—Pero usted fue demasiado lejos, Bosch. Eso no lo planeó.

—Supongo que no.

Bosch recordó su encuentro con Moore en la torre. Todavía no había decidido si Moore lo había estado esperando o no. Esperando a que Harry viniera a matarlo. Nunca lo averiguaría. Ése era un secreto que Calexico Moore se llevaría a la tumba.

—¿Tiempo para qué? —preguntó Irving.

—¿Cómo?

—Usted ha dicho que sólo quería ganar tiempo.

—Sí, creo que necesitaba el tiempo para bajar a México, suplantar a Zorrillo y fugarse con el dinero. No creo que quisiera ser el Papa para siempre. Su única ambición era volver a vivir en el castillo.

—¿Qué?

—Nada.

Se quedaron un momento en silencio hasta que Bosch hizo un último comentario:

—Usted ya debía de saber casi todo esto.

—¿Ah, sí?

—Sí. Creo que lo averiguó cuando Chastain le dijo que Moore había enviado la carta.

—¿Y cómo sabía eso el detective Chastain?

Irving no le iba a dar nada a Bosch, pero no importaba. A Harry le gustaba contar la historia porque le ayudaba a clarificarla. Era como sostenerla en alto para inspeccionar los agujeros.

—Después de que recibiera la carta, Chastain pensó que la había enviado su mujer, así que fue a su casa y ella lo negó. Entonces le pidió la máquina de escribir para comprobarlo, pero ella le contestó que no tenían máquina de escribir y le cerró la puerta en las narices. Cuando Moore apareció muerto, Chastain comenzó a pensar y se llevó la máquina de Moore de la comisaría. Me imagino que Chastain vio que las letras coincidían. A partir de eso, no resultaba difícil deducir que la carta venía de Moore o alguien de la unidad BANG. Supongo que Chastain debió de entrevistarlos esta semana y concluir que no habían sido ellos. Moore la escribió personalmente.

Irving no confirmó nada, pero no tenía por qué. Todo encajaba.

—Moore tenía un buen plan. Jugó con nosotros como si estuviera haciendo trampas al solitario; conocía todas las cartas de la baraja antes de darles la vuelta.

—Excepto una —concluyó Irving—. Usted. Moore no se imaginó que iría en su búsqueda.

Bosch no contestó. Volvió a mirar a Sylvia. Ella era inocente y a partir de ese momento estaría a salvo.

Bosch notó que la mirada de Irving también se posaba en ella.

—Ella es inocente —repitió Bosch en voz alta—. Usted lo sabe y yo lo sé. Si le causa problemas, yo se los causaré a usted.

No era una amenaza, sino una oferta. Un trato. Irving lo consideró unos instantes y asintió con la cabeza. Era un acuerdo tácito.

—¿Habló usted con él allá abajo, Bosch?

Harry sabía que se refería a Moore, pero no podía responder.

—¿Qué hizo usted allá abajo?

Al cabo de unos segundos de silencio, Irving dio media vuelta y se alejó, tieso como un nazi, hacia el toldo donde esperaban las personalidades y los altos mandos del departamento. Irving se sentó en una silla que su ayudante le había guardado detrás de Sylvia Moore. No se volvió a mirar a Bosch ni una sola vez.

34

Bosch la había estado observando durante toda la ceremonia desde su puesto junto al roble. Sylvia Moore apenas levantó la cabeza, ni siquiera para contemplar la fila de cadetes que dispararon salvas al aire o cuando el escuadrón aéreo sobrevoló la tumba y los helicópteros llegaron en formación. En un momento dado le dio la impresión de que ella lo había mirado, pero no estaba seguro. A Bosch le pareció estoica y bellísima.

Cuando todo había terminado, el féretro ya estaba en el agujero y la gente comenzaba a dispersarse, ella se quedó sentada y Bosch vio que rechazaba con la mano la oferta de Irving de acompañarla a la limusina. El subdirector se alejó con paso tranquilo, alisándose el cuello de la camisa. Finalmente, cuando la zona alrededor de la tumba estuvo vacía, ella se levantó, echó un vistazo rápido al foso donde yacía el ataúd y comenzó a caminar hacia Bosch. Al ruido de sus pasos se añadió el de puertas de coches que se cerraban por todo el cementerio. Cuando llegó hasta Bosch, se quitó las gafas de sol.

—Me hiciste caso —dijo Sylvia.

Eso lo confundió completamente. Bosch se miró

la ropa y luego la miró a ella. ¿Caso de qué? Ella adivinó su confusión y se explicó.

—El hielo negro, ¿te acuerdas? Te dije que tenías que ir con cuidado. Estás aquí, así que supongo que me hiciste caso.

—Sí.

Bosch se fijó en sus ojos, clarísimos, y ella le pareció más fuerte incluso que la última vez que se habían visto. Aquellos ojos no olvidaban una acción amable. O una ofensa.

—Sé que hay más de lo que me han dicho. ¿Me lo contarás algún día?

Él asintió y ella asintió. Hubo un momento —ni muy corto ni muy largo— en que los dos se miraron en silencio. A Bosch le pareció un instante mágico, pero el viento arreció y rompió el encanto. Un mechón de su cabello se soltó y ella se lo peinó con la mano.

—Me gustaría que me lo contaras —dijo ella.

—Cuando quieras —replicó él—. Quizá tú también me cuentes algunas cosas.

—¿Como qué?

—Como esa foto que faltaba en el marco. Tú sabías lo que era, pero no me lo dijiste.

Ella sonrió como diciendo que se había fijado en algo trivial.

—Sólo era una foto de él y de su amigo del barrio. Había otras en la bolsa.

—Era importante, pero tú no dijiste nada.

Ella bajó la vista.

—No quería volver a hablar o pensar en ello.

—Pero lo hiciste, ¿no?

—Sí, claro. A todos nos pasa; las cosas que no quieres saber o recordar vuelven para perseguirte.

Permanecieron un momento en silencio.

—Lo sabes, ¿no?

—¿Que la persona que han enterrado no era mi marido? Sí, algo sospechaba. Sabía que había más de lo que la gente me contaba. No tú. Los otros.

Bosch asintió y el silencio se hizo largo pero no incómodo. Ella se volvió ligeramente para mirar al conductor que estaba esperando junto a la limusina. En el cementerio ya no quedaba nadie más.

—Hay algo que espero que me digas —añadió ella—. Ahora o más adelante. Si puedes, quiero decir... Em.. ¿Hay alguna posibilidad de que... él vuelva?

Bosch la miró y negó con la cabeza lentamente, mientras estudiaba sus ojos para ver su reacción: tristeza, miedo o incluso complicidad. Pero no hubo nada. Ella se miró las manos enguantadas que mantenía enlazadas frente a su vestido.

—El chófer... —comenzó a decir, sin terminar la frase.

Sylvia se esforzó por sonreír y, por enésima vez Bosch se preguntó cómo Calexico Moore podía haber estado tan ciego. Entonces ella dio un paso adelante y le tocó la mejilla con la mano. Harry notó el calor de su piel, a pesar del guante de seda, y el olor a perfume en la muñeca. Era un olor muy suave. No exactamente un perfume, sino un aroma.

—Tengo que irme —se despidió ella.

Bosch asintió y ella dio un paso atrás.

—Gracias —le dijo ella.

Harry asintió. No sabía porque le daba las gracias, pero sólo era capaz de asentir.

—¿Me llamarás? Podríamos... No lo sé...

—Te llamaré.

Entonces ella asintió y dio media vuelta para caminar hacia la limusina negra. Bosch dudó un momento antes de preguntar:

—¿Te gusta el jazz?

Ella se paró y se volvió de nuevo hacia él. Sus ojos lo miraban intensamente. La necesidad de tocarse estaba tan clara que Bosch sintió que lo atravesaba como un cuchillo. Por un momento pensó que tal vez sólo fuera un reflejo de sus propios deseos.

—Sobre todo el saxofón —contestó ella—. Me encantan las canciones tristes y solitarias.

—Es que... ¿Es mañana demasiado pronto?

—Mañana es Nochevieja.

—Ya lo sé... Estaba pensando... Supongo que tal vez no es el momento apropiado. La otra noche... eso fue... No lo sé.

Ella caminó hacia él, lo cogió por el cuello y acercó su cara a la suya. Él se dejó hacer. Se besaron largamente y Bosch mantuvo los ojos cerrados. Cuando ella lo soltó, él no comprobó si los había visto alguien porque le daba igual.

—¿Cuál es el momento apropiado? —le preguntó ella.

Él no tenía una respuesta.

—Te estaré esperando.

Los dos sonrieron.

Sylvia dio media vuelta por última vez y caminó hacia el coche. Sus tacones repicaron al pasar del césped al asfalto. Bosch se apoyó contra el árbol y vio al chófer abrirle la puerta de la limusina. Entonces encendió un cigarrillo y contempló cómo la esbelta máquina negra se la llevaba del cementerio y lo dejaba a él a solas con los muertos.